高等学校教材

中国地质大学（武汉）实验技术研究项目资助

中国地质大学（武汉）研究生培养模式与教学改革项目资助

# 地理信息系统分析与实践教程

郑贵洲　胡家赋

晁　怡　张学华　编著

电子工业出版社

**Publishing House of Electronics Industry**

北京 · BEIJING

## 内 容 简 介

本书简要介绍了 GIS 软件 MapGIS K9 的基本组成及主要特点，阐述了 MapGIS K9 在地图数字化、专题图制作、地图投影、误差校正、影像匹配、属性表建立、地理数据库创建、栅格分析、矢量分析、网络分析、地形表面分析、数据转换等方面的应用，广泛涉及土地利用、灾害评估、洪水淹没、矿产预测、农田保护、退耕还林、土壤分析、粮食估产、人口统计、道路选线、资源分配、多车送货以及旅游胜地、商店和实验室选址等方面的内容。本书注重理论与实践、软件与工程、教学与科研、项目与应用、基础与综合等方面的结合。教材融入了大量生产与科研成果，以及大量工程项目应用案例。

本书可作为地理信息系统、遥感科学与技术、测绘工程、信息工程、软件工程、地图学、地理学、通信工程、环境科学、地质学、计算机科学、管理学等专业本科生和研究生教材，也可供地质矿产、国土资源、地理测绘、市政工程、城乡规划、交通旅游、空间信息、环境科学、水利水电、精准农业、灾害评估、作战指挥等领域的研究人员使用。

**图书在版编目（CIP）数据**

地理信息系统分析与实践教程/郑贵洲等编著. —北京：电子工业出版社，2012.1

高等学校教材

ISBN 978-7-121-15340-2

Ⅰ. ①地… Ⅱ. ①郑… Ⅲ. ①地理信息系统－高等学校－教材 Ⅳ. ①P208

中国版本图书馆 CIP 数据核字（2011）第 246960 号

策划编辑：冯小贝
责任编辑：王志宇
印　　刷：北京丰源印刷厂
装　　订：三河市鹏成印业有限公司
出版发行：电子工业出版社
　　　　　北京市海淀区万寿路 173 信箱　邮编　100036
开　　本：787×1 092　1/16　印张：19.25　字数：543 千字
印　　次：2012 年 1 月第 1 次印刷
定　　价：46.00 元（含 DVD 光盘 1 张）

凡所购买电子工业出版社图书有缺损问题，请向购买书店调换。若书店售缺，请与本社发行部联系，联系及邮购电话：(010) 88254888。

质量投诉请发邮件至 zlts@phei.com.cn，盗版侵权举报请发邮件至 dbqq@phei.com.cn。

服务热线：(010) 88258888。

# 前　言

地理信息系统是一门多学科结合的边缘学科，实践性很强。GIS 专业培养的人才，不但要有深厚的理论基础，而且要掌握过硬的实践技术，具有不同层面的实际动手能力。这种能力的培养仅靠课堂教学是不够的，实验教学是课程教学的重要组成部分之一，实验课是为理论课服务的。教学必须紧密结合应用，加强实践内容的研究，重视 GIS 应用环节，做到理论与应用并重。实践教学在培养学生的创新思维、科研能力方面的作用重大，在培养人才方面起着不可替代的作用。通过实践教学可以将理论与实际很好地结合，使课堂内容更好地为学生所接受，理论课程更容易被学生理解，全面增强学生独立分析和解决问题的能力、创造性思维能力，提高学生实际动手能力、专业应用能力和软件开发能力。中国地质大学（武汉）的"地理信息系统"课程已经讲授了十几年，按照教学大纲和教学计划的要求，实践课时占相当大的比例，通过数年的教学经验表明，没有一本配套的实验教程，很难提高教学质量，很难提高实验课的效率。为了促进 GIS 实验教学正规化、标准化，有效提高学生的学习效率，出版这一教材是当务之急。

MapGIS 软件的创新保持了地理信息系统课程的优势和特色，充分发挥了其在地理信息系统课程实践教学中的核心作用，通过 MapGIS 技术创新，不断拓展课程研究方向和领域，拓展课程实践内涵，提升课程实践层次，促进课程实践内容推陈出新，课程实践结构不断变革创新。MapGIS 地理信息系统被引入地理信息系统课程实践教学过程中，对人才培养起到了推动作用。

GIS 实验教材建设的目的是建立 GIS 课程的实践内容体系，实践教程以地理信息系统理论为基础，以 MapGIS K9 为平台，涉及空间数据的采集、处理和管理，地理信息的空间分析和地学建模以及地理信息系统的建立和运用等方面内容，本书按照 GIS 数据输入、处理、管理和分析等功能的应用划分章节，共 11 章。

第 1 章　MapGIS K9 地理信息系统；

第 2 章　GIS 数据输入；

第 3 章　GIS 数据处理；

第 4 章　GIS 数据管理；

第 5 章　栅格分析；

第 6 章　矢量分析；

第 7 章　网络分析；

第 8 章　统计分析；

第 9 章　数字高程模型；

第 10 章　数据转换；

第 11 章　综合应用分析。

本书第 1 章主要参考了吴信才所著的《空间数据库》一书，其他章节基于 MapGIS K9 平台完成。全书广泛涉及地质、矿产、地震、水文、环境、资源、土地、农业、林业、灾害、人口、市政、交通等领域的各种工程应用案例。

本书作者长期从事 GIS 的教学和科研工作，在工作实践中面向应用，组织了多项 GIS 应用软件开发项目，在教学和科研过程中积累了丰富的实践经验和应用案例。本书选定最有代表性与辐射力的国内主流 MapGIS K9 软件等作为 GIS 课程的实验对象。一个案例集中了 GIS 的很多功能，把 GIS 功能有机地融为一体。学生通过一个案例的学习，就能掌握 GIS 诸多功能，找到快速学习 GIS 软件的方法，达到事半功倍的效果，解决了以往学会了 GIS 软件但不知道怎么应用的问题。本书的编写注重理论与实践结合、软件与工程结合、教学与科研结合、项目与应用结合、基础与综合结合，将生产与科研成果、工程项目应用案例、MapGIS K9 开发技术融入教材编写过程中。认真精选 GIS 软件的实践内容，尽量吸收国内外 GIS 研究的新进展与新成果，尽可能做到系统性、科学性、综合性、实用性的统一。通过本实践教材的学习，可以很好得巩固学生的理论知识，帮助学生系统、全面地掌握 GIS 的基本概念、基本原理、基本知识、基本方法和基本技能，掌握 GIS 总体设计、功能要求、系统结构和组织实施等方面的基本技术，掌握 GIS 软件的应用和操作，并能用之解决工程中的实际问题，加深对地理信息系统课程的综合理解。

本书主要由郑贵洲策划并组织编写，参加编写的人员还有胡家赋、晁怡、张学华、花卫华、杨乃。彭俊芳参加了第 11.5 节 "地质专题图制作" 的编写工作及文字整理和绘图工作。书中融入了与广州海洋地质调查局、河南省经贸工程技术学校项目合作的部分成果。研究生姚昳昕、晋俊岭、任东宇、刘琳、李剑萍、师素姣参与本书部分内容的编写工作，本科生李小群、陈贵珍、方辉、刘天凤等为本书案例做了部分数据实验，在此真诚感谢他们为本书付出的辛勤劳动。

由于编写时间仓促，编者水平有限，书中可能存在不少缺点和错误，切盼广大读者提出批评意见，以便进一步完善本书内容。

郑 贵 洲

# 目 录

第1章 MapGIS K9 地理信息系统·············1

1.1 MapGIS K9 简介·············1

1.2 MapGIS K9 体系结构·············1

1.3 面向实体的空间数据模型·············1

  1.3.1 概述·············1

  1.3.2 空间参照系·············3

  1.3.3 实体表达及分类·············3

1.4 MapGIS 平台特性·············5

  1.4.1 MapGIS K9 特点·············5

  1.4.2 MapGIS 6X 与 MapGIS K9 比较·············6

第2章 GIS 数据输入·············8

2.1 手工键盘输入·············8

  2.1.1 手工键盘输入矢量数字化·············8

  2.1.2 手工键盘输入栅格数据·············8

2.2 手工跟踪数字化·············8

  2.2.1 数字化仪简介·············8

  2.2.2 数字化过程·············9

  2.2.3 数字化误差·············9

2.3 扫描数字化·············10

  2.3.1 问题和数据分析·············10

  2.3.2 GIS 数据分层·············10

  2.3.3 数据预处理·············12

  2.3.4 MapGIS 矢量化·············13

第3章 GIS 数据处理·············17

3.1 地图投影转换·············17

  3.1.1 问题和数据分析·············17

  3.1.2 钻探地理坐标转投影平面直角坐标（去投影带大地坐标）·············18

  3.1.3 矿区大地坐标转图形投影平面直角坐标·············22

  3.1.4 投影平面直角坐标（mm）转投影平面直角坐标（m）·············24

  3.1.5 去带号大地坐标（m）转投影平面直角坐标（mm）·············27

3.2 几何误差校正·············29

  3.2.1 问题和数据分析·············29

  3.2.2 几何误差校正基本原理·············30

  3.2.3 MapGIS 自动误差校正·············30

  3.2.4 MapGIS 交互式误差校正·············34

  3.2.5 影像匹配误差校正·············37

3.3 图幅拼接·············42

  3.3.1 问题和数据分析·············42

  3.3.2 拼图基本原理·············42

  3.3.3 图幅拼接过程·············43

3.4 拓扑关系建立·············46

  3.4.1 问题和数据分析·············46

  3.4.2 拓扑造区基本过程·············46

  3.4.3 提取造区线要素层·············47

  3.4.4 拓扑关系自动生成·············48

第4章 GIS 数据管理·············51

4.1 创建地理数据库·············51

  4.1.1 问题和数据分析·············51

  4.1.2 创建地理数据库步骤·············51

  4.1.3 定义空间参照系·············52

  4.1.4 空间数据库建立·············53

  4.1.5 属性数据表创建·············62

  4.1.6 空间数据导出·············64

4.2 属性合并·············64

  4.2.1 问题和数据分析·············64

  4.2.2 属性表合并·············65

4.3 图形与属性连接·············67

  4.3.1 问题和数据分析·············67

  4.3.2 基本原理·············68

  4.3.3 地块空间数据与属性数据连接·············68

第5章 栅格分析·············71

5.1 栅格基本分析·············71

  5.1.1 问题和数据分析·············71

  5.1.2 距离制图·············71

  5.1.3 计算密度·············73

  5.1.4 邻域统计·············76

5.2 栅格叠加分析（粮食估产）………78
    5.2.1 问题和数据分析………78
    5.2.2 粮食产量栅格叠加局部统计……78
    5.2.3 粮食产量关联因素分区统计……79
    5.2.4 权重叠加运算预测粮食产量 04
5.3 栅格统计分析（农田保护）………85
    5.3.1 问题和数据分析………85
    5.3.2 找出洪水淹没区域………86
    5.3.3 寻找可耕种区域………88
    5.3.4 确定水坝保护的可耕种区域……89
    5.3.5 选择面积为数公顷的区域………90

**第6章 矢量分析**………94
6.1 商店选址评价………94
    6.1.1 问题和数据分析………94
    6.1.2 确定商店的服务范围………94
    6.1.3 分析消费者特征………99
6.2 洪水灾害损失分析………101
    6.2.1 问题和数据分析………101
    6.2.2 地形地块数据预处理………102
    6.2.3 洪水灾害损失分析步骤………105
6.3 实验室选址分析………110
    6.3.1 问题和数据分析………110
    6.3.2 数据预处理………112
    6.3.3 属性结构编辑………112
    6.3.4 实验室选址分析………114

**第7章 网络分析**………118
7.1 路径分析………118
    7.1.1 问题和数据分析………118
    7.1.2 几何网络地理数据库创建……118
    7.1.3 查找路径………123
    7.1.4 寻找最佳路线………127
7.2 连通性分析………129
    7.2.1 问题和数据分析………129
    7.2.2 连通性分析步骤………129
7.3 寻找最近设施………133
    7.3.1 问题和数据分析………133
    7.3.2 查找最近设施步骤………133
7.4 创建服务区域………136
    7.4.1 问题和数据分析………136
    7.4.2 创建服务区域步骤………136

7.5 定位分配………141
    7.5.1 问题和数据分析………141
    7.5.2 定位分配步骤………141
7.6 多车送货………146
    7.6.1 问题和数据分析………146
    7.6.2 多车送货步骤………146

**第8章 统计分析**………150
8.1 属性统计分析………150
    8.1.1 问题和数据分析………150
    8.1.2 属性统计………150
    8.1.3 属性汇总………153
8.2 空间回归分析（人口统计）………155
    8.2.1 问题和数据分析………155
    8.2.2 数据预处理………156
    8.2.3 在 Excel 中利用客户化工具
        分析空间数据………160
    8.2.4 在 MapGIS K9 中进行回归
        分析………162
8.3 时间序列分析………163
    8.3.1 问题和数据分析………163
    8.3.2 时间序列分析方法………164
    8.3.3 时间序列分析过程………165
8.4 空间中心分析（土壤肥沃度
   分析）………170
    8.4.1 问题和数据分析………170
    8.4.2 分析土壤类型与钾元素
        含量的关系………170
    8.4.3 空间集中性计算………173

**第9章 数字高程模型**………176
9.1 数字高程模型建立………176
    9.1.1 问题和数据分析………176
    9.1.2 GRID 模型建立………176
    9.1.3 TIN 模型建立………179
    9.1.4 TIN 转 GRID………183
9.2 地形因子分析………184
    9.2.1 问题和数据分析………184
    9.2.2 坡度………184
    9.2.3 坡向………186
    9.2.4 粗糙度………188
    9.2.5 沟脊值………189

9.2.6 曲率 ……………………189

9.3 可视性分析 ……………………190
　9.3.1 问题和数据分析 ……………190
　9.3.2 连线可视性分析 ……………191
　9.3.3 全局可视性分析 ……………191

9.4 道路选线 ……………………192
　9.4.1 问题和数据分析 ……………192
　9.4.2 最短路径分析 ………………193
　9.4.3 最佳路径分析 ………………194

9.5 流域及洪水淹没分析 …………194
　9.5.1 问题和数据分析 ……………194
　9.5.2 水文表面流域分析 …………195
　9.5.3 洪水淹没分析 ………………197

9.6 DEM 其他应用 ………………199
　9.6.1 问题和数据分析 ……………199
　9.6.2 等高线生成 …………………200
　9.6.3 剖面分析 ……………………202
　9.6.4 阴影图生成 …………………204
　9.6.5 立体图生成 …………………204
　9.6.6 体积和表面积计算 …………205

第10章 数据转换 ………………207
10.1 MapGIS 与 MapInfo 间的转换 …207
　10.1.1 问题和数据分析 ……………207
　10.1.2 MapGIS 数据转换成
　　　　 MapInfo 数据 ……………207
　10.1.3 将 MapInfo 数据转换成
　　　　 MapGIS 点、线、面文件 …212

10.2 MapGIS 与 AutoCAD 间的
　　 转换 ………………………214
　10.2.1 问题和数据分析 ……………214
　10.2.2 AutoCAD 数据转换成
　　　　 MapGIS ……………………215
　10.2.3 MapGIS 数据转换成
　　　　 AutoCAD 数据 ……………219

10.3 MapGIS 与 ArcGIS 间的转换 …222
　10.3.1 问题和数据分析 ……………222
　10.3.2 MapGIS 数据转换成
　　　　 ArcGIS 数据 ………………222
　10.3.3 ArcGIS 数据转换成
　　　　 MapGIS ……………………228

第11章 综合应用分析 …………230
11.1 燕麦试验田选址 ………………230

11.1.1 问题和数据分析 ……………230
11.1.2 图像配准 ……………………231
11.1.3 修改地理数据库 ……………234
11.1.4 数字化及拓扑造区 …………236
11.1.5 图形裁剪 ……………………238
11.1.6 添加属性字段 ………………241
11.1.7 显示 TypeID 注记 …………243
11.1.8 新建纯属性表 ………………244
11.1.9 连接属性 ……………………245
11.1.10 缓冲区分析 …………………247
11.1.11 叠加分析 ……………………248
11.1.12 确定最后的选址区域 ………252

11.2 度假村选址 ……………………257
　11.2.1 问题和数据分析 ……………257
　11.2.2 确定以水系为条件的
　　　　 区域 ………………………257
　11.2.3 确定 Kerri 森林以外的
　　　　 区域 ………………………263
　11.2.4 确定坡度小于 3%的
　　　　 区域 ………………………264
　11.2.5 提取年平均温度高于
　　　　 16.5 ℃的区域 ……………265
　11.2.6 确定最终的度假村选址 ……268

11.3 退耕还林 ………………………272
　11.3.1 问题和数据分析 ……………272
　11.3.2 坡度图制作 …………………273
　11.3.3 退耕还林分析 ………………277

11.4 MapGIS 在成矿预测中的应用 …280
　11.4.1 研究区地质概况 ……………280
　11.4.2 数据准备 ……………………281
　11.4.3 找矿空间分析 ………………282

11.5 地质专题图制作 ………………292
　11.5.1 问题和数据分析 ……………292
　11.5.2 计算机辅助制图设计 ………292
　11.5.3 图形数据输入 ………………294
　11.5.4 线数据预处理 ………………295
　11.5.5 造区及区编辑 ………………296
　11.5.6 点数据编辑 …………………296
　11.5.7 图幅校验输出 ………………296

参考文献 ……………………………298

# 光盘数据使用说明

（1）光盘提供了数据目录 data 及 MapGIS K9 学习版三个不同时期版本的安装目录 MapGIS K9 SP1、MapGIS K9 SP2 和 MapGIS K9 SP3。

（2）MapGIS K9 学习版安装较为简单，首先安装目录下的"学习版证书服务安装程序"，然后在 Setup 目录下单击 Setup 或 MapGISSetup，安装主程序。学习版功能不全，安装过程中部分选项不能选，但不影响系统安装。例如，SP1 学习版不包括搭建平台，所以在安装过程中"搭建平台"选项应不选，安装到最后时，多次单击"继续试用"按钮，即可完成安装。

（3）Data 目录下的数据是按章节设置对应的目录，如第 3 章 3.1 节的数据存放在目录 gisdata3.1\目录下。除第 1 章，第 2 章中 2.1、2.2 节，第 3 章中的 3.3 节没有数据外，后面的章节都是按这个方法设置目录的。

（4）在进行数据操作之前，应将需要的数据从随书光盘的 Data 目录下复制到硬盘的 E:\Data 目录下(推荐)，为了避免和原始数据混淆，将工作目录设置为 E:\Working。E:\Data\称为数据目录，E:\Working\称为工作目录。

（5）MapGIS K9 已推出 SP、SP1、SP2、SP3 几个不同时期的版本，本书主体在 SP1 中完成，有的功能在 SP1 中完成会遇到一些问题，必须在 SP2 或 SP3 中才能实现，栅格分析的部分功能是在 SP2 中完成的，如矢栅相互转换、重分类、距离制图等，因而在使用的过程中如遇到问题，建议在不同版本中试一试。

（6）SP、SP1 子系统的名称没有变化，SP1 和 SP2 子系统名称和菜单名称有较大的变化，如"栅格分析"子系统变成了"数字地形分析"子系统，"数据分析与处理"子系统菜单变成图标形式，"表达式计算"菜单变成了"栅格计算器"菜单，等等。SP2 和 SP3 子系统和菜单名称变化不大，仅是新功能的扩展。

（7）学习版 MapGIS K9 有使用期限，到期了要重新注册，注册过程是：登录中地公司主页（http://www.mapgis.com.cn），找到"软件注册"入口，选择"学习版试用证书注册"，输入启动 MapGIS K9 时产生的注册码及其他个人注册信息后，单击"提交"按钮，获取新的证书码，将新的证书码复制到刚才启动 MapGIS K9 时弹出窗口的试用码一栏中，单击"输入试用期延长证书"按钮，系统可按新的期限使用。

（8）本书的示例同样适合在 ArcGIS 及 MapGIS 6X 环境中完成，请参考电子工业出版社已出版的《地理信息系统分析与应用》一书。

# 第 1 章　MapGIS K9 地理信息系统

## 1.1　MapGIS K9 简介

为了更好地满足用户及产业发展的需求，以吴信才为首的科研团队凭借近 20 年的技术积累，在国家 863 项目的支持下，经过长期攻关，在原有 MapGIS 6 及 MapGIS 7 的基础上，成功推出了基于新一代 GIS 架构与新一代 GIS 开发模式的 MapGIS K9 地理信息系统平台。

MapGIS K9 集新一代面向网络超大型分布式地理信息系统基础软件平台和数据中心集成开发平台为一体，其研发与设计以用户为中心，充分体现了功能实用、产品易用、用户想用的用户体验思想。MapGIS K9 实现了面向空间实体及其关系的数据组织、高效海量空间数据的存储与索引、大尺度多维动态空间信息数据库存储和分析功能；具有版本管理和冲突检测机制的长事务处理机制；具有 TB 级空间数据的处理能力；实现了分布、多源、异构数据的集成管理；实现了"零编程、巧组合、易搭建"的可视化开发，使不懂编程的人员也能开发 GIS 系统，从而推动了人们从重视开发技术细节的传统开发模式向重视专业、业务的新一代开发模式转变，掀起了 GIS 开发和应用领域的一场变革。MapGIS K9 的问世，将带领 GIS 快速迈入大众都能使用的"傻瓜相机"时代。新一代开发模式无论是在开发成本、开发技术难度还是在开发效率上，较传统开发模式都有很大的优势，是软件开发模式的划时代变革。

## 1.2　MapGIS K9 体系结构

MapGIS K9 采用的是新一代面向服务的悬浮倒挂式体系架构，实现了"纵向多级、横向网格"的体系结构，具有跨平台，可拆卸等特点。在"纵向多级、横向网格"体系结构中，级与级之间、节点与节点之间的连接是采用一种"松耦合"方式。悬浮倒挂式体系架构是一种松耦合的面向服务的体系架构，能够形成系统建设统一的技术框架和运行环境，在面向服务的开发模式下，动态建立应用模型，实现系统快速搭建和灵活调整，在最短时间内构建的特色的应用系统。应用系统开发分为三层结构：底层包括空间数据库引擎（SDE）和数据中心引擎，空间数据库引擎（SDE）是连接 Oracle、SQL server 等数据库的中间件，数据中心引擎提供工作空间引擎、功能仓库引擎和数据仓库引擎；中间层是软件平台，包括基础平台、三维平台、遥感平台、互联网平台和数据中心开发环境；顶层是应用层，包括互联网系统、三维系统、遥感系统、嵌入式系统及其他行业应用系统，如图 1.2-1 所示。

## 1.3　面向实体的空间数据模型

### 1.3.1　概述

MapGIS K9 的空间数据模型将现实世界中的各种现象抽象为对象、关系和规则,各种行为（操作）基于对象、关系和规则，模型更接近人类面向实体的思维方式。该模型还综合了面向图形的空间数据模型的特点，使得模型表达能力强，广泛适应 GIS 的各种应用，如图 1.3-1 所示，该模型具有以下特点：

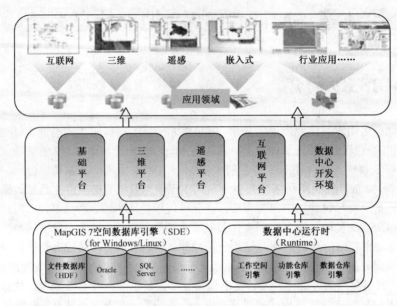

图 1.2-1　MapGIS K9 体系结构（据中地公司）

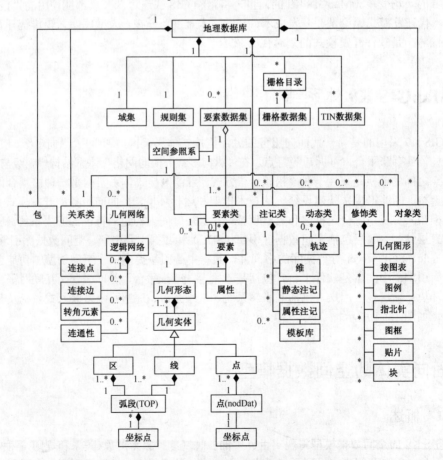

图 1.3-1　MapGIS K9 面向实体的空间数据模型（据吴信才）

（1）真正地面向地理实体，全面支持对象、类、子类、子类型、关系、有效性规则、数据集、地理数据库等概念。

（2）对象类型覆盖 GIS 和 CAD 对模型的双重要求，包括要素类、对象类、关系类、注记类、修饰类、动态类、几何网络。

（3）具备类视图概念，可通过属性条件、空间条件和子类型条件定义要素类视图、对象类视图、注记类视图和动态类视图。

（4）要素可描述任意几何复杂度的实体，如水系。

（5）完善的关系定义，可表达实体间的空间关系、拓扑关系和非空间关系。空间关系按照 9 交模型定义；拓扑关系支持结构表达方式和空间规则表达方式；完整地支持 4 类非空间关系，包括关联关系、继承关系（完全继承或部分继承）、组合关系（聚集关系或组成关系）、依赖关系。

（6）支持关系多重性，包括 $1-1$、$1-M$、$N-M$。

（7）支持有效性规则的定义和维护，包括定义域规则、关系规则、拓扑规则、空间规则、网络连接规则。

（8）支持多层次数据组织，包括地理数据库、数据集、数据包、类、几何元素、几何实体、几何数据。

（9）几何数据支持矢量表示法和解析表示法，包括折线、圆、椭圆、弧、矩形、样条、贝塞尔曲线等形态。能够支持规划设计等应用领域。

### 1.3.2　空间参照系

空间参照系（Spatial Reference System）是平面坐标系和高程系的统称，用于确定地理目标的平面位置和高程。这包含两方面的内容：一是在把大地水准面上的测量成果换算到椭球体面上的计算工作中，所采用的椭球的大小；二是椭球体与大地水准面的相关位置不同，对同一点的地理坐标所计算的结果将有不同的值。因此，选定了一个一定大小的椭球体，并确定了它与大地水准面的相关位置，就确定了一个坐标系。

一个要素要进行定位，必须嵌入一个空间参照系中。地面上任一点的位置，通常用经度和纬度来表示。经线和纬线是地球表面上两组正交（相交为 90°）的曲线，这两组正交的曲线构成的坐标，称为地理坐标。因为 GIS 所描述是位于地球表面的信息，所以根据地球椭球体建立的地理坐标（经纬网）可以作为所有要素的参照系统。

地球表面是不可展开的曲面，地理坐标是一种球面坐标，也就是说，曲面上的各点不能直接表示在平面上。为了能够将其表面的内容显示在平面的显示器或纸面上，必须运用地图投影的方法，建立地球表面和平面上点的函数关系，使地球表面上由地理坐标确定的任意一点，在平面上必有一个与它相对应的点，即建立地球表面上的点与投影平面上的点之间的一一对应关系。地图投影的使用保证了空间信息在地域上的联系和完整性，在各类地理信息系统的建立过程中，选择适当的地图投影系统是首先要考虑的问题。

MapGIS K9 提供了不同类型的地图投影以及相互转换的功能。使用者可根据需要方便地建立不同的坐标系并进行相互之间的转换。

### 1.3.3　实体表达及分类

#### 1. 对象

在 MapGIS K9 中，对象是现实世界中实体的表示。诸如房子、湖泊或顾客之类的实体，均可用对象表示。对象有属性、行为和一定的规则，以记录的形式存储对象。对象是各种实体一般性的抽象，特殊性对象包括要素、关系、注记、修饰符、轨迹、连接边、连接点等。

### 2．对象类型、子类型

根据对象的行为和属性可以将对象划分成不同的类型，具有相同行为和属性的对象构成对象类，特殊的对象类包括要素类、关系类、注记类、修饰类、动态类、几何网络。在不特别声明的情况下，对象类指没有空间特征的同类对象集。

子类型是对象类的轻量级分类，以表达相似对象，如供水管网中区分钢管、塑料管、水泥管。不同类或子类型的对象可以有不同的属性默认值和属性域。

### 3．对象类

对象类是具有相同行为和属性的对象的集合。在空间数据模型中，一般情况下，对象类是指没有几何特征的对象（如房屋所有者、表格记录等）的集合；在忽略对象特殊性的情况下，对象类可以指任意一种类型的对象集。

### 4．要素类

要素是具有几何特征的对象，要素包括属性、几何元素和图示化信息，几何元素是点、线、多边形等几何实体的组合。要素类是具有相同属性的要素的集合，是一种特殊的对象类，往往用于表达某种类型的地理实体，如道路、学校等。

### 5．关系类

现实世界中的各种现象是普遍联系的，而联系本身也是一种特殊现象，具有多种表现形式。在面向实体的空间数据模型中，对象之间的联系被称为关系，是一种特殊的对象。

房屋所有者和房屋之间的产权关系，具有公共边界的行政区之间的相邻关系，甲乙双方之间的合同关系，都是对象之间关系的实例。

在该模型中，关系被分为空间关系和非空间关系。其中：

（1）空间关系与对象的位置和形态等空间特性有关，包括距离关系和拓扑关系。拓扑关系如水管和阀门的连接关系、两条道路的相交关系。

（2）非空间关系是对象属性之间存在的关系，如甲乙双方之间的合同关系。

关系类是关系的集合，一般在对象类、要素类、注记类、修饰类的任意两者之间建立关系类。

### 6．注记类

注记是一种标识要素的描述性文本，分为静态注记、属性注记和维注记。其中：

（1）静态注记是一种内容和位置固定的注记，包括注记内容和版面配置。

（2）属性注记的内容来自要素的属性值，显示属性注记时，动态地将属性值填入注记模板，因此也称为动态注记。属性注记直接和它要标注的要素相关联，移动要素时，注记跟随移动，注记的生命期受该要素的生命期控制。

（3）维注记是一种特殊类型的地图注记，仅用来表示特定的长度和距离。维分为平行维和线性维，平行维与基线平行，表示真实距离；线性维可以是垂直、水平或旋转的，并不表示真实距离。

注记的集合构成注记类。

### 7．修饰类

修饰类用于存储修饰地图或者辅助制图的要素，包括几何图形、接图表、图例、指北针、图框、比例尺、贴片和块。其中：

（1）几何图形包括点、线、多边形。线和多边形边界可以是下列类型之一：折线、弧线、圆、椭圆、弧、矩形、样条、贝塞尔曲线。几何图形主要考虑图面的要求，对平面拓扑和形态没有严格要求，如多边形的端点不要求严格重合，线可以自相交。

（2）图框分为内图框和外图框。

（3）贴片是一种带图示化信息的矩形框，用于遮盖不需要显示的图形。

（4）块是修饰类要素的组合，可以自由组合或拆散。

### 8．动态类

动态类是一种特殊的对象类，是空间位置随时间变化的动态对象的集合。动态对象的位置随时间变化形成轨迹，动态类中记录轨迹的信息，包括 $x$、$y$、$z$、$t$ 和属性。

### 9．几何网络

几何网络是边要素和点要素组成的集合，边要素和点要素相互联系，一条边连接两个点，一个点可以连接大量的边。边要素可以在二维空间交叉而不相交，如立交桥。几何网络中的要素表示网络地理实体，如道路、车站、航线等。

每一个几何网络都有一个逻辑网络与之对应，逻辑网络依附于几何网络，由边元素、节点元素、转角元素及连通性元素组成。

逻辑网络中的元素没有空间特性，即没有坐标值。逻辑网络存储网络的连通信息，是网络分析的基础。

## 1.4　MapGIS 平台特性

### 1.4.1　MapGIS K9 特点

#### 1．先进的体系架构

采用面向服务的体系架构（SOA，Service-Oriented Architecture），是一种粗粒度、松耦合服务架构。服务之间通过简单、精确定义的接口进行通信，不涉及底层编程接口和通信模型。SOA 是一种架构模式，它将应用程序的不同功能单元（称为服务）通过这些服务之间定义良好的接口和契约联系起来，使得构建在各种各样系统中的服务可以以一种统一和通用的方式进行交互，可以将软件功能以"服务"方式提供出来，各功能间相互独立，以一种"松耦合"协议机制组合。

#### 2．游刃有余的海量空间数据管理

MapGIS K9 采用当前最先进的空间数据管理技术和多种优化措施，大大提高了海量数据的浏览和查询速度；同时，MapGIS K9 可满足用户长时间并发访问的要求，可以根据已有数据回溯过去某一时刻的情况或预测将来某一时刻的情况，以满足历史回溯和衍变、地籍变更、环境变化、灾难预警等应用的需要。

#### 3．有效的异构数据集成管理

MapGIS K9 通过 GIS 中间件技术在不需要转换原有数据格式的情况下，只需要一个"翻译"的动作就可在 MapGIS K9 平台上表现和管理空间异构数据，操作这些数据可以像操作本平台的数据一样方便和快捷，从而消除了"信息孤岛"。

#### 4．实用化的真三维动态建模与可视化

MapGIS K9 可对三维地学模型、三维景观模型等进行快速建立和一体化管理，并可对三维数据进行综合可视化和融合分析。通过建立三维地质模型可精确表示地表地形、地物信息，完全满足地层、断层、坑道等复杂地下构造的显示和分析。通过影像、电子地图、高程等数据可生成虚拟的三维景观地理场景，让用户能随意在逼真的三维的数字化城市虚拟场景中沿着街道行走，并提供专业分析功能，可更直观地了解情况，为道路规划、综合管线规划、城市绿化等的分析、决

策和审批提供了一种重要手段。

### 5. 强大的遥感处理功能

MapGIS K9 的遥感影像数据处理平台是面向遥感应用需求，集 RS、GIS、GNSS 于一体的遥感基础平台，提供遥感影像海量数据的有效存储管理。该平台不仅提供遥感影像校正、分析、管理及出图等基本处理功能，而且在此基础上针对具体应用提供摄影测量、影像测图等专业处理软件包，实现了从基本影像处理到高级智能解译等系列功能，可广泛应用于农林、测绘、地调、城市规划、资源环境调查、灾害监测等部门。平台还提供强大的二次开发库，用户基于该平台可有效地进行多方位、多层次的遥感应用，从而为海量遥感数据能快速、及时地转化为真正能够满足各行各业实际需要和可供决策依据的有用信息提供强大的技术支撑，进而促进遥感应用的发展。

### 6. 客户可以自由 DIY

在 MapGIS K9 平台所提供的总体框架上，用户在系统上可对各功能模块灵活、自由地进行"插拔"，即需要/不需要某项功能时可直接附加/卸载该功能；另外，MapGIS K9 配置了多种解决方案，用户可以根据需要自行选择配置或自己开发插件来扩展 GIS 平台功能。

### 7. 强大、简单的二次开发能力

MapGIS K9 在传统的开发库的基础上，还提供了丰富的三维、遥感、Web GIS 等开发库，并提供了数据中心集成开发平台，利用它提供的搭建式、配置式、插件式的新一代开发模式，为客户提供了最大的二次开发支持和各类行业解决方案。真正实现开发人员的零门槛，可以使不懂编程的人员开发 GIS 系统的梦想成为现实。具有一定专业知识和计算机应用基础的人，只要通过一周左右的时间，就能掌握系统的使用方法，使系统开发实现从关心技术细节，转向关心具体业务的转变。在传统开发模式的软件开发过程中，"开发"工作主要靠程序员；在新一代开发模式下，客户、项目经理、程序员、技术支持人员均可参与"开发"。

## 1.4.2　MapGIS 6X 与 MapGIS K9 比较

### 1. 体系结构

MapGIS K9 除了继承 MapGIS 6X 的特征优势外，还有着新一代 GIS 体系架构——面向服务的悬浮倒挂式体系架构，该架构使系统更易于集成和管理，更易于维护，具有更好的伸缩性。开发的系统牢固可靠，并能真正做到数据、功能全面共享。同时，此架构技术极大地降低了程序的开发难度，提高了系统开发效率。

### 2. 数据模型

数据模型不一样，MapGIS 6X 采用面向点、线、面的文件数据模型，数据以文件方式存储，MapGIS K9 采用面向实体的数据模型，是对 MapGIS 6X 数据框架的修改，增加了地理数据库的概念，软件设计上更加贴近 ArcGIS。MapGIS 6X 采用的是文件型数据，MapGIS K9 数据则存储在地理数据库中。至于基本操作，对于制图方面的改变不是很大，但提供了更多的快捷键和对捕获的支持。

### 3. 数据管理

MapGIS 6X 是以文件的方式管理数据的，一个项目往往多达十几个甚至上百个文件，容易导致文件命名混乱，不利于数据的携带和使用。与 MapGIS 6X 相比，MapGIS K9 继承并提升了对海量空间数据的管理技术和多种优化措施，数据库采用分类管理，支持更高级的数据库管理技术，分类的数据集中到数据库进行统一存储，大大提高了海量数据的浏览和查询速度，可实现系统效率与数据量无关，用户编辑时自动保存数据，不必手动保存，查看、转移数据时也省去了诸多麻烦。

### 4．数据处理

MapGIS 6X 的图像校正、输入编辑、投影变换、误差校正、生成图框、打印输出等功能分布在不同的子系统模块中，比较凌乱，而 MapGIS K9 则把这些模块集成到一个界面中，整合较好，使用起来不需要从一个系统再跳到另一个系统，提高了效率。MapGIS K9 添加了更多的实用视图，如专题图视图、选择集视图、标签视图等，使得制图系统功能更加强大。输入编辑更精确，支持精确坐标输入，提升了靠近弧段、弧段起点、弧段终点、弧段交点，最近弧段的中点、最近点、当前点到最近弧段垂点，清除当前捕获点等捕捉功能。

MapGIS K9 还支持多系统库，引用不同系统库的数据可使用各自的系统库显示，方便灵活。支持动态注记，电子地图标注更加智能、美观，且可调节显示比例。打印输出进一步升级，支持图例、比例尺、指北针等制图要素的编辑。增加了更多的实用工具，如图幅系列工具，提供新旧图幅号转换、图幅参数计算，以及给定坐标点范围、不同标准比例尺图幅的图幅号查询。支持用户自定义键盘快捷键，并且可导入/导出用户快捷键配置文档，满足用户个性化操作实用需求。

MapGIS 6X 空间参照系投影参数需要用户定义和输入，而 MapGIS K9 默认提供一系列实用的空间参照系，减轻用户配置参数的不便。提供动态投影，不同坐标系下同一地理范围数据可动态投影到一个坐标系叠加显示。

### 5．数据分析

MapGIS 6X 空间分析功能不强大，只提供一些基本功能，缺少一些数理统计的方法，栅格数据分析简单，分析功能不全，因而限制了其在项目中应用的效率。MapGIS K9 把数据的处理与分析单独作为一个模块，提供矢量数据、属性数据、栅格数据、DEM 数据的编辑、处理、分析功能，在 MapGIS 6X 的基础上，增加了主成分分析、聚类分析、回归分析、判别分析、趋势面分析、空间中心分析等功能。这些功能拓展了应用领域的范围。

### 6．兼容性

MapGIS K9 完全兼容 MapGIS 6X，可直接读写 MapGIS 6X 的数据，直接对 MapGIS 6X 的数据进行操作，有专门为老用户设计的完全兼容 MapGIS 6X 的功能插件，真正做到了平滑过渡。但 MapGIS 6X 不完全兼容 MapGIS K9 的数据，MapGIS K9 的地理数据库在 MapGIS 6X 中不能使用。

# 第 2 章　GIS 数据输入

## 2.1　手工键盘输入

手工键盘数字化是指不借用任何数字化设备对地图进行数字化，即手工读取并录入地图坐标数据。手工键盘输入方法简单，但工作量很大，输入效率低，需要做十分烦琐的坐标取点或编码工作，而且数字化的精度也不可能很高。手工数字化按照空间数据存储格式的不同，分为手工矢量数字化和手工栅格数字化。

### 2.1.1　手工键盘输入矢量数字化

手工输入矢量图形数据就是把点、线、面实体的地理位置（各种坐标系中的坐标），通过键盘输入数据文件或程序中去。实体坐标可从地图的坐标网上或其他覆盖的透明网格上量取。数据采集的具体步骤如下：

（1）对地理实体进行编码。数字化之前要先对数字化的地理要素进行编码，给每一个地理要素赋予唯一的标识码。

（2）量算地理要素的坐标。在纸质图上建立平面直角坐标系，读取要素特征点（如线的顶点、折线的拐点、居民地角点等）的坐标值并记录下来，或将图纸铺平，蒙上坐标方格纸再读取坐标，对于线状和面状要素必须严格按照统一的编码有顺序地记录。

（3）录入坐标数据。在文本编辑器中严格按照一定格式录入坐标数据，保存为文本文件格式，或者在数据库软件中建立相应的坐标数据库文件。

### 2.1.2　手工键盘输入栅格数据

手工栅格数字化是指将图面划分成栅格单元矩阵，按地理实体的类别对栅格单元进行编码，然后依次读取每个栅格单元代码值的数字化方法。手工栅格数字化的一般方法步骤如下：

（1）确定栅格单元大小和形状。手工栅格数字化时，首先要确定栅格单元的大小，栅格单元的大小直接决定了数字化的精度，栅格单元越小，地图数字化的精度越高，但同时数字化的工作量也相应增加。形状一般为正方形网格。

（2）绘制透明栅格网。在透明薄膜上绘制栅格网。

（3）栅格单元分类编码。确定地物的分类标准，划分并确定每一类别的编码。

（4）固定透明薄膜。将透明栅格网薄膜蒙在要数字化的地图上，铺平并固定好。

（5）读取栅格单元值。依格网的行、列顺序用键盘输入每个像元的属性值，即各类别的编码值，栅格单元的取值方法主要有中心点法、面积占优法、长度占优法和重要性法。

（6）数据录入。在文本编辑器中，将栅格编码值按一定的格式存储为栅格数据文件。

## 2.2　手工跟踪数字化

### 2.2.1　数字化仪简介

数字化仪由电磁感应板（操作平台）、坐标输入游标（标示器）和接口装置等组成，如图 2.2-1

所示。这种设备利用电磁感应原理,在电磁感应板的($X$、$Y$)方向上有许多平行的导轨,标示器中装有一个线圈,线圈中产生交流信号,十字叉线的中心便产生一个电磁场,游标在图上的相对位置就会转变成电信号,靠预先设计好的软件,传输给计算机的电信号可以光标的形式显示在图形显示器上,操作者按动游标上的按钮,游标在图件中指定位置的坐标数据就记录在计算机中, 从而得到该点的坐标值。目前,市场上数字化仪的规格按其可处理的图幅面积来划分,有 $A_0$、$A_1$、$A_2$、$A_3$、$A_4$ 等,典型的用于制图的数字化仪是 $A_0$ 规格,其幅面大小为 1.0 m×1.5 m。较小的数字化设备称为数字化板。

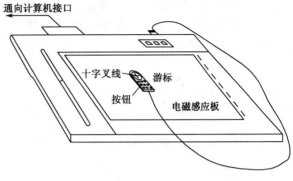

图 2.2-1　数字化仪

### 2.2.2　数字化过程

#### 1. 数字化前的准备

在数字化之前一定要做好各种准备工作,这直接关系到数字化效率、数字化精度和数字化质量。主要涉及数字化底图如何选取,对哪些要素进行数字化,以及如何对数字化要素进行分类和分层等,对于大幅面的地图还要考虑如何分幅。

(1)选择底图。地图数据的种类繁多,数字化底图的选取是进行空间数据采集的基础,底图的选取主要考虑两方面的内容,即底图的精度和要素的繁简。若比例尺太小,难以满足精度要求;比例尺太大,地图要素过于复杂,会增加数字化的难度。因此选取适当比例尺的地图做底图,并使选取的底图上包含所有符合要求的地理要素,并不是一件非常容易的事。

(2)地图分层。在进行地图数字化前,必须确定对哪些要素数字化,并对这些要素进行分层并确定层名,数字化时必须按照不同的专题内容分图层、分文件,有顺序地数字化。

(3)地图分幅。当所要数字化的地图幅面大小超过数字化板时,或者对多幅标准相邻的分幅地形图进行数字化时,就涉及对数字化地图的分幅与拼接问题。

(4)选取控制点。对于非国家标准分幅地图,还应打上方格网,以利于控制点坐标数据的精确量取。

#### 2. 安装数字化仪

一般的 GIS 软件都提供了支持连接数字化仪的驱动接口,有时也可以编程实现与数字化仪的连接。

#### 3. 初始数字化仪

在正式数字化之前,还必须进行必要的设置,包括定义用户坐标系、设置数字化方式等,数字化时把要数字化的图件固定在操作平台上,首先用鼠标器输入图幅范围和至少 4 个控制点的坐标,数字化控制点主要是图廓 4 个角点、经纬线的交点,或具有明确坐标值的点,当标示器在图幅范围内移动时,数字化板就能根据定位的 4 个点的坐标算出当前游标所处的位置。

#### 4. 数字化

利用 GIS 软件提供的点、线、面数字化功能数字化地图上的点、线、面对象。

### 2.2.3　数字化误差

(1)数字化设备误差:数字化仪设备使用时间过长导致精度降低或不符合标准均会影响输入

数据的精度。

（2）原图变形：图纸伸缩，原图与数字化仪设备贴合不紧可直接导致输入的图形变形。

（3）操作员人为误差：指操作员的经验、技能、生理因素和工作态度等。

（4）编稿原图误差：人工制作编稿原图过程中必然会有误差产生，这些误差随着图数转换而进入计算机的数据之中。

## 2.3　扫描数字化

### 2.3.1　问题和数据分析

#### 1. 问题提出

数据输入是一项十分重要的基础工作，是建立地理信息系统不可缺少的一部分。没有数据的采集和输入，就不可能建立一个数据实体。数据采集和输入投入工作量极大，几乎占据建立整个系统工作量的一半以上，因此迫切需要通过先进的计算机全自动录入或数据采集技术为 GIS 提供可靠的数据。但是由于 GIS 数据种类繁多，精度要求高而且相当复杂，加上计算机发展水平限制，在相当长的时期内，手工输入仍然是主要的数据输入手段。

地理信息系统的数据来源非常广泛。主要来源有地图数据、遥感图像、测量数据、数字资料和文字报表等，不同的资料提供了不同形式的信息，因而数据输入方法也不相同。一些常规的统计数据、文字或表格等是通过交互终端直接输入的，也可根据需要输入相应的数据库。地图数据可通过手扶跟踪数字化和扫描矢量化方式输入，遥感图像数据一般都是通过扫描矢量化方式输入的，测量数据是通过 GPS、数字摄影测量等方式输入的。目前 GIS 软件一般都提供了手扶跟踪数字化和扫描矢量化两种方式，但手扶跟踪数字化方法速度慢、精度低、作业劳动强度大，利用扫描仪进行数据输入比手工数字化快 5～10 倍，所以扫描矢量化仍然是一种最主要的数据输入手段。这里重点介绍扫描矢量化输入。

#### 2. 数据准备

现提供一张扫描地形图，该地形图虽然不是一幅标准的图幅，但图内要素齐全，包括了道路、水系、等高线、居民地、湖泊、地类等要素，需要利用 GIS 把这幅扫描地图转化为矢量形式，扫描地图文件名为 map.tif 格式，存储在 vector.hdf 地理数据库中。数据存放在 E:\Data\gisdata2.3 文件夹内。

### 2.3.2　GIS 数据分层

#### 1. GIS 图层概念

图层是各 GIS 平台的基本存储单位，用以区分空间实体的类别，是在一定空间范围内属性一致、特征相同、具有一定拓扑关系的地理实体或地理因子在空间分布上的集合，即图层是具有某些相同或相似特性的同种类型的多个几何空间对象组成的集合。每一类特征数据都可以单独组成一个图层，也可以合并若干类特征数据组成一个新的图层，例如地理图中水系构成一个图层，道路构成一个图层等。一个图层既有大量有机联系的图形信息，又有对这些几何实体进行描述的属性信息。多个空间图层组合，构成能满足一定应用需求的图层的集合称为图层集。

MapGIS 中的图层是用户按照一定的需要或标准把某些相关的物体组合在一起构成的一个图层，我们可以把一个图层理解为一张透明薄膜，每一层上的物体在同一张薄膜上，一张图就是由若干层薄膜叠置而成的。

### 2．GIS 分层原则

（1）差异性原则

根据信息类型或等级的差异性划分图层，尽量将不同类型、不同等级、不同性质、不同用途和不同几何特征或地理特征的要素，归属不同的图层，使得每一层上的信息尽可能地单一。不同类型具有不同性质，性质用来划分要素的类型，说明要素是什么，如河流、公路、境界等；不同的用途决定了地图表示内容的不同，不同的内容必须用不同的图层表示，因而不同用途的地图其图层划分极不相同；要素的属性常常通过几何符号表示，几何特征不同导致形状差异，不同类的几何符号可划归为不同的图层，如境界线的符号为点画线，而道路符号为实线，从符号特征差异明显可划分为两个图层；符号的尺度反映要素的规模顺序，如道路的不同等级，可通过符号尺寸变化来区别；不同的色彩可表示不同要素，如地形图中，棕色表示等高线、冲沟等，灰色表示居民地、道路、境界、独立地物等，蓝色表示水系、河流、湖泊等。色彩是划分图层的一个重要指标。

（2）逻辑性原则

根据图形信息内在的逻辑关系划分图层，尽量把密切相关的信息且具有相同逻辑内容和数据库结构的空间信息放在一个相邻的图层上。在计算机迅速发展的今天，图形数据库的设计除了保证用户的功能要求、保证数据的一致性和正确性之外，有利于系统编程和维护管理的数据逻辑关系结构是首要的。

（3）整体性原则

分层时要考虑数据与数据之间的关系，考虑数据与功能之间的关系。把信息相关的要素作为统一整体存放在同一图层中。如果把原来具有空间关系的实体根据简单制图要求进行图层划分，必将加大存储量，甚至破坏原有的空间关系，给空间分析带来困难，甚至无法建模。

（4）多义性原则

一种要素既可以出现在一个图层中，也可以作为另一特征出现在另一图层中。例如断层可以出现在断层线图层中，也可以作为地质体边界出现在地质界线图层中；房屋建筑和界址重合时，重合线具有双重含义，在房屋建筑层中仍要保持房屋建筑轮廓边界的完整性；道路和房屋建筑边界重合时，重合线同样具有双重含义，在道路的地物分层中仍要保持道路的完整。在建立多源 GIS 数据集时，要保证不同图层的相同弧段具有相同的地理坐标是不容易的，但必须要做到。多义性解决方法，除了采用相同的弧段复制到派生的图层来解决之外，在图层划分中比较好的方法就是采用主要图层，然后通过空间运算产生次要图层。

（5）一致性原则

为了方便使用及与其他信息系统或数据库兼容，在分层、图层命名、图层编码等诸多方面都必须采用国家标准和行业标准。为了便于图层与图层之间相互参照，便于图层间能够准确无误地叠加在一起，能够统一管理和操作，有利于今后的空间分析、查询与检索，图层间必须保证范围一致性、内容一致性、比例尺一致性、数据结构一致性、坐标一致性，其中坐标一致性包括地理坐标、网格坐标、投影坐标的统一。

（6）最优化原则

一般来说，空间数据库中图层及属性表越多，表达空间信息的内容也就越完全。原则上层的数量是不受限制的，但是由于存储空间的有限性，同时由于图层及属性表的增加，开发和维护空间数据库占用的资源就越多，开发空间数据库的工作量和人员要求也相应地快速增加。数据输入、屏幕管理界面及输出程序对于太多的图层表实体来说是一个负担。因此，分层时应顾及数据量的大小，尽量减少冗余数据。在具体分层过程中，是分得粗好还是分得细好，现在仍然是一个争论的问题。必须根据应用上的要求、计算机硬件的存储量、处理速度以及软件限制来决定。并不是图层分得越细越好，分得过细不便于操作人员记忆，不利于管理，不利于考虑要素间相互关系的处理，若要同时显示几个层，需要一次对几个层操作，浪费时间，很不方便。反之分得过粗，减少了图层，一个图层要与许多属性表联接，且编辑时要素间互相干扰，不利于某些特殊要求的分析、查询。图层划分多少要在减少图层与减少冗余二者之间进行折中。

### 2.3.3　数据预处理

**1．地图分层**

分层在数字化或矢量化之前完成，首先必须认真读图，对整个图形的主要结构有一个了解，然后根据一定的目的和分层原则对底图上的专题要素进行分类，按类设层，每类作为一个图层，数字化时按一定顺序逐层数字化，对每一个图层赋予一个图层名。表 2.3-1 是地图 map.tif 的分层信息表。

**表 2.3-1　地图 map.tif 的分层信息表**

| 主　题 | 项　目 | 层　名 | 内　容 | 图上特征 |
| --- | --- | --- | --- | --- |
| 点主题 | 居民点 | resident | 居民地注记 | 汉字 |
| | 高程点 | height | 高程注记 | 数字 |
| | 地类 | land | 地类符号 | 箭头 |
| 线主题 | 等高线 | contour | 计曲线、首曲线 | 细实线 |
| | 道路层 | road | 道路 | 虚线 |
| | 水系层 | water | 表示的河流 | 粗实线 |
| 区主题 | 居民地 | block | 居民地多边形 | 封闭的细线 |
| | 湖泊 | lake | 湖泊面状水域 | 封闭的粗线 |

**2．原图扫描**

利用扫描仪对地图扫描时大致按以下步骤进行。

（1）原图定位

准确地将原图定位于扫描仪上可以大大减少后期栅格图像的处理工作量。

（2）激活扫描软件

许多图像处理软件（如 Photoshop、CorelDraw 等）都带有与扫描仪相连的接口，从这些图像处理软件连入扫描仪，有利于后期的图像处理工作和选取不同的文件存储格式。

（3）设置扫描方式

扫描方式的选择包括扫描分辨率、色深和通道数等内容。扫描方式决定了栅格图像的质量和图像文件所占磁盘空间的大小。

（4）原图预扫

为了进一步调整扫描方式，需要对原图进行预扫。

（5）调整扫描的尺寸和扫描的方式

参考预扫图像，确定扫描范围和扫描方式。

（6）最终扫描及扫描后处理

扫描后处理包括选择扫描图像的格式和对扫描图像进行进一步的加工，如对图像的锐化和滤波处理等，目的是为能够从图像中最大程度地获取图面信息。

（7）扫描图像存储格式

扫描图像可以以多种形式存储，主要有 bmp、tif、pcx、gif 等格式，tiff 格式是一种较通用的格式，能普遍被 GIS 软件接受，目前大多数用户采用这种格式保存，但 tiff 格式数据量大，也给数据处理带来很多不便。

### 2.3.4　MapGIS 矢量化

**1．创建地理数据库**

启动 GDB 企业管理器，右键单击 MapGISCatalog 下的 MapGISLocal，创建名为 vector.hdf 的地理数据库，导入 map.tif 图像文件，创建方法见 4.1 节，或直接附加已创建好包含 map.tif 图像文件的 vector.hdf 的地理数据库。

**2．添加光栅文件**

添加 map.tif 图像图层，如图 2.3-1 所示，也可添加经过 MapGIS 图像处理系统处理得到的内部格式（RBM）文件。该功能就是将扫描原图的光栅文件或将前次采集并保存的光栅数据文件装入工作区。

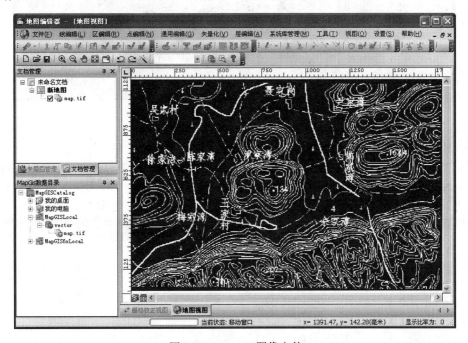

图 2.3-1　　map.tif 图像文件

**3．光栅求反**

将工作区中的二值或灰度图像进行反转（Invert），如使二值图像的白色变为黑色，黑色变为白色。在矢量化的过程中，是以灰度级高的像素为准的，即只对灰度级高的像素进行矢量化，灰度级低的像素作为背景。若扫描进来的图像与此相反，则需利用该功能进行反转后才能开始正确的矢量化操作。如二值图像，正常的光栅数据显示出来应是灰底白线，如果出现白底灰线，说明图像黑白相反，应用"光栅文件求反"功能将光栅求反，求反后的光栅文件应存盘，否则下次装入的光栅文件还是不变。单击"矢量化→光栅文件求反"，结果如图 2.3-2 所示。

**4．矢量化设置**

（1）设置矢量化范围

全图范围：矢量化操作在全图范围内有效。

窗口范围：矢量化操作在定义窗口范围内有效。

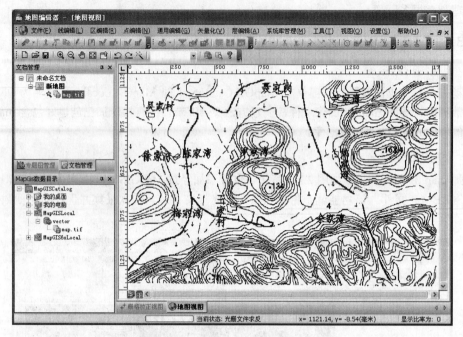

图 2.3-2　光栅文件求反的结果

（2）设置矢量化参数

右键单击新图层，单击"新建图层"，选择"简单要素图层"，命名为 map，位置存放在 vector.hdf 地理数据库中，确定选择线，完成建立线图层，如图 2.3-3 所示。添加该图层，并将其设为当前编辑状态。单击"矢量化→矢量化设置"，弹出"选项设置"窗口，如图 2.3-4 所示。

图 2.3-3　新建 map 线文件图层

① 抽稀因子：因为在矢量化过程中，若逐个点跟踪，则线的点数就会太多。为了减少数据的冗余点，在矢量化的过程中，系统在不影响数据精度的条件下自动进行抽稀。抽稀后的线与原光栅中心线（不抽稀的情况下跟踪出来的线）之间肯定会出现偏差。抽稀因子表示抽稀后的线与原光栅中心线的最大误差允许值，它的单位是光栅点。默认情况下为一个光栅点，也即抽稀后的线

与原光栅中心线的最大偏差为一个光栅点（若扫描分辨率为 300 dpi，则一光栅点大约为 0.08 mm）。

②同步步数：就是在矢量化线的过程中，在搜索光栅线的中心线时，允许向前搜索的最大光栅点数。若在给定的允许范围内，搜索不到中心线，则系统自动结束当前线跟踪。所以这个参数控制矢量化转弯处的连续性，参数大则连续性较好，但线的准确性和线端点处的处理将受到影响。

③最小线长：自动矢量化时，小于最小线长的线将被舍去。

（3）设置矢量化高程参数

在进行等高线矢量化时，首先在"线编辑"菜单下利用"编辑线属性结构"功能建立高程字段，默认属性字段不允许赋高程值，然后利用该"设置矢量化高程参数"功能设置当前高程、高程增量和高程存储域，实习地形图等高距为 10 m，如图 2.3-5 所示。

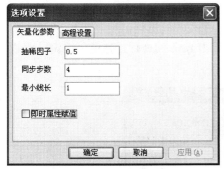

图 2.3-4　矢量化参数窗口　　　　　　　图 2.3-5　矢量化高程参数设置

①当前高程：当前矢量化线的高程值。每矢量化一条线时，系统就会根据指定的高程存储域，将当前高程值赋予该属性域。

②高程增量：高程递增量。矢量化过程中，每按一次 F4 键，当前高程就递增一次"高程增量"所指定的值，并弹出一个小窗口，显示当前高程值。

③高程域名：存储高程值的属性域名，可选择属性库中任意一个浮点型域来存储高程值。

## 5. 矢量化

矢量化追踪的基本思想就是沿着栅格数据线的中央跟踪，将其转化为矢量数据线。

（1）非细化无条件自动矢量化

这是一种新的矢量化技术，与传统的细化矢量化方法相比，它具有无须细化处理、处理速度快、不会出现细化过程中常见的毛刺现象、矢量化的精度高等特点。

无条件全自动矢量化无须人工干预，系统自动进行矢量追踪，既省事，又方便。全自动矢量化对于那些图面比较清洁、线条比较分明、干扰因素比较少的图，跟踪出来的效果比较好，但是对于那些干扰因素比较大的图（注释、标记特别多的图），就需要人工干预，才能追踪出比较理想的图。

本系统的自动矢量化除了可进行整幅图的矢量化外，还可对图上的一部分进行自动矢量化。具体使用时，先用"设置矢量化范围"设置要处理的区域，然后在使用全自动矢量化时就只对所设置的范围内的图形进行矢量化。

（2）交互式矢量化

对于那些图面复杂、干扰因素大的图，无条件全自动矢量化就显得力不从心了，需要人工导向自动识别跟踪矢量化。进入交互式矢量化状态，移动光标，选择需要追踪矢量化的线，屏幕上即显示出追踪的踪迹。遇到交叉地方，通过键盘上的一些功能键，选择下一步跟踪的方向和路径。

当一条线跟踪完毕后，按鼠标的右键，即可以终止一条线。

键盘上的一些功能键的主要作用：F8 加点，F9 退点，F11 改向，F5 放大，F7 缩小、F6 移动、F12 捕捉想连接的线头。

（3）封闭单元矢量化

对于地图上的居民地等一些图元，它们本身是封闭的，然而，由于内部填充有阴影线等内容，无论自动矢量化或交互式矢量化都无法将其一次完整地矢量化出来，这时选用封闭单元矢量化功能就能将其完整地矢量化出来。

封闭单元矢量化功能有两项选择：一种是以这个光栅单元的外边界为准进行矢量化；另一种是以边界的中心线为准进行矢量化。

（4）高程自动赋值矢量化

这是快速等高线赋值方法，具体操作步骤如下。

① 增加高程字段，字段类型必须是浮点型。右键单击 map 线文件，弹出"编辑属性结构"对话框，增加"高程"字段，如图 2.3-6 所示。

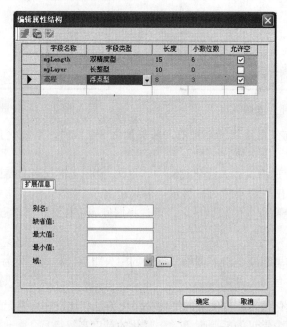

图 2.3-6　"编辑属性结构"对话框

② 设置高程参数，参考"设置高程参数"。

③ 自动赋值：用鼠标拖出一条橡皮线，系统弹出"高程设置"对话框要求用户设置当前高程、高程增量和高程域名，然后系统将凡与该橡皮线相交的等高线，根据已设置的"当前高程"为基值，自动逐条按"高程增量"递增赋值，原先若有值，则被自动更新高程。

# 第 3 章　GIS 数据处理

## 3.1　地图投影转换

### 3.1.1　问题和数据分析

#### 1. 问题提出

地理信息系统之所以区别于一般的信息系统，就在于它所存储记录、管理分析、显示应用的都是地理信息，而这些地理信息都是具有三维空间分布特征且发生在二维地理平面上的，因而它们需要有一个空间定位框架，即共同的地理坐标和平面坐标系统。所以说统一的坐标系统是地理信息系统建立的基础。没有合适的投影或坐标系的空间数据不是一个好的空间数据，甚至是没有意义的空间数据，因为这种数据不含实际地理意义。

地图投影对地理信息系统的影响是渗透在地理信息系统建设的各个方面的。地理信息系统的数据多来自于各种类型的地图资料，不同的地图资料根据其成图的目的与需要的不同而采用不同的地图投影。当来自这些地图资料的数据进入计算机时，首先必须将它们进行转换，用共同的地理坐标系统和直角坐标系统作为参照系来记录存储各种信息要素的地理位置和属性，保证同一地理信息系统内（甚至不同的地理信息系统之间）的信息数据能够实现交换、配准和共享，否则后续所有基于地理位置的分析、处理及应用都是不可能的。

我国的各种地理信息系统中都采用了与我国基本比例尺地形图系列一致的地图投影系统，大于等于 1∶50 万时采用高斯-克吕格投影，1∶100 万采用正轴等角割圆锥投影。

#### 2. 数据准备

（1）钻探数据

Excel 格式的钻探数据文件 drill.xls 打开后如图 3.1-1 所示，其中 id 为记录数，dh 为钻探类型（ZK 钻孔、QJ 浅井、TC 探槽），bh 为钻探编号，x、y 为地理坐标 DDDMMSS 格式（例如，1121821 为 112°18′21″），tfe、mn、p、h 为样品分析数据，比例尺为 1∶1 万。数据存放在 E:\Data\gisdata3.1 文件夹内。

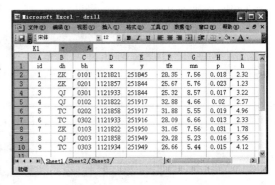

图 3.1-1　Excel 钻探数据

（2）矿区边界拐点数据

现提供 12 个矿区多边形边界拐点大地坐标，1，2，3，…为拐点序号，坐标前的 37 为投影带带号，比例尺为 1∶1 万，利用 MapGIS 将 12 个矿区多边形边界拐点大地坐标投影到高斯投影平面直角坐标系上，用圆形符号显示，在 MapGIS "地图编辑器"子系统中用线将这些点连接成多边形。数据存放在 E:\Data\gisdata3.1 文件夹内。

1, 3809000, 37451370, 2, 3809000, 37452000, 3, 3807400, 37452000, 4, 3807400, 37451150, 5, 3808060, 37451120, 6, 3808630, 37451260

1，3810710，37455000，2，3810820，37455400，3，3810900，37455600，4，3810790，37455800，5，3810560，37456300，6，3810730，37456600，7，3810620，37456800，8，3810500，37457200，9，3810436，37457580，10，3810050，37457550，11，3810240，37457000，12，3810600，37455000

1，3809650，37463000，2，3811300，37463000，3，3811300，37464500，4，3809650，37464500

1，3815500，37462250，2，3815500，37462750，3，3815900，37462750，4，3815900，37462250

1，3809000，37464500，2，3811300，37464500，3，3811300，37464000，4，3813500，37464000，5，3813500，37467500，6，3812750，37467500，7，3812750，37467000，8，3809000，37467000

1，3815000，37484000，2，3815000，37486600，3，3814000，37486600，4，3814000，37484000

1，3816365.56，37464042.93，2，3816360.00，37466340.00，3，3814855.63，37466210.00，4，3814855.63，37464037.11

1，3814500，37462000，2，3814500，37464000，3，3814800，37464000，4，3814800，37464600，5，3813500，37464600，6，3813500，37462000

1，3816400，37466400，2，3814600，37466200，3，3814600，37470000，4，3816400，37470000，

1，3808000，37454000，2，3808000，37457000，3，3807000，37457000，4，3807000，37457750，5，3806000，37457750，6，3806000，37454000

1，3808500，37461000，2，3808500，37461500，3，3809000，37461500，4，3809000，37461000

1，3813200，37444456，2，3813200，37445000，3，3812600，37445000，4，3812600，37444640，5，3812800，37444456

（3）地质图数据

geomap.hdf 地理数据库为一幅 1∶5 万标准的地质图成果，图内要素包括标准图框经纬网、地质界线、地质代号、地质体等内容，包含 geomap.wt，geomap.wl，geomap.wp 三个图层。数据存放在 E:\Data\gisdata3.1\文件夹内。

### 3.1.2　钻探地理坐标转投影平面直角坐标（去投影带大地坐标）

**1. 数据转换**

（1）打开 Excel 钻探数据文件 drill.xls，如图 3.1-1 所示。

（2）在"文件"菜单中另存为 drill.txt，如图 3.1-2 所示。注意是 txt 类型，否则 MapGIS K9 无法识别。

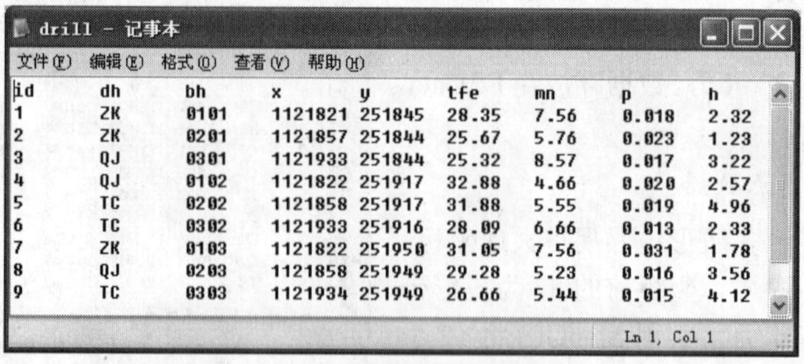

图 3.1-2　txt 类型钻探数据

**2. 投影转换**

（1）启动 GDB 企业管理器，右键点击 MapGISCatalog 下 MapGISLocal，创建名为 drill.hdf 的地理数据库，方法见 4.1。

（2）将原始投影的钻孔数据导入地理数据库 drill.hdf 中。在地理数据库 drill.hdf 下的空间数

据上单击右键选择"导入->其他数据",打开"数据导入"对话框,源数据选择 drill.txt,单击"目的类型"下的"简单要素类",然后将目标数据设为 drill_point,如图 3.1-3 所示。

(3) 单击"数据导入"对话框中"参数"栏下的<u>...</u>按钮进行高级参数设置,在"高级参数设置"对话框中选择"按指定分隔符"单选按钮,单击"设置分隔符"。"分隔符号"选择"Tab键"和"空格";"设置作为图元属性的列及结构"区域中,"加入"列只选择第 4、5,因为 4、5列是横向和纵向坐标,"属性名称所在行"设为第一行,如图 3.1-4 所示。

图 3.1-3　drill.txt 数据导入　　　　　　　　　　　　　　　　图 3.1-4　设置分隔符

(4) 在"高级参数设置"对话框中设置 $x$,$y$ 的位置,然后将"指定数据起始位置"设置为从第二行开始。高级参数设置的最后结果如图 3.1-5 所示。再单击"图形参数"设置点图形参数,如图 3.1-6 所示。

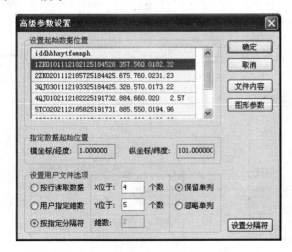

图 3.1-5　高级参数设置

图 3.1-6　点图形参数设置

（5）设置完成单击"确定"按钮，回到"数据导入"对话框，单击"转换"按钮完成数据的导入，关闭"数据导入"对话框，在 GDB 企业管理器中，单击简单要素类 drill_point，并单击中下部浏览图形的球形，窗口中显示 9 个投影点，如图 3.1-7 所示。由窗口左上标尺可以看出坐标为地理坐标。

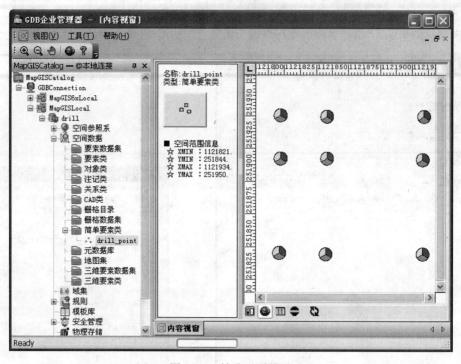

图 3.1-7　钻孔平面显示

（6）投影参数设置。在"地图编辑器"子系统中单击"工具→投影变换→类投影"，弹出如图 3.1-8 所示对话框。

源简单要素设置。单击"打开"按钮，选择 drill.hdf 地理数据库中的 drill_point 简单要素类。

源空间参照系设置。单击 ... 按钮弹出如图 3.1-9 所示对话框，选择新建空间参照系，在"坐标系"选项卡下，将"空间参照系类型"设为"地理坐标系"，"空间参照系名称"为钻探原地理坐标系，如图 3.1-10 所示；在"地理坐标系"选项卡下，"标准椭球"选择第一个，"单位"选择"DDDMMSS.SS"，如图 3.1-11 所示；在"投影坐标系"选项卡下，"类型"选择"5：高斯-克吕格（横切椭圆柱等角）投影"，"投影带类型"选择"3 带"，"投影带序号"选择"37"，"投影区内任意点的纬度（DMS）"设为"251900"，"水平比例尺"设为"1"，"长度单位"设为"米"，如图 3.1-12 所示。

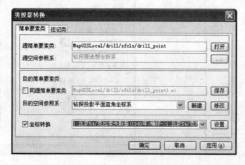

图 3.1-8　类投影对话框

图 3.1-9　"设置空间参照系"对话框

目的简单要素类设置。如果"同源简单要素类"勾选，表示将以源要素类同名覆盖，否则，单击"保存"按钮，命名为 drill_point1，保存到地理数据库 drill.hdf 中并生成 drill_point1.wt 简单要素类。

目的空间参照系设置。单击 新建 按钮，在"坐标系"选项卡下，将"空间参照系类型"设为"投影平面直角坐标系"，"空间参照系名称"为"钻探投影平面直角坐标系"，如图 3.1-13 所示；在"地理坐标系"选项卡下，"标准椭球"选择第一个，"单位"选择"DDDMMSS.SS"，如图 3.1-11 所示；在"投影坐标系"选项卡下，"类型"选择"5：高斯-克吕格（横切椭圆柱等角）投影"，"投影带类型"选择"3 带"，"投影带序号"选择"37"，"投影区内任意点纬度（DMS）"设为"230000"，"水平比例尺"设为"1"，"长度单位"设为"米"，如图 3.1-12 所示。

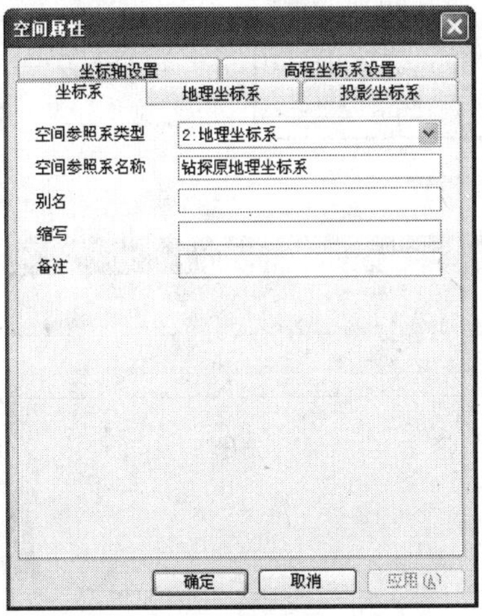

图 3.1-10　设置源坐标系及名称

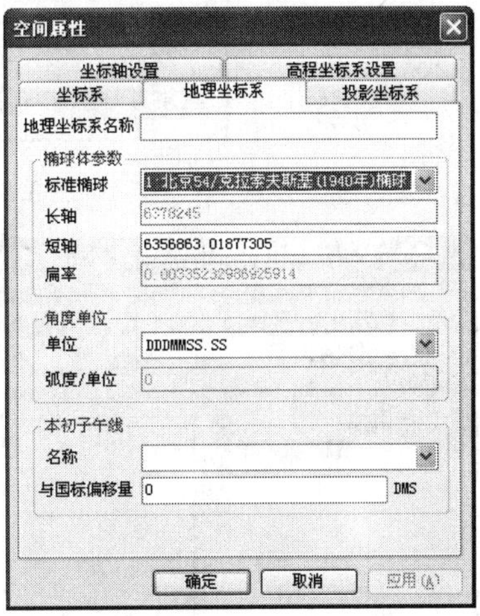

图 3.1-11　设置地理坐标系

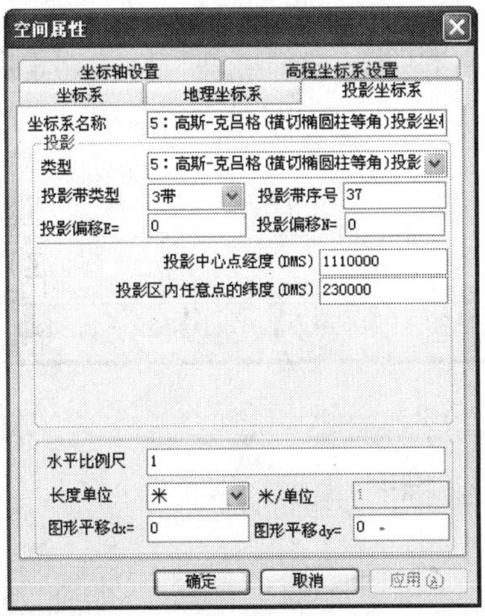

图 3.1-12　设置投影坐标系

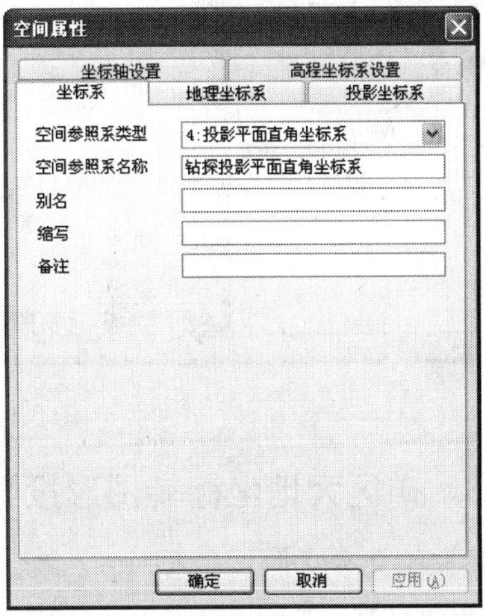

图 3.1-13　设置目的坐标系及名称

坐标转换设置。将"坐标转换"打上钩，单击"设置"，里面参数取默认值，单击"添加项"并单击"确定"按钮，如图 3.1-14 所示，然后在"坐标转换"后的下拉列表中选择刚刚添加的椭球参数。

（7）"类投影转换"对话框参数设定完成后，单击"确定"按钮，所得的图为去掉投影带 37 后的数据，如图 3.1-15 所示，单位为米，比例尺为 1∶1。

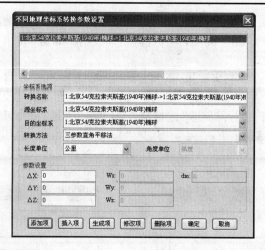

图 3.1-14  坐标转换设置

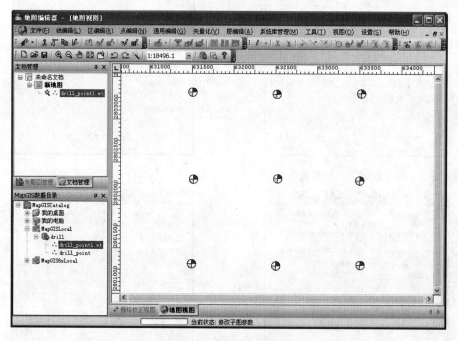

图 3.1-15  转换后的结果

### 3.1.3  矿区大地坐标转图形投影平面直角坐标

**1．建立纯文本文件**

（1）直接打开 mine.txt。

（2）去掉 *Y* 坐标前投影带带号 37，方法是用记事本"编辑"中的"替换"功能将"，37"替换为"，"，并将每个多边形数据的第一个点数据复制到最后，并改变其前面的序号为多边形顺延的最后一个点的序号，以便将所有点连成多边形时最后一个点与第一个点重合，构成封闭多边形，修改结果保存到文件 boundary.txt 中，如图 3.1-16 所示。

**2．投影转换**

（1）启动 GDB 企业管理器，右键单击 MapGISCatalog 下的 MapGISLocal，创建名为 mine.hdf 的地理数据库，创建方法见 4.1 节。

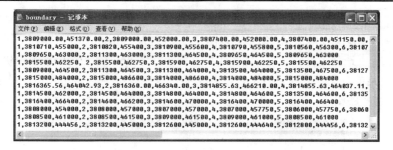

图 3.1-16　矿区边界拐点纯文本文件

（2）将原始投影的坐标数据导入地理数据库 mine.hdf 中。在地理数据库 mine.hdf 下的空间数据上单击右键选择"导入→其他数据"，打开数据导入对话框，目的是将 boundary.txt 作为数据导入，将它转换为简单要素类。

（3）单击"数据导入"对话框中参数栏下▓▓▓按钮进行高级参数设置，在"高级参数设置"对话框中选择"用户指定维数"单选按钮，再按如图 3.1-17 所示对话框设置参数。

（4）设置完成单击"确定"按钮，回到"数据导入"对话框，单击"转换"按钮完成数据的导入。

（5）投影参数设置。在"地图编辑器"子系统中单击"工具→投影变换→类投影"，弹出对话框，完成投影参数设置，同 3.1.2 节。

（6）单击"确定"按钮，完成坐标转换，结果如图 3.1-18 所示。

图 3.1-17　参数设置

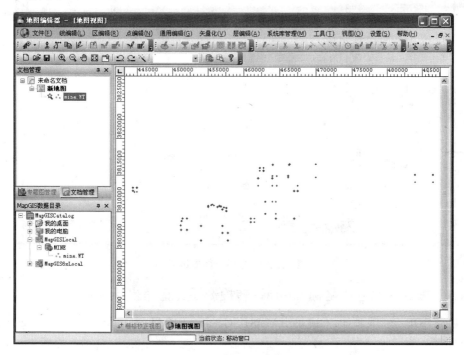

图 3.1-18　投影转换生成点文件

（7）根据图元 ID 号先后顺序连接点生成多边形，右键单击新地图选择新建图层，弹出"新建图层"对话框，图层类别中选择"简单要素图层"，命名为"mine.wl"，保存到 mine 地理数据库，单击"确定"按钮，选择线类型完成，如图 3.1-19 所示。将 mine.wl 设为当前编辑状态，选择"线编辑→输入线"菜单命令，boundary.txt 可以生成 12 个封闭多边形，多边形拐点号与 boundary.txt 生成的点的 ID 号顺序相同，根据点 ID 号先后顺序连接点生成多边形，如图 3.1-20 所示。

图 3.1-19　新建图层

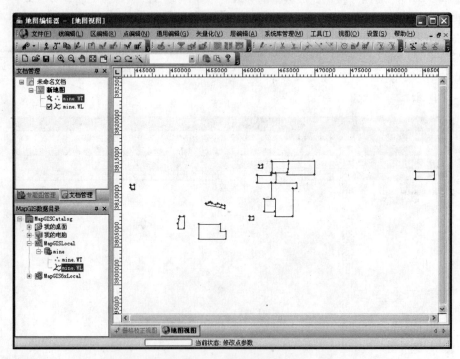

图 3.1-20　生成封闭多边形

### 3.1.4　投影平面直角坐标（mm）转投影平面直角坐标（m）

（1）启动 GDB 企业管理器，右键单击 MapGISCatalog 下的 MapGISLocal，附加名为 geomap.hdf 的地理数据库。

（2）打开"地图编辑器"子系统，添加地质点线面文件 geomap.wt（点类）、geomap.wt（注

记类）、geomap.wl（线类）、geomap.wp（区类），其比例尺为 1 : 5 万，网间间隔为 1 km，起始
经度为 114°，纬度为 29° 40′，如图 3.1-21 所示。

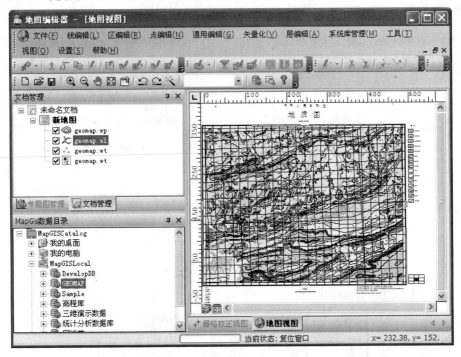

图 3.1-21　平面直角坐标系的地质图

（3）将所有数据修改到同一参照系下。在 GDB 企业管理器中右键单击这四个图层，选择空
间参照系，弹出如图 3.1-22 所示对话框，单击 ... 按钮，弹出"空间属性"对话框，在"坐标系"
选项卡下，将"空间参照系类型"设为"投影平面直角坐标系"，
"空间参照系名称"为"投影平面直角坐标系"，如图 3.1-23 所
示；在"地理坐标系"选项卡下，"标准椭球"选择第一个，"单
位"选择"DDDM MSS.SS"；在"投影坐标系"选项卡下，"类
型"选择"5：高斯-克吕格（横切椭圆柱等角）投影"，"投影带
类型"选择"6 带"，"投影带序号"选择"20"，"水平比例尺"
设为"50000"，"长度单位"设为"毫米"，如图 3.1-24 所示。

图 3.1-22　设置空间参照系

**注意：** 导入的所有数据必须修改到同一参照系下。

（4）投影参数设置。在"地图编辑器"子系统中单击"工具→投影变换→成批投影或转换"，
弹出如图 3.1-25 所示对话框，依次设置源地理数据库 geomap，目标地理数据库 geomap，勾选所
要进行投影变换的源类及目的类名称并为目的类名称重新命名为 geomap1.wt（点类）、geomap1.wt
（注记类）、geomap1.wl（线类）、geomap1.wp（区类）。在对话框中选择"投影变换"弹出对话框，
如图 3.1-26 所示，单击 新建 ，弹出"空间属性"对话框。在"坐标系"选项卡下，将"空间
参照系类型"设为"投影平面直角坐标系"（去掉投影带后的大地坐标），如图 3.1-27 所示。在"地
理坐标系"选项卡下，"标准椭球"选择第一个，"单位"选择"DDDMMSS.SS"；在"投影坐标
系"选项卡下，"类型"选择"5：高斯-克吕格（横切椭圆柱等角）投影"，"投影带类型"选择
"6 带"，"投影带序号"选择"20"，"水平比例尺"设为"1"，"长度单位"设为"米"，如图 3.1-28
所示。坐标系转换方法下拉列表中单击"设置"按钮，弹出"不同地理坐标系转换参数设置"对
话框，选择"添加项"，单击"确定"按钮，在坐标系转换方法下拉列表中选择存在的坐标转换，

单击"确定"按钮完成设置。

（5）设置完成后单击"执行"按钮，将结果 geomap1.wt（点类）、geomap1.wt（注记类）、geomap1.wl（线类）、geomap1.wp（区类）附加到"地图编辑器"子系统中，如图 3.1-29 所示。

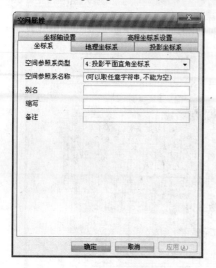

图 3.1-23　源坐标系

图 3.1-24　源投影坐标系

图 3.1-25　设置投影参数

图 3.1-26　投影转换

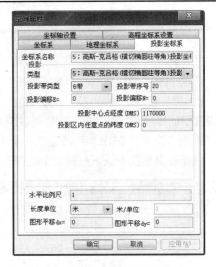

图 3.1-27　目的坐标系　　　　　　　　图 3.1-28　目的投影坐标系

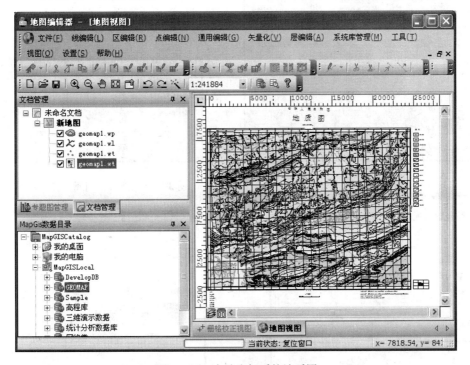

图 3.1-29　大地坐标系的地质图

### 3.1.5　去带号大地坐标（m）转投影平面直角坐标（mm）

（1）在"地图编辑器"子系统中，添加地质图点线面 geomap1.wt（点类）、geomap1.wt（注记类）、geomap1.wl（线类）、geomap1.wp（区类），如图 3.1-29 所示。

（2）选择"工具→投影变换→成批投影或转换"，弹出"投影/转换地理数据库"对话框，源地理数据库和目的地理数据库都选择 geomap，源类名称勾选 geomap1.wt（点类）、geomap1.wt（注记类）、geomap1.wl（线类）、geomap1.wp（区类），目的类名称重新命名为 geomap2.wt（点类）、geomap2.wt（注记类）、geomap2.wl（线类）、geomap2.wp（区类），如图 3.1-30 所示。

（3）选择"投影转换"弹出"投影转换"对话框，如图 3.1-31 所示，单击 新建 ，弹出"空间属性"对话框,在"坐标系"选项卡下,将"空间参照系类型"设为"投影平面直角坐标系","空间参照系名称"为投影平面直角坐标系,如图 3.1-32 所示;在"地理坐标系"选项卡下,"标准椭球"选择第一个,"单位"选择"DDDMMSS.SS";在"投影坐标系"选项卡下,"类型"选择"5:高斯-克吕格(横切椭圆柱等角)投影","投影带类型"选择"6 带","投影带序号"选择"20","水平比例尺"设为"50000","长度单位"设为"毫米",如图 3.1-33 所示。单击"确定"按钮回到"设置空间参照系"对话框,在空间参照系列表中选择修改后的投影平面直角坐标系。坐标系转换方法单击"设置",弹出"不同地理坐标系转换参数设置"对话框,选择"添加项",单击"确定"按钮,在坐标系转换方法下拉列表中选择存在的坐标转换,单击"确定"按钮完成设置。

图 3.1-30　投影参数设置

图 3.1-31　修改空间属性参数对话框

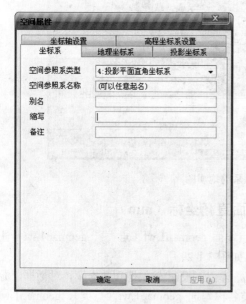

图 3.1-32　目的坐标系

图 3.1-33　目的投影坐标系

（4）单击"执行"按钮,生成 geomap2.wt（点类）、geomap2.wt（注记类）、geomap2.wl（线类）、geomap2.wp（区类）文件,如图 3.1-34 所示。

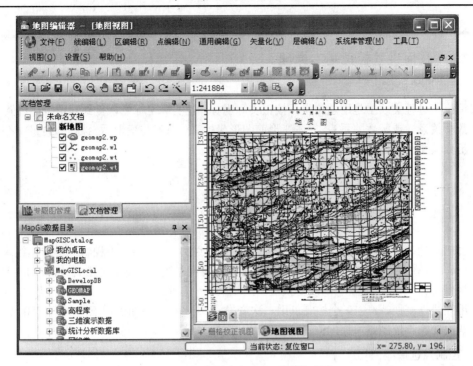

图 3.1-34　平面直角坐标系的地质图

# 3.2　几何误差校正

## 3.2.1　问题和数据分析

### 1．问题分析

　　GIS 的数据精度是一个关系到数据可靠性和系统可信度的重要问题，与系统的成败密切相关。地理信息系统建立过程中综合了不同来源、不同时间和不同比例尺的数据。用户可以不管比例尺的大小、图形的精度而较容易地把来源不同的数据进行综合、覆盖和分析，如果 GIS 的空间数据精度不高，其结果是误差增加，使 GIS 数据误差问题变得极为复杂。建立 GIS 的过程就是和误差作斗争的过程。GIS 产生的误差可以比喻成快速产生的垃圾，如对误差处理不当，GIS 能以相当快的速度产生各种垃圾。如果不考虑 GIS 的数据精度，那么当用户发现 GIS 的结论与实际的地理状况相去惊人时，GIS 产品就会在用户中立刻失去信誉。为了寻找有效抵抗和削弱误差的影响，需要了解 GIS 数据所含误差来源和特性等，花大力气从理论上研究 GIS 空间数据的误差问题，对 GIS 工程的每一阶段数据进行校正，使误差消失在初始状态，最大限度地减少误差。

### 2．数据准备

　　这里准备了三组数据，每组数据提供了三个数据层，分别是实际线数据层、理论控制点线数据层、实际控制点线数据层。数据存储在 Rectify1.hdf、Rectify2.hdf 和 Rectify3.hdf 三个地理数据库中第一组数据由于实际控制点与理论控制点间的误差不太大，可以采用自动校正的方法进行实际控制点与理论控制点的匹配；第二组数据实际控制点与理论控制点间相距较远，自动校正的方法无法找到控制点间一一对应的关系，因而采用交互校正的方法添加控制点；第三组数据用于遥感影像数据配准校正。数据存放在 E:\Data\gisdata3.2 文件夹内。

### 3.2.2　几何误差校正基本原理

#### 1．几何变换函数

误差校正过程实质上是用理论坐标校正实际坐标，把实际坐标点恢复到理论坐标位置，即找出一种数学关系（或函数关系），描述变形前图形坐标 $(x, y)$ 与变形后坐标 $(x', y')$ 之间的换算，其函数关系可描述为

$$
\begin{cases}
x' = \sum_{i=0}^{n} \sum_{j=0}^{n-i} a_{ij} x^i y^i \\
y' = \sum_{i=0}^{n} \sum_{j=0}^{n-i} b_{ij} x^i y^i
\end{cases}
$$

通过已知的多个控制点理论和实际坐标，代入上式后可得出多个方程组，解方程组求出 $x$，$y$ 的系数 $a_{ij}$，$b_{ij}$，就可建立真正的函数关系。常见几何误差校正的基本方法有一次变换（同素变换、仿射变换）、双线性变换、二次变换及高次变换，一般地，3 个控制点用一次变换，4～7 个控制点用双线性变换，8～19 个控制点用二次变换，20～49 个控制点用三次变换，50 个控制点以上用四次变换，控制点增加，位置精度增加，但计算量加大。

#### 2．控制点选择

控制点的选取应不少于 4 个，标准分幅地图在内图框四角上有本幅图的四个控制点，并相应地标有实际地理坐标，图面上往往还有大地测量控制点可供选择。当没有现成的可供选择的控制点或需要增加控制点时，控制点的选取原则是尽可能选取点状要素或线状要素（如河流、道路等）的交点，并在图面上大致均匀分布，这样有利于提高数字化精度。一般控制点主要有：图廓图、经纬网交点、方厘网交点、三角点、水准点等。

### 3.2.3　MapGIS 自动误差校正

#### 1．附加地理数据库

打开"地图编辑器"子系统，右键单击 MapGISCatalog 下的 MapGISLocal，附加名为 Rectify1.hdf、Rectify2.hdf 和 Rectify3.hdf 的地理数据库。

#### 2．添加数据层

添加 line1.wl、fact1.wl、theory1.wl，如图 3.2-1 所示。

#### 3．附加"采集校正控制点"工具条

在放工具条的地方，单击右键，系统会弹出菜单，选择"采集校正控制点"命令，在工具条的地方就会出现"采集校正控制点"工具条，如图 3.2-2 所示。

#### 4．实际控制点操作

（1）设置采集文件的状态为"当前编辑"。把光标移到 fact1.wl 图层上，双击鼠标左键，fact1.wl 就会变成当前编辑状态。

（2）新建控制点文件。在"采集校正控制点"工具条中选择"新建控制点文件" 按钮。

（3）设置控制点采集参数。在"采集校正控制点"工具条中选择"设置控制点采集参数" 按钮，如图 3.2-3 所示。

（4）自动采集实际控制点。在"采集校正控制点"工具条中选择"自动采集实际控制点" 按钮，如图 3.2-4 所示。

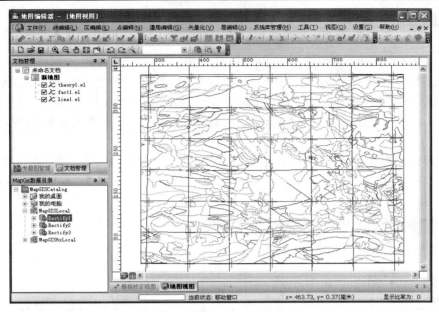

图 3.2-1　图形显示

图 3.2-2　"采集校正控制点"工具条　　　　图 3.2-3　设置实际控制点采集参数

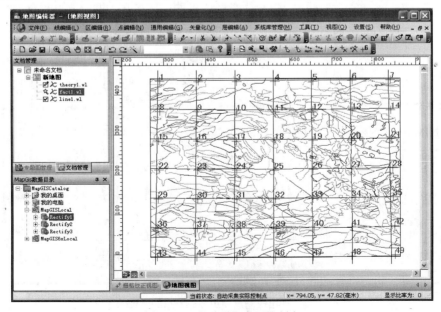

图 3.2-4　自动采集实际控制点

**5．理论控制点操作**

（1）设置采集文件的状态为"当前编辑"。把光标移到 theory1.wl 图层上，双击鼠标左键，theory1.wl 就会变成当前编辑状态。

（2）设置控制点采集参数。在"采集校正控制点"工具条中选择"设置控制点采集参数"按钮，控制点采集参数如图 3.2-5 所示，采集搜索范围约 35。不能太大，也不能太小。

（3）自动采集理论控制点。在"采集校正控制点"工具条中选择"自动采集理论控制点"按钮。

① 当理论控制点和实际控制点在规定的搜索范围内，也就是说，理论控制点和实际控制点间误差不大，每对点都能相互匹配时可选择"直接进行匹配"，如图 3.2-6 所示，匹配结果如图 3.2-7 所示。

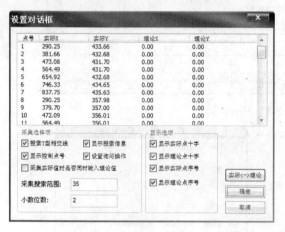

图 3.2-5　设置理论控制点参数

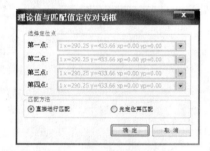

图 3.2-6　理论值和实际值直接匹配

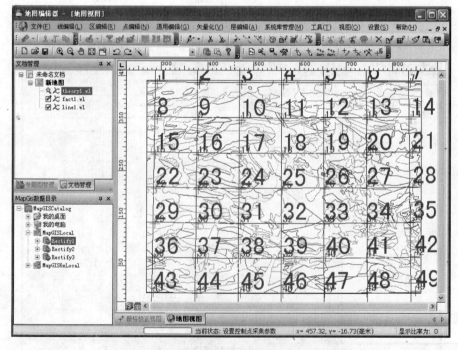

图 3.2-7　理论控制点和实际控制点的匹配关系

② 当理论控制点和实际控制点在规定的搜索范围内，每对点不能一一匹配时，就选择"先定位再匹配"的方法。

- 记录实际采集的控制点中任意 4 个编号和位置，如 1、7、43、49。
- 为了保证可以选择到理论控制点，单击"采集校正控制点"工具条上 ⊛ 按钮，将控制点搜索范围设置到 35 左右。
- 使 theroy1.wl 处于当前编辑状态，单击"采集校正控制点"工具条上"添加校正控制点" ⊹ 按钮，交互式输入对应的理论控制点编号 1、7、43、49，结果如图 3.2-8 所示。
- 单击"采集校正控制点"工具条上"自动采集理论控制点" ⁺⁺ 图标，在"理论值和匹配值定位"对话框中选按钮"先定位再匹配"单选钮，依次选择 1、7、43、49 四个点，如图 3.2-9 所示，然后单击"确定"按钮，匹配结果如图 3.2-7 所示。

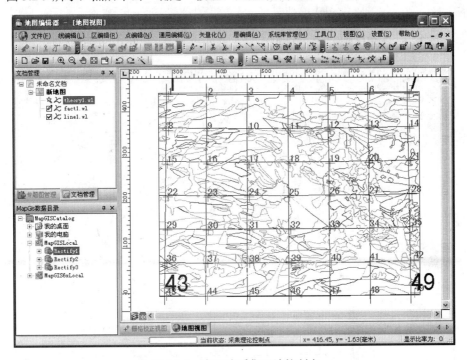

图 3.2-8　交互式采集理论控制点

（4）保存采集的控制点。在"采集校正控制点"工具条中选择"另存控制点文件"按钮，保存为 GCP.pnt.

### 6．数据校正转换

使 line1.wl 处于当前编辑状态，选择"矢量校正" ⁺⁶ 按钮，系统会弹出"通过对话框转换相应的类"对话框，参数设置如图 3.2-10 所示。添加"源简单要素类"的路径和"目的简单要素"文件路径，点选"根据控制点校正"单选钮，打开控制点文件"GCP.pnt"，单击"校正"按钮，进行矢量校正，完成后单击"确定"按钮。校正后文件名称可以改为"newline.wl"。

### 7．对比显示

添加校正后的文件 newline.wl，只显示校正前文件 line1.wl 和校正后文件 newline.wl。比较校正前和校正后间的差别，如图 3.2-11 所示。

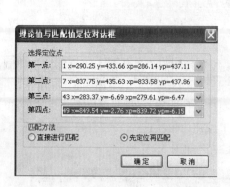

图 3.2-9　先定位再匹配控制点

图 3.2-10　矢量校正

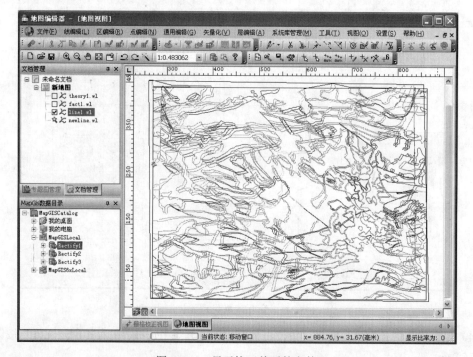

图 3.2-11　显示校正前后的文件

### 3.2.4　MapGIS 交互式误差校正

**1. 添加数据层**

在"地图编辑器"子系统中，添加 line2.wl、fact2.wl、theory2.wl 图层。使 fact2.wl 处于当前编辑状态。

**2. 实际控制点操作**

（1）新建控制点文件。在"采集校正控制点"工具条中选择"新建控制点文件" ⊞ 按钮。

（2）复位窗口，工作区左上角显示实际控制点，左下角显示理论控制点，移动鼠标，拉框放大实际控制点使尽可能全屏显示。

（3）设置控制点采集参数。在"采集校正控制点"工具条中选择"设置控制点采集参数" 按钮，如图 3.2-12 所示。

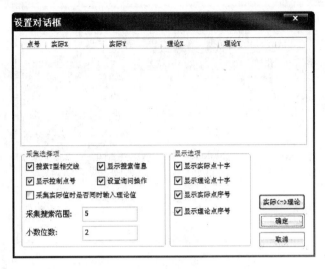

图 3.2-12　设置实际控制点采集参数

（4）自动采集实际控制点。在"采集校正控制点"工具条中选择"自动采集实际控制点" 按钮，如图 3.2-13 所示。

（5）记录下实际控制点编号。

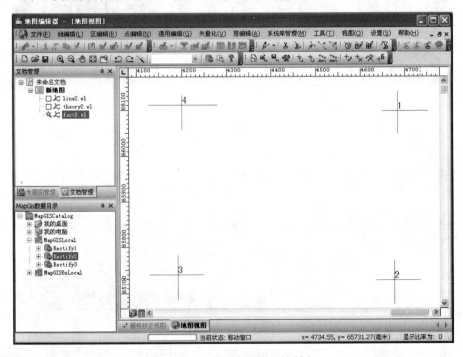

图 3.2-13　显示实际校正控制点

**3．理论控制点操作**

（1）设置采集文件的状态为"当前编辑"。把光标移到 theory2.wl 图层上，双击鼠标左键，theory2.wl 就会变成当前编辑状态。

（2）设置控制点采集参数。在"采集校正控制点"工具条中选择"设置控制点采集参数"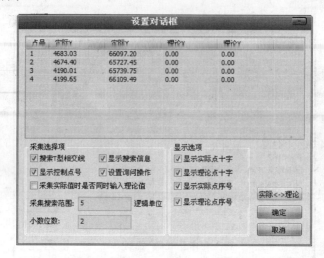
按钮，如图 3.2-14 所示。

图 3.2-14　设置理论控制点采集参数

（3）复位窗口，移动鼠标，拉框放大左下角理论控制点 theory2.wl 使尽可能全屏显示，如
图 3.2-15 所示。

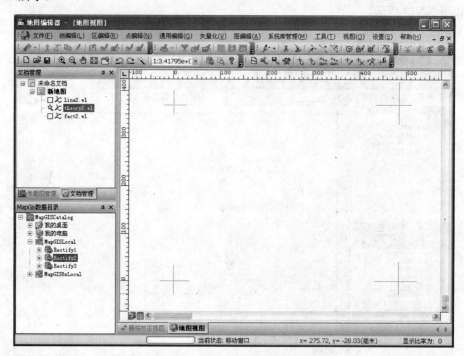

图 3.2-15　显示理论控制点文件

（4）添加校正控制点。在"采集校正控制点"工具条中选择"添加校正控制点"按钮，
移动光标将实际控制点编号添加到对应的理论控制点上，如图 3.2-16 所示。添加时按实际控制点
编号的顺序，从 1 号点开始逐点添加。

（5）保存采集的控制点。在"采集校正控制点"工具条中选择"另存控制点文件"按钮，保
存为 GCP2.pnt。

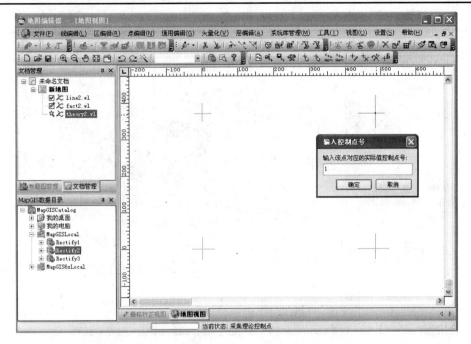

图 3.2-16　添加校正控制点

**4．数据校正转换**

在"采集校正控制点"工具条中选择"矢量校正" **+6** 按钮，系统会弹出"通过对话框转换相应类"的对话框，参数设置如图 3.2-17 所示。

图 3.2-17　矢量校正

**5．复位比较显示**

选择 theory2.wl 和 newlin2.wl 进行 1：1 复位显示，theory2.wl 和 newlin2.wl 套合准确，如图 3.2-18 所示。

### 3.2.5　影像匹配误差校正

（1）打开"栅格目录"子系统，添加影像文件 RS.msi 和 theory3.wl，如图 3.2-19 所示，从打开的图像可以看出彩色图像区域发生倾斜。

（2）设置采集文件的状态为"当前编辑"。把光标移到 RS.msi 图层上，双击鼠标左键，RS.msi 变成当前编辑状态。

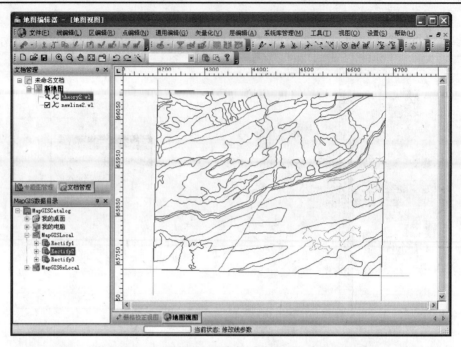

图 3.2-18 显示结果

图 3.2-19 影像数据

（3）切换到"栅格校正视图"，附加"采集校正控制点"工具条。在放工具条的地方，单击右键，系统会弹出菜单，选择"栅格几何校正工具"，在工具条的地方就会出现"栅格几何校正工具"工具条。

（4）开始栅格校正。在"栅格几何校正工具"中单击"开始栅格校正" ▶ 按钮，栅格校正视图中就会出现刚才附加的影像。

（5）添加参照文件。在"栅格几何校正工具"中单击"参考图层管理"按钮，就会弹出"参考图层管理"对话框,添加参照文件 theory3.wl,如图 3.2-20 所示。添加参照文件之后,显示如图 3.2-21 所示,左边为影像显示,右边为控制点显示。参照文件可以是影像、点文件、区文件、图库文件及自动生成图框。

图 3.2-20　添加参照文件

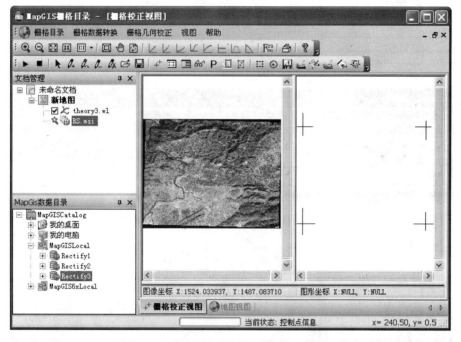

图 3.2-21　影像和控制点

(6)添加控制点。在"栅格几何校正工具"中单击"添加控制点"按钮,鼠标单击图上的 4 个控制点(图像角点)中的一个(大致位置),被单击位置局部放大成矩形窗口,鼠标转化为绿色十字线,且发现刚才单击的位置不准确,呈红色十字线。移动绿色十字线,单击左边放大图像上的控制点。移动鼠标单击右边窗口中对应的控制点,被单击部分也局部放大成矩形窗口,同样准确单击右边放大窗口中对应的控制点,如图 3.2-22 所示。连续按下两次空格键,弹出"是否将控制点添加到当前文件中"对话框,选择"是",控制点被添加到下面显示框中,以同样方式添加其他控制点,至少需要四个控制点,如图 3.2-23 所示。

如果底部的框中已显示控制点数据,可单击"栅格几何校正工具",再单击"更新控制点"按钮,或单击"栅格几何校正工具",再单击"删除控制点"按钮,之后单击"栅格几何校正工具",再单击"添加控制点"按钮。

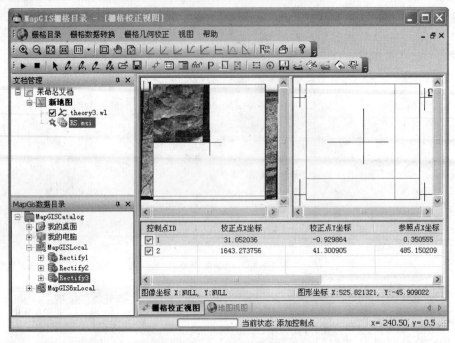

图 3.2-22　添加控制点

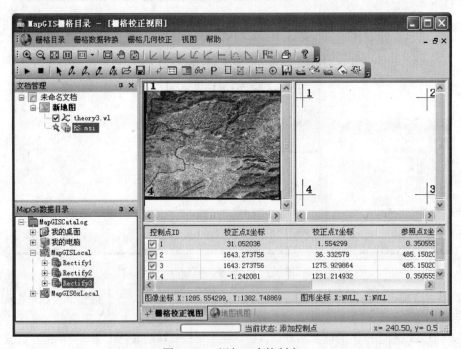

图 3.2-23　添加 4 个控制点

（7）校正预览。"栅格几何校正工具"中单击"校正预览"按钮，右边窗口显示校正结果，左边为原图像，如图 3.2-24 所示。

（8）影像校正。"栅格几何校正工具"中单击"几何校正"按钮，弹出保存结果路径及保存文件名，确定后弹出"变换参数设置"对话框，如图 3.2-25 所示，单击"确定"按钮保存校正结果。

（9）切换到"地图视图"，添加校正后的影像文件、线文件、控制点文件，检查是否套合，如图 3.2-26 所示，校正后的影像数据彩色区域和控制点及线文件准确套合。

图 3.2-24 校正结果预览

图 3.2-25 "变换参数设置"对话框

图 3.2-26 校正影像和控制点及线文件套合

## 3.3　图幅拼接

### 3.3.1　问题和数据分析

**1．问题提出**

我国地理信息系统中都采用与基本比例尺地形图系列一致的地图投影系统，大于等于 1∶50 万采用高斯-克吕格投影，1∶100 万采用正轴等角割圆锥投影，这两种投影均实现了将大区域空间进行分割，对于一些大比例尺专题图件还可选择矩形分幅，一幅图最多可以与邻近的 8 个图幅相接，如图 3.3-1(a)、3.3-1(b)所示。对于大幅面地图数字化，常常按矩形分块，相当于图 3.3-1(c)。无论是哪种情况，数字化时每幅图的坐标系均不一样，不能反映出图幅间位置邻接关系，若要拼接，必须建立统一的坐标系，将数字化数据通过平移、旋转操作转换到统一坐标系上拼接成一幅完整的大图。MapGIS 提供了平移、旋转、缩放等图形变换功能，可实现图幅坐标变换。

(a)高斯-克吕格投影　　　　(b)正轴等角圆锥投影　　　　(c)矩形分幅

图 3.3-1　图幅邻接关系

**2．数据准备**

MapGIS 图形编辑系统提供了平移、旋转、缩放等图形变换功能，可实现图幅坐标变换。表 3.3-1 给出了相邻 9 幅 1∶5 万标准图幅的左下角起始经度和起始纬度，通过利用 MapGIS 投影变换和图形编辑系统对下表 9 幅标准图框进行拼接。

表 3.3-1　图幅起始经纬度值

| | 图幅 1 | 图幅 2 | 图幅 3 | 图幅 4 | 图幅 5 | 图幅 6 | 图幅 7 | 图幅 8 | 图幅 9 |
|---|---|---|---|---|---|---|---|---|---|
| 起始经度 | 106°30′ | 106°30′ | 106°30′ | 106°45′ | 106°45′ | 106°45′ | 107°00′ | 107°00′ | 107°00′ |
| 起始纬度 | 29°30′ | 29°40′ | 29°50′ | 29°30′ | 29°40′ | 29°50′ | 29°30′ | 29°40′ | 29°50′ |

### 3.3.2　拼图基本原理

高斯投影和圆锥投影在小范围内，图框可视为梯形，现以 9 幅高斯投影图框为例，说明图幅拼接过程。高斯投影在小范围内，图框可视为梯形，如图 3.3-2 所示，9 幅图可有两种简单拼接方法。

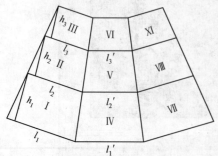

图 3.3-2　梯形图幅邻接关系

**1．先纵向，后从中间到两侧**

（1）9 幅图经平移、旋转操作，分别将左下角平移至坐标原点，上下图框平行 $X$ 轴。

（2）Ⅰ固定，Ⅱ沿+$X$ 平移（$l_1$-$l_2$）/2，沿+$Y$ 平移 $h_1$，Ⅲ沿+$X$ 平移（$l_1$-$l_3$）/2，沿+$Y$ 平移 $h_1$+$h_2$，在统一坐标下，则Ⅰ、Ⅱ、Ⅲ三幅图相拼得 A，同样Ⅳ、Ⅴ、Ⅵ相拼得 B，Ⅶ、Ⅷ、Ⅸ相拼得 C。

（3）B 固定，A 沿-X 平移 $l_1$，则 A 右下角点同 B 的左下角点重合，如图 3.3-3(a)所示，A 顺时针旋转 $\theta$ 角，A 与 B 相拼，如图 3.3-3(b)所示。

（4）B 固定，C 逆时针旋转 $\theta'$ 角，如图 3.3-3(c)所示，再沿+X 平移 $l_1$，A、B、C 相拼，如图 3.3-3(d)所示。

（5）拼接后的图沿+X 平移 $l_1\cos\theta$，沿-Y 平移-$l_1\sin\theta$，拼接完毕，如图 3.3-3(e)所示。

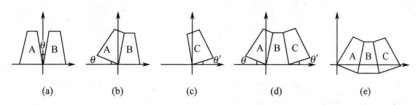

图 3.3-3  ABC 拼接过程

### 2. 先纵向，后从左到右

（1）同上步。

（2）同上步。

（3）A 固定，B 逆时针旋转 $\theta$ 角，如图 3.3-4(a)所示，再沿+X 平移 $l_1$，B 与 A 相拼，如图 3.3-4(b)所示。

（4）C 逆时针旋转($\theta+\theta'$)角，如图 3.3-4(c)所示，再沿+X 平移 $l_1+l_1/\cos\theta$，沿+Y 平移 $l_1/\sin\theta$，A、B、C 相拼，如图 3.3-4(d)所示。

（5）拼接后的图顺时针旋转 $\alpha$ 角，拼接完毕，如图 3.3-4(e)所示。

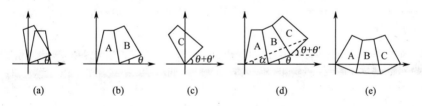

图 3.3-4  ABC 拼接过程

## 3.3.3  图幅拼接过程

### 1. 创建地理数据库

启动 GDB 企业管理器，在 MapGISCatalog 下的 MapGISLocal 中创建一个名为 MapJoin.hdf 的地理数据库，方法见 4.1 节。

### 2. 系列标准图框生成

打开"地图编辑器"子系统，单击"工具→生成梯形图框→生成 1：5 万图框"，弹出"1：5 万图框"对话框，如图 3.3-5 所示。按照表 3.3-1 给定的起始经、纬度坐标生成 9 幅 1：5 万的标准图框 Frame1-Frame9 线简单要素类（点、区操作方法类似），并保存到 MapJoin.hdf 中。在"图框参数输入"对话框中，比例尺、接图表、外图廓线均不选择，如图 3.3-6 所示，因为图形的平移、旋转、缩放操作都是相对于原点的，所以生成的图框应将左下角平移为原点，同时要保证图框底边处于水平状态。

### 3. 图幅拼接过程

（1）按照方法一，先完成 Frame1、Frame2、Frame3 的拼接，在"地图编辑器"子系统中，用鼠标读取 Frame1 图幅左上角坐标，并记录坐标值（0.40，369.58）。使 Frame2 处于当前编辑状

图 3.3-5　生成"1∶5万图框"对话框

图 3.3-6　图框参数输入

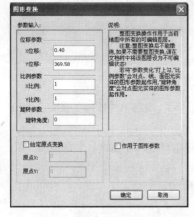

图 3.3-7　图形变换

态,关闭其他图层。单击"通用编辑→整图变换→整图变换(键盘输入)"菜单命令,输入 $x$、$y$ 平移量为 0.40,369.58,如图 3.3-7 所示。单击"确定"按钮,则 Frame2 的左下角平移至 Frame1 的左上角。

(2)右键单击 Frame1,利用"追加图层"将 Frame2 图层追加到 Frame1 上,完成上下两图幅拼接,改名 Frame12。同理可完成 Frame12 与 Frame3 拼接,得到 Frame123,如图 3.3-8 所示。Frame456 和 Frame789 的拼接方法同 Frame123。

(3)在"地图编辑器"子系统中,用鼠标读取 Frame123 图框的右下角坐标,并记录坐标值(484.98,0),用鼠标读取 Frame456 图框的左上角坐标,记录坐标值(1.20,1108.86),利用 tan($\theta$/2)=1.20/1108.86 计算 $\theta$=0.124。

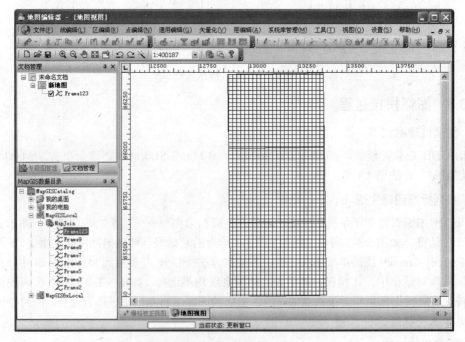

图 3.3-8　生成拼接图幅 Frame123

(4)使 Frame123 处于当前编辑状态,关闭其他图层,单击"通用编辑→整图变换→整图变换(键盘输入)"菜单命令,输入 $x$、$y$ 平移量为-484.98,0,将其左平移-484.98,然后再顺时针

旋转 $\theta$ 角，旋转角为 $\theta = -0.124$，追加 Frame456 图层，改名 Frame123456，完成 Frame123 和 Frame456 拼接，如图 3.3-9 所示。

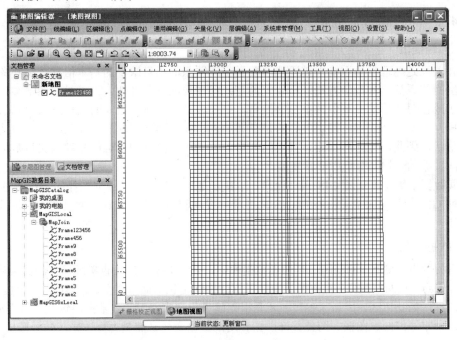

图 3.3-9　生成拼接图幅 Frame123456

（5）使 Frame789 图层处于当前编辑状态，关闭其他图层，单击"通用编辑→整图变换→整图变换（键盘输入）"菜单命令，输入旋转角 $\theta = 0.124$，将其逆时针旋转 $\theta$ 角，然后再输入 $x$、$y$ 平移量为 485.03，0，将其右平移 485.03，追加 Frame123456 图层，改名 Frame123456789，完成 Frame789 与 Frame123456 的拼接图，如图 3.3-10 所示。

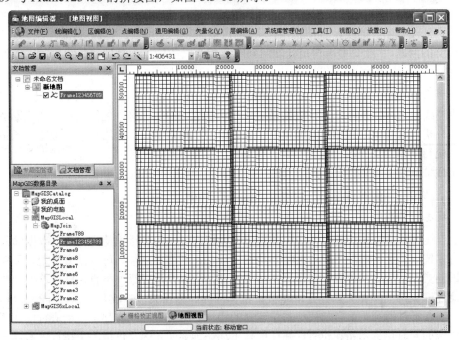

图 3.3-10　生成拼接图幅 Frame123456789

# 3.4　拓扑关系建立

## 3.4.1　问题和数据分析

### 1．问题提出

拓扑关系是地理信息系统中描述地理要素空间关系的不可缺少的基本信息。拓扑关系是明确定义空间关系的一种数学方法。所研究的是几何图形的一些性质，也就是在图形被弯曲、拉大、缩小或任意变形情况下保持不变的性质，主要涉及点、线、面间的"相连"、"相邻"、"包含"等信息。从拓扑观点出发，关心的是空间的点、线、面之间的连接关系，而不管实际图形的几何形状。因此，几何形状相差很大的图形，它们的拓扑结构却可能相同。矢量数据拓扑关系在空间数据的查询与分析中非常重要。

空间数据编辑的本质随 GIS 用户而异，取决于他们使用的拓扑或非拓扑的 GIS 数据，以及使用何种 GIS 软件包。基于拓扑的 GIS 软件能够发现和显示拓扑错误，并具有轻松消除拓扑错误的功能。

### 2．数据准备

使用的数据存储在 minemap.hdf 地理数据库中，是陕县铝土矿核查矿区柿树沟储量估算图，数据仅提供点、线两层数据，点数据层中储量标注圆注记包括储量类型、矿体面积、厚度、体重、品位等信息，拓扑造区完成后区参数主要是根据储量类型来修改。线数据层包括储量类型边界、标注圆、十字经纬网、图框、图外整饰。拓扑用的数据主要是储量类型边界（4 号图层）。数据存放在 E:\Data\gisdata3.4 文件夹内。

## 3.4.2　拓扑造区基本过程

（1）在"地图编辑器"子系统中，使线数据层处于当前编辑状态

（2）自动剪断线

利用"线编辑→相交剪断→全图自动剪断"功能完成线剪断。剪断线就是用来剪断在造区过程中在节点处没有断开的线，"自动剪断"有端点剪断和相交剪断。"端点剪断"用来处理"丁"字形线相交的问题，"相交剪断"是处理两条线互相交叉的情况。自动剪断线后，生成许多短线头可通过第（3）步清除。

（3）清除微短线

利用"线编辑→线拓扑处理→清除微短线"功能清除线工作区中的短线头，避免影响拓扑处理和空间分析。选中该功能后，系统弹出"最短线长"输入窗口，由用户输入最短线长值，输入完毕，系统自动删除工作区中线长小于该值的线，如图 3.4-1 所示。

（4）线节点平差

利用"线编辑→线节点平差"功能完成线节点平差。

（5）线拓扑错误检查

利用"线编辑→线拓扑处理→线拓扑查错"功能进行线拓扑错误检查。由于数据输入过程中难免有许多错误，这些错误用户用眼睛是很难发现的，利用此功能，可以很方便地找到错误，并指出错误的类型及出错的位置。在建立拓扑关系前，应该先进行错误检查，只有数据规范无错误后，才能建立正确的拓扑关系。查错即检查重叠坐标、悬挂线（弧段）、线（弧段）自相交、重叠弧段、节点不封闭等严重影响拓扑关系建立的错误。所有查错工作都是自动进行的，查错系统在显示错误的同时也提示错误位置，并在屏幕上动态地显示出来，供您改正错误时参考。错误信息显示窗口如图 3.4-2 所示，在该窗口中，移动光条到相应的信息提示上，双击鼠标左键，系统

自动将出错位置显示出来，并将出错的弧段用红色显示，同时，在错误点上有一个小黑方框不停地闪烁。单击右键即可自动修改错误。

图 3.4-1　设置微短线长　　　　　　　　　图 3.4-2　拓扑错误信息

**注意：**也可不经过第（5）步，第（6）步完成后，再进行"弧段拓扑错误检查"

（6）线转弧造区

通过修改错误，没有发现拓扑错误，即可执行这项功能。单击"线编辑→线转弧造区"，系统自动建立节点和弧段间的拓扑关系以及弧段所构成的区域之间的拓扑关系，同时给每个区域赋予属性，并自动为区域填色。拓扑关系建立好后，用户可修改区域参数及属性，以满足用户的需求。

（7）子区搜索

编辑器自动搜索当前工作区中所有区的子区，完成挑子区，并重建拓扑关系。

### 3.4.3　提取造区线要素层

（1）附加数据库并添加图层。打开"地图编辑器"子系统，右键单击 MapGISCatalog 下的 MapGISLocal，附加 minemap.hdf 的地理数据库，右键单击新地图，添加 minemap.wl（线类）、minemap.wt（注记类）、minemap.wt（点类），如图 3.4-3 所示。

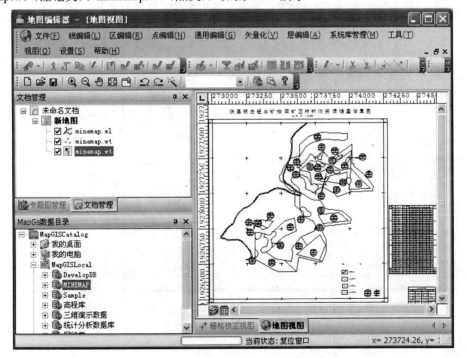

图 3.4-3　添加数据

（2）查看线图层号。将三个文件都设为当前编辑状态，选择"线编辑→修改线属性"，单击图中的线，弹出"对象属性编辑"对话框，显示线属性结构，其中包括线图层号，如图 3.4-4 所示，mpLayer 显示线图层号为 4。

（3）提取 4 号图层线数据。选择"层编辑→改当前层→改当前线层"菜单命令，弹出"修改 minemap.wl 当前层号"对话框，选择"4　GVS"，如图 3.4-5 所示，单击"确定"按钮完成。再选择"层编辑→存当前层→保存线"菜单命令，重新命名为 minemap1.wl，添加图层 minemap1.wl，如图 3.4-6 所示。

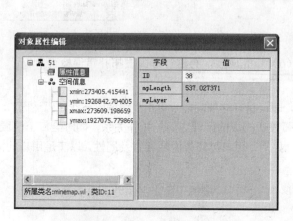

图 3.4-4　查看图层号

图 3.4-5　选择图层号为 4

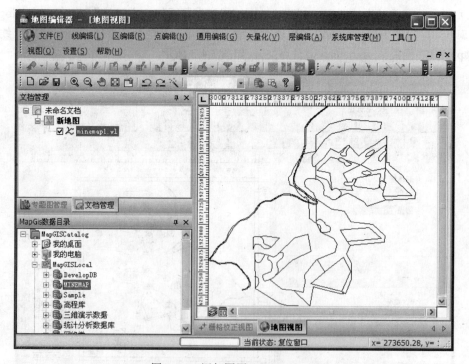

图 3.4-6　添加图层 minemap1.wl

### 3.4.4　拓扑关系自动生成

（1）将图层 minemap1.wl 设为当前编辑状态。

（2）选择"线编辑→相交剪断→全图自动剪断"菜单命令。剪断线就是用来剪断在造区过程中节点处没有断开的线，"自动剪断"有端点剪断和相交剪断。"端点剪断"用来处理"丁"字形线相交的问题，"相交剪断"是处理两条线互相交叉的情况。自动剪断线后，生成许多短线头可通过第（3）步清除。

（3）清除微短线。单击"线编辑→线拓扑处理→清除微短线"菜单命令。清除线工作区中的短线头，避免影响拓扑处理和空间分析。选中该功能后，系统弹出"最短线长"输入窗口，由用户输入最短线长值，输入完毕，系统自动删除工作区中线长小于该值的线，如图 3.4-1 所示。

（4）线节点平差。利用"线编辑→线节点平差"功能完成线节点平差。

（5）线拓扑错误检查。单击"线编辑→线拓扑处理→线拓扑查错"菜单命令。错误信息显示窗口如图 3.4-7 所示，在该窗口中，移动光条到相应的信息提示上，单击鼠标左键，系统自动将出错位置显示出来，并将出错的弧段用红色显示。单击右键进行相应的修改。

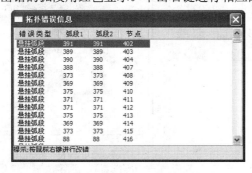

图 3.4-7　拓扑错误信息

（6）线转弧造区。通过修改错误，反复进行（2）、（3）、（4）、（5）操作，没有发现拓扑错误，即可执行这项功能。单击"线编辑→线转弧造区"菜单命令，即生成区文件，命名为 minemap.wp，如图 3.4-8 所示。

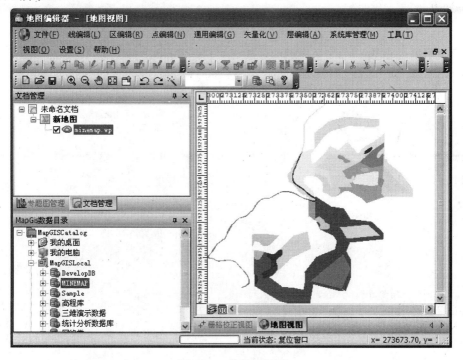

图 3.4-8　线转弧造区

（7）添加 minemap.wl（线类）、minemap.wt（注记类）、minemap.wt（点类）、minemap.wp（区类）四个文件，如图 3.4-9 所示。

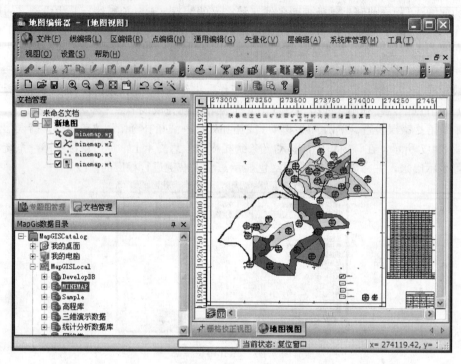

图 3.4-9　矿产储量图

# 第4章　GIS 数据管理

## 4.1　创建地理数据库

### 4.1.1　问题和数据分析

#### 1．问题提出

地理数据库是 MapGIS K9 推出的一种全新的面向对象的地理空间数据模型，完整地、一致地表达了被描述区域的地理模型，支持在标准的表中存储和管理地理信息，实现了图形数据和属性数据的一体化管理。模型包含描述要素的矢量数据、描述影像和表面的栅格数据、描述表面的不规则三角网及描述拓扑关系的网络数据等地理数据描述方式。一个地理数据库包括 1 个全局的空间参照系、1 个域集、1 个规则集、多个数据集、多个数据包和各种对象类。地理数据库按照"地理数据库—数据集—类"这几个层次组织数据，以满足不同应用领域对不同专题数据的组织和管理需要。

#### 2．数据准备

本节中地理数据库的创建包括简单要素类、影像栅格数据、GRID 数据、不规则三角网数据、对象类、注记类等的创建，数据主要来源于 1 : 5 万崇阳县幅区域地质调查成果数据。使用的原始数据包括地质注记、点、线、区要素（geocode.wt 、geopoint.wt、geoline.wl、geoarea.wp）、遥感影像数据（RS.msi）和等高线 shp 格式数据（contour）、grid 数据（DemGrid）、TIN 数据（TemTIN.TIN）和表格数据 land.xls 等。数据存放在 E:\Data\gisdata4.1 文件夹内。

### 4.1.2　创建地理数据库步骤

因为数据都是以地理数据库来管理，所以，首先需要创建地理数据库。

（1）启动 GDB 企业管理器，右键单击 MapGISCatalog 下的 MapGISLocal，在弹出界面中选择"创建数据库"命令，弹出"地理数据库安装器"对话框，如图 4.1-1 所示。

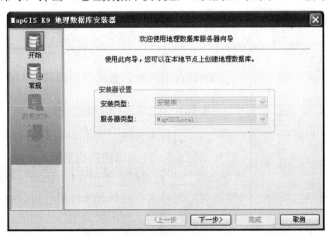

图 4.1-1　"地理数据库安装器"对话框

（2）单击"常规"选项，命名新数据库 geodatabase，单击"下一步"按钮，如图 4.1-2 所示。

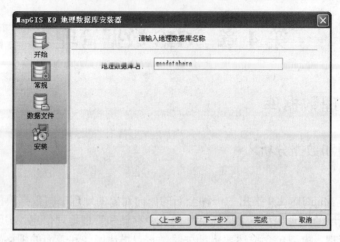

图 4.1-2　命名新数据库

（3）设置数据库.hdf 文件的存储位置，以及日志文件位置，单击"下一步"按钮，如图 4.1-3 所示。

图 4.1-3　设置日志文件位置数据库.hdf 文件的存储位置

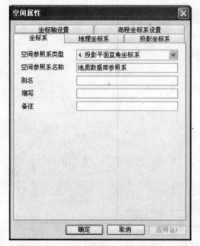

图 4.1-4　设置坐标系

（4）安装，单击"完成"按钮，地理数据库 geodatabase 创建完毕。打开地理数据库 geodatabase，包含空间参照系管理、空间数据管理、域集管理、规则管理、模板库管理、安全管理、物理存储管理、数据库日志管理、数据库维护等内容。

### 4.1.3　定义空间参照系

（1）设置坐标系。打开空间参照系，右键单击"用户自定义坐标系"，在弹出的快捷菜单中选择"创建"命令，弹出"空间属性"对话框，如图 4.1-4 所示。设置坐标系："空间参照系类型"可从下拉列表选取不同的参照系，"空间参照系名称"可任意起名，但不能为空，否则创建失败。

（2）设置"地理坐标系"及"投影坐标系信息"，分别如图 4.1-5、图 4.1-6 所示。

图 4.1-5　设置地理坐标系

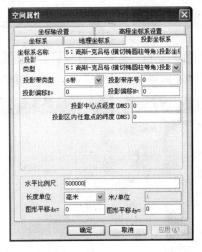

图 4.1-6　设置投影坐标系

（3）单击"确定"按钮，空间参照系创建完毕。可以在 GDB 企业管理器的内容视窗查看该参照系的信息，如图 4.1-7 所示。

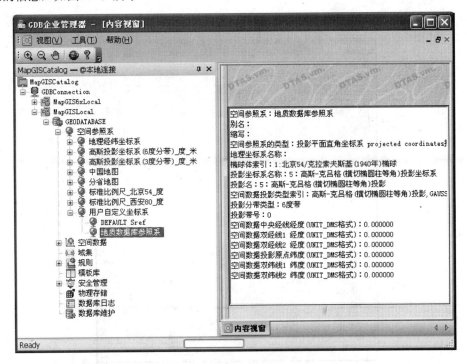

图 4.1-7　浏览创建的参照系

## 4.1.4　空间数据库建立

### 1. 建立一个空间数据

企业管理器可以创建新的空间数据以及数据的集合，可创建的对象有：要素数据集、要素类、对象类、注记类、关系类、CAD 类、栅格目录、栅格数据集、TIN 数据集、简单要素类等。现以创建一个区简单要素为例说明，其他对象的创建都一样。

（1）启动 GDB 企业管理器，在 MapGISLocal 下地理数据库 geodatabase 的"简单要素类"

节点单击右键，选择"创建"，弹出对话框，在对话框中输入要素的名称以及类型等，如图 4.1-8 所示，单击"下一步"按钮。

（2）在对话框中选择是否编辑要素的属性结构，选择"是，现在编辑"单选钮，即可对要素进行属性结构的编辑，选择"否，以后再编辑"单选钮，则暂时不编辑属性结构，如图 4.1-9 所示。

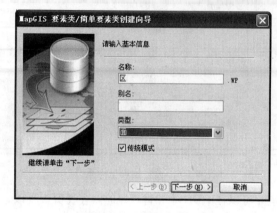

图 4.1-8　设置基本信息

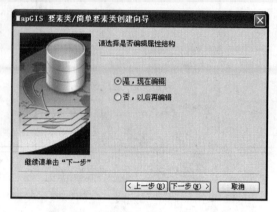

图 4.1-9　选择是否编辑属性结构

（3）在弹出的对话框中，可增加其属性结构（也可不建立属性结构），如图 4.1-10 所示。

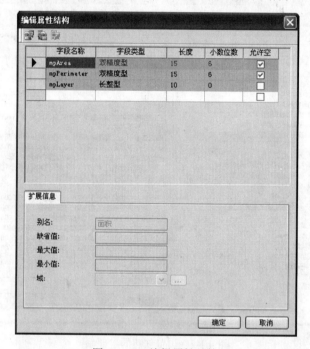

图 4.1-10　编辑属性结构

（4）创建完属性结构后，单击"下一步"按钮，然后，可在空间参照系中设置要素的空间参照系等，如图 4.1-11 所示。接着，单击"下一步"按钮直到完成，如图 4.1-12 所示。

**2．空间数据导入**

（1）简单要素类生成（导入 MapGIS 6X 数据）

第一步：右键单击"空间数据"，在弹出的快捷菜单中，选择"导入→MapGIS 6X 数据"菜单命令，弹出数据上载对话框。

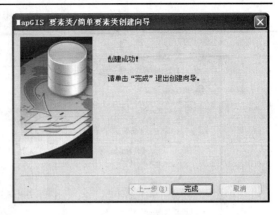

图 4.1-11　设置要素的空间参照系　　　　　　　图 4.1-12　创建完成

第二步：源数据打开 MapGIS 6X 数据所在目录，并选择需要上载的 geoarea.wp 文件，目标数据默认保存到创建的数据库里，目的类型默认为简单要素类，其中目的类型可以根据情况选择不同的类型，如图 4.1-13 所示。

第三步：MapGIS 6X 系统库升级，单击列表中的"参数"按钮，弹出"高级参数设置"对话框，选择 MapGIS 6X 系统库的符号库、字体库所在位置，单击"确定"按钮，如图 4.1-14 所示。

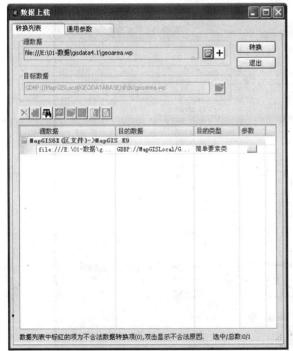

图 4.1-13　导入 MapGIS 6X 数据　　　　　　图 4.1-14　MapGIS 6X 系统库升级

第四步：单击"转换"按钮，上载完毕。打开简单要素类，可以看到已经导入的 geoarea_polygon.wp 文件，单击图标 查看，如图 4.1-15 所示。单击图标 查看属性，如图 4.1-16 所示。

**注意：**对于基于 MapGIS 6X 的数据，升级时，需要升级数据对应的系统库，否则，可能造成线型、颜色等显示不正确。对于 MapGIS 6X 版本的点文件升级，默认状态是同时升级到 K9 的点要素和注记类中。

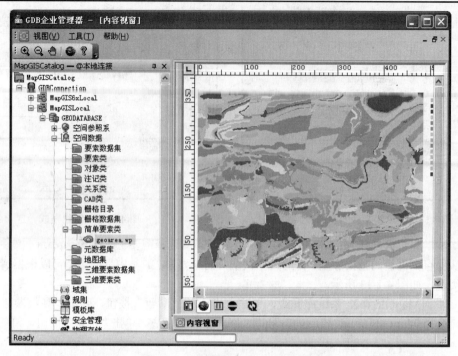

图 4.1-15　导入的 geoarea.wp 文件

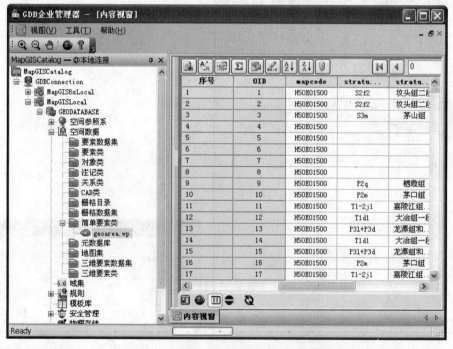

图 4.1-16　查看属性

（2）简单要素类生成（导入.shp 文件）

　　MapGIS K9 支持多种格式的数据转换，比如.txt，.mif，.e00，.shp，.dxf 等。这里以导入.shp 文件格式为例。

　　第一步：右键单击"空间数据"，在弹出的快捷菜单中，选择"导入其它数据"命令，弹出"数据导入"对话框，源数据选择 contour.shp 文件，如图 4.1-17 所示。

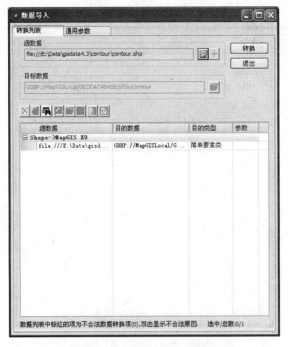

图 4.1-17　导入 .shp 文件数据

第二步：单击"转换"按钮完成，如图 4.1-18 所示。

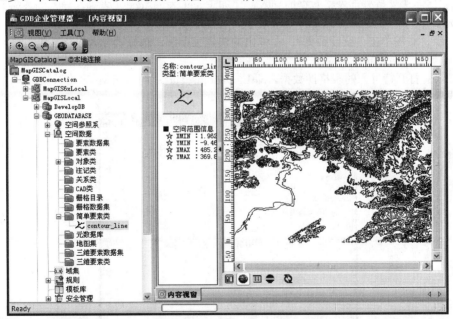

图 4.1-18　contour.shp 文件转换成线文件

（3）数据库间数据转移（导入 MapGIS GDB 数据，实现各个数据库之间的数据的迁移）

第一步：右键单击"空间数据"，在弹出的快捷菜单中，选择"导入 MapGIS GDB 数据"命令，弹出"数据迁移"对话框。

第二步：源数据选择需要迁移的数据，目的数据是存放从其他数据库迁移过来的数据，单击"转换"按钮即可，如将 Sample 数据库的 newwh_行政区.wp 迁移到创建的 geodatabase 数据库里，如图 4.1-19 所示。

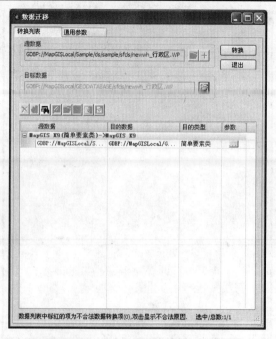

图 4.1-19　导入 MapGIS GDB 数据

**（4）对象类生成（导入表格数据）**

MapGIS K9 支持外部表格数据的导入，比如 Excel 表、Access 表等，导入的表格数据转成 geodatabase 里的对象类。本处以导入.xls 格式表格为例介绍对象类的生成。

第一步：右键单击"空间数据"，在弹出的快捷菜单中，选择"导入表格数据"命令，弹出"表格数据导入"对话框。

第二步：打开待导入的表格源数据，即 E:\Data\gisdata4.3 的 land.xls 表格数据，单击"转换"按钮完成导入，如图 4.1-20 所示。

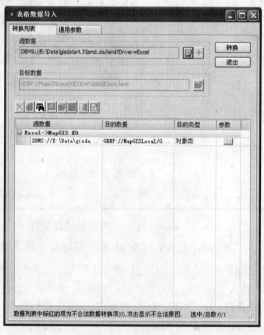

图 4.1-20　导入表格数据

第三步：打开对象类，查看导入的对象类，如图 4.1-21 所示。

图 4.1-21　对象类

（5）影像数据生成（导入影像数据）

第一步：右键单击"栅格数据集"，选择"导入→导入影像"菜单命令，弹出"数据上传"对话框。

第二步：选择输入文件类型为.msi，添加文件，将影像数据 RS.msi 导入，如图 4.1-22 所示，初始状态为 NewAdd。

图 4.1-22　导入影像数据 RS.msi

第三步：单击"转换"按钮完成，状态变为 Success，单击图标●查看，如图 4.1-23 所示。

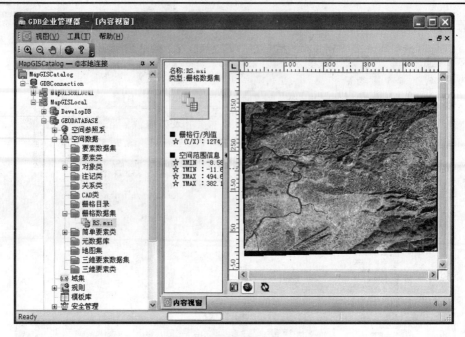

图 4.1-23　影像数据 RS.msi

（6）注记类生成

第一步：右键单击"注记类"，选择"导入→导入 MapGIS 6X 数据"菜单命令，弹出"数据上载"对话框，源数据选择 E:\Data\gisdata4.1 目录下的 geopoint.wt 数据，目的类型为注记类，单击"转换"按钮完成，如图 4.1-24 所示。

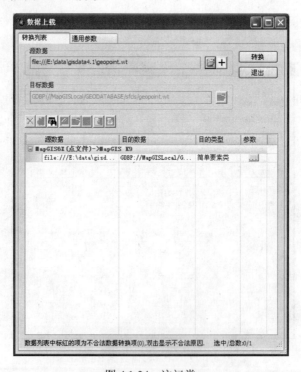

图 4.1-24　注记类

第二步：生成 geopoint.wt 的注记文件，单击图标 ● 查看，如图 4.1-25 所示。

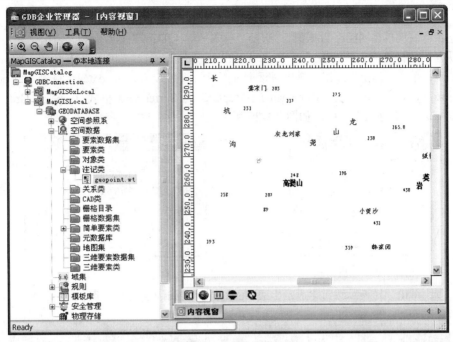

图 4.1-25　注记类生成

（7）TIN 数据生成

第一步：单击右键"三维要素类"，选择"导入→导入 6.XTIN"
菜单命令，弹出"6.XTIN 数据/TIN 要素类转换"对话框，源文件选
择 E:\Data\gisdata4.1 目录下的 TemTIN.TIN 数据，如图 4.1-26 所示。

第二步：单击"确定"按钮，生成名为 TemTIN 的.TIN 文件，
单击图标 ● 查看，如图 4.1-27 所示。

图 4.1-26　TIN 数据生成

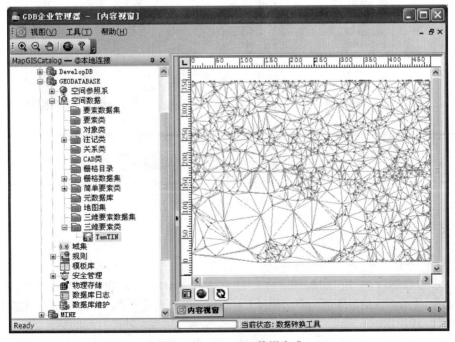

图 4.1-27　TemTIN 数据生成

（8）GRID 数据生成

第一步：右键单击"栅格数据集"，选择"导入→导入 Dem"菜单命令，弹出"导入 Dem 数据"对话框，选择"输入数据格式"，如图 4.1-28 所示。

第二步：单击"确定"按钮，弹出对话框，源目录选择 E:\Data\gisdata4.1 目录下的 dem 文件夹下的 ArcInfo 明码 Grd 数据 DemGrid 或 MapGIS 的 Surfer Grd 格式 TmpGrid.Grd，存放在 GEODATABASE 地理数据库中，如图 4.1-29 所示。

图 4.1-28　数据格式

图 4.1-29　选择数据

第三步：单击"转换"按钮完成，生成 DemGrid 的 Grd 文件，单击图标🌑查看，如图 4.1-30 所示。

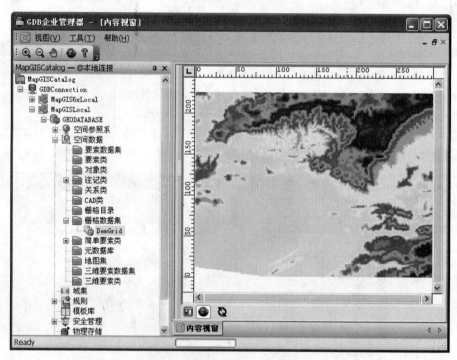

图 4.1-30　DemGrid 数据生成

### 4.1.5　属性数据表创建

**1. 利用\*.dbf，\*.xls 文件创建属性表**

（1）添加数据。将 E:\Data\gisdata4.1 目录下的 resident.xls 表格文件导入地理数据库 geodatabase，生成相应的对象类，方法如 4.1.4 介绍。添加该对象类，右键单击该图层查看属性表，如图 4.1-31 所示。

（2）利用 MapGIS 表格的另存功能选择属性表的字段并存储。右键单击属性表的任意属性字段，选择"另存"，弹出"另存"对话框，在选项里单击"浏览"选择存放位置，并命名为 resident1，在"保存为对象类"及"保存全部属性记录"上打钩，需要保存哪些字段就在该字段名称上打勾，不打勾则删除该字段，如删除"楼栋"字段，如图 4.1-32 所示，单击"确定"按钮，刷新地理数据库，生成一个新表格 resident1，如图 4.1-33 所示。

| resident | | | | | |
|---|---|---|---|---|---|
| 序号 | OID | ID | 面积 | 周长 | 楼栋 |
| 1 | 1 | 1.000000 | 92.653389 | 77.754068 | D1栋 |
| 2 | 2 | 2.000000 | 126.191205 | 98.493987 | D2栋 |
| 3 | 3 | 3.000000 | 92.396399 | 78.552943 | D3栋 |
| 4 | 4 | 4.000000 | 91.987952 | 74.846720 | D4栋 |
| 5 | 5 | 5.000000 | 61.598375 | 53.181379 | D5栋 |
| 6 | 6 | 6.000000 | 61.329879 | 51.490776 | D6栋 |
| 7 | 7 | 7.000000 | 61.440717 | 51.826700 | D7栋 |
| 8 | 8 | 8.000000 | 90.615211 | 70.822810 | D8栋 |
| 9 | 9 | 9.000000 | 79.700740 | 69.731119 | D9栋 |
| 10 | 10 | 10.000000 | 59.065963 | 43.691714 | D10栋 |
| 11 | 11 | 11.000000 | 83.880253 | 69.632453 | D11栋 |

图 4.1-31　resident 属性表

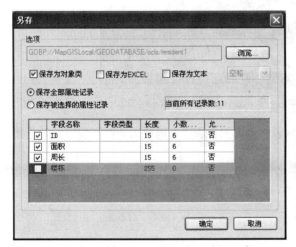

图 4.1-32　另存功能选择属性表

| resident1 | | | | |
|---|---|---|---|---|
| 序号 | OID | ID | 面积 | 周长 |
| 1 | 1 | 1.000000 | 92.653389 | 77.754068 |
| 2 | 2 | 2.000000 | 126.191205 | 98.493987 |
| 3 | 3 | 3.000000 | 92.396399 | 78.552943 |
| 4 | 4 | 4.000000 | 91.987952 | 74.846720 |
| 5 | 5 | 5.000000 | 61.598375 | 53.181379 |
| 6 | 6 | 6.000000 | 61.329879 | 51.490776 |
| 7 | 7 | 7.000000 | 61.440717 | 51.826700 |
| 8 | 8 | 8.000000 | 90.615211 | 70.822810 |
| 9 | 9 | 9.000000 | 79.700740 | 69.731119 |
| 10 | 10 | 10.000000 | 59.065963 | 43.691714 |
| 11 | 11 | 11.000000 | 83.880253 | 69.632453 |

图 4.1-33　生成一个新表格

**2．创建新的属性表**

（1）启动 GDB 企业管理器，打开地理数据库 geodatabase.hdf 的空间数据，右键单击"对象类"，选择"创建"，弹出"MapGIS 对象类创建向导"对话框，"名称"输入 owner，单击"下一步"按钮。

（2）增加字段。弹出"编辑属性结构"对话框，输入字段名称、字段类型、长度、小数位数及是否可为空。例如输入"字段名称"为户主，"字段类型"为字符串，"长度"为 16，不允许为空，如图 4.1-34 所示，单击"确定"按钮，默认"下一步"到"完成"，即创建了名为 owner 的表格对象类。

（3）输入数据。在"数据分析与处理"子系统中添加新建的 owner 表格，右键单击该表格查看属性表，弹出空表，没有记录，右键单击属性字段序号，选择"属性记录增加"，可以连续增加多条记录，按照表格项目输入数据，如图 4.1-35 所示。

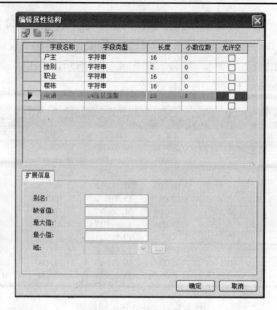

图 4.1-34　增加字段

| 序号 | OID | 户主 | 性别 | 职业 | 楼栋 | 电话 |
|------|-----|------|------|------|------|------|
| 1 | 1 | 王民权 | 男 | 教师 | D1栋 | 071267762365 |
| 2 | 2 | 王汉保 | 男 | 工人 | D1栋 | 071267763465 |
| 3 | 3 | 王田圣 | 男 | 工人 | D10栋 | 071267767786 |

图 4.1-35　输入数据

（4）删除表格记录。打开表格，右键单击该表格查看属性表，右键单击属性字段序号，选择"属性记录删除"，即可删除要删除的记录。

需要注意的是，由于表格编辑处理没有撤销编辑的功能，删除字段或记录后就不能再恢复了，所以使用删除操作时一定要慎重。

### 4.1.6　空间数据导出

MapGIS K9 软件支持将 MapGIS K9 数据导出到 MapGIS 6X 版本，支持将属性导出到 Excel 表、Access 表、Text 表中，支持将空间要素数据导出为.shape，.mif，.e00，.dxf 等格式，操作过程是空间数据导入的逆过程，与 4.1.4 空间数据导入操作类似，这里不再重复。

## 4.2　属性合并

### 4.2.1　问题和数据分析

**1. 问题提出**

属性合并提供对象属性的合并功能，将源类属性表合并到目的类属性表中。源类可以为多个简单要素类对应的属性表，合并后为对象类。

（1）源表：其数据将要合并到其他数据表的数据表为源表。

（2）目的表：其他数据表的数据将要合并到该表的数据表为目的表。

若源表属性结构相同，数据直接追加到一起，若属性结构不同则需设置合并选项。

**2. 数据准备**

在某镇土地详查地理数据库 parcel.hdf 中，涉及两个乡的数据，每个乡有多个村。现给出两个乡的土地详查空间数据，对应的属性表包含图斑编号、地类编码、地类名称、权属性质、权属单位编码、权属单位名称、图斑面积、耕地坡度级等信息。要求对这两个乡的土地详查属性数据进行合并，并生成新的属性对象类。数据存放在 E:\Data\gisdata4.2 文件夹内。

### 4.2.2　属性表合并

（1）打开"地图编辑器"子系统，右键单击 MapGISCatalog 下的 MapGISLocal，附加名为 parcel.hdf 的地理数据库。添加 parcel1.wp、parcel2.wp 图层，如图 4.2-1 所示。在新地图中以右键单击 parcel1.wp、parcel2.wp，打开对应的属性表，如图 4.2-2、图 4.2-3 所示。

图 4.2-1　parcel1.wp、parcel2.wp 图层

图 4.2-2　parcel1.wp 源表

| 序号 | OID | 地类名称 | 权属性质 | 权属单位代 | 权属单位名 | 座落单位 |
|---|---|---|---|---|---|---|
| 1 | 35 | 旱地 | 30 | 420683103008 | 闫宋村 | 42068310 |
| 2 | 36 | 村庄 | 30 | 420683103008 | 闫宋村 | 42068310 |
| 3 | 42 | 有林地 | 30 | 420683103008 | 闫宋村 | 42068310 |
| 4 | 11 | 旱地 | 30 | 420683103008 | 闫宋村 | 42068310 |
| 5 | 55 | 沟渠 | 30 | 420683103008 | 闫宋村 | 42068310 |
| 6 | 61 | 坑塘水面 | 30 | 420683103008 | 闫宋村 | 42068310 |
| 7 | 64 | 村庄 | 30 | 420683103008 | 闫宋村 | 42068310 |
| 8 | 68 | 旱地 | 30 | 420683103006 | 郝栅村 | 42068310 |
| 9 | 73 | 村庄 | 30 | 420683103008 | 闫宋村 | 42068310 |
| 10 | 74 | 有林地 | 30 | 420683103008 | 闫宋村 | 42068310 |
| 11 | 75 | 村庄 | 30 | 420683103008 | 闫宋村 | 42068310 |
| 12 | 76 | 坑塘水面 | 30 | 420683103006 | 郝栅村 | 42068310 |

图 4.2-3　parcel2.wp 源表

（2）第一步：设置源类及目的类。单击"工具→属性处理→属性合并"菜单命令，弹出"欢迎使用属性合并向导"对话框，如图 4.2-4 所示，源类选择 parcel1.wp、parcel2.wp，单击文件名后的表格按钮可查看当前文件属性结构。

（3）第二步：设置不同属性结构。属性结构相同，数据可直接追加到一起，若属性结构不同则需设置合并选项，如图 4.2-5 所示。这里两文件属性结构相同，数据直接追加到一起。

图 4.2-4　属性合并向导——第一步

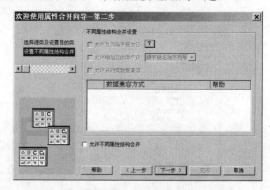

图 4.2-5　属性合并向导——第二步

（4）第三步：设置目的类及创建新类 parcel，如图 4.2-6 所示。创建新类，系统自动生成一个对象类。

（5）单击"完成"会弹出"合并信息确认"对话框，如图 4.2-7 所示。

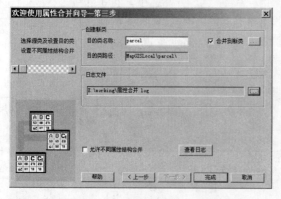

图 4.2-6　属性合并向导——第三步

图 4.2-7　合并信息确认

（6）单击"合并"，弹出"属性合并"对话框，显示合并记录数，如图 4.2-8 所示。合并结果为对象类 parcel。

（7）在 GDB 企业管理器中，右键单击 parcel 对象类，浏览属性表，如图 4.2-9 所示。

图 4.2-8　属性合并

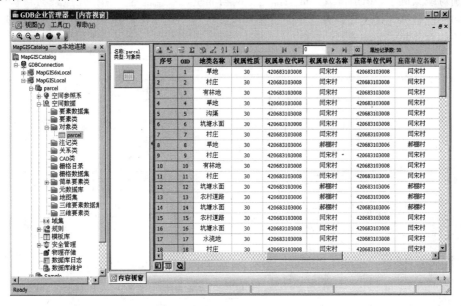

图 4.2-9　合并结果对象属性表

# 4.3　图形与属性连接

## 4.3.1　问题和数据分析

### 1. 问题提出

在 GIS 空间数据库中，数据比较复杂，不仅有与一般数据库性质相似的地理要素的属性数据，还有大量的空间数据。空间数据描述空间实体的空间分布位置及其形状，属性数据则描述相应空间实体有关的应用信息，这两种数据之间具有不可分割的联系。在很多应用中要对空间数据进行合适的空间分析，仅仅只有空间位置数据是不够的，还要有丰富的属性数据。通过关键字完成属性数据与空间数据连接

MapGIS 提供强大的属性数据管理功能，可连接和外挂数据库。数据库文件包括 dBASE、FoxBASE、FoxPro、Visual FoxPro、Paradox、Text、Access、Excel 等数据库软件生成的文件，还具备与其他大型商用数据库（如 Sybase、Informix、Oracle 等）连接的能力。

### 2. 数据准备

本分析使用的数据为 cell.hdf 的地理数据库。土地利用数据包括行政区、境界、等高线、高程点、权属单位、界址线、基本农田、地类图斑和注记等多类土地利用要素，其内容是通过矢量的几何图形和相应的属性值来表达的。其中，行政区、宗地和图斑用面状图形表达，境界、等高线、界址线、线状地物和地类界线用线状图形表达，高程点、界址点和零星地物用点状图形表达。本例中的土地利用数据仅包含地类要素，数据简单。属性数据主要是户主信息表。数据存放在 E:\Data\gisdata4.3 文件夹内。

### 4.3.2　基本原理

空间数据输入时，对于矢量结构，通过拓扑造区建立多边形，直接在图形实体上附加一个识别符或关键字。属性数据的数据项放在同一个记录中，记录的顺序号或某一特征数据项作为该记录的识别符或关键字，识别符或关键字都是空间与非空间数据的连接和相互检索的联系纽带。空间数据和属性数据连接的较好方法是通过识别符或关键字把属性数据与已数字化的点、线、面空间实体连接在一起，如图 4.3-1 所示。

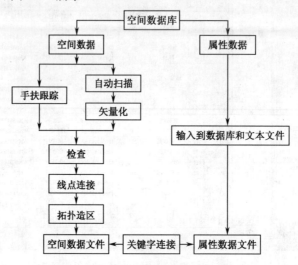

图 4.3-1　空间数据与属性数据连接

### 4.3.3　地块空间数据与属性数据连接

（1）打开"地图编辑器"子系统，右键单击 MapGISCatalog 下的 MapGISLocal，附加名为 cell.hdf 的地理数据库，添加 land.wp 图层，如图 4.3-2 所示。

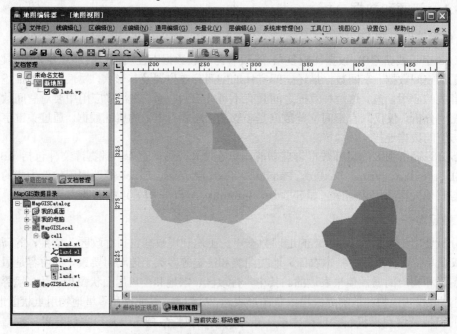

图 4.3-2　land.wp 图层

（2）连接的数据源表可以是.xls，.dbf 等，这些表应首先在企业管理器中转为地理数据库下的对象类，具体步骤参考 4.1.4 对象类生成。这里连接的源表为 land.xls，导入数据库中对应的对象类为 land，打开该 land 对象类属性表如图 4.3-3 所示。

| 序号 | OID | fld_ID | 利用类型 | 土地权属 | 土地估价 | 户主 |
|---|---|---|---|---|---|---|
| 1 | 1 | 1.000000 | 旱地 | 使用权 | 20000.00... | 张小明 |
| 2 | 2 | 2.000000 | 菜地 | 所有权 | 10000.00... | 李小刚 |
| 3 | 3 | 3.000000 | 水田 | 使用权 | 21000.00... | 李山册 |
| 4 | 4 | 4.000000 | 果园 | 所有权 | 8000.000000 | 李成江 |
| 5 | 5 | 5.000000 | 菜地 | 使用权 | 17000.00... | 李小明 |
| 6 | 6 | 6.000000 | 菜地 | 所有权 | 16000.00... | 张小明 |
| 7 | 7 | 7.000000 | 旱地 | 使用权 | 15000.00... | 李小刚 |
| 8 | 8 | 8.000000 | 林园 | 所有权 | 12000.00... | 李成江 |

图 4.3-3　land 源表

（3）第一步：选择源类及目的类。选择"工具→属性处理→属性连接"菜单命令，弹出"欢迎使用属性连接向导"对话框，如图 4.3-4 所示，这里把对象类 land 作为源类，连入简单要素类 land.wp 作为目的类，连入字段默认选择全部字段。

（4）第二步：设置源类和目的类连接的多关键字段。可以指定多个字段，这里以源类 fld_ID 与目的类 ID 进行数据匹配连接，如图 4.3-5 所示。

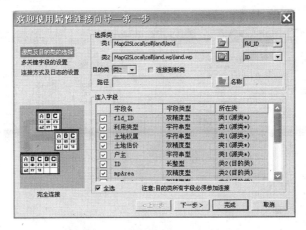

图 4.3-4　属性连接向导——第一步

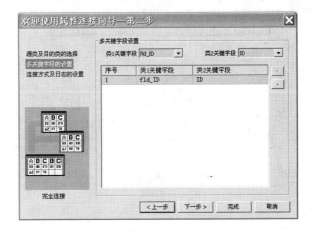

图 4.3-5　属性连接向导——第二步

（5）第三步：设置连接方式，若将连接结果保存为对象类，则需指定新对象类的保存路径及名称，这里将默认选择"完全连接"，不改变目的类，如图 4.3-6 所示，若选择不完全连接会删除无法匹配的记录，单击"完成"开始连接。

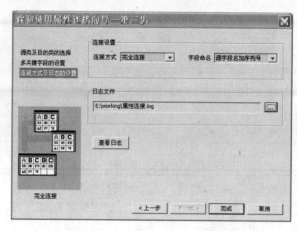

图 4.3-6　属性连接向导——第三步

（6）属性连接结果。属性连接成功后源表格数据挂接到相应记录后，右键单击该图层，选择查看属性表，如图 4.3-7 所示。

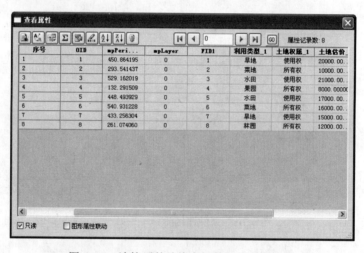

图 4.3-7　连接后的地块空间数据与属性数据

# 第5章 栅格分析

## 5.1 栅格基本分析

### 5.1.1 问题和数据分析

#### 1．问题提出

栅格数据模型将地理空间分割成固定的格网，格网的基本单元是固定大小的矩形，空间事物按其在格网中的哪一行、哪一列、取什么值来表示其特征。使用矢量数据模型计算邻近问题，需要明显的边界条件或者能够产生明显的边界。例如，使用矢量数据计算人口密度，需要计算范围的边界，根据边界计算面积；空间分析中的缓冲区分析、网格分析中的服务区分析均产生明显的边界。使用栅格数据模型，可以用于边界不确定的一类问题的求解。本节重点研究根据矢量数据进行栅格分析的几种方法，如测定距离（Find Distance）、邻近制图（Proximity Mapping）、计算密度（Calculate Density）和邻域分析（Neighborhood Statistics）。

#### 2．数据准备

本分析使用的数据存储在 wells.hdf、population.hdf 地理数据库中，为矢量格式的数据，主要包括水源分布点离散数据（wells_point）和居民点人口数量离散数据（population_point），两种数据均为点主题。数据存放在 E:\Data\gisdata5.1 文件夹内。

### 5.1.2 距离制图

#### 1．测定距离

测定距离就是计算每个栅格与最近要素之间的距离并按远近分级，运用其输出的距离数据可产生缓冲区或找出距离某个要素一定范围之内的其他要素。

（1）打开"栅格分析"子系统，右键单击 MapGISCatalog 下的 MapGISLocal，附加名为 well. hdf 的地理数据库。

（2）单击菜单栏"矢量处理→距离制图"菜单命令，弹出距离制图分析对话框，如图 5.1-1 所示。在"输入源数据类型"栏选择要素类，在"源数据"栏选择转换后的数据 wells_point，在"最大制图距离"栏输入 10，单击"输出网格间距"右边的 >> ，可以进一步设置"输出网格间距和范围"。

通过勾选"直线方向"和"直线分配"确定不同的输出方式，在"直线方向"、"直线分配"和"直线距离"栏选择输出路径和不同的输出文件名。

· 直线方向：用于后面的邻域分析中。

图 5.1-1　距离制图分析

直线分配：即邻域制图，将所有栅格分配给距其欧几里德距离最近的要素。输出数据的每个栅格值是距其最近的要素的特征值。

直线距离（测定距离）：计算每个栅格与最近要素之间的距离，并按远近分级。

（3）选择"直线距离"，即测定距离，计算每个栅格与最近要素之间的距离，并按远近分级。命名为 Distance to Wells。单击"确定"按钮完成，如图 5.1-2 所示。

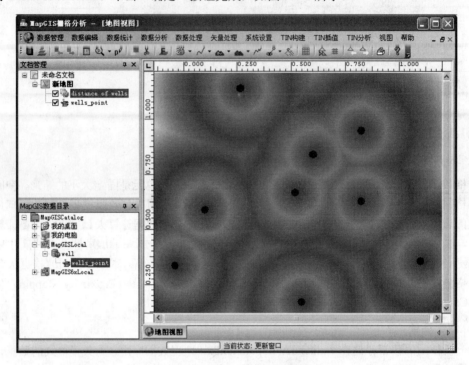

图 5.1-2　Distance to Wells

### 2. 邻近制图

邻近制图就是将所有栅格分配给距其欧几里德距离最近的要素。根据要素的特征值确定每一个要素的覆盖范围，其输出数据的每个栅格值是距其最近的要素的特征值。

单击菜单栏"矢量处理→距离制图"，弹出"距离制图分析"对话框，选择"要素类"，在"源数据"栏选择 wells_point，在"最大制图距离"栏输入 10，单击"输出网格间距"右边的 >> ，可以进一步设置"输出网格间距和范围"。勾选"直线分配"，将所有栅格分配给距其欧几里德距离最近的要素。输出数据的每个栅格值是距其最近的要素的特征值，命名为 Proximity to Wells，如图 5.1-3 所示，单击"确定"按钮完成，如图 5.1-4 所示。

图 5.1-3　距离制图分析

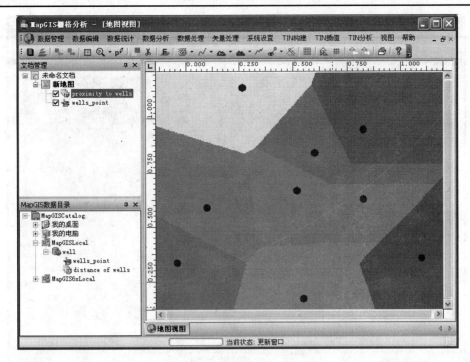

图 5.1-4　Proximity to Wells

### 3．方向制图

选择"矢量处理→距离制图"菜单命令，弹出"距离制图分析"对话框，选择"要素类"，在"源数据"栏选择转换后的数据 wells_point，在"最大制图距离"栏输入 10，单击"输出网格间距"右边的 >> ，可以进一步设置"输出网格间距和范围"。选择"直线方向"，命名为 Direction to Wells，如图 5.1-5 所示，单击"确定"按钮完成，如图 5.1-6 所示。

图 5.1-5　距离制图分析

### 5.1.3　计算密度

计算密度就是根据输入的点要素，计算整个区域的数据分布状况，产生一个连续的表面，如制作人口密度图、计算城镇密度分布图等。

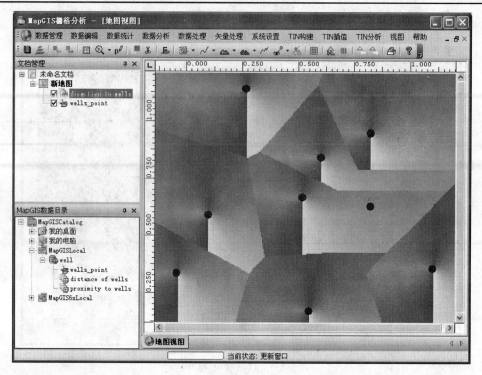

图 5.1-6　Direction to Wells

**1. 显示居民点人口数**

（1）在"栅格分析"子系统，右键单击 MapGISCatalog 下的 MapGISLocal，附加名为 population.hdf 的地理数据库，添加 population_point 图层。

（2）鼠标右键单击 population_point 图层，在弹出的快捷菜单选择"属性"，弹出"population_point 属性页"对话框，选择"动态注记"页面，勾选"动态注记"，"注记字段"选择 POPULATION，还可以根据实际情况设置字体和大小等属性，单击方位属性，弹出"图层注记信息设置"对话框，"偏移点距离"设置为 10，如图 5.1-7 所示，单击"确定"按钮。

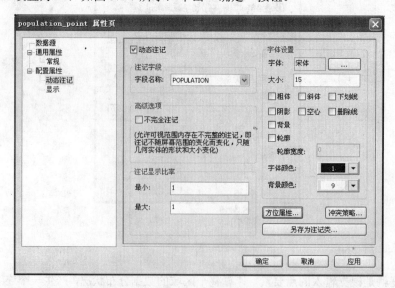

图 5.1-7　属性页

（3）在"地图视图"区域单击右键，在弹出的快捷菜单中选择"更新窗口"，每个居民点人口数的动态注记即显示出来，如图 5.1-8 所示。

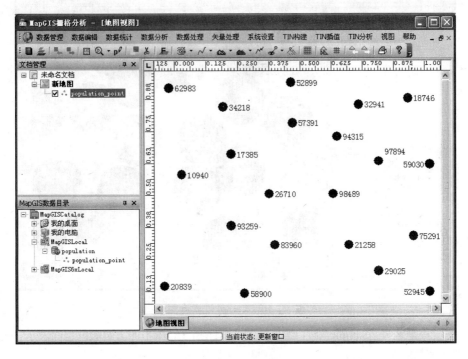

图 5.1-8　人口分布

## 2．密度制图

（1）选择"菜单栏→矢量处理→密度制图"菜单命令，弹出"密度制图"对话框。"简单要素类"选择 population_point。"属性字段"选择 POPULATION，"密度类型"选择 Kernel（这是一种计算密度的方法），"结果栅格"为 density1，如图 5.1-9 所示。

图 5.1-9　密度制图

（2）单击"确定"按钮，结果如图 5.1-10 所示，图中的大圆颜色越深表示密度越小，颜色越浅表示密度越大。

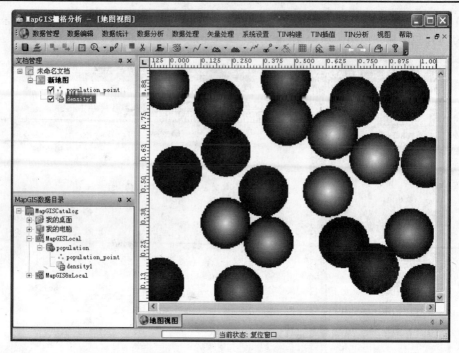

图 5.1-10　Kernel 法密度图

（3）密度类型选择"Sample"时，结果如图 5.1-11 所示，图中的大圆颜色越深表示密度越小，颜色越浅表示密度越大。

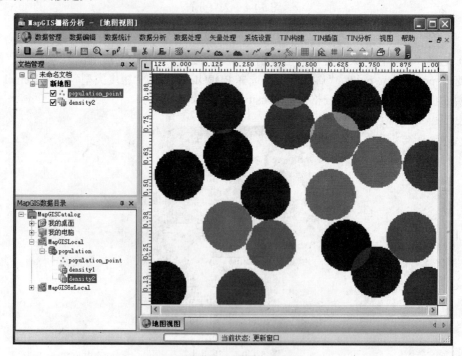

图 5.1-11　Sample 法密度图

### 5.1.4　邻域统计

邻域分析就是对输入的栅格主题中的栅格在特定的邻域范围内进行某种统计计算，在计算中使用了邻域范围中所有的栅格的值，输出主题表示了每个中心处栅格在邻域范围内的统计计算值。像元邻域统计是以待计算栅格为中心，向其周围扩展一定范围，基于这些扩展栅格数据进行函数运算，完成像元邻域分析的功能。统计方式有最小值、最大值、高程范围、累加值、平均值、标准差和中值，这里仅对"高程范围"和"平均值"两种情况进行统计，其他情况类似。

　　（1）选择"数据统计→像元邻域统计"菜单命令，弹出对话框，设置输入数据层为"distance to wells"栅格数据集，统计方式为"高程范围"，设置输出图层为"AnalyseDEM"，将窗口宽度和窗口高度设为 3，如图 5.1-12 所示，单击"确认"按钮，结果如图 5.1-13 所示。

图 5.1-12　像元邻域统计

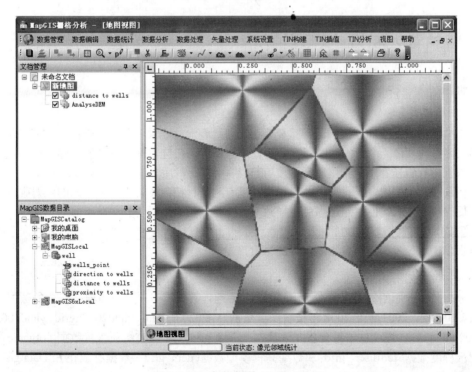

图 5.1-13　高程范围 AnalyseDEM

　　（2）同样采用 distance to wells 栅格数据集，统计方式为"平均值"，设置输出图层为"Analyse-Avg"，将窗口宽度和窗口高度设为 3，统计结果如图 5.1-14 所示。

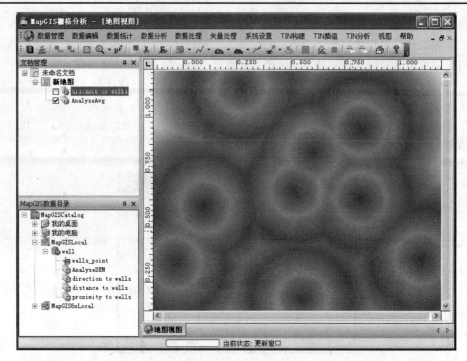

图 5.1-14　平均值 AnalyseAvg

# 5.2　栅格叠加分析（粮食估产）

## 5.2.1　问题和数据分析

### 1. 问题提出

栅格叠加分析是空间分析的一种重要类型，栅格叠加时要求不同层具有同一空间坐标系、同一网格尺度、同一像元个数，这里利用栅格叠加分析算法研究粮食产量与影响因素间的关系。粮食产量与土壤有机质含量及土壤肥沃程度有直接关系，有机质含量越高，土壤越肥沃，产量越高。粮食产量还受地形影响，一般来说地形越缓，越有利于种植；坡向决定了阳光的照射强度，光合作用可促进植物生长，但阳光过强可能导致气候干旱，影响植物生长。在下面的案例中，希望通过 MapGIS K9 的栅格分析功能，发现粮食产量与土壤有机质含量、地形的坡度和坡向之间关系的一些规律，进一步指导粮食生产，提高粮食产量。

### 2. 数据准备

本分析使用的原始数据存储在 agriculture.hdf 地理数据库中，主要为栅格格式的数据，包括 2001 年、2002 年、2003 年及 2008 年粮食产量数据（yield2001_grid、yield2002_grid、yield2003_grid 和 yield2008_grid）、连续三年粮食总产量数据（yield_grid）、土壤有机质含量数据（organic_grid）、土壤肥沃程度数据（fertiliser_grid）和数字高程模型数据（dem_grid）。数据存放在 E:\Data\gisdata5.2 文件夹内。

## 5.2.2　粮食产量栅格叠加局部统计

（1）打开"栅格分析"子系统，右键单击 MapGISCatalog 下的 MapGISLocal，附加名为

agriculture.hdf 的地理数据库。

（2）选择"选择数据统计→多层叠加统计"菜单命令。弹出"多层数据统计"对话框。

（3）单击"多层数据统计"对话框的"添加一层"按钮，弹出"选择栅格数据集"对话框，添加数据 yield2001_grid，yield2002_grid，yield2003_grid。

（4）在统计方式下拉列表中选择叠加统计分析的统计方式，统计方式包括最大值、最小值、高程范围、累加值、平均值、标准偏差、中指、多数值、少数值。

（5）选择累加值。"输出数据层"设置为 yieldsum，如图 5.2-1 所示。

图 5.2-1　添加数据

（6）单击"统计"按钮，得到三年内区域总产量主题（yieldsum），如图 5.2-2 所示。

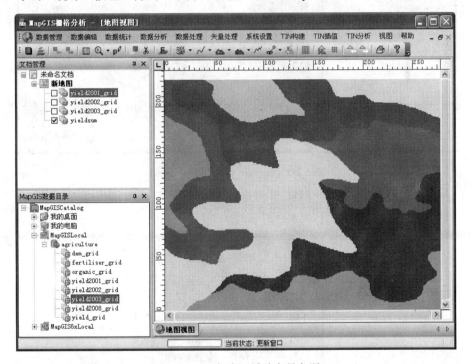

图 5.2-2　三年内区域总产量主题

### 5.2.3　粮食产量关联因素分区统计

**1. 粮食产量与有机质含量分区汇总**

下面统计粮食产量与土壤有机质含量的关系，分析土壤有机质含量高低对粮食产量的影响，以便为粮食生产提供科学决策，粮食产量有 8 个不同级别的分区，每个分区对应不同级别土壤有机质含量，具体步骤如下。

（1）添加土壤有机质含量栅格主题 organic_grid 和三年粮食产量栅格主题 yield_grid，如图 5.2-3 所示。

（2）选择主菜单中"数据统计→像元分类统计"菜单命令，弹出"像元分类区域统计"对话框，设置各参数，选择 yield_grid 做分类数据层，organic_grid 做原始数据层，如图 5.2-4 所示。

（3）单击"确定"按钮，产生一个新表，该表显示 8 个粮食产量区土壤有机质含量的统计结果，主要统计内容有：高程点数、水平面积、平均值、最小值、最大值、高程值范围、累加值、标准差等，如图 5.2-5 所示。

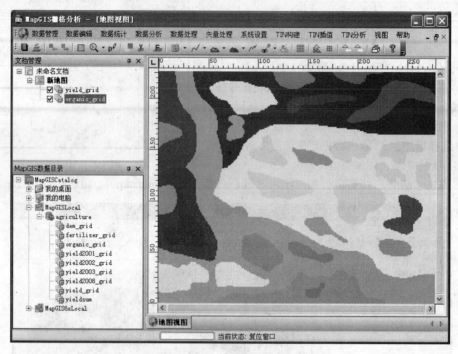

图 5.2-3　organic_grid 和 yield_grid

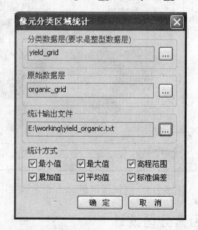

图 5.2-4　像元分类区域统计

图 5.2-5　产量与有机质含量关系

（4）从统计表中可以看出，产量较低区有机质含量普遍偏低，产量较高区有机质含量普遍偏高，以土壤有机质含量平均值为例，产量 8 区是高产区，其有机质含量平均值为 7.716 4，有机质含量最高。因此可以推断有机质含量是影响粮食产量的一个重要因素。

**2．粮食产量与坡向关系分析**

（1）添加 dem_grid 图层，如图 5.2-6 所示。

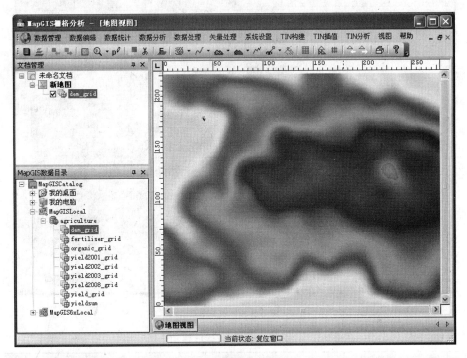

图 5.2-6　地形栅格数据

（2）制作坡向图。激活 dem_grid 图层，选择"数据分析→地形因子分析"菜单命令，弹出"地形因子分析"对话框，如图 5.2-7 所示。

图 5.2-7　地形因子分析

（3）单击"确认"，生成坡向图，如图 5.2-8 所示。

（4）生成坡向分类图。选择"数据统计→分类区域追踪"菜单命令，弹出"编辑分类参数"对话框，如图 5.2-9 所示。在"分类方式"栏选择自定义分级，"类数"改为 9，分类上限和下限按表 5.1-1 修改，单击"确认"按钮，生成坡向分级图，如图 5.2-10 所示。

（5）选择"数据统计→像元分类统计"菜单命令，弹出"像元分类区域统计"对话框，设置各参数，选择坡向分类图 classify of aspect 做分类数据层，yield_grid 做原始数据层，如图 5.2-11所示。

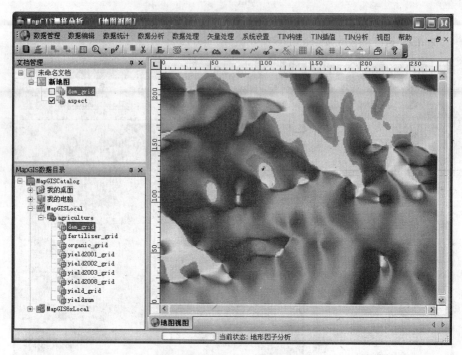

图 5.2-8　坡向图

**表 5.1-1　坡向分类表**

| 1 | 2 | 3 | 4 | 5 | 6 | 7 | 8 | 9 |
|---|---|---|---|---|---|---|---|---|
| north | north east | east | south east | south | south west | west | north west | north |
| 0 −22.5 | 22.5 −67.5 | 67.5 −112.5 | 112.5 −157.5 | 157.5 −202.5 | 202.5 −247.5 | 247.5 −292.5 | 292.5 −337.5 | 337.5 −360 |

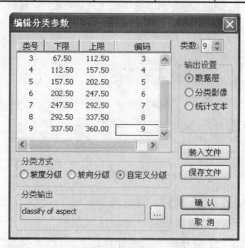

图 5.2-9　编辑分类参数

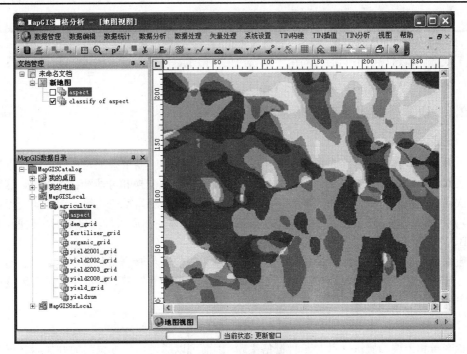

图 5.2-10　坡向分级图

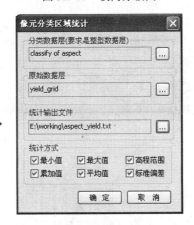

图 5.2-11　"像元分类区域统计"对话框

（6）单击"确定"按钮，产生一个新表，该表显示 9 个坡向分级区粮食产量的统计结果，主要统计内容有：高程点数、水平面积、平均值、最小值、最大值、高程值范围、累加值、标准差，如图 5.2-12 所示。

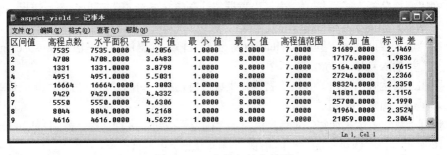

图 5.2-12　产量与坡向关系

（7）从统计表中可以看出，粮食产量的高低与坡向的关系，坡向区间 4、5 粮食产量总量与面积比的平均值为 5.503 1 和 5.300 3，东南（southeast）和南（south）两方向属于高产区，其他方向属于低产区，这说明不同的坡向由于阳光照射、雨水、风沙等情况的差异，一定程度上影响了粮食产量的高低。

### 5.2.4 权重叠加运算预测粮食产量

**1. 原理**

权重叠加运算预测粮食产量的方法采用的是栅格叠加原理。栅格叠加是不同栅格数据层间通过像元之间的各种运算来实现的。栅格叠加有局部变换、邻域变换和分段变换等类型，这里采用的是多次局部变换的方式，设 A、B、C 等表示第一层、第二层、第三层等各层上同一坐标处的属性值，$f$ 函数表示各层上属性与用户需要之间的关系，$U$ 为叠加后属性输出层的属性值，则 $U=f$（A，B，C…）。

一般来说，土壤越肥沃，产量越高。肥沃的土壤可以保证粮食产量稳定甚至高产。而对于劣质土壤，一般来说产量可能会逐年降低。已知今年的各产区粮食产量，根据土壤肥沃程度可以大致预测下一年各产区的粮食产量，基本的经验公式是：

（前年粮食产量×土壤肥沃率）÷ 肥沃率等级

粮食产量和土壤的肥沃率都是一种栅格主题，因而可以通过栅格数据间的叠加运算直观地计算下一年的粮食产量，如图 5.2-13 所示。

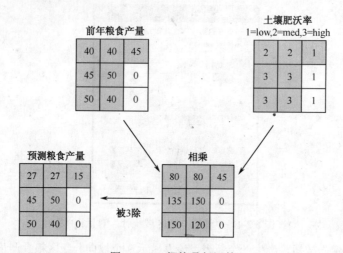

图 5.2-13 栅格叠加运算

**2. 基本步骤**

（1）在"栅格分析"子系统中，选择"数据统计→表达式计算"菜单命令，弹出"数学表达式计算"对话框。如图 5.2-14 所示。

（2）在"输入数据层 A"里输入 yield2008_grid，"输入数据层 B"里输入 fertiliser_grid，"输入数据层 C"里输入 calculation。

（3）单击"表达式"按钮，弹出"表达式生成"对话框，如图 5.2-15 所示，生成最终表达式 C=A*B/3。单击"确定"按钮。

（4）返回"数学表达式计算"对话框后单击"确定"按钮，进行计算，得到 calculation 图层，如图 5.2-16 所示，该主题显示的各产区粮食产量即为下一年粮食产量。

图 5.2-14 "数学表达式计算"对话框　　　图 5.2-15 "表达式生成"对话框

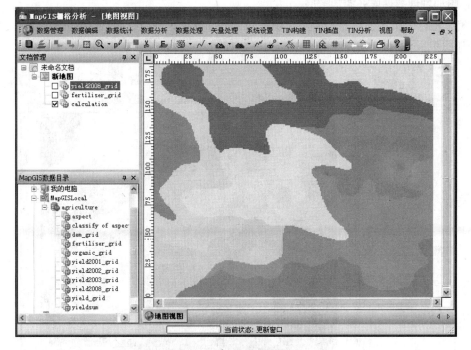

图 5.2-16　预测粮食产量

## 5.3　栅格统计分析（农田保护）

### 5.3.1　问题和数据分析

#### 1. 问题提出

当进行多层面栅格数据叠合分析时，经常需要以栅格单元为单位来进行统计分析，本例是利用 MapGIS K9 高程带区域统计功能分析研究可耕地区域及对土质特征进行分类。在研究区域内的河流南岸有一块呈马蹄形的区域，在洪水来临的时候这片土地会被淹没，因此只能在雨季过后洪水退去的土地上耕种植物。现在为了改善土地利用，有关部门决定在最北的弯曲处沿河流北岸修建一个水坝，用于长期蓄水及保护农田。本节的任务是找出水坝保护的农田范围，主要通过重分类和叠加相交多个图层来进行一些简单的 GIS 分析，分析准则如下：

- 位于洪水区域内
- 有适合耕种的土质
- 面积至少有数公顷

**2．数据准备**

本分析使用的数据存储在 Mauritania.hdf 地理数据库中，原始数据是一些栅格格式的数据，包括高程（drelief_dem）、土质类型（dsoils_dem）。数据存放在 E:\Data\gisdata5.3 文件夹内。

### 5.3.2　找出洪水淹没区域

根据以往的数据记录，所有高程低于 8 m 的洪水区域都将被淹没，所以现在要找到所有高程低于 8 m 的区域。利用 MapGIS K9 栅格分析中的高程带区域统计工具可完成此项工作。

**1．附加地理数据库并添加图层**

打开"栅格分析"子系统，附加名为 Mauritania.hdf 的地理数据库，右键单击"新地图"，选择"添加图层"，将 drelief_dem 与 dsoils_dem 添加进来，添加后结果如图 5.3-1 所示。

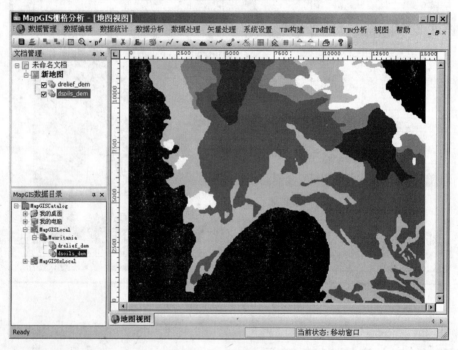

图 5.3-1　转换后数据

**2．查看图层高程信息**

使 drelief 图层处于当前编辑状态，右键单击"drelief"选择"属性"，查看 drelief 的属性，查看 DEM 数据集信息，如图 5.3-2 所示，记录高程范围。

**3．打开高程带区域统计工具**

选择"数据统计→高程带区域统计"菜单命令，系统弹出"高程带统计"对话框，进行参数设置，"高程上限值"为 8、"高程下限值"为 5，"输出方式"为生成二值数据层，"输出结果"为 drelief_chosen，如图 5.3-3，单击"确认"按钮，统计结果如图 5.3-4 所示。

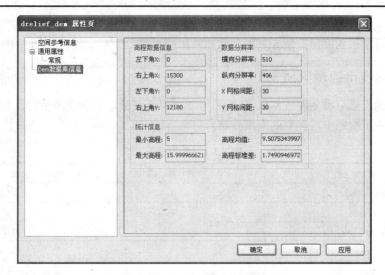

图 5.3-2　查看 DEM 数据集信息

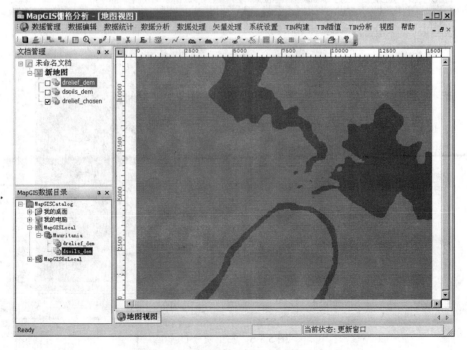

图 5.3-3　高程带统计参数设置

图 5.3-4　提取高程低于 8 m 的区域

在 drelief_chosen 图层中，进行高程带统计的结果为二值数值层，落在高程范围内的值为 1，即高程小于 8 m 的栅格区域，落在高程范围外的值为 0。

### 5.3.3　寻找可耕种区域

研究区域的土质分类见表 5.3-1，分类码为 2 的黏土是最适合农业种植的，利用栅格计算器找到研究区域内所有黏土质类型的土质分布。

表 5.3-1　土质分类

| 土 质 类 型 | 分 类 码 | 说　　明 |
| --- | --- | --- |
| Heavy clays | 1 | 重质黏土 |
| Clays | 2 | 黏土 |
| Sandy clays | 3 | 砂质黏土 |
| Levee | 4 | 防洪堤 |
| Stony | 5 | 碎石滩 |

图 5.3-5　参数设置

（1）双击激活 dsoils_dem。

（2）选择"数据统计→高程带区域统计"菜单命令，将"高程上、下限值"均设为 2，"输出方式"为生成二值数据层，输出路径同上相同并命名为 dsoiles_chosen，如图 5.3-5 所示。

（3）单击"确认"按钮，输出结果如图 5.3-6 所示，在 dsoiles_chosen 图层中，栅格数据只有两个值：0 和 1，其中 1 表示满足上一步栅格选取条件的栅格，即土质类型为 2 的区域，其他区域为 0。

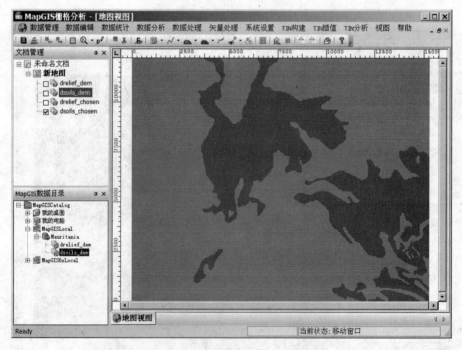

图 5.3-6　黏土质分布

### 5.3.4  确定水坝保护的可耕种区域

水坝保护的可耕种区域即为高程低于 8 m 的黏土土质分区域，在 drelief_chosen 图层中，高程小于 8 m 的区域代码为 1，在 dsoiles_chosen 图层中黏土土质区域的代码为 1，因此为了得到洪水区和黏土区，只需用布尔操作"&"就可以给出在两个图层都为真的区域。

（1）选择"数据统计→表达式计算"菜单命令，系统弹出"数学表达式计算"对话框。在"数学表达式计算"对话框里进行参数设置："输入数据层 A"定义为 drelief_chosen 数据层，"输入数据层 B"定义为 dsoiles_chosen 数据层，"输出数据层 C"是进行表达式计算所得到的结果数据层 C，将其命名为 Calculation，设置结果如图 5.3-7 所示。

（2）单击"表达式"按钮，系统会弹出"表达式生成"对话框，输入表达式 C=A&&B，如图 5.3-8 所示，单击"确定"按钮，在"数学表达式计算"对话框中单击"确定"按钮，结果如图 5.3-9 所示。

图 5.3-7  "数学表达式计算"对话框

图 5.3-8  表达式

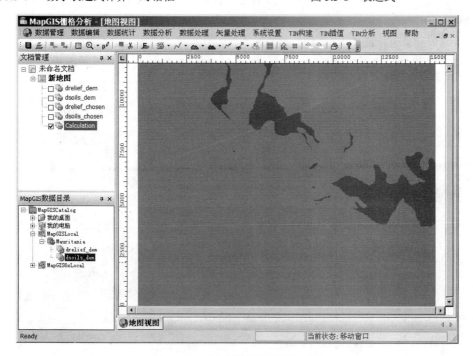

图 5.3-9  水坝保护的可耕种区域

### 5.3.5 选择面积为数公顷的区域

题目还对可耕种区域的面积提出了要求，为了计算每个可耕种区域多边形的面积，首先要将栅格数据转换为矢量数据。

#### 1. 栅格转矢量

打开"栅格目录管理器"子系统，选择"栅格数据转换→栅格转矢量"菜单，弹出"栅格转区要素类参数设置"对话框，通过 [...] 按钮选择 Calculation 层，如图 5.3-10 所示，单击"确定"按钮，得到 bestarea 矢量图层，如图 5.3-11 所示。

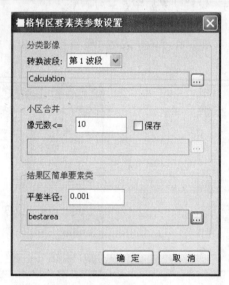

图 5.3-10 "栅格转区要素类参数设置"对话框

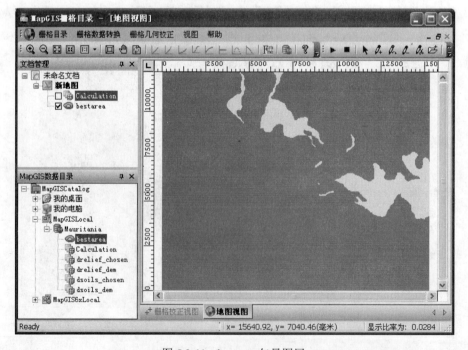

图 5.3-11 bestarea 矢量图层

### 2．查看属性表

右键单击 bestarea 矢量图层查看属性表，如图 5.3-12 所示，从表中可以看出 ID 为 0 的记录为耕地外围背景的部分，不是耕种区域。

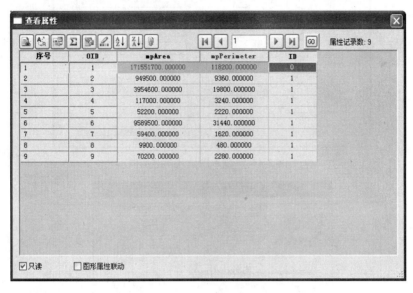

图 5.3-12　bestarea 属性表

### 3．计算区域公顷数

在 GDB 企业管理器中，右键单击 bestarea 层对属性结构进行设置，增加公顷 hectare 字段，单击 圖 打开属性表，在属性表中"hectare"上单击右键后选择"查找替换"，或在"地图编辑器"子系统中单击右键查看 bestarea 属性，在新增加的属性"hectare"上单击右键选择"查找替换"，弹出对话框后选择"高级替换"，如图 5.3-13 所示。单击 SQL 语句后出现"输入表达式"对话框，如图 5.3-14 所示，输入计算表达式 mpArea/10000，单击"确定"按钮，选择被替换字段 hectare，单击"全部替换"按钮，即完成 hectare 计算。

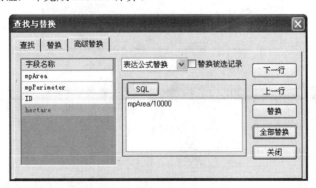

图 5.3-13　"查找与替换"对话框

### 4．查询面积大于 10 公顷的区域

打开"地图编辑器"子系统，添加设置 bestarea 为当前编辑状态，选择"通用编辑→空间查询"菜单命令，弹出"空间查询"对话框，如图 5.3-15 所示，保存结果图层设置为 finalarea，单击 ... 设置 SQL 表达式 hectare > 10 AND ID! = 0，如图 5.3-16 所示，单击"确定"按钮，得到查询面积大于 10 公顷的区域，如图 5.3-17 所示。

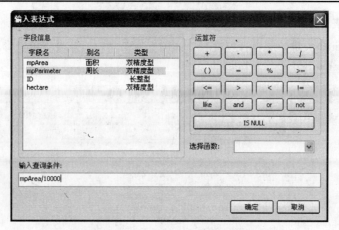

图 5.3-14 "输入表达式"对话框

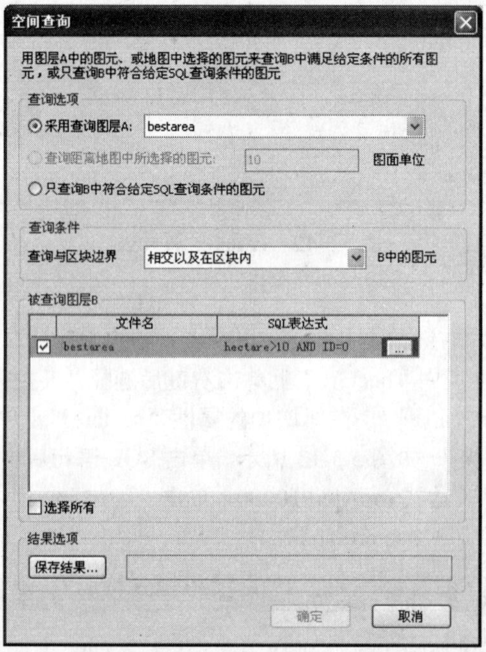

图 5.3-15 "空间查询"对话框

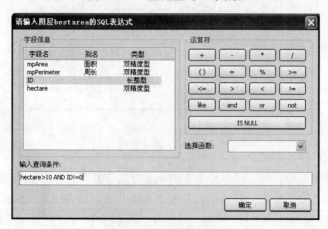

图 5.3-16 表达式输入

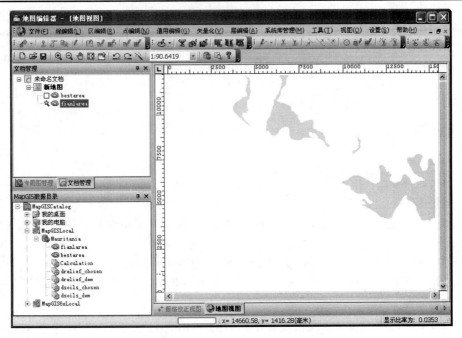

图 5.3-17　大于 10 公顷的区域

# 第6章　矢量分析

## 6.1　商店选址评价

### 6.1.1　问题和数据分析

#### 1．问题提出

商业设施盈利的一个重要因素是选址，利用 GIS 对相关的空间位置数据和属性数据进行分析，对商业设施的选址优劣进行评价，进而分析改进策略已经逐渐被商业营销人士所重视并应用。本节利用扩张空间分析功能来对商店的服务范围进行确定，并对服务范围内的人口特征进行分析来探索商店的盈利情况和潜在客户之间的关系，根据这种关系可以为未来商店的选址提供参考信息。

#### 2．数据准备

本分析使用的原始数据是矢量格式的数据，包括商店 STORES.WT 数据层、生活方式 LIFESTYLE.WP 数据层，这些数据构成了名为 shoppers.hdf 的地理数据库。数据存放在 E:\Data\gisdata6.1 文件夹内。

### 6.1.2　确定商店的服务范围

#### 1．附加地理数据库并添加图层

打开"地图编辑器"子系统，右键单击 MapGISCatalog 下的 MapGISLocal，附加名为 Shoppers.hdf 的地理数据库，右键单击新地图，选择"添加图层"，添加 LIFESTYLE.WP 与 STORES.WT 文件，添加后如图 6.1-1 所示。

图 6.1-1　添加 LIFESTYLE.WP 与 STORES.WT 文件

**2．选择盈利商店**

设置 STORES.WT 为当前编辑状态，选择"通用编辑→空间查询"菜单命令，单击"空间查询"对话框中的 ⬚⬚⬚ 设置 SQL 表达式，如图 6.1-2 所示。"输入查询条件"中输入表达式 REVENUES>0，选择所有的盈利商店，如图 6.1-3 所示，在"空间查询"对话框中单击"确定"按钮，输出图层设置为 PROFSTORES，可以看到，有 3 个满足条件的商店，如图 6.1-4 所示。

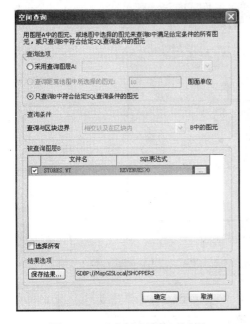

图 6.1-2 "空间查询"对话框

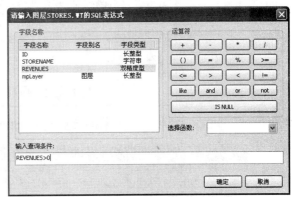

图 6.1-3 属性选择

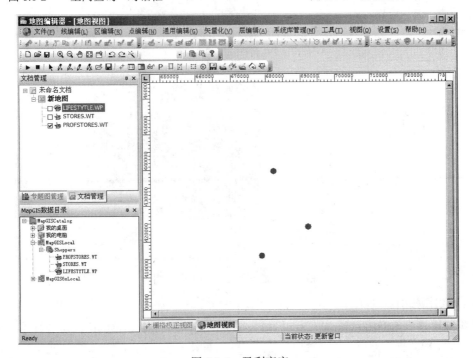

图 6.1-4 盈利商店

### 3. 求盈利商店的距离栅格图

打开"栅格分析"子系统，选择"矢量处理→距离制图"菜单命令，将"源数据"设置为PROSTORES.WT，"输出网格间距"设置为250，"直线距离"设置为diststore，单击 >> 按钮，将输出坐标系和图层范围设置为与lifestytle图层一致，即lifestytle_bound范围，其他保持默认设置，如图6.1-5所示，单击"确定"按钮，得到距离栅格图，如图6.1-6所示。

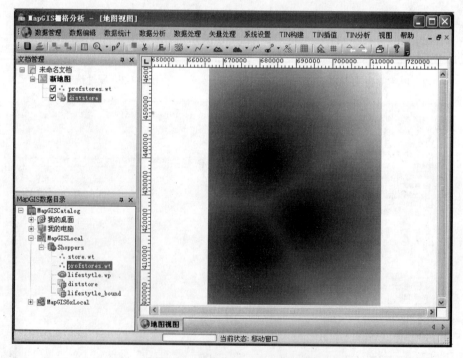

图 6.1-5　"距离制图"对话框

图 6.1-6　盈利商店的距离栅格图

### 4. 距离栅格图重分类

根据经验，设定商店 4 km 以内的区域为服务范围，因此对 diststore 图层进行重分类，在MapGIS K9 SP1"栅格分析"子系统中，选择"数据统计→重分类"菜单命令，或在 MapGIS K9 SP2"数字地形分析"子系统中，选择"栅格统计→重分类"菜单命令，在弹出的"重分类"对话框中将输入图层设定为 diststore，输出图层命名为 recldist，如图 6.1-7 所示，"分类方法"设置为等间距，"分类数"设置为 10，以 4 km 为界限分为 10 类，分类结果如图 6.1-8 所示，其中值为 1 的区域为商店的服务范围，大于 1 的区域为非商店的服务范围。

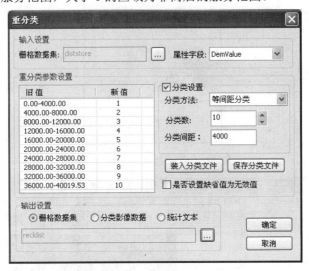

图 6.1-7　"重分类"对话框设置

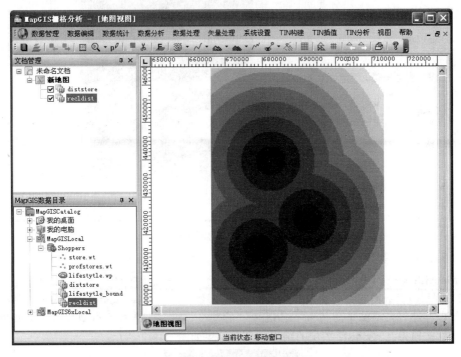

图 6.1-8　距离栅格图重分类图

### 5. 确定商店的服务范围

在 MapGIS K9 SP1 "栅格分析"子系统中，选择"数据统计→表达式计算"菜单命令，或在 MapGIS K9 SP2 "数字地形分析"子系统中，选择"栅格统计→表达式计算"菜单命令，弹出如图 6.1-9 所示的对话框，"输入数据层 A"选择 recldist 图层，选择"输出数据层 C"的保存路径，将结果命名为 recldist1，单击"表达式"按钮，输入 C=A<2，单击"确定"得到 recldist1 图层的结果，查看结果如图 6.1-10 所示。

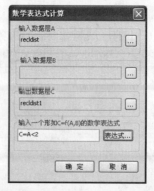

图 6.1-9 "数学表达式计算"对话框

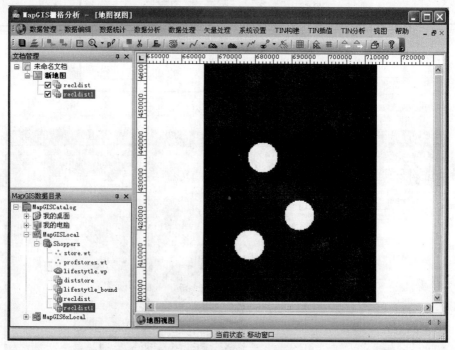

图 6.1-10 商店的服务范围

**6. 浮点型转整型**

在 MapGIS K9 SP1 "栅格分析"子系统中,选择"数据统计→数学变换"菜单命令,弹出如图 6.1-11 所示的"数据层数学变换"对话框,"输入数据层"选择 recldist1 图层,选择"输出数据层"的保存路径,将结果命名为 recldist2,"数学变换方法"选择浮点型数据⇒整型数据,单击"确认"按钮得到 recldist2 图层的结果,查看结果如图 6.1-12 所示。

图 6.1-11 "数据层数学变换"对话框

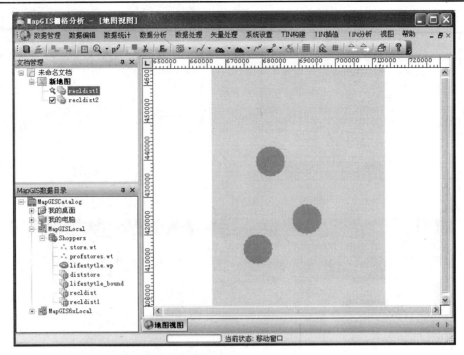

图 6.1-12　商店的服务范围整型数据层

### 6.1.3　分析消费者特征

Lifestyle 图层的属性表中的 1 到 HH_SEG50 为不同生活方式人群的数量，TOTAL 为该区域总人口数，JOESCUST 为潜在客户指标，JOESCUST 值越高表示该地区潜在客户越多。根据经验，类型为 HH-SEG8，HH-SEG15，HH-SEG37 的人群是潜在客户，潜在客户的指标 JOESCUST 以表达式"JOESCUST= (HH-SEG8+HH-SEG15+HH-SEG37)*totle/100"进行计算。

**1. 将 lifestyle.wp 转换为栅格数据**

将 lifestyle.wp 的 JOESCUST 字段作为像元属性所在字段转换栅格数据。打开"栅格目录管理器"子系统，选择"栅格数据转换→矢量转栅格"菜单命令，弹出"设置矢栅转换数据"对话框，选择"简单要素类"为 lifestyle.wp，设置"输出栅格数据集"为 liferast，如图 6.1-13 所示，单击"下一步"按钮进行"设置矢量转换范围与步长"，网格间距设置为 250，其他使用默认的设置，如图 6.1-14 所示，单击"下一步"按钮，进行属性设置，设置"栅格化后的背景值"为 0，"像元属性所在字段"为 JOESCUST，如图 6.1-15 所示，单击"下一步"按钮，弹出"设置矢栅转换查找表"的对话框，如图 6.1-16 所示，单击"完成"按钮，转换结果如图 6.1-17 所示。

图 6.1-13　设置矢量转换数据

图 6.1-14　设置矢量转换范围和步长

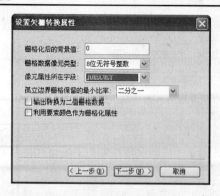

图 6.1-15　设置矢栅转换属性

图 6.1-16　设置矢量转换查找表

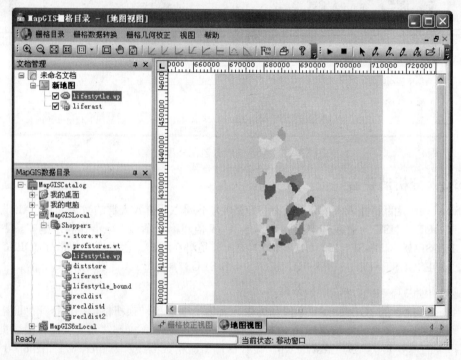

图 6.1-17　lifestyle 的 JOESCUST 字段栅格数据

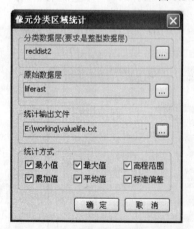

图 6.1-18　像元分类区域统计

**2.　确定盈利商店服务范围内的潜在客户数**

（1）选择"数据统计→像元分类统计"菜单命令，弹出"像元分类区域统计"对话框，设置各参数，"分类数据层"选择recldist2，"原始数据层"为 liferast，"统计输出文件"为valuelife.txt，如图 6.2-18 所示。

（2）单击"确定"按钮，产生一个新表，表格显示 0 和 1两个范围内 liferast 图层涉及的客户的统计结果，1 为盈利商店的服务范围，主要统计内容有：高程点数、面积、平均值、最小值、最大值、高程值范围（指区的人口最大数）、累加值、标准差等，如图 6.2-19 所示。其中确定盈利商店服务范围内的潜在客户数累加值为 55 009.00，因为 liferast 图层中对人口数量的计数为范围值，所以这里出现小数。

图 6.1-19 两个范围客户统计表

# 6.2 洪水灾害损失分析

## 6.2.1 问题和数据分析

**1. 洪水灾害指标**

（1）洪水灾害自然特征指标

洪水灾害发生的位置：洪水灾害发生的地理位置或区域，自然位置以经纬度或地理坐标表示，社会位置以所属行政单元表示。

洪水灾害影响的范围：直接过水或受淹地区，自然影响范围用淹没范围图表达，社会影响范围以洪水所影响的行政管辖范围表达。

洪水淹没深度：指受淹地区积水深度，洪水淹没深度是度量洪水灾害严重程度的一个重要指标，是评价洪水灾害损失的一个重要因子。

（2）洪水灾害社会特征指标

人口指标：包括受灾人口、死亡人口、受伤人口和影响人口。

淹没土地利用类型：指淹没范围内的土地利用现状。

房屋：洪水淹没、冲垮和破坏的各种房屋。

农作物：洪水长时间淹没或冲毁农田而造成农作物减产、绝收的面积或产量损失。

传染病：因长期水灾引起的疾病。

（3）洪灾经济损失指标

财产损失率：财产损失率是指洪水淹没区各类财产损失的价值与灾前原有价值或是正常年份各类财产价值之比。显然确定了各类财产的洪灾损失率，乘以灾前原有各类财产的价值，就可以得到遭受洪灾后各类财产的损失值。财产损失率是基于居民经验和相关科技人员调查统计得来的。不同土地利用在不同淹没深度下的损失率是不同的。

面上综合经济损失描述指标：除了财产损失率直接用来描述经济损失外，国内常用面上综合经济损失描述指标来描述经济损失，主要有亩均损失值指标、单位面积损失值指标和人均损失值指标。

**2. 问题提出**

洪水淹没有一个最高水位，因而可以根据等高线数据区间，按一定等高距作区文件，把最大高程作为区的一个属性字段，然后与地块类型多边形进行矢量数据叠加分析，通过条件检索得到小于洪水最高水位的淹没区内不同的地块类型，根据不同地块类型的估计财产损失系数等参数计算财产损失，分析准则如下：

（1）估计住宅用地 R 被洪水淹没而造成的损失；

（2）洪水水位的相对高程 500 m；

（3）损失大小和居民的财产、地基稳定性有关。

### 3．数据准备

（1）提供数字化的地块多边形地图线数据层 land.wl 和点数据层 land.wt，存储于 Flood.hdf 中，如图 6.2-1 所示，地块属性表见表 6.2-1。

**说明：** R1 为一类住宅用地，R2 为二类住宅用地，C 为公共设施用地。

表 6.2-1　地块属性表

| 多边形编号 | 面　　积 | 土地使用 | 估计财产 | 地基类型 | 地均财产 |
|---|---|---|---|---|---|
| 1 |  | R1 | 10 000 | A |  |
| 2 |  | R2 | 50 000 | C |  |
| 3 |  | C | 30 000 | B |  |
| 4 |  | C | 90 000 | A |  |
| 5 |  | R1 | 100 000 | C |  |
| 6 |  | R1 | 115 000 | A |  |
| 7 |  | R2 | 100 000 | C |  |

（2）对每一类地基，可估计其稳定性，并估计房屋倒塌的可能性，称为损失系数，见表 6.2-2。

表 6.2-2　地基类型—损失系数对照表

| 地　基　类　型 | 损　失　系　数 |
|---|---|
| A | 0.75 |
| B | 0.25 |
| C | 0.50 |

（3）提供数字化等高线地形图线数据层 height.wl 和点数据层 height.wt，如图 6.2-2 所示，这些等高线可组成多边形。每个多边形有其最大高程值，这个值由组成该多边形的不同等高线的高程值决定。

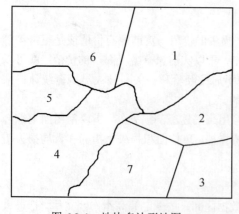

图 6.2-1　地块多边形地图

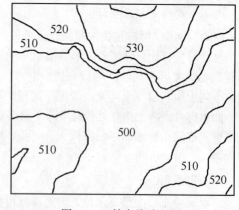

图 6.2-2　等高线地形图

## 6.2.2　地形地块数据预处理

### 1．地块数据处理

（1）打开"地图编辑器"子系统，右键单击 MapGISCatalog 下的 MapGISLocal，附加名为

Flood.hdf 的地理数据库。添加地块线数据层 land.wl，进行拓扑造区，得到如图 6.2-3 所示 land.wp 结果。

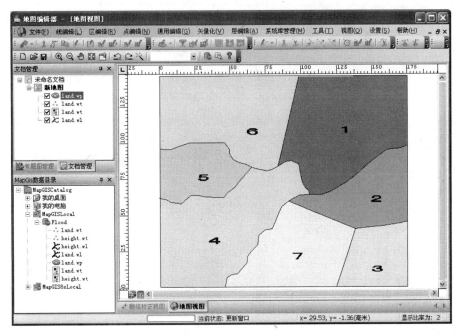

图 6.2-3　地块多边形

（2）在"地图编辑器"子系统新地图下，或在 GDB 企业管理器 MapGISCatalog 下的 MapGISLocal 中，右键单击 land.wp，选择"属性结构设置"，弹出"编辑属性结构"对话框，如图 6.2-4 所示，添加土地使用、估计财产、地均财产等属性字段。然后在"地图编辑器"子系统中，选择"编辑区→修改区属性"菜单命令，选中区，然后设置相应的属性参数，如图 6.2-5 所示。

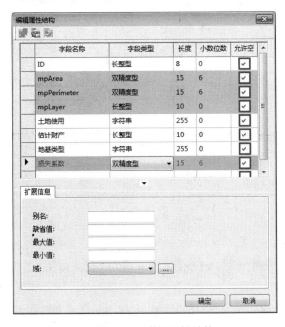

图 6.2-4　编辑属性结构

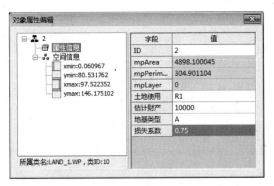

图 6.2-5　对象属性编辑

（3）在 MapGISCatalog 下的 MapGISLocal 中，右键单击 land.wp，然后选择右边窗口下的"浏览属性表格"，如图 6.2-6 所示，或单击 打开属性表，在属性表中"地均财产"项上单击右键后选择"查找替换"，或在"地图编辑器"子系统新地图中鼠标右键单击 land.wp 查看属性表，在新增加的属性"地均财产"上单击右键选择"查找替换"，弹出对话框后选择"高级替换"，输入地均财产计算表达式（地均财产=土地估价/面积），如图 6.2-7 所示，单击 SQL 语句后出现如图 6.2-8 所示"输入表达式"对话框，"输入查询条件"中输入语句，单击"确定"按钮。回到"查找与替换"对话框中单击"全部替换"按钮，即完成地均财产属性数值的编辑。

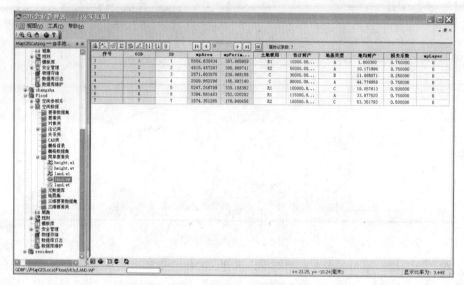

图 6.2-6　land.wp 属性表格

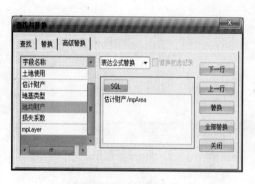

图 6.2-7　查找与替换

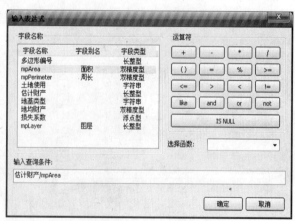

图 6.2-8　表达式对话框

**2. 等高线数据处理**

（1）参照地块数据处理的拓扑造区的方法，完成对 height.wl 线数据层的造区，结果如图 6.2-9 所示。

（2）编辑属性结构，增加"最大高程"属性字段，每个多边形有面积、最大高程值等属性字段，如图 6.2-10 所示。

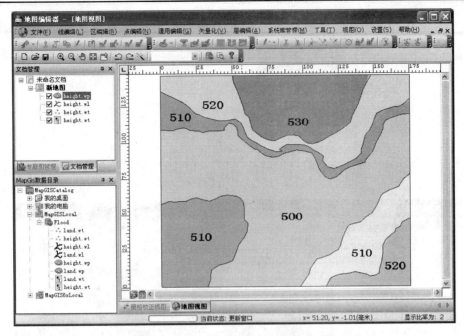

图 6.2-9　等高线多边形

图 6.2-10　等高线多边形属性表

### 6.2.3　洪水灾害损失分析步骤

**1．多边形叠加分析**

在"地图编辑器"子系统中，选择"通用编辑→叠加分析"菜单命令，或打开"数据分析与处理"子系统，选择"分析→叠加分析"菜单命令，弹出"叠加分析"对话框设置各项参数，如图 6.2-11 所示，完成地块多边形与高程多边形叠合，产生地块—高程多边形地图和地块—高程属性表，如图 6.2-12 和图 6.2-13 所示。每个多边形有"面积"、"地块使用"、"估计财产"、"地基类型"、"地均财产"、"损失系数"、"最大高程"等属性。

图 6.2-11　"叠加分析"对话框

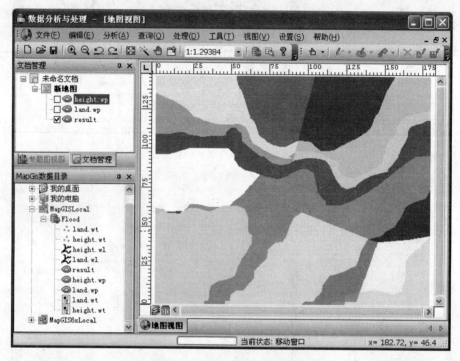

图 6.2-12　地块与高程多边形叠加

| 序号 | OID | 周长0 | 多边形编号 | 最大高程 | 土地使用 | 估计财产 | 地基类型 | 地均财产 | 损失系数 |
|---|---|---|---|---|---|---|---|---|---|
| 4 | 5 | 306.188722 | 6 | 530 | R1 | 115000 | A | 23.301116 | 0.750 |
| 5 | 4 | 306.188722 | 6 | 540 | R1 | 115000 | A | 23.301116 | 0.750 |
| 6 | 3 | 308.307883 | 1 | 540 | R1 | 10000 | A | 1.791311 | 0.750 |
| 7 | 12 | 308.307883 | 1 | 510 | R1 | 10000 | A | 1.791311 | 0.750 |
| 8 | 11 | 306.188722 | 6 | 510 | R1 | 115000 | A | 23.301116 | 0.750 |
| 9 | 24 | 338.862905 | 4 | 500 | C | 90000 | A | 17.177572 | 0.750 |
| 10 | 26 | 252.020202 | 7 | 500 | R2 | 100000 | C | 29.458713 | 0.500 |
| 11 | 19 | 338.862905 | 4 | 500 | C | 90000 | A | 17.177572 | 0.750 |
| 12 | 18 | 185.639064 | 5 | 500 | R1 | 100000 | C | 49.910753 | 0.500 |
| 13 | 17 | 236.857162 | 2 | 500 | R2 | 50000 | C | 19.444680 | 0.500 |
| 14 | 23 | 338.862905 | 4 | 500 | C | 90000 | A | 17.177572 | 0.750 |
| 15 | 15 | 306.188722 | 6 | 500 | R1 | 115000 | A | 23.301116 | 0.750 |
| 16 | 13 | 308.307883 | 1 | 500 | R1 | 10000 | A | 1.791311 | 0.750 |
| 17 | 31 | 176.940458 | 3 | 510 | C | 30000 | B | 16.005538 | 0.250 |
| 18 | 32 | 252.020202 | 7 | 510 | R2 | 100000 | C | 29.458713 | 0.500 |

图 6.2-13　地块与高程多边形叠加后的属性表

**2．选择高程<= 500 m、土地使用性质为住宅（R1，R2）的记录**

选择"通用编辑→空间查询"菜单命令，弹出"空间查询"对话框，如图 6.2-14 所示，选择"采用查询图层"（即合并后的图层），在被查询图层中单击对应的 SQL 表达式按钮，设置表达式为"最大高程<=500 AND（土地使用='R1' OR  土地使用='R2'）"，如图 6.2-15 所示。输入结果路径及文件名，单击"确定"按钮得到结果 result1.wp，如图 6.2-16 所示。

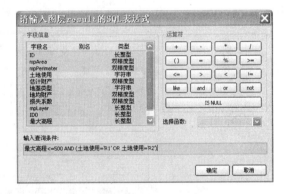

图 6.2-14　"空间查询"对话框　　　　　　　图 6.2-15　图层 SQL 表达式

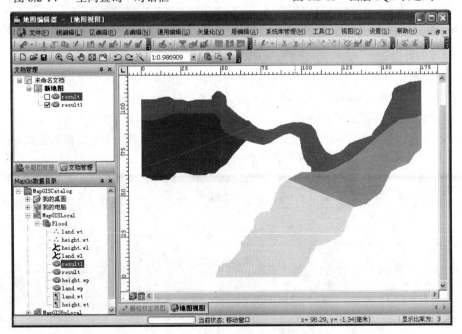

图 6.2-16　查询结果

或者，在图 6.2-13 属性表中选择"在列表中查找"弹出对话框，选择"SQL"弹出"输入表达式"对话框，如图 6.2-17 所示，然后输入查询条件"最大高程<=500 AND（土地使用='R1' OR

土地使用='R2')"，单击"确定"按钮弹出"查找与替换"对话框，如图 6.2-18 所示，单击"全部查找"按钮，得到如图 6.2-16 所示的结果。

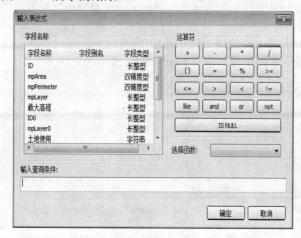

图 6.2-17　输入查询条件

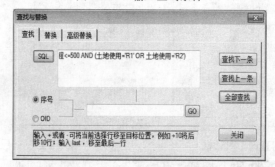

图 6.2-18　"查找与替换"对话框

### 3．计算估计损失

选择"属性结构设置"，添加"估计损失"字段，参照"地均财产"计算方法，根据公式：估计损失=多边形面积\*地均财产\*损失系数，计算估计损失的值，并得到新的地块—高程多边形及对应的属性表，如图 6.2-19 所示，该表称为损失估计表，其中的属性项有：地块 ID、面积（被淹没）、周长（被淹没）、土地使用、估计财产、地基类型、地均财产、损失系数、面积（被淹没前）、周长（被淹没前）、最大高程值、估计损失。

| 序号 | OID | ID | mpArea | mpPerimeter | mpLayer | 最大高程 | ID0 | mpLayer0 | 土地使用 | 估计财产 | 地基类型 | 地均财产 | 损失系数 | 估计损失 |
|---|---|---|---|---|---|---|---|---|---|---|---|---|---|---|
| 1 | 1 | 4 | 1206.585493 | 270.893770 | 0 | 500.000000 | 1 | 0 | R1 | 10000.000000 | A | 8.287850 | 0.750000 | 7499.999685 |
| 2 | 2 | 4 | 961.109224 | 215.717812 | 0 | 500.000000 | 2 | 0 | R2 | 50000.000000 | C | 52.023224 | 0.500000 | 25000.000218 |
| 3 | 3 | 4 | 2154.326872 | 281.813039 | 0 | 500.000000 | 5 | 0 | R1 | 100000.000000 | C | 46.418211 | 0.500000 | 49999.999648 |
| 4 | 4 | 4 | 43.948831 | 49.298165 | 0 | 500.000000 | 5 | 0 | R1 | 100000.000000 | C | 2275.373379 | 0.500000 | 49999.999994 |
| 5 | 5 | 4 | 14.093769 | 18.241151 | 0 | 500.000000 | 5 | 0 | R1 | 100000.000000 | C | 7095.333953 | 0.500000 | 49999.999999 |
| 6 | 6 | 4 | 2715.600606 | 234.974292 | 0 | 500.000000 | 6 | 0 | R1 | 115000.000000 | A | 42.347906 | 0.750000 | 86249.999408 |

图 6.2-19　损失估计表

### 4．制作洪水淹没损失分布图

对于地块—高程图，按估计损失分成>30 000、15 000～30 000、<15 000 三类，分别用三种

图例表示，画出洪水淹没损失分布图。具体操作：选择"通用编辑→选择图元→按属性选择"菜单命令，输入三个条件，如图 6.2-20 所示，找到三种类型对应的区。然后利用"区编辑→修改区参数"菜单命令，选择不同填充图案显示图形，最后结果如图 6.2-21 所示。

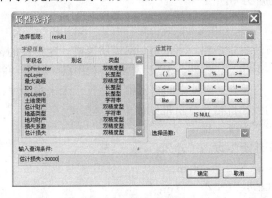

图 6.2-20　属性查询

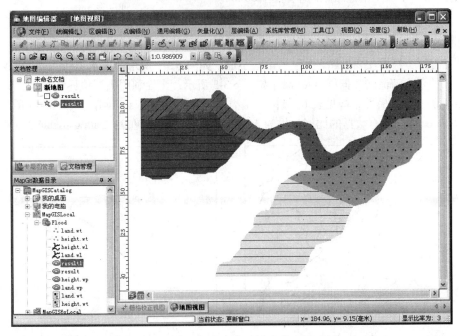

图 6.2-21　洪水淹没损失分布图

### 5．分析结论

计算每个土地被淹没的面积比，得出分析结论表，见表 6.2-3。其属性项为：多边形编号、估计财产、估计损失和被淹没面积比例。

表 6.2-3　分析结论表

| 多边形编号 | 估 计 财 产 | 估 计 损 失 | 被淹没面积比例 |
| --- | --- | --- | --- |
| 1 | 100 000 | 13 473.517 432 | 0.109 000 |
| 6 | 115 000 | 17 259.687 453 | 0.088 000 |
| 2 | 50 000 | 18 218.275 587 | 0.170 000 |
| 5 | 100 000 | 49 647.983 067 | 0.018 300 |
| 7 | 100 000 | 39 993.753 219 | 0.246 000 |

# 6.3　实验室选址分析

## 6.3.1　问题和数据分析

**1．问题提山**

利用缓冲区分析的方法确定道路、下水道、河流所影响一定距离的范围，利用矢量数据叠分析的方法求多边形与多边形相交、相并、相减等操作，利用条件检索功能检索满足条件的候选地址。分析影响实验室选址的因素，通过空间分析标出适宜于未来实验室建设的地址。表格分析将提供一个购买这片土地的预计价格。分析准则如下：

（1）要求土地利用类型为灌木地；

（2）要求强适应性土壤类型以适于建筑；

（3）要求离下水道距离不超过 500 m；

（4）要求离河流或其他水域至少 200 m；

（5）要求距 1 级主干道路距离不超过 400 m。

**2．数据准备**

LabDB.hdf 地理数据库包括：道路线数据层 road.wl 及道路等级点数据层 road.wt，道路分级，1 级为主干道，2 级为次要道路，3 级为山间小道，如图 6.3-1 所示；下水道线数据层 sewer.wl，如图 6.3-2 所示；河流线数据层 river.wl，如图 6.3-3 所示；土地利用类型边界线数据层 land.wl，如图 6.3-4 所示，其属性结构见表 6.3-1；土壤类型边界线数据层 soil.wl，如图 6.3-5 所示，其属性结构见表 6.3-2。所有数据的比例尺均为 1∶50 000。数据存放在 E:\Data\gisdata6.3 文件夹内。

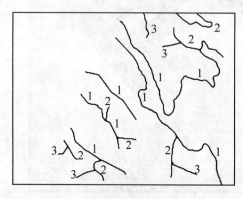

图 6.3-1　道路

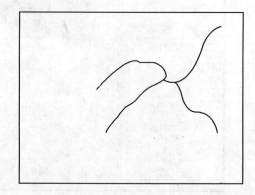

图 6.3-2　下水道

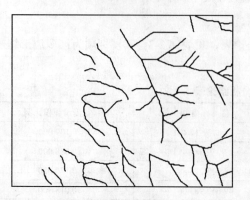

图 6.3-3　河流

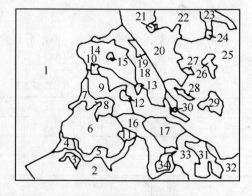

图 6.3-4　土地利用类型

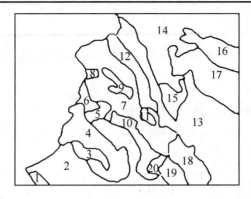

图 6.3-5　土壤类型

表 6.3-1　土地利用类型属性结构表

| ID | 面　积 | 周　长 | 类　型 | ID | 面　积 | 周　长 | 类　型 |
|---|---|---|---|---|---|---|---|
| 1 | | | Water | 18 | | | Forest |
| 2 | | | Forest | 19 | | | Brush |
| 3 | | | Brush | 20 | | | Wetland |
| 4 | | | Urban | 21 | | | Brush |
| 5 | | | Wetband | 22 | | | Forest |
| 6 | | | Agriculture | 23 | | | Barren |
| 7 | | | Forest | 24 | | | Brush |
| 8 | | | Urban | 25 | | | Agriculture |
| 9 | | | Barren | 26 | | | Brush |
| 10 | | | Brush | 27 | | | Brush |
| 11 | | | Brush | 28 | | | Brush |
| 12 | | | Brush | 29 | | | Urban |
| 13 | | | Brush | 30 | | | Brush |
| 14 | | | Agriculture | 31 | | | Brush |
| 15 | | | Brush | 32 | | | Brush |
| 16 | | | Wetwater | 33 | | | Brush |
| 17 | | | Forest | 34 | | | Urban |

表 6.3-2　土壤类型属性结构表

| ID | 面　积 | 周　长 | 类　型 | ID | 面　积 | 周　长 | 长　度 |
|---|---|---|---|---|---|---|---|
| 1 | | Low | | 11 | | | Low |
| 2 | | High | | 12 | | | Middle |
| 3 | | Middle | | 13 | | | Low |
| 4 | | Middle | | 14 | | | Middle |
| 5 | | Low | | 15 | | | High |
| 6 | | Middle | | 16 | | | Low |
| 7 | | High | | 17 | | | High |
| 8 | | Middle | | 18 | | | Middle |
| 9 | | Middle | | 19 | | | Low |
| 10 | | Low | | 20 | | | Middle |

### 6.3.2 数据预处理

（1）启动 GDB 企业管理器，右键单击 MapGISCatalog 下的 MapGISLocal，附加名为 LabDB. hdf 的地理数据库。

（2）打开"地图编辑器"子系统，完成土地利用类型多边形拓扑造区，得到土地利用类型多边形 land.wp，如图 6.3-6 所示，拓扑造区方法见 3.4 节。

（3）在"地图编辑器"子系统中，完成土壤类型多边形拓扑造区，得到土壤类型多边形 soil.wp，如图 6.3-7 所示，拓扑造区方法见 3.4 节。

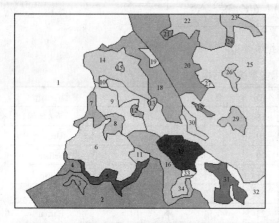 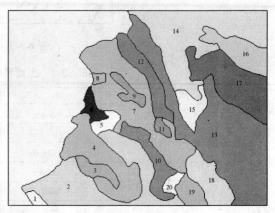

图 6.3-6　土地利用类型　　　　　　　　图 6.3-7　土壤类型

### 6.3.3 属性结构编辑

（1）道路等级属性编辑。在"地图编辑器"子系统新地图下，或在 GDB 企业管理器 MapGISCatalog 下的 MapGISLocal 中，右键单击 road.wl，选择"属性结构设置"，增加"道路等级"属性字段，如图 6.3-8 所示，给"道路等级"赋值，如图 6.3-9 所示。

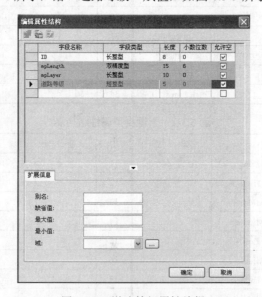

图 6.3-8　道路等级属性编辑

（2）土地利用类型属性编辑。在"地图编辑器"子系统，或 GDB 企业管理器中编辑属性结构，增加"类型"属性字段，给土地利用"类型"赋值，如图 6.3-10 所示。

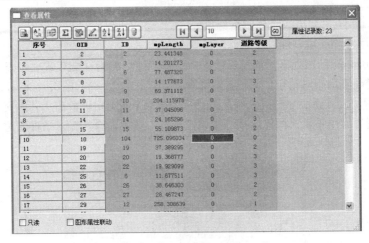

| 序号 | OID | ID | mpLength | mpLayer | 道路等级 |
|---|---|---|---|---|---|
| 1 | 2 | 2 | 23.441348 | 0 | 2 |
| 2 | 3 | 3 | 14.201273 | 0 | 3 |
| 3 | 6 | 6 | 77.487320 | 0 | 1 |
| 4 | 8 | 8 | 14.177673 | 0 | 3 |
| 5 | 9 | 9 | 69.371112 | 0 | 1 |
| 6 | 10 | 10 | 204.115978 | 0 | 1 |
| 7 | 11 | 11 | 37.045096 | 0 | 1 |
| 8 | 14 | 14 | 24.165296 | 0 | 3 |
| 9 | 15 | 15 | 55.109873 | 0 | 2 |
| 10 | 18 | 104 | 725.096034 | 0 | 0 |
| 11 | 19 | 19 | 37.389295 | 0 | 2 |
| 12 | 20 | 20 | 19.368777 | 0 | 3 |
| 13 | 22 | 22 | 19.929099 | 0 | 3 |
| 14 | 25 | 6 | 11.677511 | 0 | 3 |
| 15 | 26 | 26 | 38.646303 | 0 | 2 |
| 16 | 27 | 27 | 28.467247 | 0 | 2 |
| 17 | 29 | 12 | 258.308639 | 0 | 1 |

图 6.3-9　道路等级属性表

| 序号 | OID | ID | mpArea | mpPeri... | mpLayer | 类型 |
|---|---|---|---|---|---|---|
| 1 | 1 | 1 | 6456.307747 | 910.898857 | 0 | Agriculture |
| 2 | 2 | 2 | 312.432765 | 106.758373 | 0 | Barren |
| 3 | 3 | 3 | 2016.232794 | 270.257283 | 0 | Wetland |
| 4 | 4 | 4 | 967.739261 | 162.287165 | 0 | Forest |
| 5 | 5 | 5 | 8411.393707 | 495.126529 | 0 | Water |
| 6 | 6 | 6 | 57.083948 | 30.305816 | 0 | Brush |
| 7 | 7 | 7 | 1259.338981 | 264.756279 | 0 | Forest |
| 8 | 8 | 8 | 44.726992 | 26.078459 | 0 | Brush |
| 9 | 9 | 9 | 103.582137 | 50.609701 | 0 | Brush |
| 10 | 10 | 10 | 1180.747844 | 200.350871 | 0 | Agriculture |
| 11 | 11 | 11 | 37.014317 | 23.947626 | 0 | Brush |
| 12 | 12 | 12 | 154.845792 | 65.287432 | 0 | Brush |
| 13 | 13 | 13 | 62.664108 | 34.761831 | 0 | Brush |
| 14 | 14 | 14 | 0.000004 | 0.010461 | 0 | Brush |
| 15 | 15 | 15 | 763.648622 | 180.345001 | 0 | Barren |
| 16 | 16 | 16 | 49.152466 | 28.887680 | 0 | Brush |
| 17 | 17 | 17 | 269.204775 | 103.365525 | 0 | Forest |

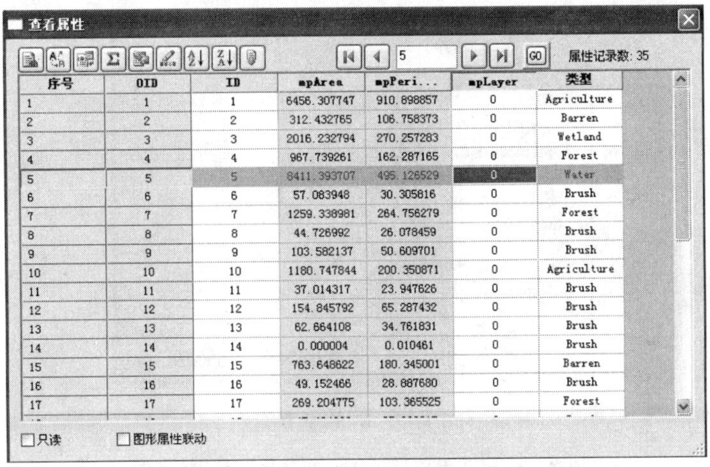

图 6.3-10　土地利用类型属性表

（3）土壤类型属性编辑。设置属性结构，增加“类型”属性字段，给土壤“类型”赋值，如图 6.3-11 所示。

| 序号 | OID | ID | mpArea | mpPeri... | mpLayer | 类型 |
|---|---|---|---|---|---|---|
| 1 | 1 | 1 | 8495.432348 | 495.835493 | 0 | <NULL> |
| 2 | 2 | 2 | 3391.072827 | 436.325260 | 0 | Middle |
| 3 | 3 | 3 | 4804.271320 | 523.400530 | 0 | Low |
| 4 | 4 | 4 | 864.918347 | 187.159255 | 0 | Middle |
| 5 | 5 | 5 | 2958.408906 | 517.240644 | 0 | High |
| 6 | 6 | 6 | 942.586442 | 162.635615 | 0 | Low |
| 7 | 7 | 7 | 1925.928748 | 235.143671 | 0 | High |
| 8 | 8 | 8 | 82.460044 | 37.864747 | 0 | Middle |
| 9 | 9 | 9 | 500.328609 | 121.466921 | 0 | High |
| 10 | 10 | 10 | 258.948485 | 89.909062 | 0 | Middle |
| 11 | 11 | 11 | 277.962507 | 101.402055 | 0 | Middle |
| 12 | 12 | 12 | 255.799425 | 76.865544 | 0 | Low |
| 13 | 13 | 13 | 1805.149542 | 281.046692 | 0 | Middle |
| 14 | 14 | 14 | 129.439897 | 48.477649 | 0 | Low |
| 15 | 15 | 15 | 2864.374747 | 452.338375 | 0 | High |
| 16 | 16 | 16 | 779.162876 | 194.180013 | 0 | Low |
| 17 | 17 | 17 | 907.511771 | 138.581436 | 0 | Middle |

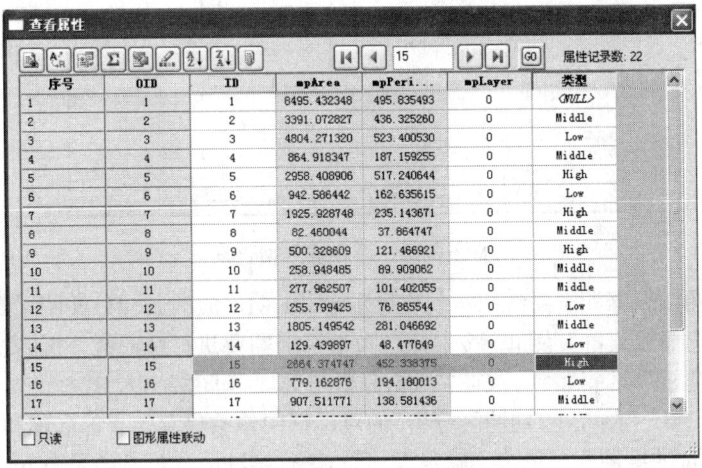

图 6.3-11　土壤类型属性表

### 6.3.4　实验室选址分析

**1. 对道路线数据层进行操作**

（1）激活 road.wl 图层处于当前编辑状态，选择"通用编辑→交互式空间查询"菜单命令，得到"交互式空间查询"对话框，如图 6.3-12 所示，单击 ⋯，输入图层 road.wl 的 SQL 表达式，如图 6.3-13 所示，设置新产生图层的保存路径及图层名 road1.wl，单击"开始交互"按钮。

或者，选择"通用编辑→图元选择→按属性选择"菜单命令，输入条件表达式，如图 6.3-14 所示，检索一级主干道，如图 6.3-16 所示。

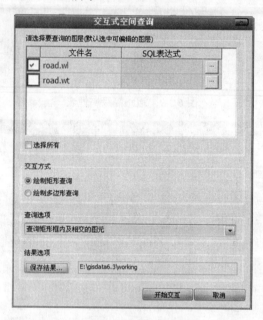

图 6.3-12　开始交互查询

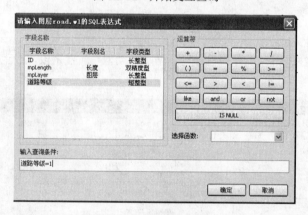

图 6.3-13　道路线数据查询

（2）在"地图编辑器"子系统中，复位显示 road1.wl，激活 road1.wl 图层到当前编辑状态，选择"线编辑→选择线菜单"菜单命令，矩形拉框选择需要进行缓冲区分析的线，然后选择"通用编辑→缓冲区分析"菜单命令，或在"数据分析与处理"子系统中，选择"分析→缓冲区分析"菜单命令，如图 6.3-15 所示，在"缓冲区分析"的对话框中修改保存结果的名称和路径，在 road1.wl 周围生成 400 m 宽的缓冲区，单击"确定"，开始进行缓冲区分析，结果为 roadbuffer.wp，原图和缓冲区分析结果如图 6.3-16、图 6.3-17 所示。

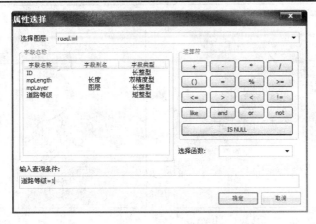

图 6.3-14 道路条件表达式

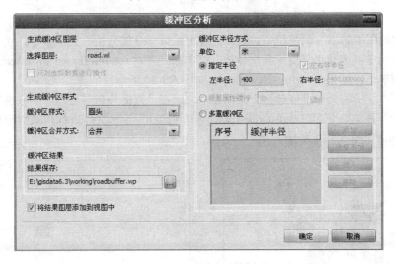

图 6.3-15 缓冲区分析

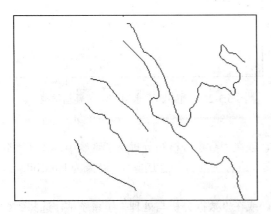

图 6.3-16 一级道路

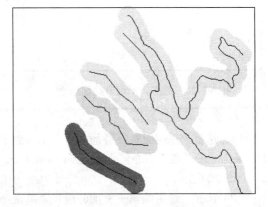

图 6.3-17 一级道路缓冲区

**2．在下水道周围生成一个 500 m 宽的缓冲区**

同方法 1，为 sewer.wl 创建 500 m 宽的缓冲区，结果为 sewerl.wp，如图 6.3-18 所示。

**3．在河流周围生成一个 200 m 宽的缓冲区**

同方法 1，为 river.wl 创建 200 m 宽的缓冲区，结果为 riverl.wp，如图 6.3-19 所示。

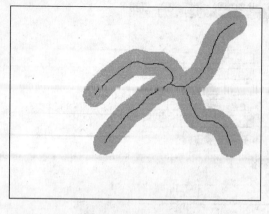

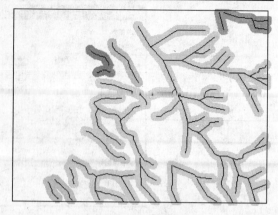

图 6.3-18　下水道缓冲区　　　　　　　　图 6.3-19　河流缓冲区

**4．河流、道路、下水道叠加分析**

（1）在"地图编辑器"子系统中，选择"通用编辑→叠加分析"菜单命令，或在"数据分析与处理"子系统中，选择"分析→叠加分析"菜单命令，对 roadbuffer.wp 和 sewerbuffer.wp 文件进行相交空间操作，结果为 bufroadsewer.wp，如图 6.3-20 所示。

（2）选择"通用编辑→叠加分析"菜单命令，或在"数据分析与处理"子系统中，选择"分析→叠加分析"菜单命令，对 bufroadsewer.wp 和 riverbuffer.wp 文件进行相减空间操作，结果为 rodseweriv.wp，如图 6.3-21 所示。

图 6.3-20　道路、下水道叠加结果　　　　图 6.3-21　道路、下水道、河流叠加结果

**5．多边形叠加分析**

（1）选择"通用编辑→叠加分析"菜单命令，或在"数据分析与处理"子系统中，选择"分析→叠加分析"菜单命令，对 land.wp 和 soil.wp 文件进行空间合并叠加操作，结果为 landsoil.wp，如图 6.3-22 所示。

（2）选择"通用编辑→叠加分析"菜单命令，或在"数据分析与处理"子系统中，选择"分析→叠加分析"菜单命令，对 rodseweriv.wp 和 landsoil.wp 文件进行空间相交叠加操作，结果为 all.wp，如图 6.3-23 所示。

**6．提取符合条件的候选地址**

按给定的要求，土地利用类型为灌木地和强适应性土壤类型，选择"通用编辑→图元选择→按属性选择"菜单，输入表达式，如图 6.3-24 所示。提取符合条件的候选地址，如图 6.3-25 所示。

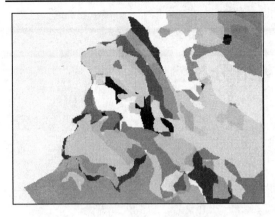

图 6.3-22　土地与土壤叠加结果

图 6.3-23　全要素叠加结果

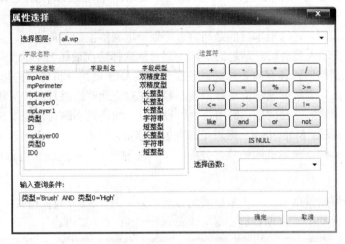

图 6.3-24　土地与土壤条件表达式

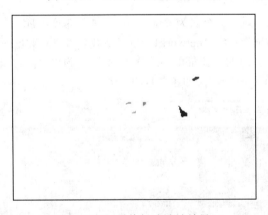

图 6.3-25　最终候选地址结果

# 第7章 网络分析

## 7.1 路径分析

### 7.1.1 问题和数据分析

#### 1. 问题提出

对地理网络（如交通网络）、城市基础设施网络（如各种网线、电力线、电话线、供排水管线等）进行地理分析和模型化，是地理信息系统中网络分析功能的主要目的。网络分析是运筹学模型中的一个基本模型，它的根本目的是研究、筹划一项网络工程如何安排，并使其运行效果最好，其基本思想则在于人类活动总是趋向于按一定目标选择达到最佳效果的空间位置，因此在地理信息系统中研究网络问题具有重要意义。路径分析是 GIS 网络分析研究的热点，是 GIS 软件中基本空间分析方法，通常可理解为求解最佳路径。在对交通网络进行路径分析时，可分为距离最短路径问题、时间最短路径问题、费用最小路径问题、油耗最小路径问题。其中人们普遍关注的是时间最短路径问题。MapGIS K9 提供了完整的网络信息获取、网络模型建立的功能。如从一地到另一地的最佳路径，一定资源的最佳分配，从一地到另一地的运输费用最低等。

#### 2. 数据准备

本分析使用的原始数据主要为矢量格式的数据，为 MapGIS 6X 数据格式，包括道路（road1.shp）、停靠点（stops.shp）。数据存放在 E:\Data\gisdata3.11 文件夹内。

### 7.1.2 几何网络地理数据库创建

（1）按照 4.1 节步骤，新建一个名为"network1"的地理数据库。

（2）创建一个要素数据集：在"network1"目录下找到"空间数据→要素数据集"菜单命令，右键单击要素数据集，在弹出的快捷菜单中选择"创建"，弹出"MapGIS 要素数据集创建向导"对话框，输入数据集名为"feature"，如图 7.1-1 所示。

图 7.1-1　MapGIS 要素数据集创建向导

（3）单击"下一步"按钮，确认数据集名称是否正确，单击"完成"按钮，feature 数据集创建成功。

（4）导入简单要素类：右键单击"要素数据集→feature→简单要素类"菜单命令，选择"导入→其他数据"菜单命令，导入 gisdata7.1\road1.wl 和 gisdata7.1\stops.wt，如图 7.1-2 所示。

图 7.1-2　数据导入

（5）创建网络类：右键单击"要素数据集→feature→网络类"菜单命令，选择"创建"，弹出"MapGIS 几何网络创建向导"对话框，输入"网络名称"为 city_net，如图 7.1-3 所示，单击"下一步"按钮，选择参与几何网络的要素类 stops_point 和 road1_line，如图 7.1-4、图 7.1-5 所示。

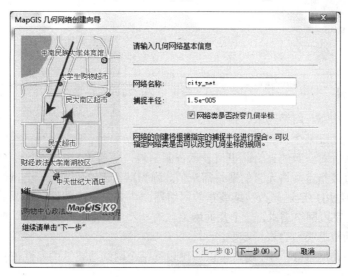

图 7.1-3　取网络名称

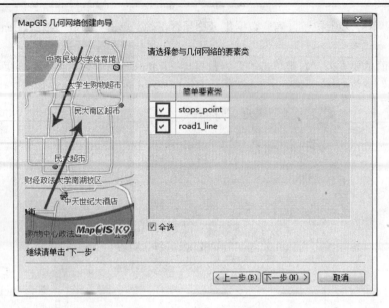

图 7.1-4　选择简单要素类

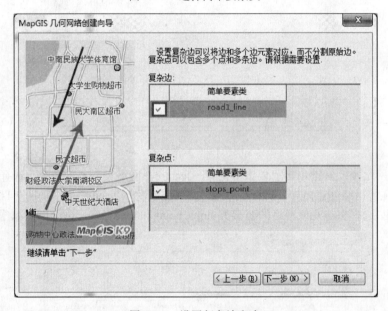

图 7.1-5　设置复杂边和点

（6）确定使能状态、网络需求、指示流向。

网络需求是指经过某个节点元素，从某个节点元素出发经过某个边线元素到达某个节点元素时对资源的消耗或者对资源的补给。正值表示资源消耗，负值表示资源补给。网络需求有两种：一种是用户可以直接指定网络元素的网络需求值，称为默认网络需求，一个几何网络只有一个默认网络需求；一种是用户通过修改网络要素的网络需求绑定字段的属性值去改变网络元素的网络需求值，称为绑定字段网络需求，一个几何网络只有一个绑定字段网络需求。默认网络需求和绑定字段网络需求的数据类型为双精度型。

使能状态是指在网络分析中，用户可以通过设置某个网络边要素的属性值去禁用或者激活某个网络元素。

在追踪分析中，可以按照数字化方向、指示方向、网络流向进行追踪。指示方向是用户可以通过设置某个网络边要素的属性值去更新边线元素指示方向；网络流向是边线元素在流向分析中所计算的网络流向。

指示方向有三种：顺向、逆向和双向。

网络流向有四种：顺流、逆流、不确定流向和未初始化流向。

指示方向与网络流向有一个共同点：它们都是以网络的数字化方向为参考的。

单击"下一步"，设置使能状态，将使能状态用 Key 表示，网络需求设为 need，这个例子为非追踪分析，故不设指示流向，如图 7.1-6 所示。

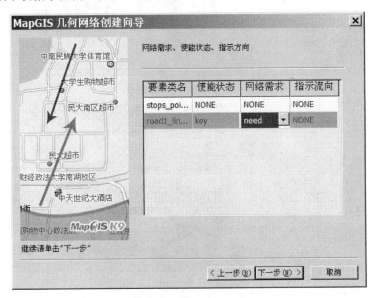

图 7.1-6　设置使能状态

（7）网络权设置

在实际生活中，从起点出发，经过一系列的道路和路口抵达目的地，必然需要一定的花费，这个花费可以用路程、时间、速度、货币等来度量。在网络分析模型上，网络权是指经过某个节点元素，从某个节点元素出发经过某个边线元素到达某个节点元素，从某个边线元素经过某个节点元素到另外某个边线元素所需要克服的阻碍。正值表示阻碍度，负值表示不连通，属性中存储权值的字段成为权值字段。

几何网络可以有多个网络权，分为两种，一种是可以直接指定网络元素的网络权值，一个几何网络只有一个默认网络权；一种是用户通过修改网络要素的网络权绑定字段的属性值去改变网络元素的网络权值，称为绑定字段网络权，一个几何网络可以用多个绑定字段网络权。

根据网络权字段属性值拆分的策略分为两种类型：比例网络权和绝对网络权。

网络权数据类型分为五种：短整型、长整型、浮点型、双精度型、比特位型，默认网络权的数据类型为双精度型。

单击"下一步"按钮，单击右侧的加号，设置网络权，这里设置距离和速度两种网络权，如图 7.1-7 所示。

（8）单击"下一步"按钮，设置网络权与字段绑定，距离与属性 Length 字段绑定，速度与属性 Speed 字段绑定，如图 7.1-8 所示。

（9）确认信息无误后，单击"下一步"按钮，成功创建网络类，如图 7.1-9 所示。

（10）建立网络类，相应产生 citynet_TopoNod 点简单要素类，默认为 1 号子图，在"地图编辑器"子系统中通过替换点参数使其变成绿点小圆，stops_point 为红色大圆。

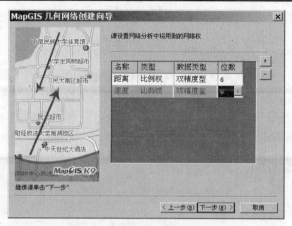

图 7.1-7　设置网络权值

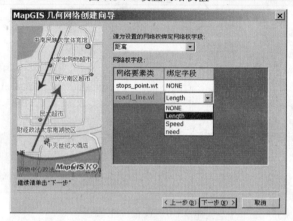

图 7.1-8　网络权与字段绑定

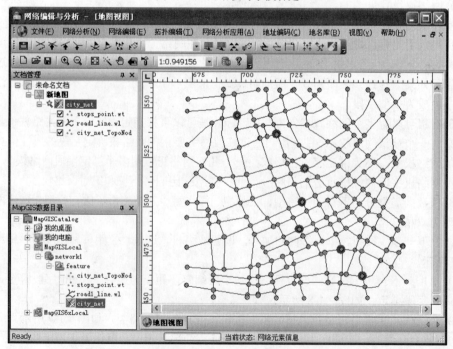

图 7.1-9　网络类 city_net

### 7.1.3  查找路径

（1）关闭 stops_point，使 city_net 处于编辑状态，如图 7.1-10 所示。

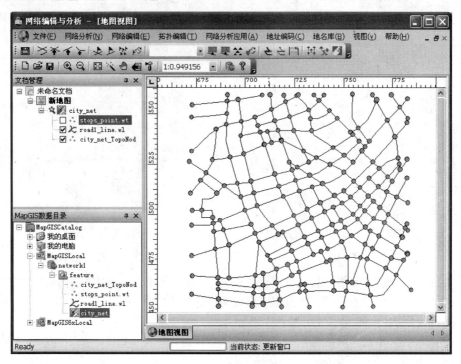

图 7.1-10  城市道路网络

（2）网络分析前可进行网络分析设置，单击"网络分析→网络分析设置"菜单命令，弹出"网络设置"对话框。

"网络分析"选项卡，可以设置路径查找的方式（允许迂回、是否游历）、追踪方式以及精度设置。

"网络权值"选项卡，可以设置节点元素、边线元素的网络权值，转角权值以及网络需求。

网线和节点还会具有一些针对网络分析需要的数据。比如，为了实施路径分析和资源分配，网线数据应包含正反两个方向上的网络权值（或称阻碍强度，如流动时间、耗费等）以及网络需求（网线对资源的需求量或消耗量，如学生人数、用水量、顾客量等）。负的网线权值等同于无穷大，一般表示资源不能沿该网线的某一方向流动。

节点还可以具有转角权值，从而可以更加细致地模拟资源流动时的转向特性。具体地说，每个节点可以拥有一个转角权值矩阵，其中的每一项说明了资源从某一网线经该节点到另一网线时所受的阻碍。负的转角权值等同于无穷大，如果权值矩阵中某一项为负数，则表示相应的转向被禁止。

"权值过滤器"选项卡，是为了网络分析过程中利用权值限制来过滤网络类的要素，以达到网络分析中对要素的筛选。各项的下拉菜单项用来选定过滤所依据的网络权类型，勾选"范围之外"时，则是筛选范围的补集部分，不勾选则表示选择符合范围的部分。

"显示控制"选项卡，用于对各类型网标颜色、大小和样式进行用户的个性化设置。

这里仅对"网络权值"选项卡进行设置，其他采用默认值，网络权值设为距离和速度，其他采用默认，如图 7.1-11、图 7.1-12 所示。

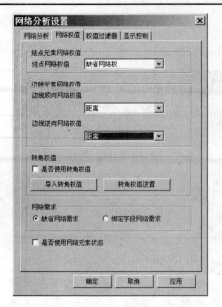
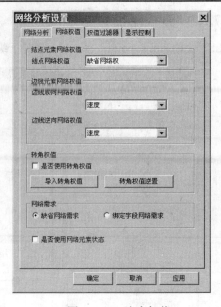

图 7.1-11　距离权值　　　　　　　　　　　图 7.1-12　速度权值

（3）添加点上网标：网络分析是以网标为基准的，要分析首先要添加网标。在"网络分析→设置网标"中选择"点上网标"，单击图中点元素则添加上了网标，或单击工具栏 ⚓ 按钮，如图 7.1-13 所示，添加了 92 号和 126 号两个网标。

（4）查找路径：单击"网络分析→分析方式→查找路径"菜单命令，然后再单击"网络分析→网络分析→网络分析"菜单命令，或直接单击工具栏网络分析按钮 ⚓（这样默认分析方式为查找路径），进行路径查找至少需要设置两个网标，红线表示查找路径结果，如图 7.1-13、图 7.1-14 所示，显然最终得到的路径不一样。

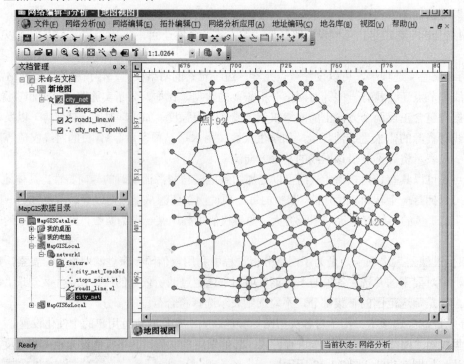

图 7.1-13　距离权值查找路径

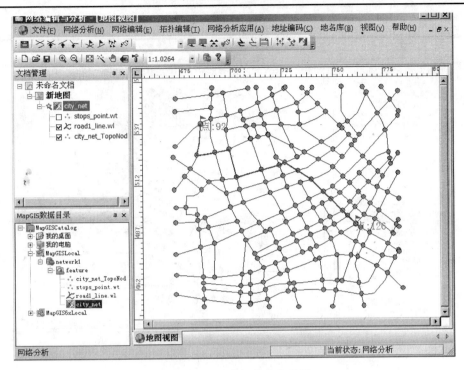

图 7.1-14 速度权值查找路径

（5）查看路径分析报告：单击"网络分析→网络分析→分析报告"菜单命令，如图 7.1-15 所示。

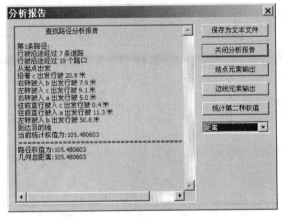

图 7.1-15 距离权值分析报告

（6）设置障碍。

点上障碍：将某节点设置为网路障碍点后，表示在网络分析中，经由此点不能到达其他任何节点。选择"网络分析→障碍设置→点上障碍"菜单命令，或单击工具栏按钮，设置了 1 个点障碍，按（4）再进行"查找路径"网络分析，结果如图 7.1-16 所示，可见在距离权值的情况下所选路径为绕过了该障碍点的另一条最佳路径。如果在与网标 92 相连通的周围设置 9 个障碍点，如图 7.1-17 所示，按（4）再进行"查找路径"网络分析，结果为网标间不完全连通。

线上障碍：选择"网络分析→障碍设置→线上障碍"菜单命令，或单击工具栏中线上障碍按钮，设置 1 个线障碍，按（4）再进行"查找路径"网络分析，选择的新路径绕开了障碍点，如图 7.1-18 所示。

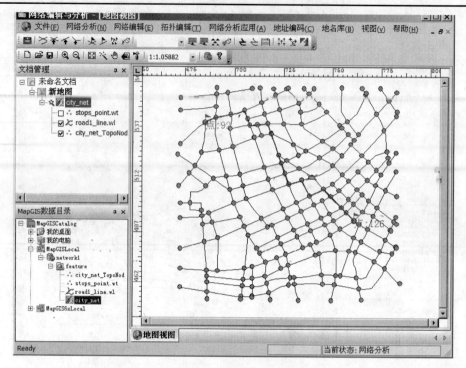

图 7.1-16　设置 1 个障碍点

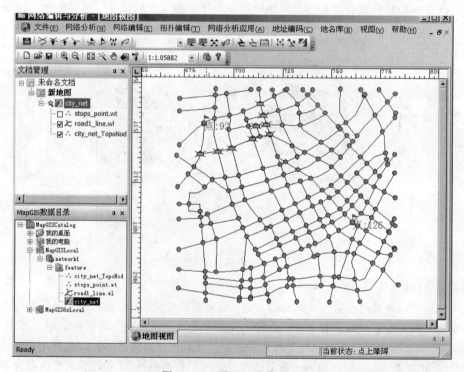

图 7.1-17　设置 9 个障碍点

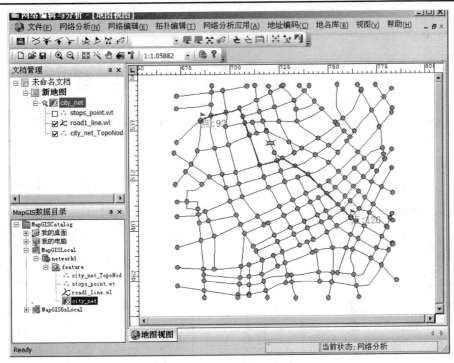

图 7.1-18　设置线上障碍

## 7.1.4　寻找最佳路线

（1）启动 GDB 企业管理器，在"网络编辑与分析"子系统，添加网络类 city_net，包括 stops_point、road1_line、citynet_TopoNod，全部打开，红色大圆为 stops_point，如图 7.1-19 所示。

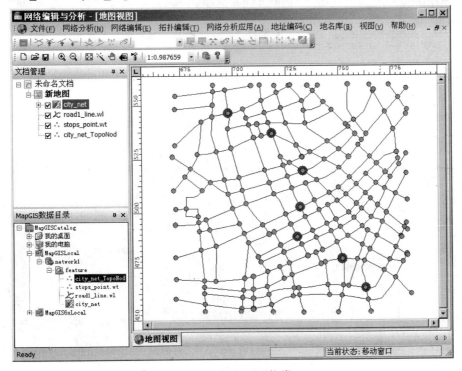

图 7.1-19　显示网络类

（2）选择"网络分析应用→查找最佳线路"菜单命令，弹出"最佳路线"对话框，如图 7.1-20 所示。

（3）输入站点数据。

自定义方式选择，单击"选择"按钮，鼠标变成另外一种形状，然后在工作区中依次按 stops_points 显示的站点位置选择需要添加的站点，或在工具栏中单击 ⚑ 按钮，确定起点和站点，然后在对话框"站点序列"表格中，单击某个站点，被选中的站点就会在工作区中以不同颜色显示，如图 7.1-21 所示。单击"上移"和"下移"按钮可以改变车站的次序；单击"删除"按钮，可以删除选中的车站；单击"清除"按钮，可以清除所有的站点。

也可单击"导入"按钮，从地理数据库中批量导入简单要素类 stops_points，获取站点。

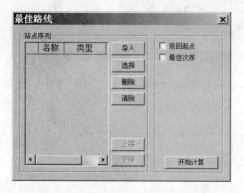

图 7.1-20  "最佳路线"对话框

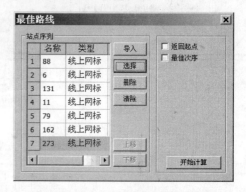

图 7.1-21  选择的站点序列

（4）单击"开始计算"按钮，在网络中以红色线路显示出经过这 7 个站点的最佳路径，或单击工具栏中 ⚑ 按钮，如图 7.1-22 所示。

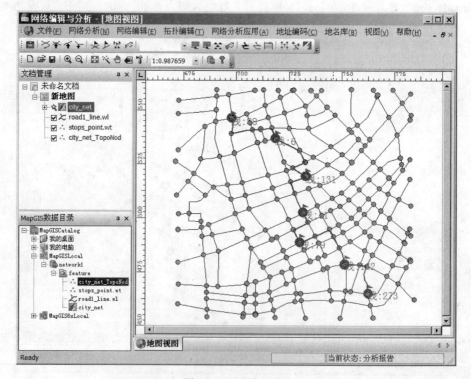

图 7.1-22  最短路径

（5）查看分析报告：单击网络分析工具条上的分析报告按钮▤或选择菜单"网络分析→网络分析→分析报告"选项，查看分析报告，如图 7.1-23 所示分别为选择站点进行分析的报告及进行导入点分析的报告。

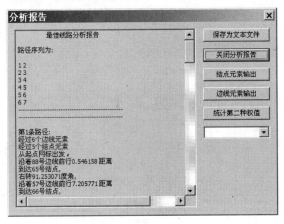

图 7.1-23　分析报告

# 7.2　连通性分析

## 7.2.1　问题和数据分析

### 1．问题提出

网络分析就是通过研究网络的状态以及模拟和分析资源在网络上流动和分配情况，对网络结构及其资源进行优化。现代社会是一个由计算机网络、通信网络、交通网络、物流系统、生命线工程等组成的复杂的网络系统。网络分析的用途很广泛，其中连通分析是网络分析的一种重要方法。人们常常需要知道从某一节点或网线出发能够到达的全部节点或网线，这一类问题称为连通分量求解。另一连通分析问题是最少费用连通方案的求解，即在耗费最小的情况下使得全部节点相互连通。最小生成树是连通分析问题的基本算法。例如，在实际应用中，类似在多个城市间建立通信线路这样的连通分析问题。网络节点为城市，网线表示两城市间的线路，网线上所赋的权值表示代价。对于多个城市的网络图可以建立许多生成树，每一棵树可以是一个通信网。若要使通信网的造价最低，就需要构造图的最小生成树。

### 2．数据准备

本分析使用的原始数据主要为矢量格式的数据，数据存储在 network2.hdf 地理数据库要素数据集下，包含简单要素类道路 road_line 和几何网络类 city_net。数据存放在 E:\Data\gisdata7.2 文件夹内。

## 7.2.2　连通性分析步骤

（1）打开"网络编辑与分析"子系统，右键单击 MapGISCatalog 下的 MapGISLocal，附加网络地理数据库 network2.hdf，添加网络类 city_net，使图层处于编辑状态，如图 7.2-1 所示。

（2）添加点上网标：网络分析是以网标为基准的，要分析首先要添加网标。在"网络分析→设置网标"中选择"点上网标"，单击图中点元素则添加上了网标，或者单击工具栏 ⚓ 按钮，如图 7.2-2 所示，添加了 84 号网标。

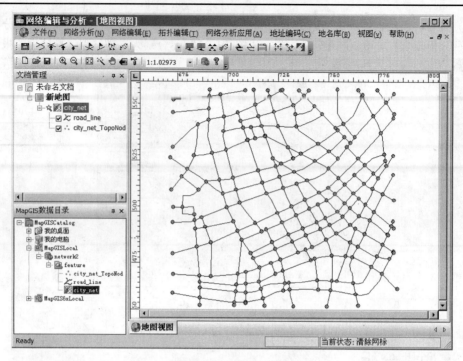

图 7.2-1　添加网络类

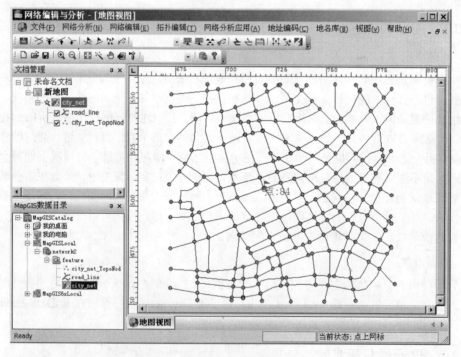

图 7.2-2　添加网标

（3）单击菜单"网络分析→分析方式"选择"查找连通元素"，查找连通元素分析可以得到这个站点和其他站点之间是否连通。

（4）选择"网络分析→网络分析→网络分析"菜单命令，或单击工具栏中 ，红线连接的表示连通，如图 7.2-3 所示，说明设置网标与所有网络中节点元素连通。

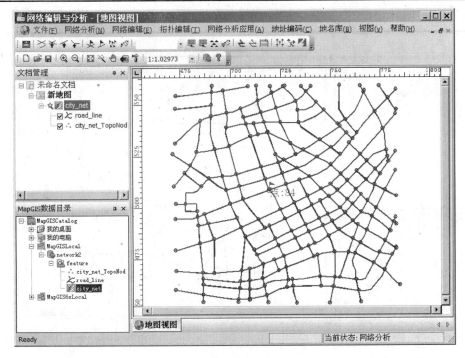

图 7.2-3 连通分析

（5）设置障碍：根据具体要求与实际情况，可同时设置点障碍和线障碍。

设置点障碍：选择"网络分析→设置障碍→设置点障碍"菜单命令，或单击工具栏  按钮，在网络节点处设置障碍，然后再按（3）、（4）完成连通分析，结果如图 7.2-4 所示，右上角红线连接表示连通，也可选择"查找非连通元素"进行非连通元素分析，结果如图 7.2-5 所示。

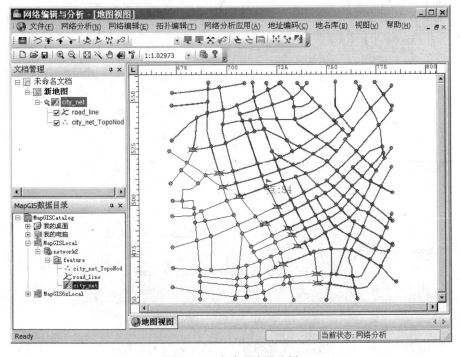

图 7.2-4 点障碍连通分析

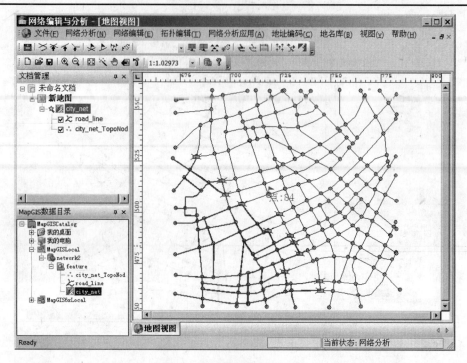

图 7.2-5　点障碍非连通分析

设置线障碍：选择"网络分析→设置障碍→设置线障碍"菜单命令，或单击工具栏 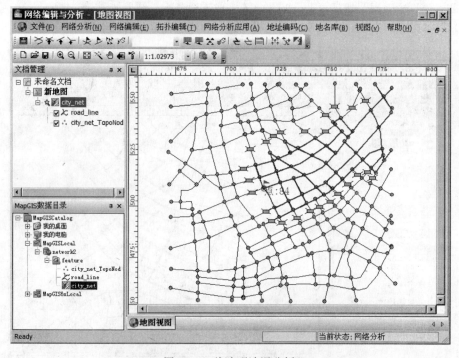 按钮，然后再按（3）、（4）完成连通分析，线障碍设置后，只有右上角小部分连通，如图 7.2-6 所示。

图 7.2-6　线障碍连通分析

（6）查看分析报告，说明找到 1 个连通分量，连通边线元素数目 82 个，连通节点元素数目 56 个，如图 7.2-7 所示。

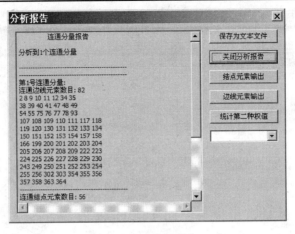

图 7.2-7 分析报告

# 7.3 寻找最近设施

### 7.3.1 问题和数据分析

#### 1. 问题提出

寻找最近设施主要处理最近设施的查找问题，即查找距离某个事件点最近的指定数目的设施点，并设计到达这些设施的最近路线。最近设施是指能够提供某种特定的服务，并距某一位置（发生的某一事件）最近的任何设施。例如，对一场火灾来说，最近设施是指最近的消防栓；对一起交通事故来说，它是指离事故现场最近的能够提供急救服务的医院；而对于一个家庭的日常生活来说，最近设施又是指距住宅最近的零售店或超市。

根据需要，最近设施可以是一个或多个。寻找最近设施时，路线的行进方向可从事件到设施，或者从设施到事件。如家庭主妇要到最近的商店购物，路线的行进方向是从家到商店。当为一处火灾找出最近的消防站时，此时的行进方向是从消防站到火灾现场。因为交通方式、行驶速度、单行线及禁止转弯等因素的影响，路线行进方向不同，最近设施的位置将会有重要的差别。

最近设施分析的两个基本要素：一个为设施，如加油站、急救中心之类的设施，另一个是事件，也就是需要服务设施的事件点。MapGIS K9 中这两个要素在最近设施分析器中都采用网标的形式，用户同样可以通过从点文件装入，或通过鼠标选取。

MapGIS K9 确定最近设施分为两种方法："从设施"和"到设施"。从设施：设施是起点；到设施：设施是终点。

#### 2. 数据准备

本分析使用的原始数据主要为矢量格式的数据，数据存储在 network3.hdf 地理数据库要素数据集下，包含简单要素类道路 road_line、设施 fire station_point、事件 event_point 和几何网络类 city_net。数据存放在 E:\Data\gisdata7.3 文件夹内。

### 7.3.2 查找最近设施步骤

（1）在"网络编辑与分析"子系统中，右键单击 MapGISCatalog 下的 MapGISLocal，附加网络地理数据库 network3.hdf，添加网络类数据层 city_net，确保 city_net 图层处于"当前编辑"状态，五角星为 event_point，黄色大圆点为 fire_station，绿色小圆点为 citynet_TopoNod，如图 7.3-1 所示。

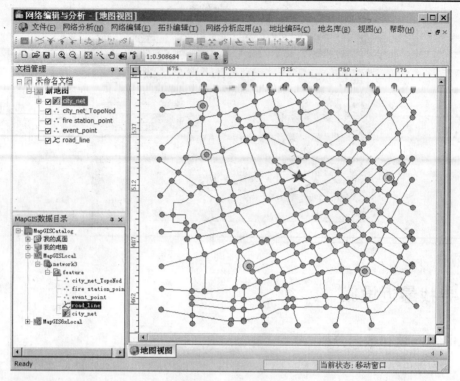

图 7.3-1　添加图层

（2）查找最近设施：选择"网络分析应用→查找最近设施"菜单命令，弹出"查找最近设施"
对话框，如图 7.3-2 所示。

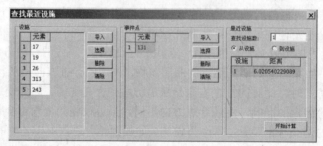

图 7.3-2　选择的设施与事件点

需要确定"设施"和"事件点"，这里设置 fire station_point 数据层为设施，工作区中黄色圆
点要素都是设施；设置 event_point 数据层为事件点，工作区中的五角星为事件。

单击"选择"，将鼠标移到工作区中，鼠标变成小手状，用鼠标点选"设施"fire station_point
黄色圆和"事件点"event_point 大圆，产生小旗和五角星符号，同时在鼠标点选过程中，"查找
最近设施"对话框自动产生编号，如图 7.3-2、图 7.3-3 所示。

也可单击"导入"按钮从地理数据库中导入相应简单要素类 fire station_point 和 event_point
获取"设施"和"事件点"。

最近设施设定："查找设施数"设定为 1 或多个，有"从设施"和"到设施"两种情况，这
里以"从设施"为例，"到设施"与"从设施"操作类似，这里不再重复。

设置结果设施及事件点都以特殊符号和注记标识，如图 7.3-3 所示。首先选择"从设施"，"查
找设施数"设定为 1，单击"开始计算"按钮，在网络中以红色线路显示事件点与最近设施间的
连接，即如图 7.3-3 所示的红线。当查找设施数设置为 3，结果如图 7.3-4 所示。

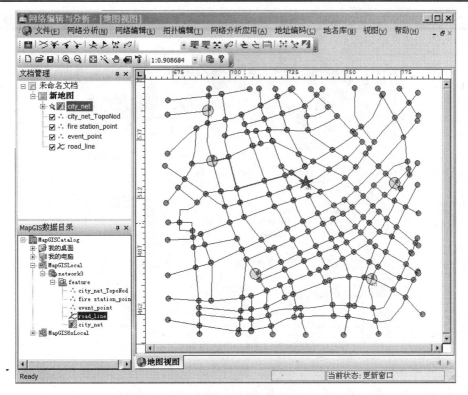

图 7.3-3　设施与事件点设置及找到的设施

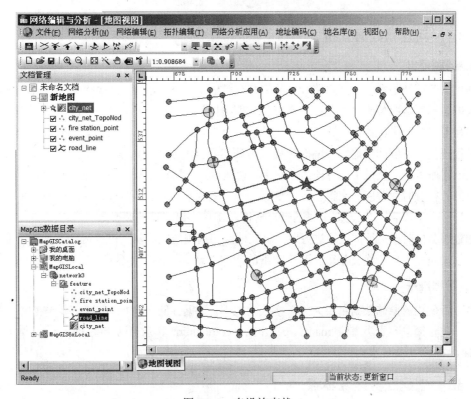

图 7.3-4　多设施查找

（3）查看分析报告，报告提供找到的 3 个设施及其相关信息，如行驶沿途经过的道路、经过的路口、怎样到达设施等信息，如图 7.3-5 所示。

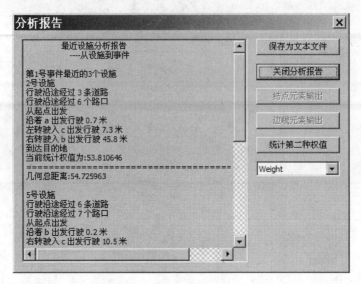

图 7.3-5　分析报告

# 7.4　创建服务区域

## 7.4.1　问题和数据分析

### 1．问题提出

创建服务区域是在一个网络路径上确定任何位置的服务区域和服务网络，并显示在视图中，服务区域表示覆盖服务网络的范围。通过创建服务区域可以确定区域范围内包含多少研究对象。例如，利用服务网络可查看可达街道沿线的情况，为零售店、超市、饭店、游乐场、娱乐中心的选址进行评估，了解选定地点周围的环境，为确定经营方向和营销策略提供依据。

在创建服务区的基础上，可评估可达性，可达性是指到达某一地点的难易程度，可用到达该地点所需的行驶时间或距离来评估。例如，一家零售商店，在步行 1 km 的范围内，可能居住的顾客数目；一家饭店，在其 20 分钟的行车时间范围内，可能有的顾客数目等。

创建服务区时，必须指定行进方向，从某地点到周围地区或从周围地区到某地点。因为交通方式、行驶速度、单行线及禁止转弯等因素的影响，路线行进方向不同，服务区域将会不同。

### 2．数据准备

本分析使用的原始数据主要为矢量格式的数据，数据存储在 network4.hdf 地理数据库要素数据集下，包含简单要素类道路 road_line、中心 centre_point 和几何网络类 city_net。数据存放在 E:\Data\gisdata7.4 文件夹内。

## 7.4.2　创建服务区域步骤

（1）在"网络编辑与分析"子系统中，右键单击 MapGISCatalog 下的 MapGISLocal，附加网络地理数据库 network4.hdf，添加网络类 city_net，使图层处于编辑状态，红色大圆点为 centre_point，红色小圆点为 citynet_TopoNod，如图 7.4-1 所示。

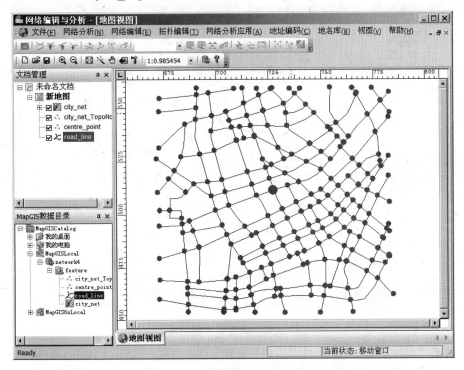

图 7.4-1　附加数据层

（2）单击"网络分析应用→查找服务范围"菜单命令，弹出"查找服务范围"对话框如图 7.4-2 所示。单击"选择"按钮，在工作区中用鼠标点选中心，设置中心容量、限度、延迟量，"设置"选择从中心，在进行分析前，需保证进行分析的中心已经被勾选，如图 7.4-3 所示，"到中心"的情况与"从中心"操作方法类似，这里不再重复。

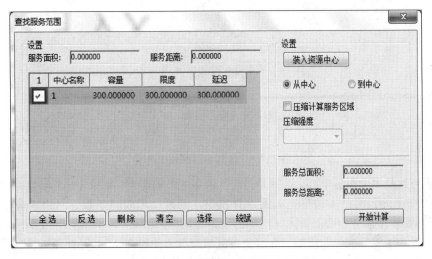

图 7.4-2　"查找服务范围"对话框

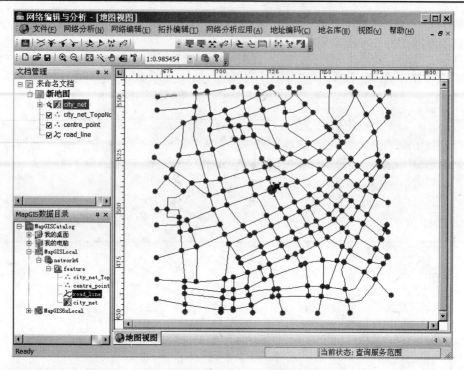

图 7.4-3　服务中心点选择

（3）单击"开始计算"按钮，可以根据容量和限度找到服务面积，同时可以计算服务总面积和总距离，结果如图 7.4-4、图 7.4-5 所示。如果设置的容量变小，服务区域将变小，如图 7.4-6 所示是容量设为 100 时的服务区域，与图 7.4-5 相比明显变小。

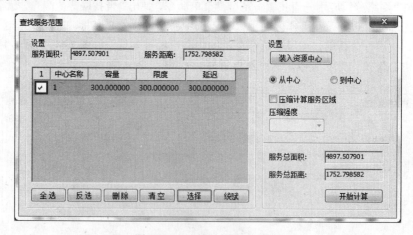

图 7.4-4　计算总面积及距离

用户也可选择多个服务中心，选择是否进行服务区域的压缩。如果不压缩，则系统形成的是服务网络的一个外包络凸多边形；如果选择压缩，则系统形成的是服务网络的最小包络。如图 7.4-7 所示是多个服务中心服务区域压缩的设定对话框，如图 7.4-8、图 7.4-9 所示是服务区域的非压缩情况和压缩情况，非压缩情况算服务区域服务总面积为 4 210，而压缩情况算服务区域服务总面积为 4 057，通过对比压缩计算服务区域服务总面积有所减少。

（4）查看分析报告

选择"网络分析→网络分析→分析报告"菜单命令，如图 7.4-10 所示。

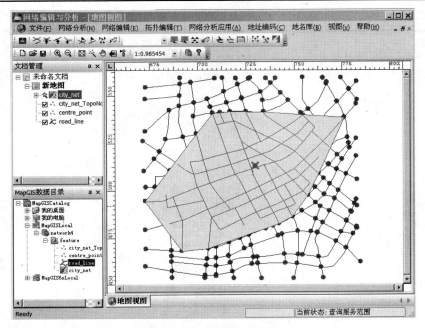

图 7.4-5 寻找的服务区

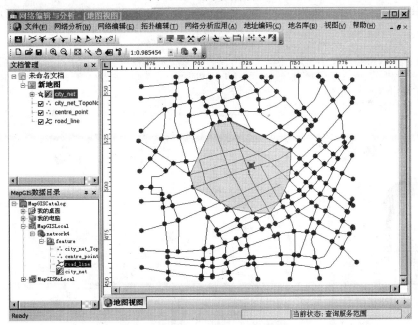

图 7.4-6 小容量服务区域

图 7.4-7 选择多个服务中心

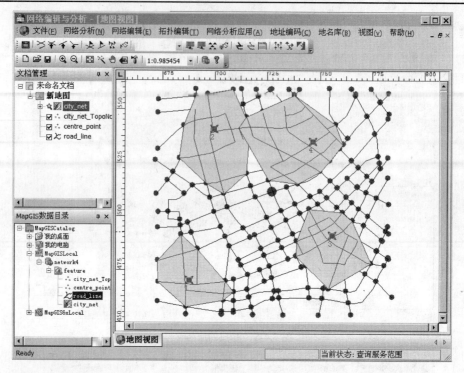

图 7.4-8　非压缩服务区域

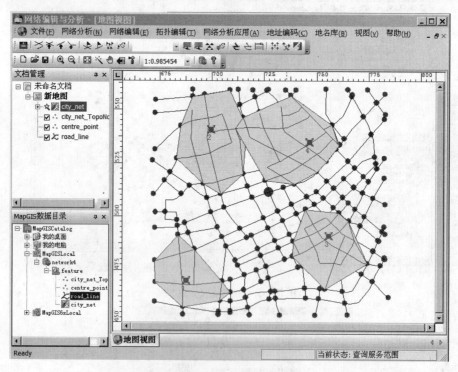

图 7.4-9　压缩后服务区域

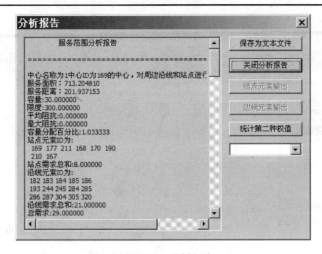

图 7.4-10　分析报告

# 7.5　定位分配

## 7.5.1　问题和数据分析

### 1．问题提出

网络关系普遍存在于现实世界和人类社会中，例如，江、河等可构成水系网络，城市交通道路可构成道路网络，电缆、光缆等可构成通信网络，排水管、自来水管、煤气管可构成地下管网。网络分析的基本思想就是优化理论，数学基础是计算机图论和运筹学。网络分析主要解决两类问题：一类是研究线状实体以及连接线状实体的点状实体组成的地理网络结构，其中涉及优化路径求解、连通分量求解等；另一类是研究资源在网络系统中分配和流动，包括分配范围或服务范围的确定、最大流最小费用流等问题。MapGIS 提供网络编辑和网络分析两个模块，MapGIS 网络管理分析子系统提供方便地管理各类网络的手段，用户可以利用此子系统迅速直观地构造整个网络，建立与网络元素相关的属性数据库，可以随时对网络元素及其属性进行编辑和更新；系统提供了丰富有力的网络分析功能，包括具有普遍意义的关阀搜索、最短路径、最佳路径、资源分配等功能，从而可以有效支持紧急情况处理和辅助决策。

定位分配：在指定的服务区域内选择总权值最小的服务性设施的最佳位置，并在定位的基础上实施资源分配，求取并标识新旧中心具体对哪些站点进行服务

实例应用：假定邮局的服务距离均为 7 000 m，目前只有 6 个邮局，为覆盖全城区，至少应增加几个邮局，并给出其位置。

### 2．数据准备

本分析使用的原始数据主要为矢量格式的数据，数据存储在 network5.hdf 地理数据库要素数据集下，包含简单要素类道路 road1_line、中心 site_point、站点 destinations_point 和几何网络类 city_net。数据存放在 E:\Data\gisdata7.5 文件夹内。

## 7.5.2　定位分配步骤

（1）在"网络编辑与分析"子系统中，右键单击 MapGISCatalog 下的 MapGISLocal，附加名为 network5.hdf 的地理数据库，添加网络类数据层 city_net，复位显示如图 7.5-1 所示。

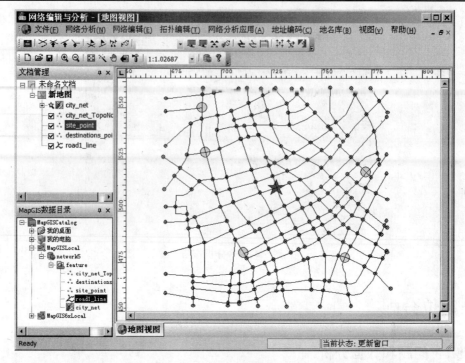

图 7.5-1　附加图层

（2）选择"网络分析应用→定位分配"菜单命令，弹出"定位分配"对话框，如图 7.5-2 所示。装载中心和站点：选择"导入"，将所有的节点附加为中心和站点。可利用"全选"、"反选"、"清除"及"手动勾选"，根据实际情况和分析目标对要进行分析的中心和站点进行选择。本例中，通过"地图编辑器"子系统查到中心 site_point 五角星编号为 13，站点 destinations _point 小圆编号为 21、23、30、115、201，采用勾选来确定导入的节点中相应编号的中心和站点。也可单击"选择"按钮从地理数据库中导入简单要素类 site_point、destinations _point 获取中心和站点。

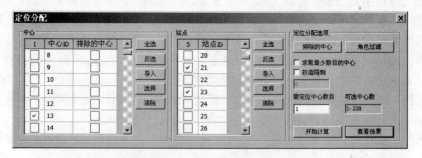

图 7.5-2　自由选择站点与中心

（3）单击"开始计算"按钮，分析完成后，在图上突出显示出分析结果，即定位分配的辐射线图，如图 7.5-3 所示。

（4）单击对话框中"查看结果"按钮弹出"定位分配结果"对话框，如图 7.5-4 所示，可浏览"被选中心"、"获得分配的需求点"、"定位分配总体统计一览表"等，双击"中心"的每个中心点，弹出对话框显示每个中心的详细分配情况，如图 7.5-5 所示。

（5）选择多个中心，进行定位分配，如图 7.5-6 所示，选择了 3 个中心 13、177、90，10 个站点 23、44、52、60、77、126、166、170、203、210，将需定位中心数改为 3，单击"开始计算"，定位分配结果如图 7.5-7 所示。

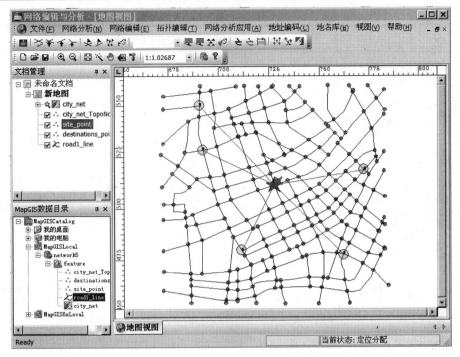

图 7.5-3　单中心定位分配结果

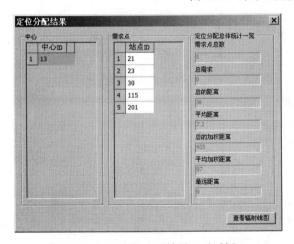

图 7.5-4　"定位分配结果"对话框

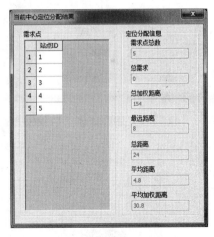

图 7.5-5　中心分配情况

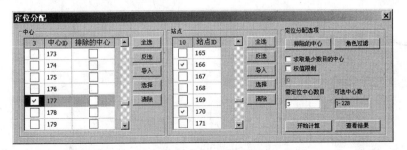

图 7.5-6　中心及站点选择

在"定位分配"对话框中勾选"求取最少数目的中心",即通过计算在所有中心点中选择距离所有站点路程最近的一个中心,如图 7.5-8 所示,计算结果如图 7.5-9 所示。

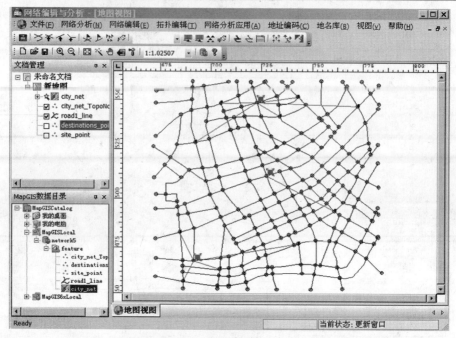

图 7.5-7　多中心定位分配

图 7.5-8　求取最少数目的中心

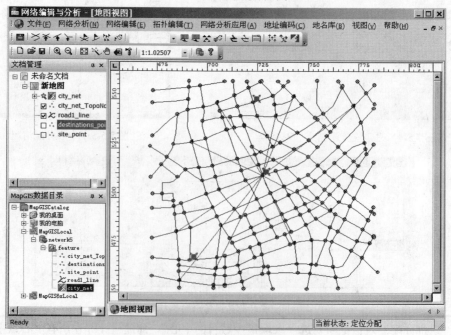

图 7.5-9　系统求取中心定位分配

　　通过权值设置，按照中心距离站点在权限值以内的限制条件进行分配，如图 7.5-10 所示，设置了权限值为 8，系统自动求取分配两个中心，舍弃另一中心，如图 7.5-11 所示，若将权值设置很小，例如 1，找不到距离中心在此权值内的站点，定位分配失败，如图 7.5-12 所示，另外，单击"角色过滤"，弹出"角色过滤"对话框，可进行容量值、延迟值等的设置。

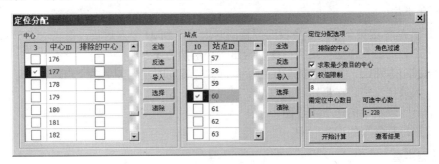

图 7.5-10　设置权值

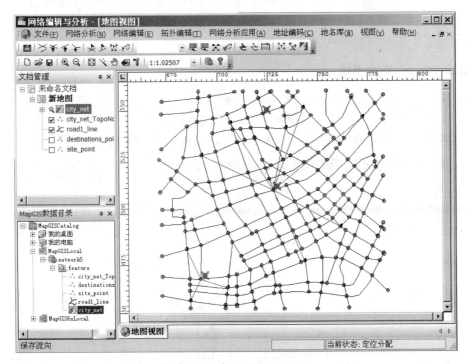

图 7.5-11　权值下的定位分配

图 7.5-12　定位分配失败

# 7.6　多车送货

## 7.6.1　问题和数据分析

### 1. 问题提出

针对形如 N 辆送货车分别从各自的位置同时出发，到 M 个点送货，每辆送货车都需要按照最优次序对各自的送货点送货这类问题，给出一个解决方案。

现有某城市道路图，多辆送货车分别从各自的位置同时出发，到多个点送货，每辆货车必须返回起点，按最优次序、在最短时间内全部返回起点。请：

（1）给出每辆货车的送货路线图。

（2）计算每辆货车的送货时间。

### 2. 数据准备

本分析使用的原始数据主要为矢量格式的数据，数据存储在 network6.hdf 地理数据库要素数据集下，包含简单要素类道路 road_line、出发地 start_point、目的地 end_point 和几何网络类 city_net。数据存放在 E:\Data\gisdata7.6 文件夹内。

## 7.6.2　多车送货步骤

具体操作是首先设置网络权值，然后通过分别导入各出发地和目的地网标来求取。

（1）在"网络编辑与分析"子系统中，右键单击 MapGISCatalog 下的 MapGISLocal，附加名为 network6.hdf 的地理数据库，添加网络类数据层 city_net，如图 7.6-1 所示。

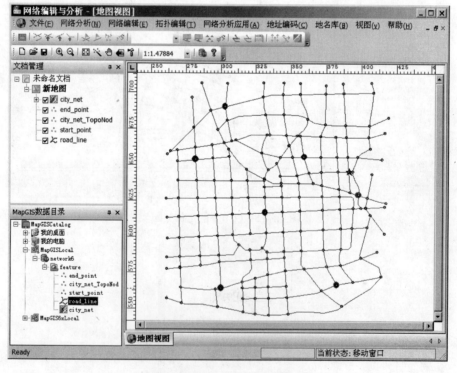

图 7.6-1　附加数据层 resource

（2）选择"网络分析应用→多车送货"菜单命令，在弹出的对话框中选择"导入"或"选择"选项，导入或手工选择出发地和目的地，通过删除和清除选择需要分析的出发地和目的地。

单击"选择"按钮，将鼠标移到工作区中，鼠标变成小手状，用鼠标点选出发地 start_point 五角星和目的地 end_point 大圆，产生五角星和山峰符号，同时在鼠标点选过程中，"多车送货"对话框中自动产生编号，如图 7.6-2、图 7.6-3 所示。也可单击"导入"按钮从地理数据库中导入相应简单要素类 start_point 和 end_point，获取"出发地"和"目的地"。

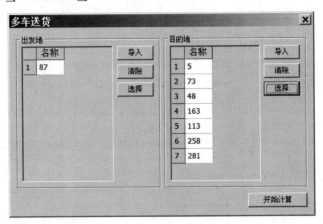

图 7.6-2　"多车送货"对话框

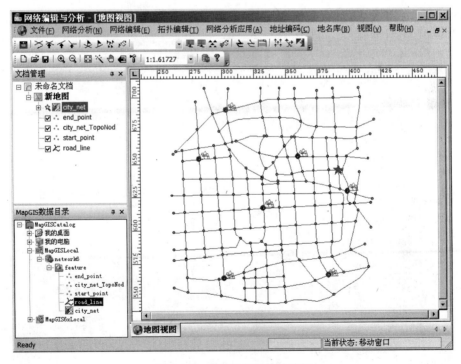

图 7.6-3　出发地与目的地选择

（3）单击"开始计算"按钮，进行多车送货分析，在几何图形网络上出现分析结果，如图 7.6-4 所示。

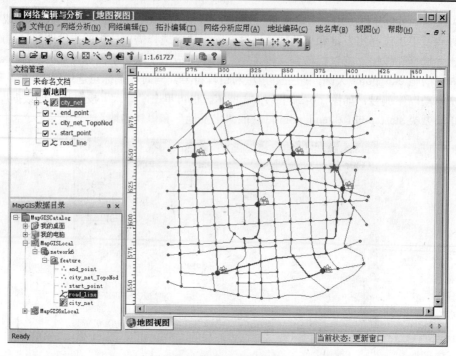

图 7.6-4　多车送货路线

（4）查看多车送货分析报告。选择"网络分析→分析报告"菜单命令，如图 7.6-5 所示。

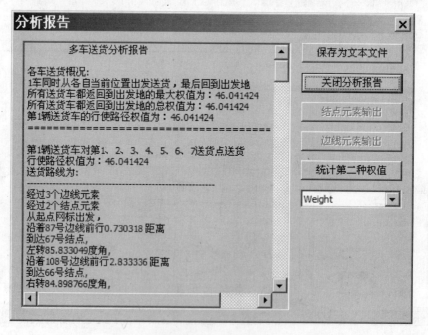

图 7.6-5　分析报告

（5）M 辆车进行 N 个目的地的送货。现设置了 3 个出发点和 10 个送货地点，多车送货，所得方案如图 7.6-6 所示，"分析报告"如图 7.6-7 所示。

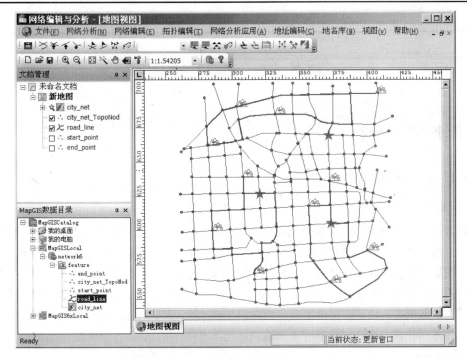

图 7.6-6　多车送货路线图

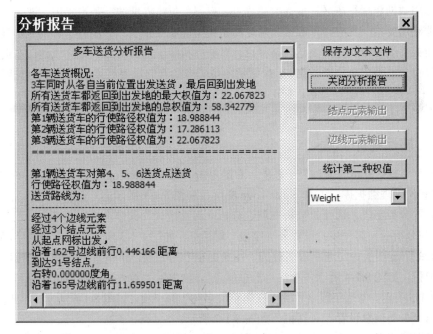

图 7.6-7　分析报告

# 第8章 统计分析

## 8.1 属性统计分析

### 8.1.1 问题和数据分析

#### 1. 问题提出

属性数据是空间数据库的重要组成部分，属性统计分析是对属性数据库中的某个字段，统计总和、最大值、最小值、平均值及记录数等，并用折线图、直方图、立体直方图、饼图、立体饼图、散点图等各类统计表示。例如，在土地利用数据库管理系统中，可以统计各种地类的土地面积、各村的土地面积、各村的地类数等。数据汇总是属性统计的最后一个环节，汇总数据将为部门提供重要决策依据，这里的属性汇总是对图形（点、线、面）和注记属性进行汇总，如可将点坐标信息存入属性表，将注记内容存入属性表。

#### 2. 数据准备

土地利用数据包括行政区、境界、高程点、权属单位、界址线、基本农田、地类图斑和注记等多类土地利用要素，其中，行政区、宗地和图斑用面状图形表达，境界、等高线、界址线、线状地物和地类界线用线状图形表达，高程点、界址点和零星地物用点状地物表达。本例中的土地利用数据仅包含地类图斑要素数据。矿产储量图是矿产勘查的重要成果图件，主要包括储量类型、块段、矿体、钻孔、勘探线等要素，本节案例中包括地类数据库 parcel.hdf 和矿产数据库 mine.hdf。数据存放在 E:\Data\gisdata8.1 文件夹内。

### 8.1.2 属性统计

（1）打开"数据分析与处理"子系统，右键单击 MapGISCatalog 下的 MapGISLocal，附加名为 parcel.hdf 的地理数据库，添加 parcel1.wp 图层，如图 8.1-1 所示。

（2）设置分类字段。选择"分析→属性分析→属性统计"菜单命令，如图 8.1-2 所示，弹出"属性统计与分析——第一步：设置分类字段"对话框，如图 8.1-3 所示，设置分类字段，统计对象选择 parcel1.wp 图层，勾选字段名称为"图斑面积"的一项，单击"单值信息"按钮，给出每个图斑的面积，如图 8.1-4 所示，单击"汇总信息"，给出了"最大值、最小值、总和、平均"信息，如图 8.1-5 所示。勾选字段名称为"权属单位名称"的一项，如图 8.1-6 所示，单击"下一步"按钮，弹出"分类信息设置"对话框，如图 8.1-7 所示。

（3）设置统计字段。单击"下一步"，弹出"属性统计——第二步：设置统计字段"对话框，如图 8.1-8 所示，单击 ![按钮图标] 按钮，增加字段，再单击"统计设置"按钮，弹出"统计字段设置"对话框，如图 8.1-9 所示。统计模式可以选择多种模式（计数、频率、求和、算术表达式、最大值、最小值、平均值、标准差和方差）。选择统计字段"权属单位名称"，采用"计数"统计模式，统计结果为每个村拥有图斑的总数；选择统计字段"图斑面积"，采用"求和"统计模式，统计结果为各村的图斑总面积。

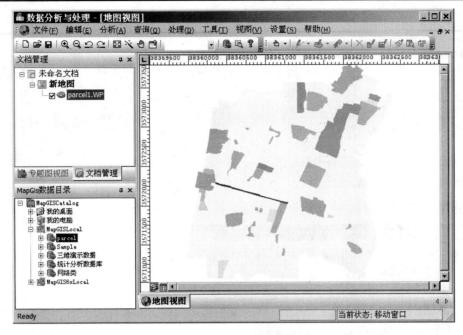

图 8.1-1　parcel1.wp 图层

图 8.1-2　属性分析菜单

图 8.1-3　设置分类字段图斑面积

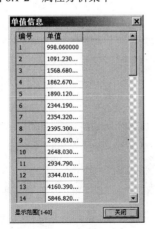

图 8.1-4　单值信息

图 8.1-5　汇总信息

图 8.1-6　设置分类字段权属单位名称

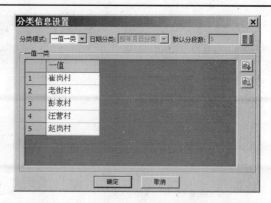

图 8.1-7　分类信息设置

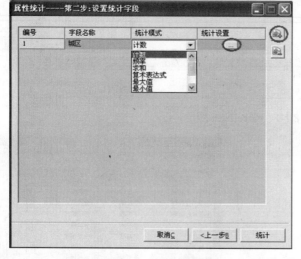

图 8.1-8　设置统计字段

图 8.1-9　统计字段设置

（4）执行属性统计。单击"统计"，弹出"属性统计——第三步：查看统计数据和统计图"对话框。计数模式统计结果如图 8.1-10 所示，求和模式统计结果如图 8.1-11 所示。统计结果以图和表分别显示，图形类型有直方图、饼图、折线图等，这里选择直方图。单击保存数据可将统计结果保存为.txt 或.xls 文件。在图 8.1-10 中左边记录中选中其中一行，单击"属性"弹出对话框显示该行所有对应的记录数，如图 8.1-12 所示。

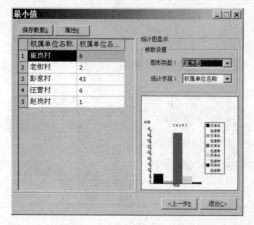

图 8.1-10　计数模式统计结果

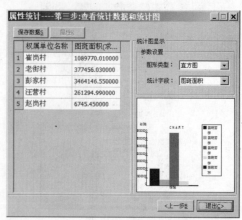

图 8.1-11　求和模式统计结果

| 图斑预编号 | 图斑编号 | 地类编码 | 地类名称 | 权属单位代码 | 权属单位名称 | 座落单位代码 | 座落单位 |
|---|---|---|---|---|---|---|---|
| 53 | 43 | 203 | 村庄 | 420683102002 | 崔岗村 | 420683102002 | 崔岗村 |
| 54 | 59 | 013 | 旱地 | 420683102002 | 崔岗村 | 420683102002 | 崔岗村 |
| 48 | 63 | 013 | 旱地 | 420683102002 | 崔岗村 | 420683102002 | 崔岗村 |
| 49 | 58 | 031 | 有林地 | 420683102002 | 崔岗村 | 420683102002 | 崔岗村 |
| 59 | 60 | 114 | 坑塘水面 | 420683102002 | 崔岗村 | 420683102002 | 崔岗村 |
| 55 | 64 | 031 | 有林地 | 420683102002 | 崔岗村 | 420683102002 | 崔岗村 |
| 56 | 66 | 013 | 旱地 | 420683102002 | 崔岗村 | 420683102002 | 崔岗村 |
| 57 | 65 | 114 | 坑塘水面 | 420683102002 | 崔岗村 | 420683102002 | 崔岗村 |

图 8.1-12　属性记录集浏览

### 8.1.3　属性汇总

对矿产图形（点、线、面）和注记属性进行汇总，可将矿产图中点坐标信息存入属性表，将注记内容存入属性表，这里以钻孔点坐标存入属性表为例。

（1）在"数据分析与处理"子系统中，右键单击 MapGISCatalog 下的 MapGISLocal，附加名为 mine.hdf 的地理数据库，新地图中添加 minemap.WP、minemap.WL、minemap.WT、minedrill.WT 图层，如图 8.1-13 所示。这里是将 minedrill.WT 点坐标存入属性表中，如图 8.1-14 所示。

（2）选择"分析→属性分析→属性汇总"菜单命令，弹出"属性汇总工具"对话框，如图 8.1-15 所示，选择简单要素类，这里选择 minedrill.WT 点文件。

（3）单击"属性修改"按钮，弹出"修改属性结构"对话框，如图 8.1-16 所示。修改属性结构的目的是为了将运算（坐标属性化）结果存入属性表相应字段保存，添加两个字段 x、y 用来存 x、y 坐标，字段类型设为双精度型。

**注意：** 新地图中的 minedrill.wt 必须移除，才能修改属性结构。

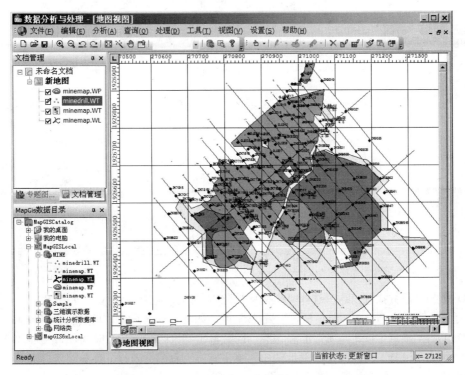

图 8.1-13　矿区图

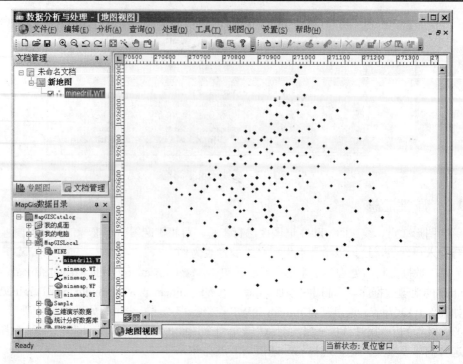

图 8.1-14　矿区钻孔分布

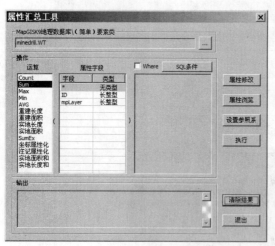

图 8.1-15　"属性汇总工具"对话框

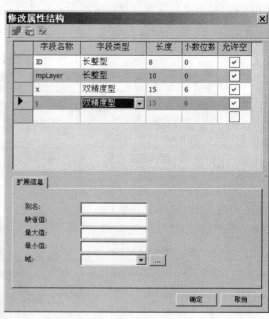

图 8.1-16　修改属性结构

（4）选择字段并执行，这里选择"坐标属性化"，并同时选择"x、y"，如图 8.1-17 所示，单击"执行"按钮弹出"设置"对话框，设置"x、y"，如图 8.1-18 所示，指定属性字段为"x、y"。

（5）单击"确定"按钮，属性汇总完成，同时输出结束时间、开始时间，共处理 217 个简单要素，将 minedrill.WT 图层添加到新地图中，单击右键查看属性表，可查看到属性汇总结果，可以看到点坐标 x、y 信息被存为属性，如图 8.1-19 所示。

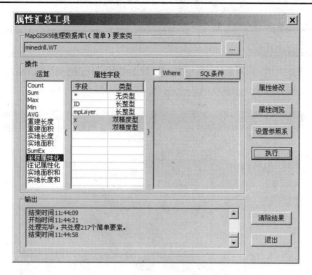

图 8.1-17　选择 x、y 属性字段

图 8.1-18　"设置"对话框

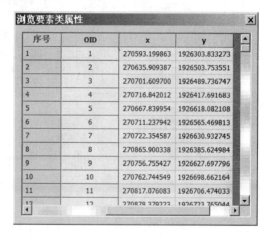

图 8.1-19　属性表

# 8.2　空间回归分析（人口统计）

## 8.2.1　问题和数据分析

### 1．问题提出

利用 Excel 自带的统计分析功能对空间数据可进行一些简单的描述分析，但很多时候，在实际应用中经常需要利用回归分析等复杂的统计分析方法来确定数据间的数量关系。为了实现这样的操作，一种方法是借助其他已有的工具软件对数据进行分析，另一种就是利用 MapGIS 的回归分析方法来进行统计分析。本节中将分别采用这两种方法对某地区的人口数据资料进行统计分析。

### 2．数据准备

人口普查地理数据库 Census.hdf 包括 basicCensus.wp 人口空间分析矢量数据，人口统计属性表是一个 scatter_matrix1.xls 的 Excel 文件。数据存放在 E:\Data\gisdata8.2 文件夹内。

### 8.2.2　数据预处理

**1. 附加数据库和添加图层**

打开"数据分析与处理"子系统，右键单击 MapGISCatalog 下的 MapGISLocal，附加名为 Census.hdf 的地理数据库，添加 basicCensus.wp 图层，如图 8.2-1 所示。

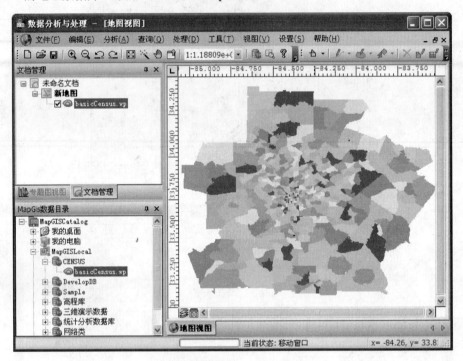

图 8.2-1　添加 basicCensus.wp 图层

**2. 制作散点图**

以平均收入（AVG_ING）和男性人口比例（PCT_MALE）为变量制作散点图。右键单击图层 basicCensus.wp 使其为当前编辑状态，选择"分析→统计分析→绘制散点图"菜单命令，弹出 "散点图"对话框，如图 8.2-2，单击散点图数据参数，弹出"散点图形数据"对话框，设计因变量字段为 AVG_INC，自变量字段为 PCT_MALE，单击"确定"按钮回到"散点图"对话框，"输出类名"为 basicCensus，单击"确定"按钮完成散点图的制作，弹出"空间统计分析结果显示"可观察散点图，如图 8.2-3 所示。

图 8.2-2　制作散点图

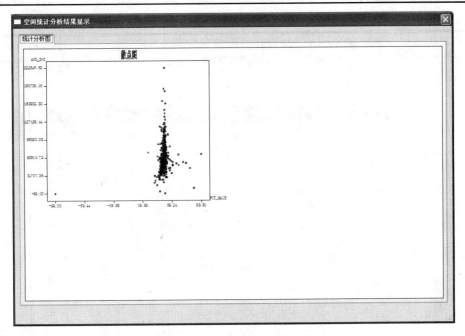

图 8.2-3 basicCensus 的散点图

第二种观察散点图的方法：数据库 Census 生成了点文件 basicCensus_point，线文件 basic Census_line，注记类文件 basicCensus，添加这三个图层文件，观察散点图，如图 8.2-4 所示。

在图中的 x 轴上至少有一个数据是-100%，事实上人口比例显然不会出现一个负数，所以这个数据肯定是有误差。单击散点图中的这个误差数据点，观察到地图视图中有几个要素被选中。打开 basicCensus.wp 图层的属性表，可以看到有 4 个要素被选中，而且这 4 个要素的多个属性值为-99，这表示这些属性值未知。

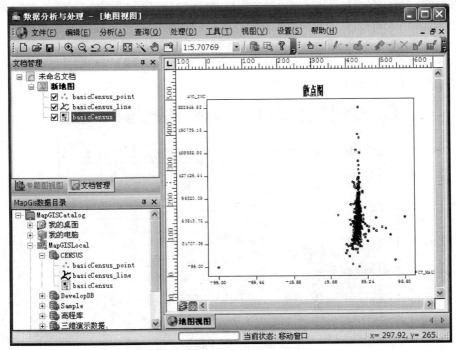

图 8.2-4 basicCensus 的散点图

### 3. 属性表排序

对属性表中的记录根据 AVGINC 字段按升序重新排序。鼠标右键单击 basicCensus.wp 图层，查看属性表，在属性表中鼠标右键单击 AVGINC 字段，在弹出的快捷菜单中选择"升序"，重新排序结果如图 8.2-5 所示。

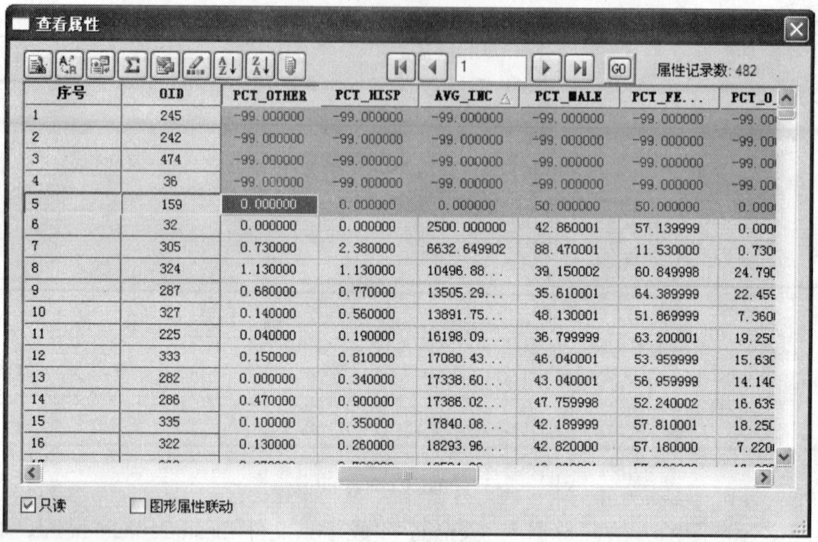

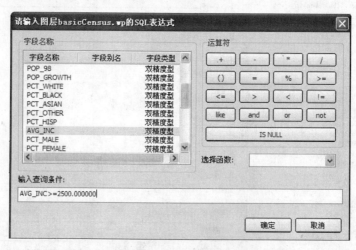

图 8.2-5　对记录重新排序

从属性表中可以看出前面 5 行记录的数据出现了异常，这样的异常数据通常称为离群数据。为了不影响后面分析，在分析之前要去除这 5 行离群数据。

### 4. 选择非离群数据

AVGINC 字段按升序重新排序后，非离群数据 AVGINC 字段最小值为 2 500.000 000，根据这个性质来选择非离群数据。右键单击 basicCensus.wp 图层，使其为当前编辑状态，选择菜单栏"查询→空间查询"，弹出"空间查询"对话框，其中"查询选项"选择只查询 B 中符合给定 SQL 查询条件的图元，在"被查询图层 B"选项添加 SQL 表达式，如图 8.2-6 所示，保存结果保持默认路径，将目的类名设为 basicCensus1，如图 8.2-7 所示。

图 8.2-6　添加 SQL 表达式选择非离群数据

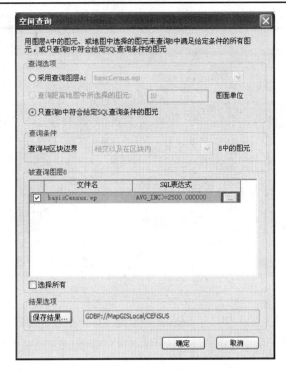

图 8.2-7　保存非离群数据结果

basicCensus1 图层生成后，添加该图层，查看属性表，对属性表中的记录根据 AVGINC 字段按升序重新排序，可以看到属性表只有非离群数据，如图 8.2-8 所示。

| 序号 | OID | PCT_BLACK | PCT_ASIAN | PCT_OTHER | PCT_HISP | AVG_INC | PCT_ |
|---|---|---|---|---|---|---|---|
| 1 | 32 | 0.000000 | 0.000000 | 0.000000 | 0.000000 | 2500.000000 | 42.860 |
| 2 | 301 | 79.690002 | 0.820000 | 0.730000 | 2.380000 | 6632.649902 | 88.470 |
| 3 | 320 | 98.309998 | 0.000000 | 1.130000 | 1.130000 | 10496.88... | 39.150 |
| 4 | 283 | 90.089996 | 0.000000 | 0.680000 | 0.770000 | 13505.29... | 35.610 |
| 5 | 323 | 99.239998 | 0.060000 | 0.140000 | 0.560000 | 13891.75... | 48.130 |
| 6 | 223 | 99.440002 | 0.150000 | 0.040000 | 0.190000 | 16198.04... | 36.799 |
| 7 | 329 | 98.839996 | 0.000000 | 0.150000 | 0.810000 | 17080.43... | 46.040 |
| 8 | 278 | 99.550003 | 0.220000 | 0.000000 | 0.340000 | 17338.60... | 43.040 |
| 9 | 282 | 80.169998 | 4.200000 | 0.470000 | 0.900000 | 17386.02... | 47.759 |
| 10 | 331 | 97.379997 | 0.200000 | 0.100000 | 0.350000 | 17840.08... | 42.189 |
| 11 | 318 | 95.139999 | 0.220000 | 0.130000 | 0.260000 | 18293.96... | 42.820 |
| 12 | 365 | 96.779999 | 0.030000 | 0.370000 | 0.720000 | 19584.82... | 42.360 |
| 13 | 300 | 98.339996 | 0.130000 | 0.770000 | 0.640000 | 20022.46... | 51.220 |
| 14 | 348 | 89.919998 | 1.050000 | 1.050000 | 1.050000 | 20104.16... | 52.570 |
| 15 | 336 | 94.769997 | 0.040000 | 0.200000 | 0.600000 | 20533.83... | 38.130 |
| 16 | 317 | 96.120003 | 0.470000 | 0.470000 | 0.620000 | 20630.83... | 40.000 |

☑只读　☐图形属性联动

图 8.2-8　非离群数据

**5. 将非离群数据输出为文本文件**

在"查看属性"对话框属性表的工具栏中选择导出列表选项，在弹出的菜单中选择浏览将输出文件命名为 census，保存在 Census.hdf 地理数据库的对象类里，选择"保存为对象类"，保存全部属性记录，单击"确定"按钮完成，如图 8.2-9 所示。

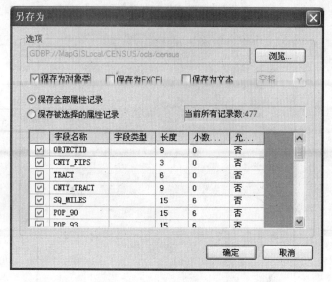

图 8.2-9　输出文本文件

在 Census.hdf 地理数据库里生成了 census 对象类，打开企业管理器，右键单击该对象类，选择"导出→表格数据"菜单命令，导出到工作目录 working 里，working 文件夹里会出现 census.txt 文件。

### 8.2.3　在 Excel 中利用客户化工具分析空间数据

在本节数据中有一个 scatter_matrix1.xls 文件，该文件包含了制作多散点图的宏，最多可以制作共 6 个独立变量的散点图。这个宏是由 Kansas State University 的 Christopher Malone 开发的，利用这个工具对从 MapGIS 导出的 census.txt 数据制作散点图。

（1）在 Excel 中打开 census.txt 文件。以逗号为分隔符号打开 census.txt 文本文件。

（2）打开 scatter_matrix1.xls 文件，scatter_matrix1.xls 文件的 Data 表单左侧有一个 Y 变量和 5 个 X 变量。将 census.txt 文件的数据按照表 8.2-1 所示的对应关系复制到 scatter_matrix1.xls 文件的相应字段，如图 8.2-10 所示。注意只复制数据项，不包含表头。

表 8.2-1　字段的对应关系

| scatter_matrix1.xls 中的字段 | census.txt 中的字段 | 含　　义 |
| :---: | :---: | :---: |
| Y | AVG_ING | 平均收入 |
| X1 | PCT_WHITE | 白人所占比例 |
| X2 | PCT_MALE | 男性所占比例 |
| X3 | PCT_FEMALE | 女性所占比例 |
| X4 | PCT_0-4 | 0～4 岁人群所占比例 |
| X5 | AVG-AGE | 平均年龄 |

（3）对这些变量的关系进行探索。单击 Correlation_Matrix 表单，在 Correlation 图中显示了各变量的相关性，如图 8.2-11 所示显示了 95%的置信区间。

单击 Graph 表单，可以看到两两变量的相关统计图，如图 8.2-12 所示，根据相关统计图可以直观的判断变量之间的关系。例如，从图上可以看出 X2（男性人口比例）和 X3（女性人口比例）是负相关的关系，而实际情况也是这样的。又如从 X3（女性人口比例）和 X4（0～4 岁人口比例）的统计图可以看出女性人口比例在 0～4 岁人口比例范围内比较稳定。

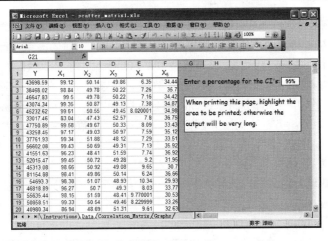

图 8.2-10　赋值后的 scatter_matrix1.xls 文件

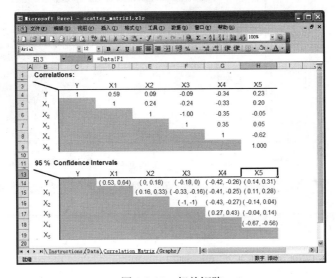

图 8.2-11　相关矩阵

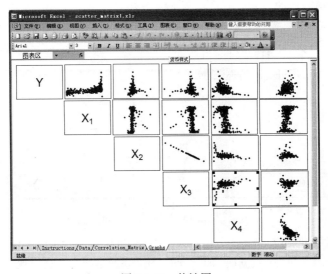

图 8.2-12　统计图

### 8.2.4　在 MapGIS K9 中进行回归分析

（1）对平均收入（AVG-INC）和平均年龄（AVG-AGE）之间的关系进行线性回归分析。首先确保只选定这两个字段的可信数据（没有离群数据的数据）。由于 8.2.2 步骤 4 生成 basicCensus1 图层的属性没有离群数据，符合分析要求。在"数据分析与处理"子系统中添加 basicCensus1 图层，选择工具栏的"分析→统计分析→线性回归分析"，弹出"线性回归分析"菜单，"分析类"选定 basicCensus1，"分析方法"为一元回归分析，单击"参数"弹出"一元回归分析"菜单，待预测因子设为 AVG-ING，影响因子为 AVG-AGE，如图 8.2-13 所示，单击"确定"按钮，在"线性回归分析"菜单中"输出类名"为 result，如图 8.2-14 所示，单击"确定"按钮，结果如图 8.2-15 所示。从图中可以知道，结果回归效果并不好，有很多离散点在回归线红色区域以外。

图 8.2-13　设置回归分析

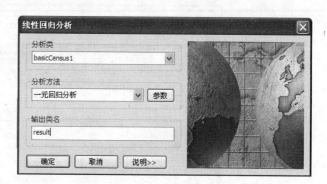

图 8.2-14　输出类名为 result

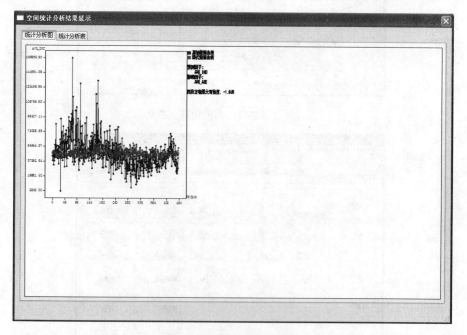

图 8.2-15　回归分析结果

第二种查看线性回归分析结果的方法：线性回归分析结果生成注记类 result、点数据层 result_point、线数据层 result_line、区数据层 result_polygon，添加这四个数据层观察线性回归分析结果，如图 8.2-16 所示。

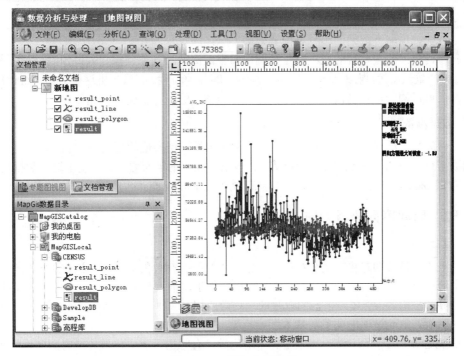

图 8.2-16 回归分析结果

（2）查看 basicCensus1 图层的属性表。在属性表的末尾有 4 个新添加的字段，这些字段是线性回归分析的结果数据，如图 8.2-17 所示，其中表示了回归分析残差 Residuals、拟合值 FIT 以及以 95%的置信区间所得最大值 HIGH95、最小值 LOW95。

| 序号 | OID | Shape_... | Shape_... | Residuals | LOW95 | FIT | HIGH95 |
|---|---|---|---|---|---|---|---|
| 1 | 1 | 0.760631 | 0.021768 | 0.617149 | 33.461315 | 33.822849 | 34.184387 |
| 2 | 2 | 0.759474 | 0.017579 | 2.147576 | 33.160015 | 33.552425 | 33.944836 |
| 3 | 3 | 0.603615 | 0.011750 | 0.444670 | 33.618938 | 33.975327 | 34.331718 |
| 4 | 4 | 0.413832 | 0.010350 | 1.079423 | 33.426758 | 33.790577 | 34.154392 |
| 5 | 5 | 0.671132 | 0.017412 | 1.077839 | 33.544476 | 33.902161 | 34.259846 |
| 6 | 6 | 0.485466 | 0.004524 | 3.479373 | 32.822300 | 33.270626 | 33.718956 |
| 7 | 7 | 0.504425 | 0.009277 | -0.602358 | 33.675457 | 34.032356 | 34.389259 |
| 8 | 8 | 0.392139 | 0.007452 | 1.319904 | 33.436993 | 33.800095 | 34.163197 |
| 9 | 9 | 0.561834 | 0.011845 | -0.005922 | 33.117466 | 33.515919 | 33.914375 |
| 10 | 10 | 0.602864 | 0.011580 | 1.430027 | 34.084080 | 34.489971 | 34.895863 |
| 11 | 11 | 0.399899 | 0.005721 | 3.208148 | 33.340805 | 33.711849 | 34.082897 |
| 12 | 12 | 0.545372 | 0.009423 | -2.302839 | 33.881710 | 34.252838 | 34.623970 |
| 13 | 13 | 0.364312 | 0.005363 | -3.206320 | 33.548767 | 33.906322 | 34.263874 |
| 14 | 14 | 0.575805 | 0.010375 | 0.900628 | 34.991913 | 35.759373 | 36.526829 |
| 15 | 15 | 0.187200 | 0.001848 | -4.461286 | 34.002045 | 34.391285 | 34.780529 |
| 16 | 16 | 0.362214 | 0.006141 | -0.214172 | 33.627792 | 33.984173 | 34.340553 |

属性记录数: 477

图 8.2-17 basicCensus1 图层的属性表中新添加的字段

# 8.3 时间序列分析

## 8.3.1 问题和数据分析

### 1. 问题提出

时间序列分析用于对时间序列的预测与控制研究。时间序列分析法是根据时间序列所反映出来的过程、方向和趋势进行分析、延伸或类推，借以预测下一时间段内可能达到的结果。时间序列分析是目前处理动态数据的一种方便有效的方法。

时间序列建模的主要目的之一就是预测或预报，例如，气象预报、人口预测、病虫害预报、汛情预报、产量预测等，它不要求考虑影响预测值的各种因素，而只分析这些数据的统计规律性。通过分析，可以构造拟合出最佳模型，并预报可能值，给出分析的预报结果。

**2. 数据准备**

本分析的目的是要预测某钢厂的钢产量、钢销售额及钢产值的变化过程、方向和趋势，使用的原始数据是 Excel 表格格式的钢月产量、钢年销售额和钢年人均产值。基于这些数据可以构建一个名为 Sequence.hdf 的地理数据库。数据存放在 E:\Data\gisdata8.1 文件夹内。

### 8.3.2　时间序列分析方法

**1. 移动平均**

移动平均法是长期趋势变动分析的一个常用而又较为简单的方法。该方法的原理是将原来时间序列中的两个或多个时期的数据加以平均，以所得平均值代替中间一期的趋势值，经过逐期顺序移动计算的平均数，形成一个新的派生的平均数序列。这种平均数序列消除了原时间序列中偶然因素的影响，从而呈现出现象的基本发展趋势。

移动平均法中的平均方法一般采用算术平均数，有时也可用中位数。设时间序列为 $Y_i$ ($i=1$, $2$, $3$, $\cdots$, $n$)，则 $k$ 项的移动平均数序列为

$$\bar{Y_i} = \frac{Y_i + Y_{i+1} + \cdots + Y_{i+k-1}}{K}$$

式中，$\bar{Y_i}$ 为移动平均趋势值。

**2. 移动平滑**

移动平滑法与移动平均法相似，移动平均法是向一个方向移动，而移动平滑法是由中心向两个相对的方向平滑。该方法的原理是将原来时间序列中以中间时期数据为对称点向前后等间距的多个时期的数据加以平均，以所得平均值代替中间一期的趋势值，经过逐期顺序移动计算的平均数，形成一个新的派生的平均数序列。

移动平滑法中的平均方法一般采用算术平均数，计算公式为

$$\hat{y}_t = \frac{1}{2l+1}(y_{t-l} + y_{t-(l-1)} + \cdots + y_{t-1} + y_t + y_{t+1} + \cdots + y_{t+l})$$

式中，$\hat{y}_t$ 为 $t$ 点的滑动平均值；$l$ 为单侧平滑时距。

**3. 指数平滑**

指数平滑法是由布朗（Robert G. Brown）提出的，布朗认为时间序列的态势具有稳定性和规则性，所以时间序列可被合理地顺势推延；最近的过去趋势，在某种程度上会持续到最近的未来，所以将较大的权数放在最近的资料。

指数平滑法通过计算指数平滑值，配合一定的时间序列预测模型对现象的未来进行预测。其原理是任一期的指数平滑值都是本期实际观测值与前一期指数平滑值的加权平均。

指数平滑的基本公式是

$$S_t = ay_i + (1-a)S_{t-1}$$

式中，$S_t$ 是时间 $t$ 的平滑值；$y_i$ 是时间 $t$ 的实际值；$S_{t-1}$ 是时间 $t-1$ 的实际值。

**4. 回归分析法**

时间序列的回归分析法是以时间 $t$ 为自变量，以形成时间序列的统计指标 $y$ 为因变量，应用

最小二乘法，建立 $y$ 和 $t$ 之间的回归模型，以此测定时间序列的长期趋势值，得到趋势线，也称趋势线预测。

时间序列的长期变动趋势有直线和曲线之分，因此，应当根据其变动趋势的特征分别拟合相应的直线回归模型或曲线回归模型。利用最小二乘法既可以配合直线趋势，也可以配合曲线趋势，需要根据被研究现象的发展变化的情况及特点来确定。

### 5．季节模型

在实际问题中，有些时间序列的变化具有明显的周期性规律，例如气温、雨量、电力负荷、交通运输等问题都是由于季节变化或其他周期因素的物理原因所引起的，称为季节性时间序列，其显然不平稳。广义的季节变动还包括以季度、月份甚至更短时间为周期的有规律的变动。通常季节序列除含有季节效应外还含有长期趋势效应，这两者与随机波动之间有着相互纠缠的关系。由于序列周期性变化，因此在每个周期特定时刻的数据基本上处于同一水平，若将某一时刻的观测数据与下一周期对应时刻的观测数据相减，就可能将周期性变化消除掉，使新序列接近于平稳序列。

### 6．自回归预测

自回归预测法是指利用预测目标的历史时间数列在不同时期取值之间存在的依存关系（即自身相关），建立起回归方程进行预测。具体说，就是用一个变量的时间数列作为因变量数列，用同一变量向过去推移若干期的时间数列作自变量数列，分析一个因变量数列和另一个或多个自变量数列之间的相关关系，建立回归方程进行预测。

自回归预测法的优点是所需资料不多，可用自变量数列进行预测。但是这种方法受到一定的限制，即必须具有自相关。这种方法只能适用于某些具有时间序列趋势且不同时期取值之间存在自相关的经济现象，即受历史因素影响较大的经济现象，如各种开采量、自然产量等；对于受社会因素影响较大的经济现象，不宜采用这种方法。

## 8.3.3　时间序列分析过程

### 1．创建地理数据库

创建 Sequence.hdf 地理数据库，将 Excel 格式数据导入地理数据库中成为对象类，方法同 4.1 节。

### 2．加载对象数据

在"数据分析与处理"子系统中，加载对象类数据到地图文档中。

### 3．多方法时间序列分析

（1）选择"分析→统计分析→时间序列分析"菜单命令，弹出如图 8.3-1 所示界面。

在弹出的"时间序列分析"界面上首先选择"分析类"，然后设置"分析方法"。时间序列分析现支持的分析方法有：一次移动平均、二次移动平均、一次指数平滑、二次指数平滑、三次指数平滑、季节性预测、趋势线预测、自回归预测，这里仅对几种方法进行分析。

（2）二次移动平均

二次移动平均方法是计算二次移动平均，即在对实际值进行一次移动平均的基础上，再进行一次移动平均。

在"分析方法"中选择"二次移动平均"，单击"参数"按钮，弹出如图 8.3-2 所示的界面。设置"最大滑动平均时段数"、"预测时间段"，选择一个"待预测因子"，单击"确定"按钮，回到"时间序列分析"界面。

在"时间序列分析"界面上输入"输出类名"，单击"确定"按钮，开始进行时间序列分析中的二次移动平均分析，分析结果如图 8.3-3 和图 8.3-4 所示。

图 8.3-1　时间序列分析

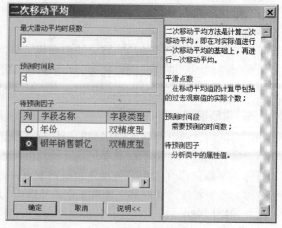

图 8.3-2　二次移动平均

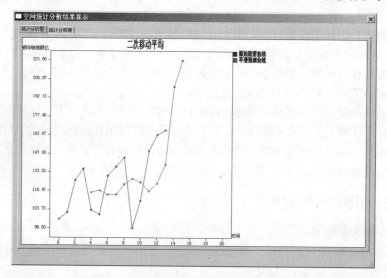

图 8.3-3　统计分析图

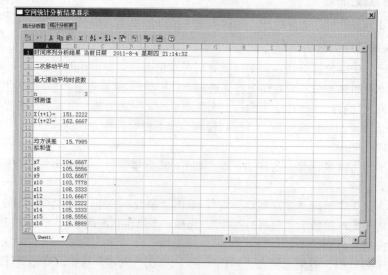

图 8.3-4　统计分析表

（3）二次指数平滑

二次指数平滑方法是将一次和二次平滑值之差加在一次平滑值上。

在"分析方法"中选择"二次指数平滑"，单击"参数"按钮，弹出如图 8.3-5 所示界面。设置"权系数"、"预测时间段"，选择一个"待预测因子"，单击"确定"按钮，回到"时间序列分析"界面。

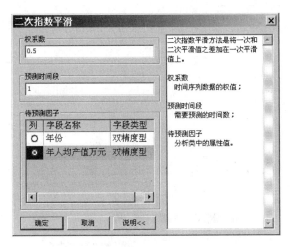

图 8.3-5　二次指数平滑

在"时间序列分析"界面上输入"输出类名"，单击"确定"按钮，开始进行时间序列分析中的二次指数平滑分析，分析结果如图 8.3-6 和图 8.3-7 所示。

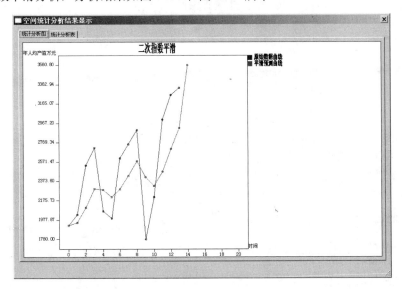

图 8.3-6　统计分析图

（4）季节性预测

季节性预测方法，是按照以季节为周期的有规律的变动来进行预测。在"分析方法"中选择"季节性预测"，单击"参数"按钮，弹出如图 8.3-8 所示的界面。设置"预测时间段"、"循环方式"，选择一个"待预测因子"，单击"确定"按钮，回到"时间序列分析"界面。

在"时间序列分析"界面上输入"输出类名"，单击"确定"按钮，开始进行时间序列分析中的季节性预测分析，分析结果如图 8.3-9 和图 8.3-10 所示。

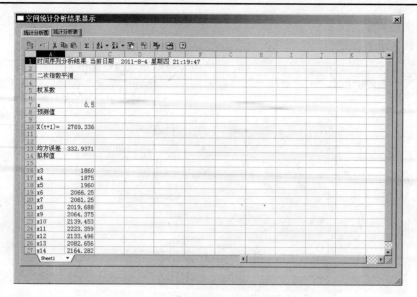

图 8.3-7　统计分析表

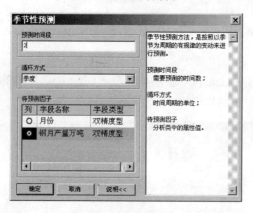

图 8.3-8　季节性预测

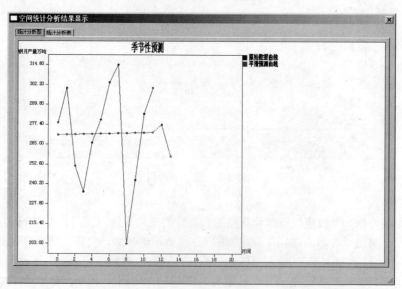

图 8.3-9　统计分析图

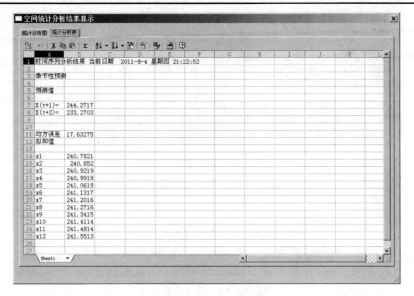

图 8.3-10　统计分析表

（5）趋势线预测法

趋势线预测是根据时间序列数据的长期变动趋势，运用数理统计分析方法，确定待定参数，建立直线预测模型，并用之进行预测的一种定量预测分析方法。

在"分析方法"中选择"趋势线预测"，单击"参数"按钮，弹出如图 8.3-11 所示的界面。选择一个"属性字段"，单击"确定"按钮，回到"时间序列分析"界面。

在"时间序列分析"界面上输入"输出类名"，单击"确定"按钮，开始进行时间序列分析中的趋势线预测，分析结果如图 8.3-12 和图 8.3-13 所示。

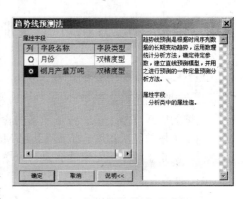

图 8.3-11　趋势线预测法

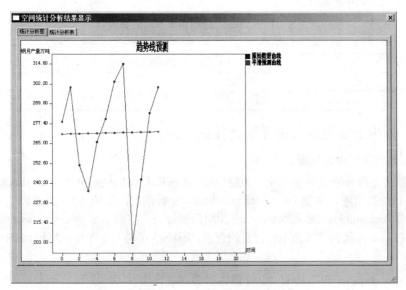

图 8.3-12　统计分析图

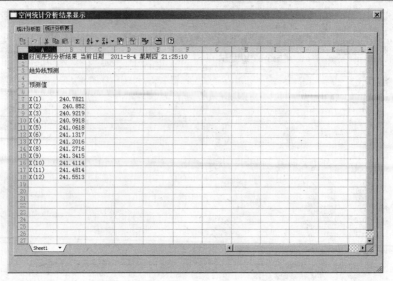

图 8.3-13　统计分析表

# 8.4　空间中心分析（土壤肥沃度分析）

## 8.4.1　问题和数据分析

### 1．问题提出

土壤的肥沃度与土壤中微量元素的含量密切相关，通常通过测定土壤中微量元素的种类和含量来确定土壤的肥沃程度。本节将利用 MapGIS 的空间统计分析对某牧场的一组土壤样本数据进行分析，确定土壤中钾元素的含量与土壤肥沃程度之间的大致关系。

### 2．数据准备

土壤样本地理数据库 Soilsample.hdf 包含三个图层，每个图层的名称与含义见表 8.4-1，数据存放在 E:\Data\gisdata8.4 文件夹里。

表 8.4-1　Soilsample 数据库中的数据说明

| 数 据 名 | 含 义 |
|---|---|
| Potassium | 土壤中钾元素含量的样本点数据 |
| Soil | 土壤类型 |
| Paddock | 围场数据 |

## 8.4.2　分析土壤类型与钾元素含量的关系

### 1．附加数据库和添加数据

打开"数据分析与处理"子系统，右键单击 MapGISCatalog 下的 MapGISLocal，附加名为 Soilsample.hdf 的数据库，添加 Potassium.wt、Soil .wp 数据层，如图 8.4-1 所示。

通过查看 Potassium.wt 图层和 Soil .wp 图层的属性表，可以看到 Potassium.wt 图层有 5 个属性字段，其中 K_PPM 代表样本点中钾元素的含量，Soil .wp 图层有 6 个属性字段，其中 GRIDCODE 代表土壤类型。

### 2．对 Potassium.wt 图层的 K_PPM 属性做分布统计图

（1）设置分类字段。单击工具栏的"分析→属性统计"菜单命令，弹出"属性统计与分析

——第一步：设置分类字段"对话框，统计对象选择 Potassium.wt，字段信息列表中在 K_PPM 选项中打勾，如图 8.4-2 所示，单击"汇总信息"按钮，弹出汇总信息菜单可以查看最大值、最小值、总和、平均值信息。

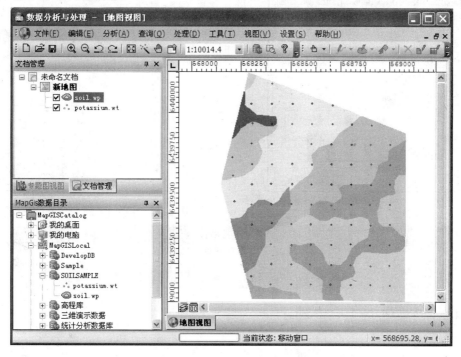

图 8.4-1  添加数据

（2）设置统计字段。单击"下一步"按钮，进入"属性统计——第二步：设置统计字段"对话框，单击按钮，"统计模式"选择频率，如图 8.4-3 所示，单击"统计设置"按钮，弹出菜单中选择 K_PPM，单击"确定"按钮。

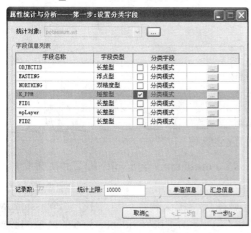

图 8.4-2  设置分类字段

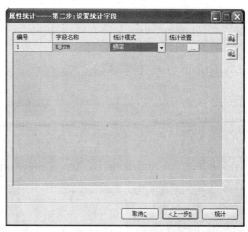

图 8.4-3  设置统计字段

（3）查看统计数据和统计图。单击"统计"按钮，进入"属性统计——第三步：查看统计数据和统计图"对话框，窗口中出现 K_PPM 值频率统计图，如图 8.4-4 所示，可保存统计结果数据。

**3. 选出土壤类型为 6 的区域**

对 soil 图层进行操作，将 soil 图层设为"当前编辑"状态，单击工具栏的"查询→空间查询"

菜单命令，对 soil 图层输入 SQL 表达式：GRIDCODE=6，如图 8.4-5 所示，输出结果命名为 soil1，选择结果如图 8.4-6 所示。

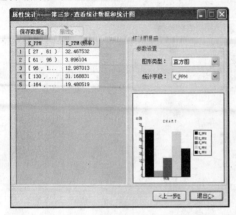

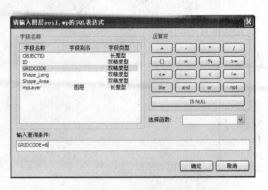

图 8.4-4　频率分布图　　　　　　　　　　图 8.4-5　选择土壤类型为 6 的区域

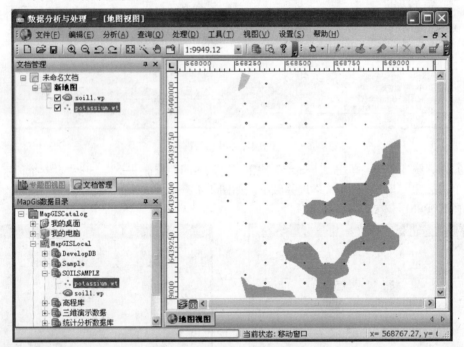

图 8.4-6　土壤类型为 6 的区域

图 8.4-7　选择落入土壤类型为 6 的区域的样本点

## 4. Potassium.wt 与 soil1 相交叠加分析

Potassium.wt 图层与 soil1 图层（土壤类型为 6 的区域图层）相交叠加分析，找出 Potassium.wt 图层中落入 soil1 图层 Gridcode 为 6 的区域的数据点。将 soil1 设为当前编辑状态，单击工具栏上的"分析→叠加分析"，弹出"叠加分析"菜单，"叠加数据"的"图层一"设为 potassium.wt，"图层二"设为 soil1.wp，"叠加容差"默认值为 0.000 1，"叠加方式"为"相交运算"，"输出结果"命名为 potassium1，如图 8.4-7 所示，选择结果如图 8.4-8

所示，从图中可以看出共有 15 个点满足选择要求，将这个数据记录下来。

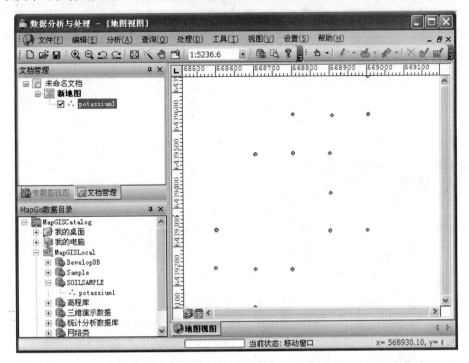

图 8.4-8　样本点选择结果

**5. 重复步骤 3 和 4**

找出落入每一种土壤类型中的 potassium 图层中的点，并将这些统计数据记录下来，见表 8.4-2。

表 8.4-2　落入每一种土壤类型中的样本点数量

| 土 壤 类 型 | 落入其中的样本点数量 |
| --- | --- |
| 1 | 1 |
| 2 | 18 |
| 3 | 21 |
| 4 | 19 |
| 5 | 3 |
| 6 | 15 |

## 8.4.3　空间集中性计算

**1. 计算 potassium 图层的空间平均中心**

在"数据分析与处理"子系统中添加 potassium 图层，单击工具栏上的"分析→空间统计分析→空间分布分析工具→均值中心分析"菜单命令，弹出"均值中心"菜单，导入要素输入 potassium 图层，属性权值选择 K_PMM，单击计算均值中心，输出结果命名为 centres，得出计算结果（中心点坐标），刷新地理数据库，如图 8.4-9 所示中的小黄点即为空间平均中心。

**2. 计算 Paddock 图层的空间平均中心**

在"数据分析与处理"子系统中添加 Paddock 图层，计算 Paddock 图层的空间平均中心方法同上，属性权值选择 Shape_Area，输出结果命名为 centres2，刷新地理数据库，如图 8.4-10 所示。从这两个中心的相对位置关系中，能否得出这个围场的采样方法？如图 8.4-11 所示，加权中心是在预期的地方吗？为什么？

图 8.4-9　potassium 图层的空间平均中心

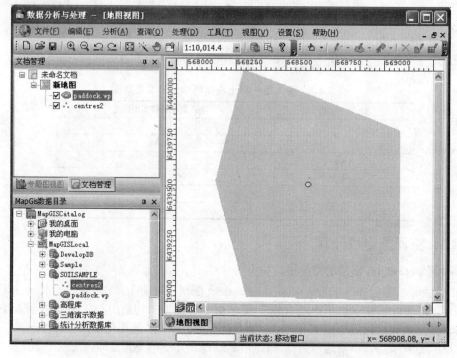

图 8.4-10　Paddock 图层的空间平均中心

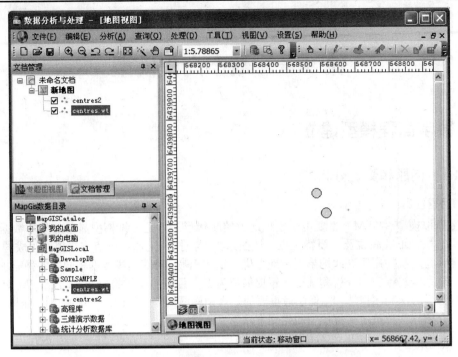

图 8.4-11　两个中心的关系

# 第9章 数字高程模型

## 9.1 数字高程模型建立

### 9.1.1 问题和数据分析

#### 1. 问题提出

数字高程模型（DEM）主要用来模拟地表的起伏形态，是三维模型显示的基本数据，它是根据采集区域地形等高线及重要特征点、线图形数据，按一定曲面插值方法拟合生成的。DEM可以完全代替传统使用等高线地形图对地形进行描述，满足对等高线数据相同的各种需求。DEM为地理信息系统进行空间分析和辅助决策提供更为充实且便于操作的数据基础。DEM建立的方法主要有数学方法和图像法，图像法最重要的是规则格网矩阵（GRID）和不规则三角网（TIN），本节重点介绍这两种数字高程模型的建立方法。

#### 2. 数据准备

DemDB.hdf 地理数据库包括带高程属性值的高程点离散数据（height_point）、带高程属性值的等高线数据（contour_line）。数据存放在 E:\Data\gisdata9.1 文件夹内。

### 9.1.2 GRID 模型建立

#### 1. GRID 模型建立方法

（1）点数据（wt 文件）→"离散数据网格化"→直接形成规则网 GRD 高程文件。

（2）线数据（wl 文件）→"离散数据网格化"→直接形成规则网 GRD 高程文件。

（3）点数据（wt 文件）、线数据（wl 文件）→"高程点线数据栅格化"→直接形成规则网 GRD 高程文件。

#### 2. 点数据（带有高程属性值的高程点离散数据）生成 GRID 过程

（1）打开"栅格分析"子系统，右键单击 MapGISCatalog 下的 MapGISLocal，附加名为 DemDB.hdf 的地理数据库，添加 height_point 等高程点离散数据，如图 9.1-1 所示。

（2）离散数据网格化。选择"矢量处理→离散数据网格化"菜单命令，弹出"输入设置"对话框，"输入文件类型"选择简单要素类，"输入文件"选择 heigh_point，在下拉框选择 HEIGHT，如图 9.1-2 所示。单击"确定"按钮，弹出"离散数据网格化"对话框，设置好相关项后即可对离散数据进行网格化，"输出文件"为 Surface from Height，如图 9.1-3 所示。单击"确定"按钮完成，生成 Surface from Height 栅格文件，如图 9.1-4 所示。

#### 3. 线数据（带有高程属性值的等高线）生成 GRID 过程

（1）在"栅格分析"子系统中，添加 contour_line 图层，如图 9.1-5 所示。

（2）选择"矢量处理→离散数据网格化"菜单命令，弹出"输入设置"对话框，"输入文件"选择简单要素类，"输入文件"选择 contour_line，在下拉框选择 HEIGHT，如图 9.1-6 所示。单击"确定"按钮，弹出"离散数据网格化"对话框，设置好相关项后即可对离散数据进行网格化，输出文件为 Tmp Grid.Grd，如图 9.1-7 所示。单击"确定"按钮，生成 TmpGrid.Grd 栅格文件，如图 9.1-8 所示。

图 9.1-1　添加 height_point 高程点离散数据

图 9.1-2　输入设置

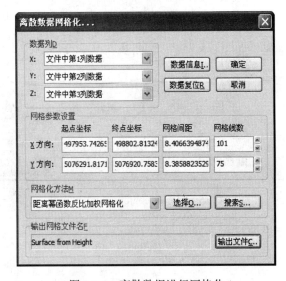

图 9.1-3　离散数据进行网格化

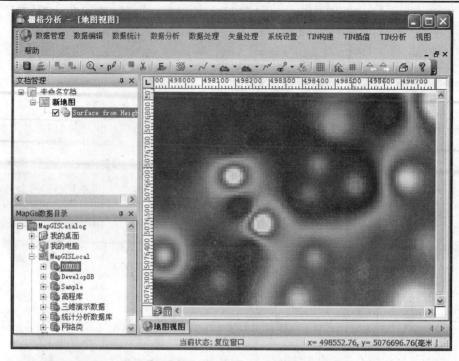

图 9.1-4　生成 Surface from Height 栅格文件

图 9.1-5　添加 contour_line 文件

图 9.1-6 输入设置

图 9.1-7 离散数据网格化

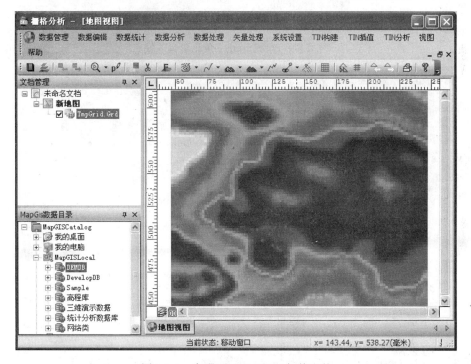

图 9.1-8 生成 TmpGrid.Grd 栅格文件

## 9.1.3 TIN 模型建立

### 1. TIN 模型建立的方法

（1）点数据→"生成三角剖分网"→直接形成三角网高程文件。

（2）线数据→"生成三角剖分网"→直接形成三角网高程文件。

（3）点数据、线数据→"高程点/线三角化"→直接形成三角网高程文件。

### 2. 利用点数据创建 TIN

（1）在"栅格分析"子系统中，添加 height_point 离散数据层，该数据层是带高程的离散点，如图 9.1-1 所示。

（2）生成三角剖分网。将 height.wt 文件设为"当前编辑"状态，选择"TIN 构建→高程点线三角化"菜单命令，弹出"高程点/线三角化参数设置"对话框，"输入数据类型"选择"简单要

素类"，勾选输入高程点要素类选项，输入 height_point 文件，"高程点高程属性项"选择 HEIGHT，
"输出 TIN 要素类"设为 TmpTin，如图 9.1-9 所示。单击"确定"按钮生成三角剖分网，如图 9.1-10
所示。

图 9.1-9　高程点/线三角化参数设置

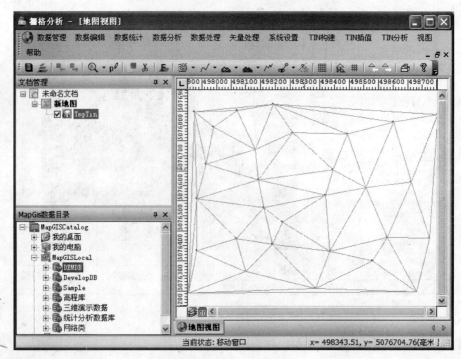

图 9.1-10　生成三角剖分网

（3）调整三角剖分网，在 Tin 插值选项中进行。

① 交换三角剖分网边。选中本菜单项后，用户可以用鼠标选取任一条三角形边，如果共此
边的两个三角形组成的四边形不是凹多边形，那么该三角形边将被调整为多边形的另一对角边。

② 删除三角剖分网边。选中本菜单项后，用户可以用鼠标选取单条三角形边进行删除；也
可以用鼠标拉出一个矩形区域，删除区域内的部分三角网边。注意：当需要保存时，应选择"压
缩"存储方式。

③ 整理三角剖分网。该功能是删除三角网边缘的一些满足条件的狭长的三角形。选中本菜单
项后，系统将弹出如图 9.1-11 所示的"整理三角网设置"对话框。确认后，系统即进行整理工作。

④ 删除无效三角剖分。无效三角形是指三角形的三个顶点中至少有一个点是"未知点"。选中本菜单项后，系统即进行删除工作。若当前三角网中没有无效三角形，则系统会提示用户。

⑤ 重建邻接拓扑关系。在进行本操作前必须先执行有关的三角剖分操作，选中菜单即可进行本操作。事实上，该功能是对已建的三角剖分重建邻接拓扑关系。

**3. 利用矢量线数据生成 TIN**

（1）在"栅格分析"子系统中，单击"TIN 构建→高程点/线三角化"菜单命令，弹出"高程点/线三角化参数设置"对话框，如图 9.1-12 所示，在"输入数据类型"栏选择"简单要素类"；勾选"输入高程线要素"复选框，选择导入的数据 contour_line，"高程线高程属性项"选择 HEIGHT；设置输出文件保存路径及文件名。

（2）设置好后单击"确定"按钮，生成 TIN，如图 9.1-13 所示。

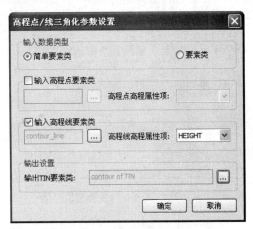

图 9.1-11　整理三角剖分网　　　　　　　　图 9.1-12　高程点/线三角化参数设置

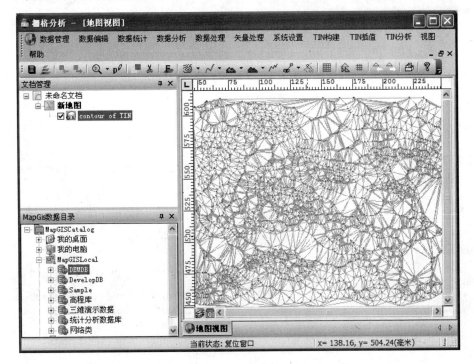

图 9.1-13　生成 TIN

**4. 生成约束三角剖分网**

（1）在"栅格分析"子系统中，添加等值线 contour1.wl 数据层，在新地图中，右键单击该图层，利用"属性结构设置"编辑属性结构，增加短整型"约束特征码"字段。

（2）右键单击 Contour1.WL 图层查看属性表。每条线的"约束特征码"赋值应遵循：0→普通边界，1→外边界（取其内部三角形），2→内边界（取其外部三角形），3→类似沟谷、山脊、断层等特征约束线，如图 9.1-14 所示。

（3）在"栅格分析"子系统中打开 contour1.wl，选择"TIN 构建→高程点/线三角化"，设置对话框如图 9.1-15 所示。选择该项后系统将进行三角剖分，然后自动建立邻接拓扑关系，完成后可进行窗口操作，以显示所得的剖分结果，如图 9.1-16 所示。

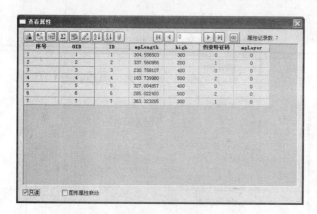

图 9.1-14　查看属性表

图 9.1-15　设置参数

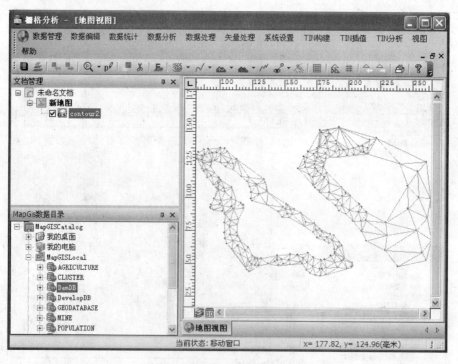

图 9.1-16　约束三角剖分生成

### 9.1.4 TIN 转 GRID

（1）单击"TIN 分析→TIN 转换为 DEM"，弹出对话框，如图 9.1-17 所示，在"源文件"中选择上步生成的 TIN 文件；栅格分辨率栏修改网格行列数分别为 244 和 298；"网格化方法"选择三角网内插网格化；"结果文件"处设置输出路径和保存文件名。

图 9.1-17 TIN 三角网转栅格数据集 DEM

（2）生成新的栅格数据 Newgrid，如图 9.1-18 所示。

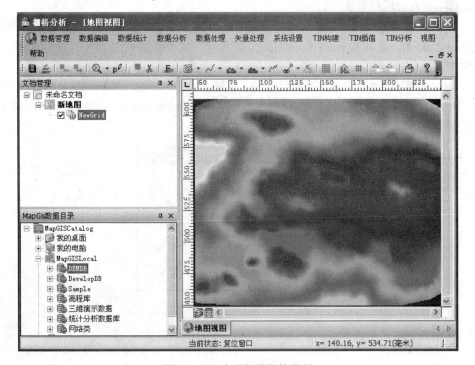

图 9.1-18 生成新的栅格数据

## 9.2　地形因子分析

### 9.2.1　问题和数据分析

#### 1. 问题提出

地形表面是一个极不规则的曲面,在地学研究中经常用基本地形因子来描述地表形态的一种或多种特征以及地形表面的复杂程度。地形因子主要有坡度、坡向、高程信息、地表粗糙度、曲率等地貌学研究的重要内容。地形因子能表示地形表面基本特征,但仅仅利用一种地形因子不够准确,各种地形因子的综合应用,才可以在一定程度上更加客观地描述地形起伏变化。数字高程模型 DEM 是地理信息系统进行地形分析的基础数据,利用 DEM 可以提取坡度、坡向、粗糙度、曲率等各种地形因子。

#### 2. 数据准备

本分析使用的 TerrainDB.hdf 地理数据库包括 GRID 和 TIN 两种格式的数据,GRID 数据主要为 Surface from Height 数据,或者为 9.1.2 节中点数据生成的 Surface from Height。TIN 数据主要为 TmpTin 数据,或者为 9.1.3 节中生成的 TmpTin。数据存放在 E:\Data\gisdata9.2 文件夹内。

### 9.2.2　坡度

坡度是地形描述中常用的参数,坡度是地面特定区域高度变化比率的量度。地面上某点的坡度是指地表在该点的倾斜程度,定义为水平面与地形之间的夹角。坡度在各类工程中有很多的用途,例如,在农业用地开发中,坡度大于 25 度的土地一般是不适宜开发的。在其他的很多选址方面,坡度也是必须考虑的问题。在 MapGIS K9 中有两种方法计算坡度。

#### 1. 在 GRID 中进行坡度分析

(1)打开"栅格分析"子系统,右键单击 MapGISCatalog 下的 MapGISLocal,附加地理数据库 TerrainDB.hdf,添加 Surface from Height 数据层,或者添加 9.1.2 节中生成的 Surface from Height 栅格文件。

(2)选择菜单项"数据分析→地形因子分析"菜单命令,弹出"地形因子分析"对话框,如图 9.2-1 所示,"计算方式"选择坡度,"输入数据层"选择 Surface from Height,"输出数据层"设置输出路径和保存文件名为 Slope of Surface from Height。

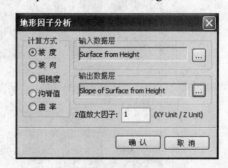

图 9.2-1　坡度地形因子分析

(3)生成新的坡度主题 Slope of Surface from Height,如图 9.2-2 所示。

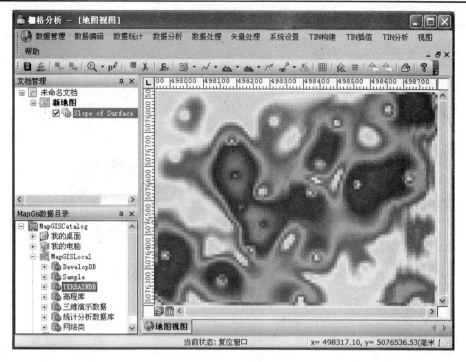

图 9.2-2　坡度图

## 2．在 TIN 中进行坡度分析

（1）在"栅格分析"子系统中，添加 TmpTin 数据文件，或者添加 9.1.3 节中生成的 TmpTin 栅格文件。

（2）选择"TIN 分析→TIN 地形因子分析"菜单命令，弹出"TIN 地形因子分析"对话框，"输入数据"选择 TmpTin，设置输出属性，"计算方式"选择坡度。如图 9.2-3 所示。

图 9.2-3　TIN 地形因子分析

（3）分析结果显示如图 9.2-4 所示。

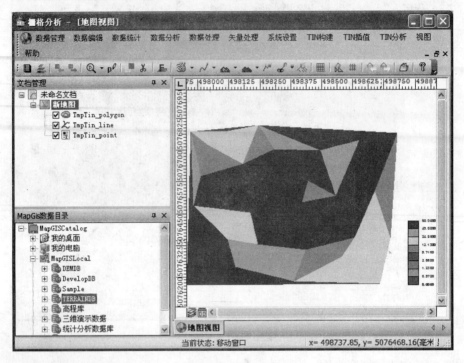

图 9.2-4　结果显示

### 9.2.3　坡向

坡向和坡度是互相关联的两个参数，坡向是斜坡方向的量度。坡向指坡面法线中，在水平面上的投影与正北方向的夹角。坡度反映斜坡的倾斜程度，而坡向则反映斜坡所面对的方向。当基于 DEM 计算坡向时，通常定义坡向为：过格网单元所拟合的曲面上某点的切平面的法线的正方向在平面上投影方向与正北方向的夹角，即法线水平投影矢量的方位角。

**1. 在 GRID 中进行坡向分析**

（1）添加 Surface from Height 图层。

（2）选择"数据分析→地形因子分析"菜单命令，弹出"地形因子分析"对话框，如图 9.2-5 所示，"计算方式"选择坡向，"输入数据层"选择 Surface from Height，"输出数据层"设置输出路径和保存文件名为 Aspect of Surface from Height。

（3）生成新的坡向主题 Aspect of Surface from Height，如图 9.2-6 所示。

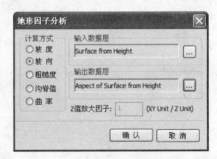

图 9.2-5　坡向地形因子分析

**2. 在 TIN 中进行坡向分析**

（1）在"栅格分析"子系统，添加 TmpTin 文件。

（2）选择"TIN 分析→TIN 地形因子分析"菜单命令，弹出"TIN 地形因子分析"对话框，"输入数据"选择 TmpTin，"计算方式"选择坡向，其他设置如图 9.2-7 所示。

（3）分析结果显示如图 9.2-8 所示。

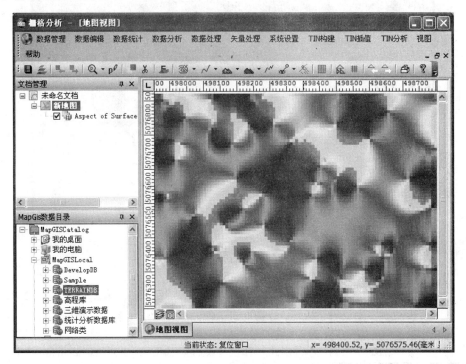

图 9.2-6　坡向图

图 9.2-7　坡向地形因子分析

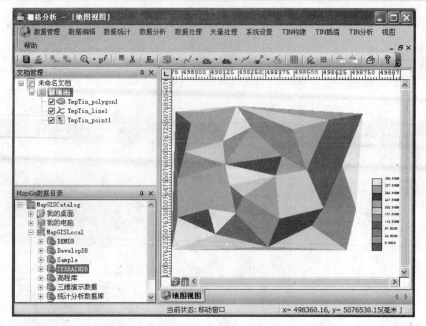

图 9.2-8　坡向图

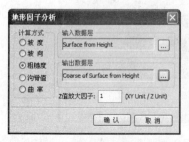

图 9.2-9　粗糙度地形因子分析

### 9.2.4　粗糙度

（1）添加 Surface from Height 图层。

（2）选择"数据分析→地形因子分析"菜单命令，弹出"地形因子分析"对话框，如图 9.2-9 所示，"计算方式"选择粗糙度，"输入数据层"选择 Surface from Height，"输出数据层"设置输出路径和保存文件名为 Coarse of Surface from Height。

（3）生成新的坡向主题 Coarse of Surface from Height，如图 9.2-10 所示。

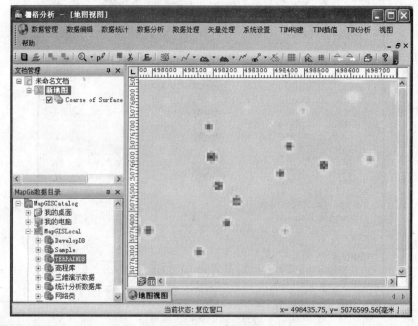

图 9.2-10　粗糙度图

### 9.2.5　沟脊值

（1）添加 Surface from Height 图层。

（2）选择"数据分析→地形因子分析"菜单命令，弹出"地形因子分析"对话框，如图 9.2-11 所示，"计算方式"选择粗糙度，"输入数据层"选择 Surface from Height，"输出数据层"设置输出路径和保存文件名为 gully of Surface from Height。

图 9.2-11　沟脊地形因子分析

（3）生成新的沟脊值主题 gully of Surface from Height，如图 9.2-12 所示。

图 9.2-12　沟脊图

### 9.2.6　曲率

剖面曲率是地面上任意点位地表坡度的变化率，或称为高程变换的二次导数，是对栅格数据两次求坡度，生成剖面曲率的步骤如下。

（1）添加栅格主题数据 Slope of Surface from Height。

（2）选择"数据分析→地形因子分析"菜单命令，弹出"地形因子分析"对话框，"计算方式"选择曲率，"输入数据层"选择 Slope of Surface from Height，"输出数据层"设置输出路径和保存文件名为 Slope of Slope of Surface from Height。如图 9.2-13 所示。

图 9.2-13　曲率地形因子分析

（3）生成新的曲率主题 Slope of Slope of Surface from Height，如图 9.2-14 所示。

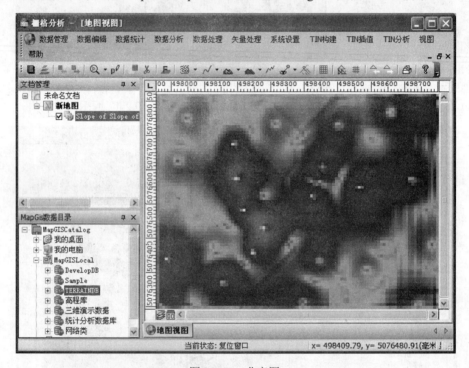

图 9.2-14　曲率图

## 9.3　可视性分析

### 9.3.1　问题和数据分析

#### 1. 问题提出

地形可视性也称为地形通视性，是指从一个或多个位置所能看到的范围，或与其他地形点间的可视程度。可视性分析是数字地形分析的重要组成部分，也是空间分析中不可缺少的内容，很多与地形有关的问题都涉及地形视性计算。地形可视性分析在军事、电信、旅游等领域有着广泛的应用，也成为建筑规划、景观评估、军事指挥等领域的重要研究内容。两点之间的可视性（intervisibility）和可视域（viewshed）是可视性分析的两个重要因子，各种复杂的和应用有关的可视性分析大多数采用的是基于视线的方法，连线可视性分析主要用于判断两点是否通视。

**2. 数据准备**

本分析使用的数据为 VisionDB.hdf 地理数据库，主要为 TmpGrid.Grd 的 GRID 格式数据，或者为 9.1.2 节中线数据生成的 TmpGrid.Grd。数据存放在 E:\Data\gisdata9.3 文件夹内。

### 9.3.2 连线可视性分析

（1）打开"栅格分析"子系统，右键单击 MapGISCatalog 下的 MapGISLocal，附加名为 Vision-DB.hdf 的地理数据库，添加 TmpGrid.Grd 栅格文件，设为"当前编辑"状态。

（2）选取"数据分析→连线可视性分析"，弹出连线可视性分析菜单项后，可用鼠标左键选择待分析的任意点（起点为观察点，终点为目标点），对话框中坐标点信息窗口就会显示这些点的信息。

（3）单击"可视分析"按钮，若点连接成的线为红色则为两点不可视，若点连接成的线为绿色则为两点可视，如图 9.3-1 所示。1 点到 2 点不可视，2 点到 3 点可视，3 点到 4 点可视，4 点到 5 点可视，5 点到 6 点不可视，6 点到 7 点不可视，7 点到 8 点不可视。

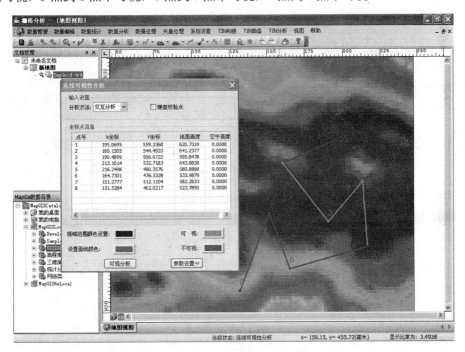

图 9.3-1 连线可视性分析

### 9.3.3 全局可视性分析

全局可视性分析是以观察点为中心、360 度为视域角，对视域分析范围内的所有点进行连线可视性分析，形成一幅可视域矢量图。

（1）在"栅格分析"子系统中，添加 TmpGrid.Grd 栅格文件，设为"当前编辑"状态。

（2）选取"数据分析→全局视场可分析"菜单命令，弹出"全局视场可分析"菜单项后，用鼠标左键选择观察点，单击"计算"按钮，出现结果预览图，保存结果栅格要素集 TmpGrid1.Grd 和视点数据 Vision，如图 9.3-2 所示。

（3）打开栅格要素集 TmpGrid1.Grd 和视点数据 Vision，如图 9.3-3 所示。该区域为点数据可视的区域范围。

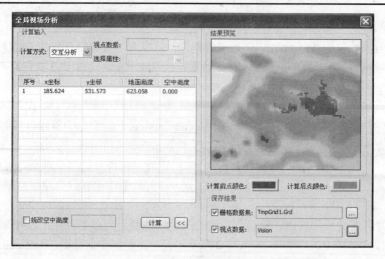

图 9.3-2　结果预览

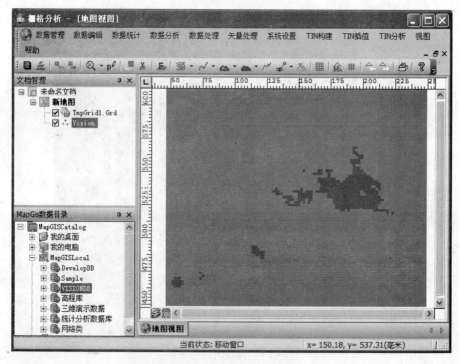

图 9.3-3　全局可视性分析结果

# 9.4　道路选线

## 9.4.1　问题和数据分析

### 1. 问题提出

公路选线是在路线起点、终点间的大地表面上，根据计划任务书所规定的使用任务和性质，结合当地的自然条件，经过研究比较，选定公路中线位置，然后进行测量和设计的过程。在 DEM 格网数据中，各元素的行列值表示其地理位置，其中的特征值记录该元素的一些特定属性值。基于 DEM 的最佳路径分析便是利用格网数据的这一特性，将影响道路选线的各种因素量化为花费值，它们加权计算出的综合费用作为源格网的属性值，分析得到的从起点到终点累计花费最小的路径即为道路选线的最佳路径分析。如果仅考虑距离，不考虑其他因素，分析结果为道路选线的最短路径分析。

　　基于 DEM 的最佳路径分析可对一组或多组起点和终点进行处理，这些点之间可以相连也可以不相连。其算法的基本思想就是：假设有 $i$ 个终点，对每一终点 $A_i$，计算出距其最近的一点 $B_i$ 到该终点的距离 $D_i$，然后对 $D_i$ 进行排序，查找出距离最短的一点 $B_n$ 和它所对应的终点 $A_n$，$A_n$ 和 $B_n$ 即为所有起终点间最佳路径的起终点，再结合记录下的相关点的走向，即可得出最佳道路选线。在路径分析中，将产生一个缓冲通道，缓冲通道指的是到路径的起点和终点的累计花费值的总和小于一定值的区域。

**2．数据准备**

　　本分析使用的数据为 TerrainDB.hdf 地理数据库，包括 GRID 和 TIN 两种格式的数据，GRID 数据主要为 Surface from Height 数据，或者为 9.1.2 节中点数据生成的 Surface from Height。TIN 数据主要为 TmpTin 数据，或者为 9.1.3 节中生成的 TmpTin。数据存放在 E:\Data\gisdata9.4 文件夹内。

### 9.4.2　最短路径分析

　　（1）在"栅格分析"子系统中，右键单击 MapGISCatalog 下的 MapGISLocal，附加名为 TerrainDB.hdf 的地理数据库，添加栅格数据 Surface from Height，设为"当前编辑"状态。

　　（2）最短路径分析实际上是允许用户输入多个关键点，然后寻找一条依次通过各个关键点的最佳路径。选择"数据分析→路径分析"菜单命令，弹出"路径分析"对话框，"分析类型"选为最短路径分析，在 Surface from Height 图层上左键单击几个点，而后单击右键停止。在"路径分析"对话框中自动显示出最短路径分析，如图 9.4-1 所示。

图 9.4-1　最短路径分析

### 9.4.3　最佳路径分析

（1）在"栅格分析"子系统中，右键单击 MapGISCatalog 下的 MapGISLocal，附加名为 TerrainDB.hdf 的地理数据库，添加栅格数据 Surface from Height，设为"当前编辑"状态。

（2）最佳路径分析就是找出从指定起点到终点之间耗费最小的一条线路。系统支持多个起点、多个终点的最佳路径分析。选择"数据分析→路径分析"菜单命令，弹出"路径分析"对话框，"分析类型"选为最佳路径分析，在 Surface from Height 图层上左键单击几个点，而后单击右键停止。在"路径分析"对话框中自动显示出最佳路径分析，得到一条最佳路径及一个缓冲通道，如图 9.4-2 所示。

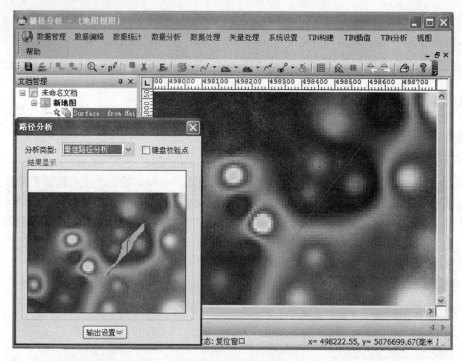

图 9.4-2　最佳路径分析

## 9.5　流域及洪水淹没分析

### 9.5.1　问题和数据分析

#### 1．问题提出

DEM 是进行水文分析、淹没面积分析、洪水灾害评估等的基础。随着流域数字化进程中空间基础数据库的建立，应用地理信息系统平台有效地分析流域和水库的基本水文信息成为可能。水文分析主要包括模拟水流方向、流域汇流能力、河网的提取、流域出水口的确定、流域边界确定、子流域划分等，用于研究与地表有关的各种自然现象，如洪水水位及泛滥情况，或者划定受污染源影响的地区，以及预测当改变某一地区的地貌对整个地区将造成的后果等。洪水淹没是个复杂的过程，受到诸多因素的影响，其中洪水特性和受淹区的地形地貌是影响洪水淹没的主要因素，在洪水淹没分析中，洪水首先从水源处开始向外扩散淹没，只有区域地势低洼且与水源连通的区域才能被淹没，所以在进行洪水淹没分析时要进行区域的连通性分析。洪水灾害损失与淹没的范围、水深、历时及淹没区的财产分布、开发程度和利用方式等诸多因素有关，通过上述方法确定淹没区的范围以及淹没区的水深分布，再将环境背景、社会经济等地面模型与之叠加融合，通过建立相应的评估模型，可以得到受灾范围、受灾人口、损坏建筑物、农牧业受灾面积等。通过这些数据的统计可以计算出洪水灾害造成的直接经济损失，这为灾后的重建提供了重要依据。关于洪水灾害评估在 6.2 章节已进行了详细分析，这里进行部分水文分析及洪水的淹没分析。

**2．数据准备**

本分析使用的数据为 ValleyDB.hdf、HydroDB.hdf 地理数据库，主要为 GRID 数据格式，包括 TmpGrid.Grd 和 TmpGrid1.Grd，或者为 9.1.2 节中线数据生成的 TmpGrid.Grd。洪水的淹没分析中用到的数据有堤防数据 DikeFile.dik、水文观测数据 HydFile.hyd、溃口数据 BstFile.bst。数据存放在 E:\Data\ gisdata9.5 文件夹内。

### 9.5.2　水文表面流域分析

（1）在"栅格分析"子系统中，右键单击 MapGISCatalog 下的 MapGISLocal，附加名为 ValleyDB.hdf 的地理数据库，添加 TmpGrid.Grd 栅格数据，设为"当前编辑"状态，如图 9.5-1 所示。

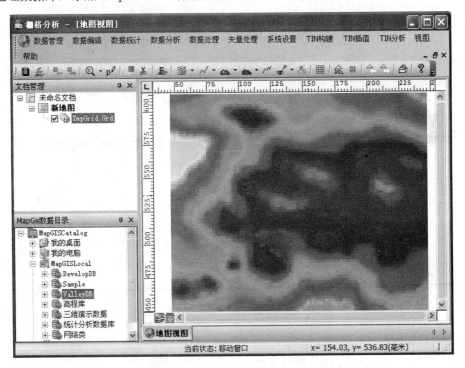

图 9.5-1　TmpGrid.Grd 栅格数据

（2）选择"数据分析→水文表面流域分析"菜单命令，弹出"流域分析参数设置"对话框，参数设置如图 9.5-2 所示。

（3）添加生成无洼地、方向、积流、河网、河网线、汇水区等流域地貌，这里选择三种方式显示如图 9.5-3、图 9.5-4、图 9.5-5 所示。

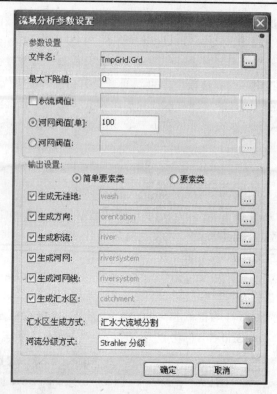

图 9.5-2 "流域分析参数设置"对话框

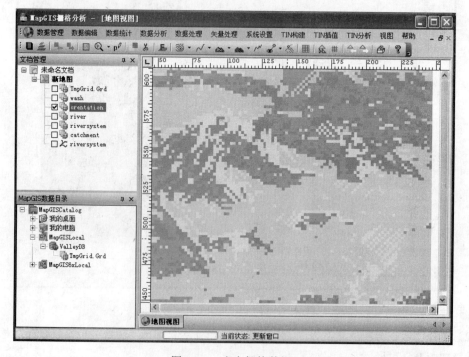

图 9.5-3 方向栅格数据

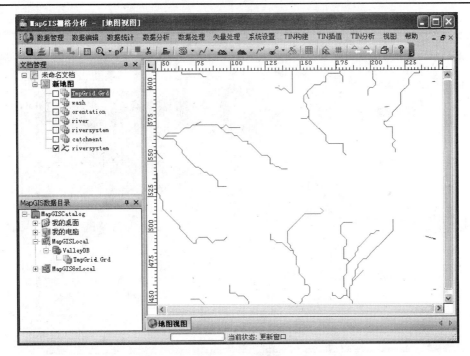

图 9.5-4 河网线

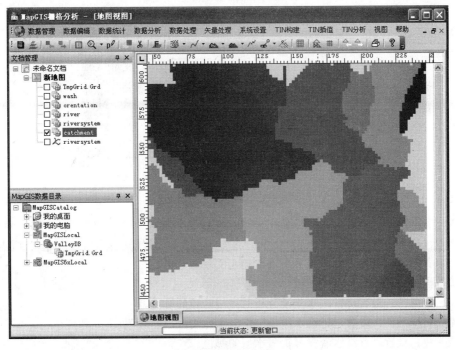

图 9.5-5 汇水区

### 9.5.3 洪水淹没分析

（1）在"栅格分析"子系统中，右键单击 MapGISCatalog 下的 MapGISLocal，附加名为 HydroDB.hdf 的地理数据库，添加 TmpGrid1.Grd 栅格数据，如图 9.5-6 所示。

（2）选择"数据分析→洪水淹没分析"菜单命令，系统弹出"洪水淹没分析设置"对话框，可单击"预览"，右侧显示效果图，如图 9.5-7 所示。

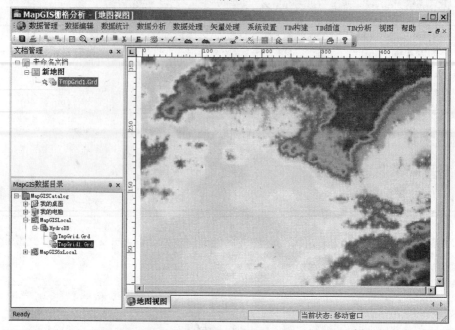

图 9.5-6　TmpGrid1.Grd 栅格数据

图 9.5-7　洪水淹没分析设置

**DEM 高程数据**：输入进行洪水淹没分析的 DEM 高程数据。

**水漫淹没**：水漫淹没为可选性选项，可通过复选框勾选。堤防数据是设置水漫分析需要的堤防数据。水文观测数据是设置水漫分析需要的水文观测数据。

**溃口数据**：进行溃口分析的数据。

**淹没区域颜色**：设置进行洪水淹没分析时淹没区域的颜色。

**未淹没区域颜色**：设置进行洪水淹没分析时未淹没区域的颜色。

**水域颜色**：设置进行洪水淹没分析时水域的颜色。

**是否追踪水域**：设置是否进行追踪水域。

**当前水位**：设置当前水位值，系统默认取高程最低值。

**淹没结果区域光滑**：设置淹没的结果区域是否进行光滑处理。

**输出设置**：设置输出结果，可设置为简单要素类或者要素类。

（3）单击"确认"按钮则执行洪水淹没分析的操作，如果"是否追踪水域"勾选，结果如图 9.5-8 所示，如果"是否追踪水域"不勾选，结果如图 9.5-9 所示，单击"取消"按钮则取消当前操作。

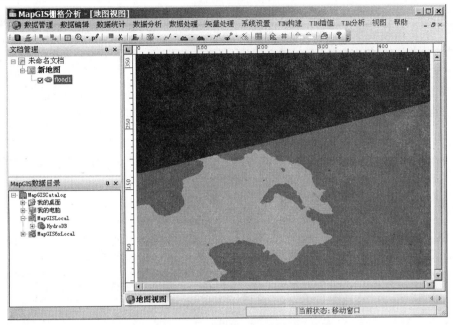

图 9.5-8　追踪水域洪水淹没分析结果

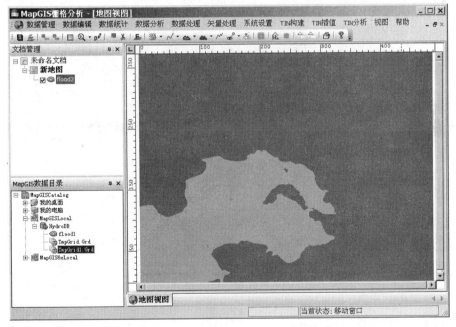

图 9.5-9　不追踪水域洪水淹没分析结果

# 9.6　DEM 其他应用

## 9.6.1　问题和数据分析

### 1. 问题提出

人们一直致力于三维空间的表达，但由于技术和条件的限制，并没有找到一种真正实用的方法。数字高模型虽然只表示 2.5 维数据，不是真三维数据，但它可为可视化技术提供更加广阔的发展空间，其应用领域涉及遥感、摄影测量、制图、土木工程、地质、矿业、地理形态、军事工程、土地规划、道路施工等。不论 DEM 是高程矩阵、规则的点数据还是三角网数据等形式，都可以从中获得多种派生数据，获取等高线、剖面图、山体阴影图、立体图等信息，帮助地貌分析，基于 DEM 的数据还可完成体积和表面积计算。

**2. 数据准备**

本分析使用的 DemUseDB.hdf 地理数据库包括 GRID 和 TIN 两种格式的数据，GRID 数据主要为 Surface from Height 数据，或者为 9.1.2 节中点数生成的 Surface from Height。TIN 数据主要为 Citin 数据，或者为 9.1.3 节中生成的 TmpTin。数据存放在 E:\Data\gisdata9.6 文件夹内。

### 9.6.2　等高线生成

（1）在"栅格分析"子系统中，右键单击 MapGISCatalog 下的 MapGISLocal，附加名为 DemUseDB.hdf 的地理数据库，添加 Surface from Height 图层，如图 9.6-1 所示。

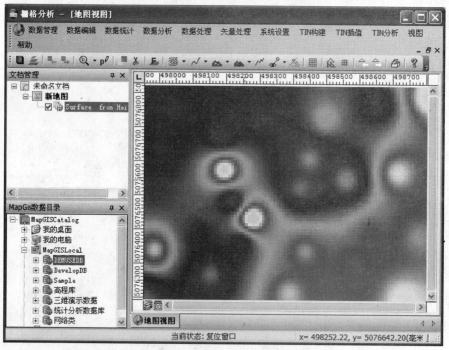

图 9.6-1　DEM 栅格数据

（2）通过"数据分析→平面等值线追踪"菜单命令，弹出"输入设置"对话框，输入数据层 Surface from Height，如图 9.6-2 所示。

图 9.6-2　输入设置

（3）单击"确定"按钮弹出"设置等值线参数"对话框，线要素命名为 Contours of Surface from Height，如图 9.6-3 所示。单击"设置等值线参数"对话框上的"等值层值"按钮，弹出"等值线层设定"对话框，如图 9.6-4 所示，可对等值线进行设定。

图 9.6-3　设置等值线参数

图 9.6-4　"等值线层设定"对话框

（4）单击"确定"按钮生成等高线，如图 9.6-5 所示。

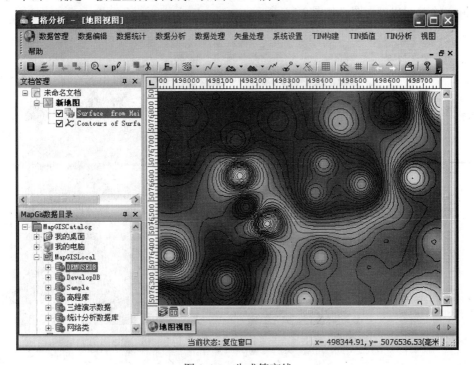

图 9.6-5　生成等高线

### 9.6.3　剖面分析

**1. 在 GRID 中进行剖面分析**

剖面线分析是允许用户观察与 *X-Y* 平面垂直的任意剖面的数据分布情况。

（1）添加栅格数据 Surface from Height，设为"当前编辑"状态。

（2）通过"数据分析→剖面分析"菜单命令，弹出"剖面分析"对话框，如图 9.6-6 所示。"交互方式"选择造线分析，设置输出保存路径和输出文件名。

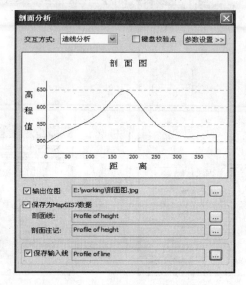

图 9.6-6　剖面分析对话框

（3）按下鼠标左键拖动，在栅格主题上画出一条剖面线，单击鼠标右键完成，这时剖面分析对话框中就会显示出剖面图，如图 9.6-7 所示。

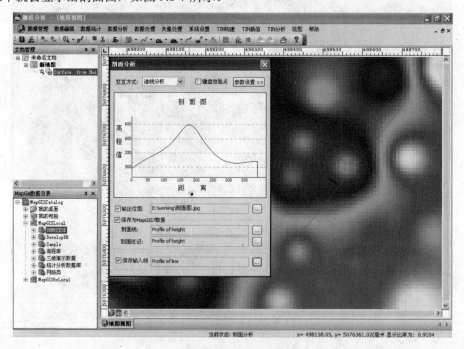

图 9.6-7　剖面图

### 2. 在 TIN 中进行剖面分析

（1）添加三角剖分 Citin 数据，设为"当前编辑"状态，如图 9.6-8 所示。

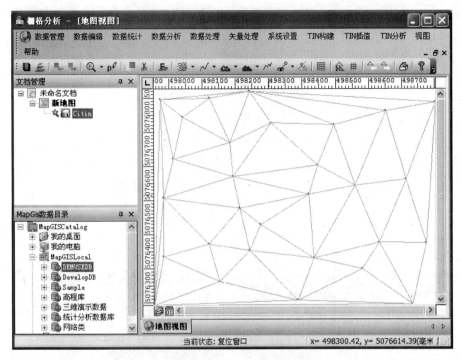

图 9.6-8　TIN 数据

（2）选择"TIN 分析→剖面分析"菜单命令，分析结果如图 9.6-9 所示。

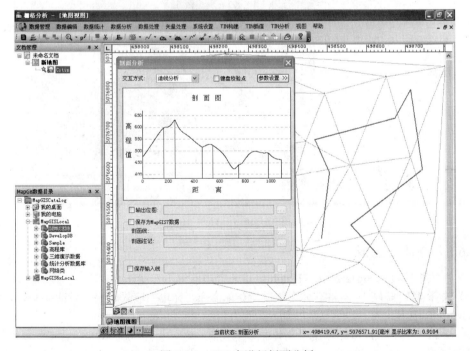

图 9.6-9　TIN 中进行剖面分析

### 9.6.4　阴影图生成

生成山体阴影图就是通过分析模拟地面光照情况，产生地形表面阴影图。可测定研究区域中给定位置的太阳光强度和光照时间，并对实际地面进行逼真的立体显示，生成山体阴影的步骤如下。

（1）添加栅格数据 Surface from Height，设为"当前编辑"状态。

（2）选择主菜单"数据分析→格网日照晕渲图"，弹出"地表晕渲参数"对话框，如图 9.6-10 所示。设定太阳高度角（太阳光线与水平面的夹角）及太阳入射方位角。

图 9.6-10　"地表晕渲参数"对话框

（3）生成山体阴影主题 Hillshade of Elevgrd，如图 9.6-11 所示。

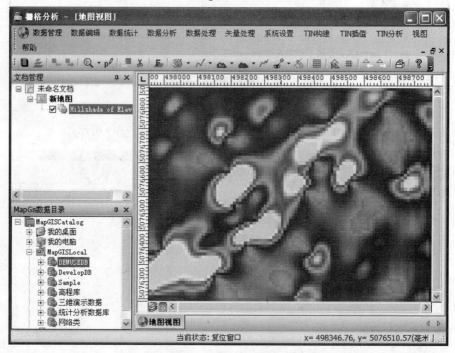

图 9.6-11　山体阴影图

### 9.6.5　立体图生成

（1）添加栅格数据 Surface from Height，设为"当前编辑"状态。

（2）选择"数据分析→网格立体图绘制"菜单命令，弹出"输入设置"对话框，输入数据层选择 Surface from Height，如图 9.6-12 所示。

（3）单击"确定"按钮，弹出"立体图参数设置"对话框，线要素和注记要素命名 Surface from Height of line 和 Surface from Height of point，如图 9.6-13 所示。

（4）单击"确定"按钮，打开生成相应的文件，立体图如图 9.6-14 所示。

图 9.6-12　输入设置　　　　　　　图 9.6-13　"立体图参数设置"对话框

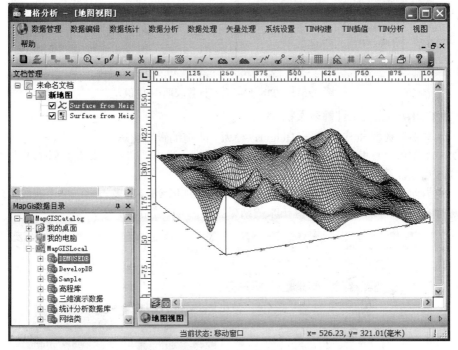

图 9.6-14　立体图

### 9.6.6　体积和表面积计算

计算表面积和体积有交互式计算和批量计算两种方法，这里介绍交互式方法，交互式方法可基于 TIN 和 GRID 两种数据格式进行计算。

**1．用 TIN 数据交互计算表面积/体积**

（1）添加三角剖分 Citin 数据，设为"当前编辑"状态。

（2）单击"TIN 分析→交互计算表面积体积"菜单命令，弹出"交互计算表面积/体积"对话框，设置参数如图 9.6-15 所示，设置保存结果的文件路径及文件名。

（3）交互类型为造区，就是自己在图上造一个区，计算该区的面积与体积。将该对话框移到一边，在当前 TIN 数据层上地图可视框中用鼠标单击造区，单击鼠标右键结束，系统会进行表面积、体积和土方量计算，如图 9.6-15 所示。

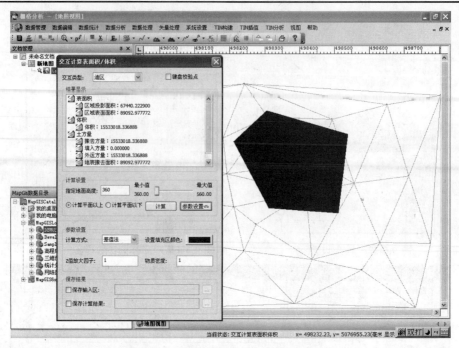

图 9.6-15　TIN 数据交互计算表面积/体积

**2. 用 GRID 数据交互计算表面积/体积**

（1）添加栅格数据 Surface from Height，设为"当前编辑"状态。

（2）单击菜单"数据分析→交互计算表面积/体积"，弹出"交互计算表面积/体积"对话框，如图 9.6-15 所示。设置保存结果的文件路径及文件名。

（3）在当前 GRID 数据层上通过鼠标左键构建覆盖整个图层的多边形，单击右键结束编辑，系统会进行表面积和体积计算，计算出来的结果如图 9.6-16 所示。

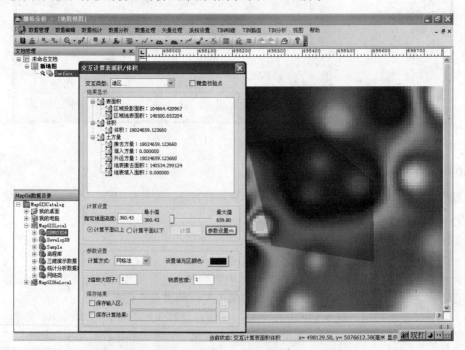

图 9.6-16　GRID 数据交互计算表面积/体积

# 第10章 数据转换

## 10.1 MapGIS 与 MapInfo 间的转换

### 10.1.1 问题和数据分析

**1. 问题提出**

GIS 软件或数据并不是一次性的，也不是一个小部门单独使用，而是多次使用、相互共享的。目前的 GIS 软件一般都不能直接操纵其他 GIS 软件的数据，所以需要经过数据转换。解决多格式数据交换一直是近年来 GIS 应用系统开发中需要解决的重要问题。GIS 要从项目应用走向企业应用和社会应用，在当前 GIS 软件数据格式较多的情况下，应制定一个数据交换格式标准，并将国家的基础空间数据转换成这一标准，逐步向全国各行业推广。

地理信息系统的数据来源非常广泛，不同的 GIS 软件提供了不同格式的数据，不同格式的数据输入计算机和计算机处理的方法也不相同。MapGIS 是一个集图形、图像为一体的国产软件系统。它支持大型、超大型数据库，输入、编辑、分析等功能强大。MapInfo 是美国的一个地理信息系统软件，具有可视化地理分析功能，可在数据库中不同数据之间建立关联，并在同一环境下显示。这两个软件在中国多个领域广泛使用，有些单位采用 MapGIS 格式，有些单位采用 MapInfo 格式，两种数据格式共存，为了更好地运用这些资料，实现数据共享，两者之间的数据格式转换是十分重要的。

**2. 数据准备**

MapGIS 的标准数据格式主要有点要素、线要素、面要素及注记类 4 种类型，MapInfo 主要有 MIF 和 tab 格式，需要完成 MapGIS 与 MapInfo 间数据相互转换。longan.hdf 地理数据库包括 1∶100 万广西隆安区域地震构造图的 MapGIS 点、线、面标准格式图层数据，其特点是线数据中包含多种线型，点数据中包含注释和子图。mapinfodata 目录下还提供一组 MapInfo 数据，包括正等值线、河流线、图框、河流标注、城市标注等多个图层，主要是 Map、MIF 和 tab 格式，无区图层。数据存放在 E:\Data\gisdata10.1 文件夹内。

### 10.1.2 MapGIS 数据转换成 MapInfo 数据

将 1∶100 万广西隆安区域地震构造图的 MapGIS 点、线、面数据转换成 MapInfo 数据。

**1. 附加地理数据库**

启动 GDB 企业管理器，右键单击 MapGISCatalog 下的 MapGISLocal，附加名为 longan.hdf 的地理数据库。

**2. 求 1∶100 万区域地震构造图当前正轴等角圆锥投影参数**

（1）地震构造图上的经纬网均标出了经度与纬度，读取地震构造图最左边和最下边的经度与纬度的经纬度作为起始经度与纬度。打开"地图编辑器"子系统，单击"工具→生成梯形图框→生成 1∶100 万图框"菜单命令，弹出 1∶100 万图框，经度为 106° 00′，纬度为 22° 00′，如图 10.1-1 所示。

（2）单击"下一步"按钮，弹出"图框参数输入"对话框，如图 10.1-2 所示。单击"确定"按钮生成 1∶100 万图框，复位窗口显示图框，如图 10.1-3 所示。

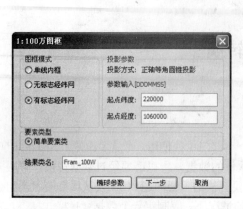

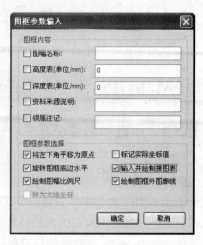

图 10.1-1　生成 1:100 万图框　　　　　　　图 10.1-2　"图框参数输入"对话框

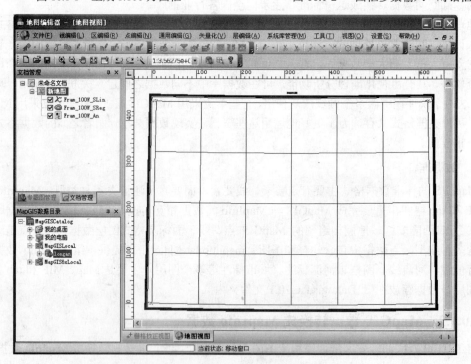

图 10.1-3　1∶100 万图框

（3）单击"工具→投影转换→类投影"菜单命令，弹出对话框，打开"源简单要素类"生成的图框文件为 Fram_100w_SLin 线文件，单击源空间参照系 `...` 图标，弹出"空间属性"对话框，查看 1∶100 万图框的投影参数，如图 10.1-4 所示。

**3. 在 MapGIS 地图投影系统中将平面直角坐标转成地理坐标**

（1）在 GDB 企业管理器中鼠标右键单击 longan.wt 数据层、longan.wt 注记数据层、longan.wl 线数据层和 longan.wp 数据层，用右键单击 longan.wl 数据层，选"空间参照系"，弹出"设置简单要素空间参照系"对话框，如图 10.1-5 所示。

（2）单击 ... 按钮，弹出"空间参照系设置"对话框，如图 10.1-6 所示。单击"修改"，弹出
"空间属性"对话框，在"坐标系"选项卡下将"空间参照系类型"设为投影平面直角坐标系，
"空间参照系名称"设为投影平面直角坐标系，如图 10.1-7 所示。

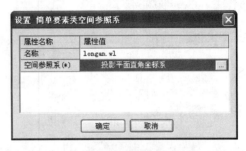

图 10.1-4　1:100 万图框的投影参数　　　　图 10.1-5　"设置简单要素类空间参照系"对话框

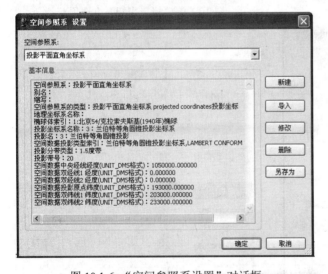

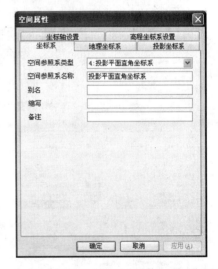

图 10.1-6　"空间参照系设置"对话框　　　　　　图 10.1-7　"坐标系"选项卡

（3）在"地理坐标系"选项卡下"标准椭球"选择第一个，"单位"选择"DDDMMSS.SS"，
如图 10.1-8 所示。

（4）"投影坐标系"选项卡的各项设置如图 10.1-9 所示。

（5）投影参数设置。在"地图编辑器"子系统中单击 "工具→投影变换→成批投影或转换"
菜单命令，弹出如图 10.1-10 所示对话框，依次设置源地理数据库 longan、目标地理数据库 longan、
勾选所要进行投影变换的源类及目的类名称并为目的类名称重新命名为 longan1.wt（点类）、
longan1.wt（注记类）、longan1.wl（线类）、longan1.wp（区类）。在对话框中选择"投影转换"弹
出对话框，如图 10.1-11 所示，单击"新建"按钮，弹出"空间属性"对话框，该对话框参数设
置方法参考（2）～（4），不同之处是：在"坐标系"选项卡下将"空间参照系类型"设为地理
坐标系，"空间参照系名称"设为地理坐标系；在"地理坐标系"选项卡下"标准椭球"选择第

　　一个，"单位"选择"度"；在"投影坐标系"选项卡下"类型"选择"3：兰伯特等角圆锥投影"，其他保持默认。坐标系转换方法则单击"设置"，弹出"不同地理坐标系转换参数设置"对话框，选择添加项，单击"确定"按钮，在"坐标系转换方法"下拉列表中选择存在的坐标转换，单击"确定"按钮完成设置。

图 10.1-8 "地理坐标系"选项卡　　　　　　　图 10.1-9 "投影坐标系"选项卡

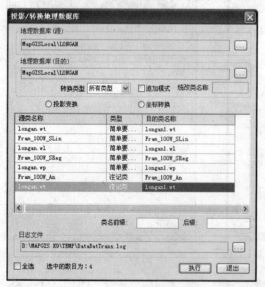

图 10.1-10 投影参数设置　　　　　　　　　图 10.1-11 投影转换

　　（6）单击"执行"按钮完成投影转换并保存文件。

　　（7）在"地图编辑器"子系统中打开生成的 longan1.wt（点类）、longan1.wt（注记类）、longan1.wl（线类）、longan1.wp（区类）数据层，如图 10.1-12 所示。鼠标箭头停留点即经纬线交叉处的经度为 107°00′，纬度为 21°40′，用小数点表达为 107.00 和 21.66，而此时状态栏中经纬度坐标为 106.21 和 20.06，两者间有个差值，按以下公式计算需平移的量：

$$x = 107.00 - 106.21 = 0.79; \quad y = 21.66 - 20.06 = 1.6$$

　　（8）重复步骤（1）～（5），但单击"工具→投影变换→成批投影或转换"菜单命令，设置目的类空间参照系时，$x$、$y$ 坐标平移量分别为 0.79 和 1.6，如图 10.1-13 所示。

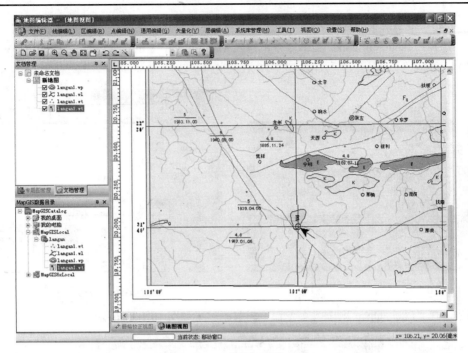

图 10.1-12 转换后的数据图

**4. 在 GDB 企业管理器中实现 MapGIS 点、线、面文件到 MapInfo 文件的转换**

（1）启动 GDB 企业管理器，附加地理数据库 longan.hdf。

（2）右键分别单击 longan.wt、longan.wl、longan.wp 这三个数据层，选择"导出→其他数据"菜单命令，弹出"数据导出"对话框，目的数据存放在 E:\working 文件夹内，目的类型选择 Mif 文件，如图 10.1-14 所示，单击"转换"按钮完成。

图 10.1-13 设置 *x*、*y* 平移量

图 10.1-14 MapGIS 数据转换成 MapInfo 数据

**5．MapInfo 系统中的验证**

（1）选择"Table→Import"菜单命令，输入 MapInfo 的"*.mif"格式，如图 10.1-15 所示。

（2）保存成"*.tab 格式"，如图 10.1-16 所示。

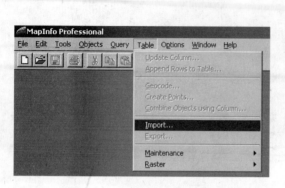
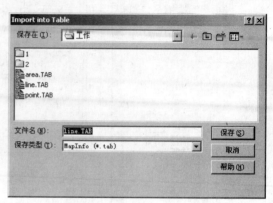

图 10.1-15　输入 MapInfo 格式　　　　　　图 10.1-16　保存文件

（3）选择"File→Open Table"菜单命令，显示结果如图 10.1-17 所示。

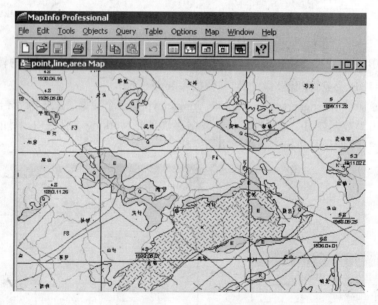

图 10.1-17　显示打开的文件

### 10.1.3　将 MapInfo 数据转换成 MapGIS 点、线、面文件

**1．利用数据转换工具转换**

（1）启动 GDB 企业管理器，选择左上角的"工具→数据转换工具"菜单命令，导出"数据转换"对话框，源数据选择 E:\gisdata10.1\mapinfodata 文件夹里的 MIF 数据，分别是图框.MIF、城市.MIF、标记.MIF、正等值线.MIF、河流.MIF，目的数据选择存放在 longan 地理数据库中，如图 10.1-18 所示，单击"转换"按钮，生成 MapGIS 点类、线类、面类和注记类。

（2）在"地图编辑器"子系统里添加生成的相应的点类、线类、注记类和面类 MapGIS 格式的数据，如图 10.1-19 所示。

图 10.1-18 MapInfo 数据转换成 MapGIS 点、线、面文件

图 10.1-19 生成的文件

## 2. 地理数据库直接转换

（1）右键单击地理数据库 longan.hdf 的空间数据，单击"导入→其他数据"菜单命令，弹出"数据导入"对话框,源数据选择 E:\gisdata5.3\mapinfodata 文件夹里的 MIF 数据,分别是图框.MIF、

城市.MIF、标记.MIF、正等值线.MIF、河流.MIF，目的数据选择存放在 longan.hdf 地理数据库中，如图 10.1-20 所示。单击"转换"按钮完成。

图 10.1-20　MapInfo 数据转换成 MapGIS 点、线、面文件

（2）在"地图编辑器"子系统里添加生成的相应的点类、线类、注记类和面类 MapGIS 格式的文件，结果如图 10.1-19 所示。

## 10.2　MapGIS 与 AutoCAD 间的转换

### 10.2.1　问题和数据分析

**1. 问题提出**

AutoCAD 是美国 Autodesk 公司于 1982 年推出的一种通用的计算机辅助绘图和设计软件包。现在广为国内外工程师和技术人员用于计算机辅助设计。AutoCAD 实际上已经成为一种计算机 CAD 系统的标准、工程设计人员之间交流思想的公共语言，但 AutoCAD 文件很难做到有效地管理地理信息的空间和属性数据。MapGIS 具有强大的空间数据管理和空间分析功能，在国土资源调查中大多用 MapGIS 建库，但其地理底图数据源部分来自 AutoCAD。AutoCAD 与 MapGIS 这两种软件，它们的功能各具特点、各有优势，目前各部门存在两种数据并存的局面，为了有效发挥两种格式各自的优势，必然要进行 AutoCAD 与 MapGIS 数据间的相互转换。

**2. 数据准备**

AutoCAD 主要是 dwg 格式的 1∶5 000 陕县铧尖嘴重晶石矿区上界岩矿段地形地质图，点要素主要有钻孔、浅井等；线要素主要有等高线、道路、勘探线、地质界线等；面要素主要有居民地、地层等。CAD_Map.hdf 地理数据库包括 1∶2 000 万三门峡市湖滨区七里沟-崤里铝土矿核查区庙洼段资源储量估算图 MapGIS K9 点、线、面及注记图层数据，其特点是点数据包括了钻孔、取样点等，线数据中包含储量类型边界、核查区边界及经纬网等，区数据包含不同的储量类型。
数据存放在 E:\Data\gisdata10.2 文件夹内。

### 10.2.2　AutoCAD 数据转换成 MapGIS

**1．.dwg 格式转.dxf 格式**

（1）启动 AutoCAD，打开 minemap.dwg 文件，如图 10.2-1 所示。

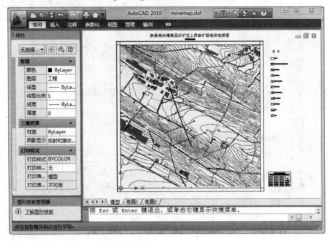

图 10.2-1　minemap.dwg 文件

（2）将.dwg 格式数据另存为.dxf 格式。

**2．编辑点对照表**

编辑···\Program Files\MapGIS K9 SP2\Slib 目录下的 mpdcCADMapFile.txt 文件。在 mpdcCAD-MapFile.txt 中，BLOCKIN.MPF 区段是存放导入.dxf 文件时块的对照项"块名称,子图号"。例如，"块 1,1"表示导入 dxf 文件时其中名称为"块 1"的块对应 MapGIS K9 系统库中子图号为 1 的子图。编写.dxf 文件中所有块的名称和 MapGIS K9 中与之对应的子图号的对照表，MapGIS 按照对照表中的对应关系将.dxf 文件中的块转为 MapGIS K9 点要素的点图元，具体操作如下。

（1）打开 minemap.dxf 文件，选中图中的块"钻孔"，在显示的参数中记下其名称为"见矿钻孔"，如图 10.2-2 所示。

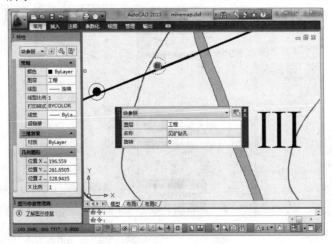

图 10.2-2　记录.dxf 块名称

（2）打开"地图编辑器"子系统，选择"系统库管理→符号库管理"菜单命令，在"点状符号"符号库中找到与块对应的子图并记下子图号为 19，如图 10.2-3 所示。

图 10.2-3　记录对应子图的子图号

（3）按照"块名称,子图号"（注意：逗号为英文逗号）的格式将 dxf 文件中所有块的名称及其对应的子图号写在 BLOCKIN.MPF 行以下的部分中，如图 10.2-4 所示。

**3. 编辑线对照表**

在 mpdcCADMapFile.txt 中，LSTYLEIN.MPF 区段是存放导入.dxf 文件时线的对照项，"AutoCAD 线型,MapGIS 主线型,MapGIS 辅助线型"。例如，"ACAD_ISO02W100,2"表示导入的.dxf文件中线型为"ACAD_ISO02W100"对应 MapGIS 主线型号为 2、辅助线型号为 0 的线型；"DASHED,2,16"表示导入.dxf 文件时其中线型为"DASHED"对应 MapGIS 主线型号为 2、辅助线型号为 16 的线型。编写.dxf 文件中所有线的名称和 MapGIS 中与之对应的线型号的对照表，MapGIS 按照对照表中的对应关系将.dxf 文件中的线转为 MapGIS 点文件中的线，具体操作如下。

（1）在"minemap.dxf"文件中，选中线，在显示的参数中记下线型名称，如图 10.2-5 所示。

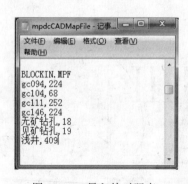

图 10.2-4　导入块对照表

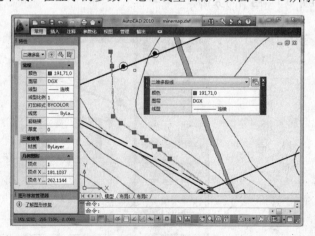

图 10.2-5　记录.dxf 文件线型

（2）在"地图编辑器"子系统中，选择"系统库管理→符号库管理"菜单命令，在"线状符号"符号库中找到与.dxf 文件中线型对应的 MapGIS 线型并记录编号，如图 10.2-6 所示。

（3）按照"AutoCAD 线型,MapGIS 主线型,MapGIS 辅助线型"（注意：逗号为英文逗号）的格式将.dxf 文件中所有线型及其对应的 MapGIS 线型写在 LSTYLEIN.MPF 行以下部分中，如图 10.2-7 所示。

图 10.2-6　记录对应线型号

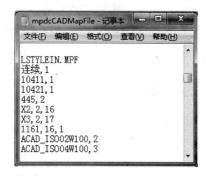

图 10.2-7　导入线型对照表

### 4．编辑颜色对照表

在 mpdcCADMapFile.txt 中，COLORIN.MPF 区段存放导入.dxf 文件时颜色的对照项"AutoCAD 颜色,MapGIS 颜色"。例如，"1,6"表示导入 dxf 文件时其颜色号为 1 的颜色对应 MapGIS 颜色号为 6。mpdcCADMapFile.txt 中已经有较为完备的颜色对照表，一般可以不用编写，如有需要，可以按照以上规则进行编写。此处需要将 dxf 中 7 号和 250 号对应的颜色改为 MapGIS 中的 1 号。

### 5．编辑图案对照表

在 mpdcCADMapFile.txt 中，HATCHIN.MPF 区段存放导入.dxf 文件时填充图案的对照项"AutoCAD 图案,MapGIS 图案"。例如，"ANSI 31,8"表示导入.dxf 文件时其中图案名为 ANSI 31，对应 MapGIS 填充图案编号为 8。编写.dxf 文件中所有填充图案的名称和 MapGIS 中与之对应的填充符号编号的对照表，MapGIS 按照对照表中的对应关系将.dxf 文件中的填充图案转为 MapGIS 区文件中的填充图案，具体操作如下。

（1）在"minemap.dxf"文件中，选中图中的填充图案，在显示的参数中记下图案名 411B，如图 10.2-8 所示。

（2）在"地图编辑器"子系统中，选择"系统库管理→符号库管理"菜单命令，在"填充符号"符号库中找到与.dxf 文件中填充图案对应的 MapGIS 填充图案并记录编号 8，如图 10.2-9 所示。

（3）按照"AutoCAD 图案,MapGIS 图案"（注意：逗号为英文逗号）的格式将.dxf 文件中所有填充图案名及其对应的 MapGIS 填充图案编号写在 HATCHIN.MPF 行以下部分中，如图 10.2-10 所示。

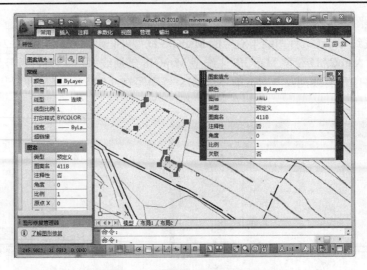

图 10.2-8　记录.dxf 文件填充图案名

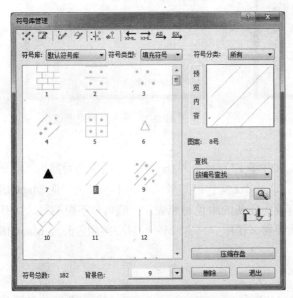

图 10.2-9　记录对应填充符号编号

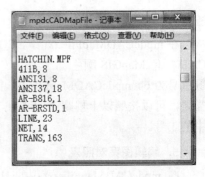

图 10.2-10　导入填充图案对照表

### 6. 编辑图层对照表

在 mpdcCADMapFile.txt 中，LAYERIN.MPF 区段存放导入.dxf 文件时图层的对照项"Auto CAD 图层号,MapGIS 图层号"。例如，"图层 1,0"表示导入.dxf 文件时图层 1 上的实体对应的 MapGIS 的 mpLayer 号为 0。编写.dxf 文件中所有图层的名称和 MapGIS 中与之对应的图层编号的对照表，MapGIS 软件按照对照表中的对应关系将.dxf 文件中的图层转为 MapGIS 文件中的图层。在图层所指不明确的情况下可从零开始按顺序编号。.dxf 文件的图层可在"图层转换器"中查询，如图 10.2-11 所示。编辑完成的对照表如图 10.2-12 所示。

### 7. 进行文件转换

启动 MapGIS K9 的 GDB 企业管理器，右键单击 MapGISCatalog 下的 MapGISLocal，创建地理数据库 CAD_Map.hdf，右键单击 CAD_Map.HDF 下的简单要素类，选择"导入其他数据"导入 minemap.dxf 数据，单击"转换"按钮，在地理数据库中可看到生成的点、线、区和注记四个类。

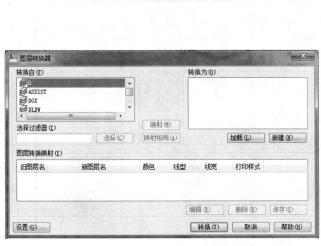

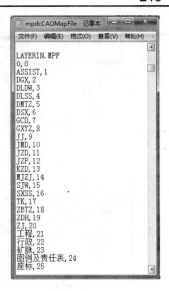

图 10.2-11　CAD 图层转换器　　　　　　　　图 10.2-12　导入图层对照表

**8. 编辑修改**

在"地图编辑器"子系统中，参照原 CAD 图对生成的点、线、区进行修改，通过修改参数达到最佳显示效果，最终生成的地图如图 10.2-13 所示。

## 10.2.3　MapGIS 数据转换成 AutoCAD 数据

**1. 附加地理数据库，添加图层**

打开"地图编辑器"子系统，右键单击 MapGISLocal，附加名为 CAD_Map.hdf 的地理数据库，添加 miaowa.wt、miaowa.wl 和 miaowa.wp 图层，如图 10.2-14 所示。

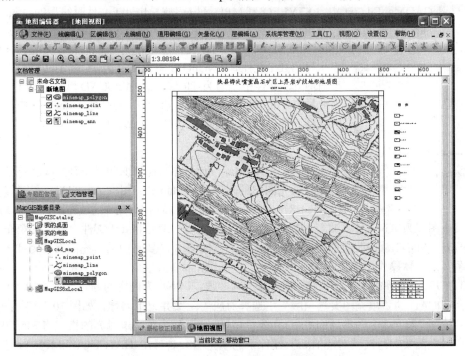

图 10.2-13　转换后的 MapGIS 图

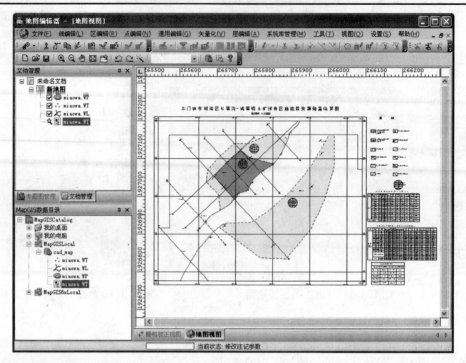

图 10.2-14　　MapGIS K9 储量图

**2. 编辑点对照表**

与 CAD 文件转 MapGIS 文件不同的是，MapGIS 文件转 CAD 文件时不需要编辑点对照表，因为转换时若找不到对照项，MapGIS 系统将自动根据子图创建块，并且块名采用子图符号名。

**3. 编辑线对照表**

在 mpdcCADMapFile.txt 中，LSTYLEOUT.MPF 区段存放导出.dxf 文件时线型的对照项"MapGIS 主线型,MapGIS 辅助线型, AutoCAD 线型"。例如，"1,Continuous"表示导出.dxf 文件时，MapGIS 主线型号为 1、辅助线型号为 0 的线型对应.dxf 文件中线型为 Continuous；"7,1,TRACKS"表示导出.dxf 文件时，MapGIS 主线型号为 7、辅助线型号为 1 的线型对应.dxf 文件中线型为 TRACKS。AutoCAD 默认的线型有 9 种，因此只有 9 种对应情况，MapGIS 有些线型在 AutoCAD 中找不到对应线型，需要后期自行编辑，如图 10.2-15 所示。

图 10.2-15　导出线型对照表

**4. 编辑图案对照表**

在 mpdcCADMapFile.txt 中，HATCHOUT.MPF 区段存放导出.dxf 文件时填充图案的对照项"MapGIS 图案,AutoCAD 图案"。例如，"1,AR-B816"表示导出.dxf 文件时 MapGIS 区填充图案为 1,对应.dxf 文件中填充图案为 ANSI31。编写 MapGIS 区要素填充图案编号和.dxf 文件中对应的填充图案名称的对照表，MapGIS 按照对照表中的对应关系将 MapGIS 区要素中的填充图案转为.dxf 文件中的填充图案，具体操作如下。

（1）打开"地图编辑器"子系统，通过修改区参数，记下填充图案的编号，如图 10.2-16 所示。

（2）在 CAD 的"填充图案选项版"中选择对应的图案并记下名称，如图 10.2-17 所示。

（3）按照"MapGIS 图案,AutoCAD 图案"（注意：逗号为英文逗号）的格式将 MapGIS 区要素中所有填充图案编号及其对应的.dxf 文件中的填充图案名写在 HATCHOUT.MPF 行以下部分中，如图 10.2-18 所示。

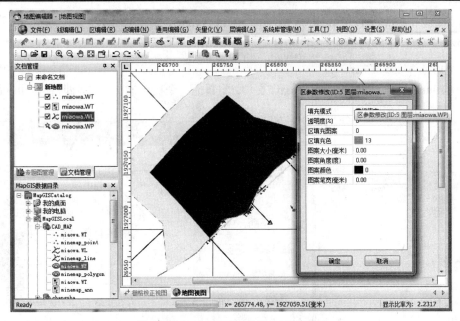

图 10.2-16　记录区文件填充图案编号

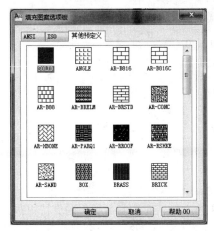

图 10.2-17　记录对应 CAD 填充图案的名称　　　图 10.2-18　导出填充图案对照表

**5．编辑颜色对照表**

在 mpdcCADMapFile.txt 中，COLOROUT.MPF 区段存放导出.dxf 文件时颜色的对照项"Map GIS 颜色，AutoCAD 颜色"，例如："1,18"表示导出.dxf 文件时，MapGIS 颜色号为 1 对应 dxf 的颜色号为 18。同样的，导出颜色对照表也较为完备，一般可以不用编写。

**6．编辑图层对照表**

在 mpdcCADMapFile.txt 中，LAYEROUT.MPF 区段存放导出.dxf 文件时图层的对照项"MapGIS 图层，AutoCAD 图层"，例如："0,图层 1"表示导出.dxf 文件时 MapGIS 的 mpLayer 号为 0 的实体位于 AutoCAD 图层 1 上。编写 MapGIS 中所有图层的编号和与之对应.dxf 文件中的图层名称的对照表，MapGIS 按照对照表中的对应关系将 MapGIS 要素中的图层转为.dxf 文件中的图层。在图层所指不明确的情况下可从零开始按顺序编号。编辑完成的对照表如图 10.2-19 所示。

**7．导出.dxf 文件**

在"GDB 企业管理器"中，在 MapGISLocal 下的 CAD_Map.hdf 中，右键单击简单要素类点

miaowa.wt、线 miaowa.wl、面 miaowa.wp 和注记 miaowa.wt，选择导出功能导出点 miaowa.wt.dxf、线 miaowa.wl.dxf、面 miaowa.wp.dxf、注记 miaowa.wt.dxf 四个文件。

**8. AutoCAD 图层合并**

启动 AutoCAD，打开 miaowa.wp.dxf 文件，将其他三个插入该文件中，即得到合并后的储量估算图，如图 10.2-20 所示。

图 10.2-19　导出图层对照表

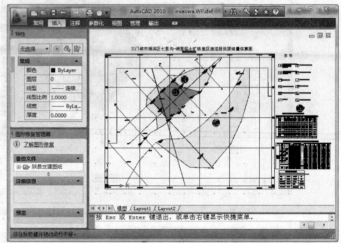

图 10.2-20　合并后的储量估算图

# 10.3　MapGIS 与 ArcGIS 间的转换

## 10.3.1　问题和数据分析

### 1. 问题提出

MapGIS 是一款优秀的国产 GIS 软件，它的地图编辑功能很强而且易于操作，因此获得了国内用户的欢迎。ArcGIS 是美国专业 GIS 软件公司 ESRI 的产品，对空间数据库的支持很强。

ArcGIS 的数据格式与 MapGIS 的不同，它的数据格式与表示的特征的类型没有关系。它的数据格式主要有 Shape、Coverage、GeoDatabase 和 E00。其中一个图形特征的 Shape 或 Coverage 数据是由一组文件组成的，相当于一个小型的桌面数据库，而 GeoDatabase 是指数据在空间数据库中存储方式，GeoDatabase 中每一个特征构成一个特征类（Feature Class），多个特征类构成一个特征数据集（Feature Dataset）。E00 数据是一种交换（Interchange）格式，用于不同平台之间的数据转换。

### 2. 数据准备

MapGIS 的标准数据格式主要有点要素、线要素、面要素及注记类 4 种类型，这里提供了 1：50 000 崇阳县幅区域地质图的地理数据库 GeoDB.hdf，包含 MapGIS 点、线、面标准格式图层，其特点是线数据中包含水系、道路、地质界线等线型，点数据中包含居民地注释、地形注记、地质代号注记和各子图。数据存放在 E:\Data\gisdata10.3 文件夹内。

## 10.3.2　MapGIS 数据转换成 ArcGIS 数据

### 1. MapGIS 格式转换成 Arc/Info 的 E00 格式再转换成 Shape 格式

（1）打开"地图编辑器"子系统，附加地理数据库 GeoDB.hdf，查看 geoline.wl 线数据层，如图 10.3-1 所示。右键单击该图层，查看属性表，如图 10.3-2 所示。

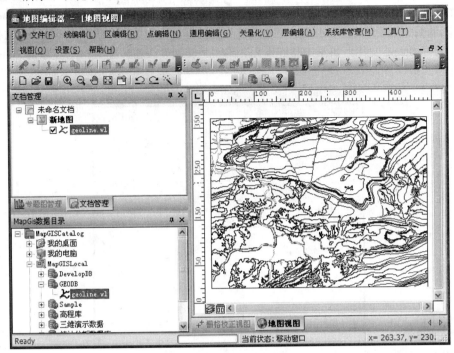

图 10.3-1　geoline.wl 线数据层

图 10.3-2　geoline.wl 线数据层属性表

（2）右键单击 geoline.wl 数据层，选择"导出→其他数据"菜单命令，弹出"数据导出"对话框，目的数据存放在 E:\working 文件夹下，目的类型选择 E00 文件，单击"转换"完成，生成 geoline.wl.e00 文件。

（3）Arc/Info 的 E00 数据格式转换为 Shape 格式。右键单击地理数据库 GeoDB.hdf 的空间数据，单击"导入→其他数据"菜单命令，导入 E:\working\geoline.wl.e00 源数据，如图 10.3-3 所示。生成的目标数据层为 geoline.wl_line，如图 10.3-4 所示。右键单击 geoline.wl_line，选择 "导出→其他数据"菜单命令，弹出"数据导出"对话框，目的数据存放在 E:\working 文件夹下，目的类型选择 Shape 文件，如图 10.3-5 所示。单击"转换"按钮，生成相应名为 geoline.wl_line 的 Shapc 格式数据。

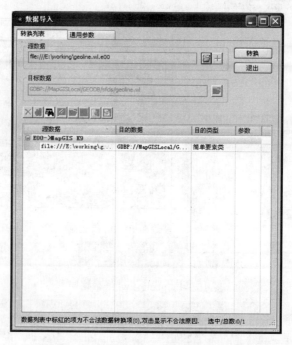

图 10.3-3　导入 geoline.wl.e00 文件

图 10.3-4　geoline.wl_line 文件

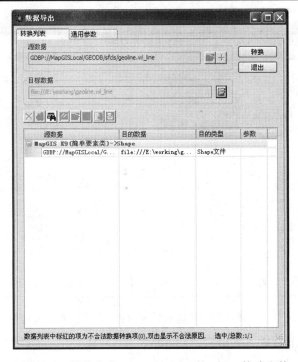

图 10.3-5　转换完成 geoline.wl_line 的 Shape 格式文件

### 2. MapGIS 格式直接转换成 Shape 格式

（1）启动 GDB 企业管理器，附加地理数据库 GeoDB.hdf。

（2）右键单击 geoline.wl 文件，选择"导出→其他数据"菜单命令，弹出"数据导出"对话框，目的数据存放在 E:\working 文件夹下，目的类型选择 Shape 文件，单击转换，生成相应的名为 geoline 的 Shape 格式文件。

### 3. 在 ArcGIS 打开转换成的 Shape 格式数据

（1）启动 ArcCatalog，将 E:\working 连接到 ArcCatalog。

（2）启动 ArcMap，添加 geoline.wl.shp 文件，如图 10.3-6 所示。右键单击该图层选择 Open Attribute Table 查看属性值，跟原来 MapGIS 格式文件一样，如图 10.3-7 所示。

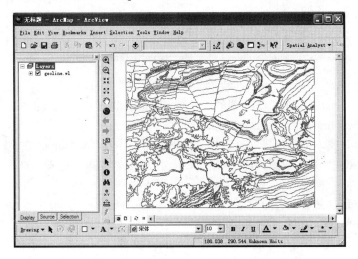

图 10.3-6　添加 geoline.wl.shp 文件

| FID | Shape | ID | mpLength | mapcode | type | right_ | left_ | relation | date | rout | mpLayer |
|---|---|---|---|---|---|---|---|---|---|---|---|
| 0 | Polyline | 1 | 30.9597 | H50E014001 | | | | 整合接触 | | | 1 |
| 1 | Polyline | 2 | 49.655342 | H50E014001 | | | | 整合接触 | | | 1 |
| 2 | Polyline | 4 | .831924 | H50E014001 | | | | 整合接触 | | | 1 |
| 3 | Polyline | 5 | 32.656248 | H50E014001 | | | | 整合接触 | | | 1 |
| 4 | Polyline | 7 | .759652 | H50E014001 | | | | 整合接触 | | | 1 |
| 5 | Polyline | 8 | 9.792689 | H50E014001 | | | | 整合接触 | | | 1 |
| 6 | Polyline | 10 | 23.20335 | H50E014001 | | T1d4 | T1-2j1 | 整合接触 | | | 100 |
| 7 | Polyline | 11 | 23.28312 | H50E014001 | | | | 整合接触 | | | 1 |
| 8 | Polyline | 13 | 17.39633 | H50E014001 | | | | 整合接触 | | | 1 |
| 9 | Polyline | 14 | 3.788151 | H50E014001 | | | | 整合接触 | | | 1 |
| 10 | Polyline | 17 | 1.81969 | H50E014001 | | | | 整合接触 | | | 1 |
| 11 | Polyline | 18 | 12.330693 | H50E014001 | | | | 整合接触 | | | 1 |
| 12 | Polyline | 19 | 4.331203 | H50E014001 | | | | 整合接触 | | | 1 |
| 13 | Polyline | 21 | 64.370641 | H50E014001 | | S2f3 | S2f2 | 整合接触 | | | 100 |
| 14 | Polyline | 23 | 1.285179 | H50E014001 | | | | 整合接触 | | | 1 |
| 15 | Polyline | 25 | 1.58284 | H50E014001 | | | | 整合接触 | | | 1 |
| 16 | Polyline | 26 | 4.558854 | H50E014001 | | | | 整合接触 | | | 1 |
| 17 | Polyline | 27 | .216564 | H50E014001 | | | | 整合接触 | | | 1 |
| 18 | Polyline | 28 | 5.676294 | H50E014001 | | P2m | P31+P3 | 平行不整合接触 | | | 21 |
| 19 | Polyline | 29 | 1.675102 | H50E014001 | | | | 整合接触 | | | 1 |
| 20 | Polyline | 30 | 6.370763 | H50E014001 | | | | 整合接触 | | | 1 |
| 21 | Polyline | 33 | 69.446035 | H50E014001 | | T1-2j1 | T1-2j2 | 整合接触 | | | 100 |

Record: |◄ ◄ 11 ► ►| Show: All Selected Records (0 out of 2074 Selected) Options ▼

图 10.3-7 geoline.wl.shp 文件属性表

**4. MapGIS 格式转换成 Arc/Info 的 E00 格式再转换成 Coverage 格式**

（1）MapGIS 格式转换成 E00 格式。具体操作方法见 10.3.2 节的第 1 条的步骤（2）。

（2）由 E00 格式向 Coverage 格式转换。

① 首先启动 ArcCatalog，打开 "VIEW/Toolbars" 菜单，选择复选框 ArcView 8x Tools，添加转换工具条 ConversionTools，如图 10.3-8 所示。

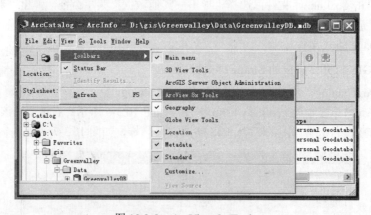

图 10.3-8 ArcView 8x Tools

② 单击 "ConversionTools" 下拉菜单，选择 "Import from Interchange File"，如图 10.3-9 所示，打开 "ArcView Import from Interchange File" 对话框。

③ 在 Input file 文本框中选择 E00 数据文件路径和文件名，在 Output file 文本框中输入转换的文件保存路径和文件名，如图 10.3-10 所示，单击 "OK" 按钮，完成 E00 数据到 Coverage 格式转换。

（3）在 ArcEdit 中进行拓扑重建。

利用 ArcInfo Workstation 启动 Arc，进入命令行界面，输入如下命令：

① 创建一个工作区，用于存放要编辑的 Coverage 文件，如果要在已有的文件夹编辑则不必再键入此命令（Arc:create workspace E:\GIS）；

② 选择一个文件夹，作为当前的工作区（Arc:workspace E:\GIS）；

③ 将源 Coverage 文件复制到当前工作区（Arc:copy E:\GIS\Coveragename Coveragename）；

④ 设置显示器种类（Arc:&station9999）；

⑤ 启动 ArcEdit（Arc:ArcEdit）；

⑥ 设置当前编辑的 Coverage 文件（Arcedit:edit coverage Coveragename）；

 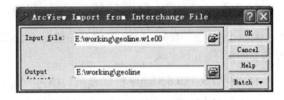

图 10.3-9　Import from Interchange File 菜单　　图 10.3-10　选择由 E00 格式向 Coverage 格式转换的工具

⑦ 设定当前编辑的特征（Arcedit:edit feature arcs）；

⑧ 重建拓扑关系（Arcedit:Clean）；

⑨ 保存（Arcedit:save）；

⑩ 退出 ArcEdit（Arcedit:quit），退出 Arc（Arc:quit）。

这样在路径 E:\GIS 中的 Coverage 文件就是重建拓扑以后的文件。

（4）由 Coverage 格式向其他格式转换。

① 在 ArcToolbox 中选择 "ConversionTools" 工具目录下的 To Shapefile 或 To Geodatabase 转换到 Shape 格式或者导入空间数据库，如图 10.3-11 所示。

图 10.3-11　Coverage 格式向 Shape 格式和空间数据库的转换

② 或在 ArcCatalog 中选择要转换的 Coverage 文件，单击右键，选择 "Export" 菜单下的 To Shapefile 或 To Gendatahase 工具，将 Coverage 转换到 Shape 格式或者导入空间数据库（godatabase），如图 10.3-12 所示。

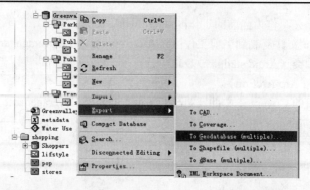

图 10.3-12　在 ArcCatalog 中 Coverage 向空间数据库转换

### 10.3.3　ArcGIS 数据转换成 MapGIS

ArcGIS9.0 到 MapGIS K9 的数据转换是 MapGIS K9 到 ArcGIS9.0 数据转换的逆过程，两种方法介绍如下。

**1. 将 ArcGIS9.0 Shape 格式直接转换为 MapGIS K9 格式**

（1）创建名为 GeoDB2.hdf 的地理数据库。

（2）启动 GDB 企业管理器，单击左上角的"工具→数据转换工具"菜单命令，弹出"数据转换"对话框，源数据输入 E:\working 中 10.3.2 节里生成的 geoline 的 Shape 格式文件，目的数据存放在 GeoDB2 地理数据库中，如图 10.3-13 所示。单击"转换"，生成 geoline.wl_line 数据层。

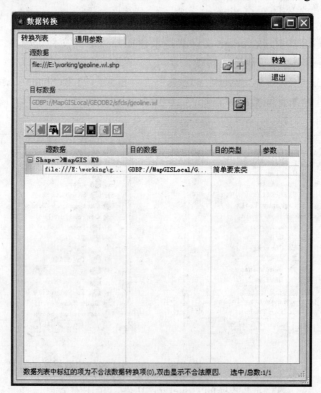

图 10.3-13　Shape 格式文件转换成 geoline.wl_line 线数据层

（3）在"地图编辑器"子系统查看 geoline.wl_line 线数据层，如图 10.3-14 所示。

图 10.3-14  geoline.wl_line 线数据层

**2．将 ArcGIS9.0 格式转换为 E00 格式再将 E00 格式转换为 MapGIS 格式**

（1）ArcGIS9.0 格式转换为 E00 格式。

首先启动 ArcGIS，进入命令行界面，输入如下命令：

① 设置工作区（Arc:workspace E:\Working）；

② 将一个图层 CoverageData 转换为 A.e00 格式（Arc:Export coverage CoverageData A）；

③ 退出（Arc:quit）。

（2）E00 格式转换为 MapGIS 格式。

① 启动 GDB 企业管理器，单击左上角的"工具→数据转换工具"菜单命令，弹出"数据转换"对话框，源数据输入 E:\working 中的 geoline.wl 的 E00 格式文件，目的数据存放在 GeoDB2 地理数据库中，单击"转换"按钮，生成 geoline.wl_line 文件。

② 在"地图编辑器"子系统中查看 geoline.wl_line 线数据层，如图 10.3-14 所示。

# 第 11 章  综合应用分析

## 11.1  燕麦试验田选址

### 11.1.1  问题和数据分析

**1．问题提出**

本例是进行一个选址的空间分析，选址的目的是找到一块试验田进行提高燕麦产量的试验。选址确定后还要根据该地块的价格制定预算。选址的标准为：

（1）位置最好在燕麦（Oats）或紫花苜蓿（Lucerne）的管理区域；

（2）土壤类型要适合燕麦的生长；

（3）必须选址在距现有公路 400 m 以内的范围；

（4）为了避免硝酸盐浸出，选址区域必须距现有河流 100 m 以外；

（5）选址区域面积要大于 1 公顷。

为了完成选址，需要对地块多边形扫描地图进行矢量化，对得到的矢量数据进行编辑，建立拓扑关系，完成属性编辑，在些基础上，进行检索、叠加分析、缓冲区分析等操作，针对具体的选址标准需要进行的操作为：

（1）检索出燕麦（Oats）和紫花苜蓿（Lucerne）的管理区域；

（2）从土壤层（soils）中检索出适合燕麦生长的土壤类型；

（3）在公路图层（roads）中对公路创建半径为 400 m 的缓冲区；

（4）在水系图层（hydro）中对河流创建半径为 100 m 的缓冲区；

（5）将以上几个图层叠加相交，选择满足条件的区域；

（6）检索出面积大于 1 公顷的多边形。

**2．数据准备**

现有一张扫描的地图，如图 11.1-1 所示，每个多边形代表不同的地块，为了对这些地块进行一些复杂的分析，需要把这幅扫描地图转换成矢量形式，并建立多边形间的拓扑关系。CropDB.hdf 地理数据库包含了扫描地图文件 cropmap.jpg、土壤数据层 soil.wp、河流数据层 hydro.wl、道路数据层 roads.wl。数据存放在 E:\ Data\gisdata11.1 文件夹中。

图 11.1-1  扫描地图

### 11.1.2 图像配准

图像配准实际上是对扫描的地图建立空间坐标系，在 MapGIS 中通过添加已知的控制点坐标可以实现图像的配准。

**1. 打开 cropmap.jpg 数据**

（1）打开"地图编辑器"子系统，右键单击 MapGISCatalog 下的 MapGISLocal，附加地理数据库 CropDB.hdf，使用鼠标右键单击"新地图"，在弹出的快捷菜单中选择"添加图层"。弹出"选择文件或类"对话框，"文件类型"选择"影像文件"，选中 cropmap.jpg 文件并打开。

（2）在"地图视图"中单击右键，在弹出的快捷菜单中选择"复位"，图像就能够显示出来，如图 11.1-2 所示。

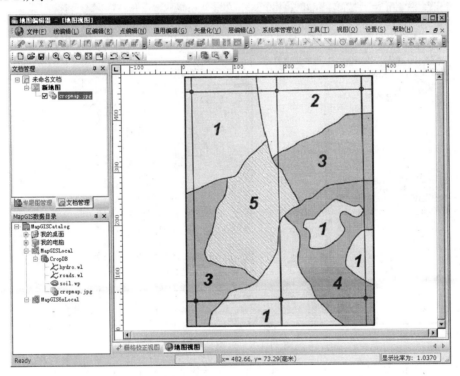

图 11.1-2　显示 cropmap.jpg

**2. 控制点信息**

位图有 6 个控制点，点的编号如图 11.1-7 所示，其对应的坐标值见表 11.1-1，$X$（DMS）为经度，$Y$（DMS）为纬度；$X$（m）为转化后的高斯平面直角 $X$ 坐标，$Y$（m）为转化后的高斯平面直角 $Y$ 坐标，比例尺为 1∶1，相当于大地坐标去掉投影带号 37。

表 11.1-1　控制点坐标

| ID | $X$（DMS） | $Y$（DMS） | $X$（m） | $Y$（m） |
|----|-----------|-----------|---------|---------|
| 1 | 112°13′00″ | 34°23′00″ | 611899.02151 | 3806921.52942 |
| 2 | 112°15′00″ | 34°23′00″ | 614964.92339 | 3806958.80483 |
| 3 | 112°17′00″ | 34°23′00″ | 618030.83948 | 3806997.08818 |
| 4 | 112°17′00″ | 34°19′00″ | 618124.32825 | 3799601.03142 |
| 5 | 112°15′00″ | 34°19′00″ | 615055.98266 | 3799562.78290 |
| 6 | 112°13′00″ | 34°19′00″ | 611987.65138 | 3799525.54142 |

### 3．栅格校正

栅格校正可以在"地图编辑器"子系统或"栅格目录管理器"子系统中完成，前者没有"栅格几何校正"菜单，只有"栅格几何校正工具"，后者既有菜单又有工具。

（1）单击左下角"栅格校正视图"选项卡，将"地图视图"切换到"栅格校正视图"，这时复位窗口，位图不显示，右键单击 cropmap.jpg 使其处于"当前编辑"状态。

（2）加载采集校正控制点工具条。在放工具条的地方，单击右键，系统会弹出菜单，选择"栅格几何校正工具"，在工具条的地方就会出现"栅格几何校正工具"工具条。

（3）在"栅格几何校正工具"上单击"开始栅格校正" ▶ 按钮，这时窗口中显示位图，如图 11.1-3 所示。或者单击"栅格几何校正→开始栅格校正"菜单命令实现栅格校正。

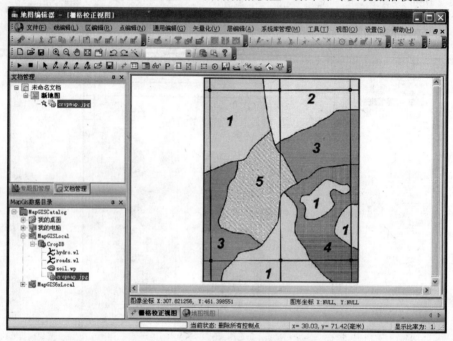

图 11.1-3　开始栅格校正

（4）在"栅格几何校正工具"上单击"结束栅格校正" ■ 按钮，结束栅格几何校正的所有操作。或者单击"结束栅格校正"菜单结束操作。此步骤仅用于想中止校正或校正结束后的操作。

### 4．添加控制点

向校正图像中添加控制点用于几何校正，6 个控制点的添加顺序并无要求，可以按照 1、2、3、4、5、6 的顺序依次添加，具体操作为：

（1）在"栅格几何校正工具"上单击"添加控制点" 按钮，或者单击"添加控制点"菜单，此时系统处于添加控制点状态。

（2）单击 1 号控制点，系统将弹出一个以目标点为中心的局部放大窗口，如图 11.1-4 所示，目标点在该窗口内被标注为红色"+"，此时可在该窗口内通过单击鼠标左键精确指定目标点。

（3）当确认该点位时，按空格键确认，系统弹出"请输入新的参照点坐标"对话框，输入对应的控制点坐标（若校正影像输入的控制点超过 3 个，系统会将预测的参照点坐标显示在对话框中）。单击"确定"按钮，弹出"系统提示"对话框，单击"是"按钮，则成功输入一个新的控制点，如图 11.1-5 所示为输入的 1 号点的坐标。依次添加控制点 2、3、4、5、6 的坐标，最终结果如图 11.1-6 所示。如果出现错误，可以使用撤销、恢复功能，也可以利用 和 工具或"删除控制点或删除所有控制点"菜单删除控制点或删除所有控制点。

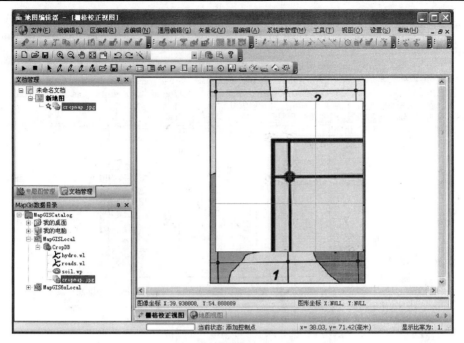

图 11.1-4　控制点放大视窗

图 11.1-5　输入控制点坐标

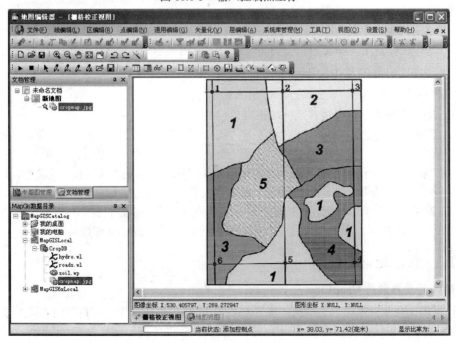

图 11.1-6　添加控制点

（4）在"栅格几何校正工具"上单击"控制点信息" 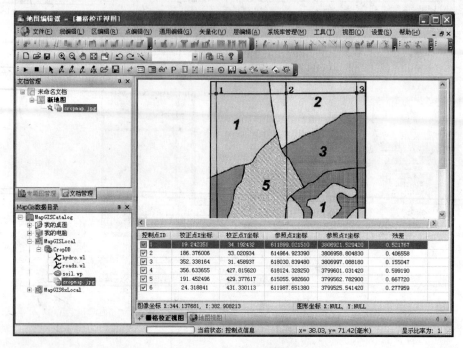 按钮或单击"控制点信息"菜单，可以查看添加的控制点详细信息，如图 11.1-7 所示。

图 11.1-7　控制点详细信息

（5）在"栅格几何校正工具"上单击"保存控制点文件" 按钮，或单击"保存控制点文件"菜单，将添加的校正影像的控制点保存为一个控制点文件。

**5. 校正预览**

控制点添加完毕，可以预览效果。

在"栅格几何校正工具"上单击"校正预览"按钮或单击"校正预览"菜单，系统将处于控制点浏览状态，在校正图像和参照图像的图形窗口中突出显示出所有的控制点，此时不允许进行控制点的编辑操作，如图 11.1-8 所示。

**6. 几何校正**

控制点输入完毕后，可以进行几何校正。

（1）在"栅格几何校正工具"上单击"校正参数" **P** 按钮或单击"校正参数"菜单，弹出"校正参数"对话框，用来设置多项式次数，多项式次数支持 1～5 次，如图 11.1-9 所示。

（2）在"栅格几何校正工具"上单击"几何校正" 按钮或单击"几何校正"菜单，弹出"另存为"对话框，将"结果"命名为 rectifcropmap，"文件类型"选择 tif，路径设为 E:\Working。

（3）设置完成后，单击"保存"按钮，系统又会弹出"交换参数设置"对话框，参数选择默认值，如图 11.1-10 所示。单击"确定"按钮，系统弹出对话框提示处理成功完成。

## 11.1.3　修改地理数据库

### 1. 新建简单要素类 CropLine

打开"GDB 企业管理器"子系统，展开 CropDB.hdf 地理数据库，右键单击"简单要素类"，在弹出的快捷菜单中选择"创建"。弹出创建向导对话框，"名称"设置为 CropLine，"类型"设置为"线"，如图 11.1-11 所示。单击"下一步"按钮，直至创建完成。

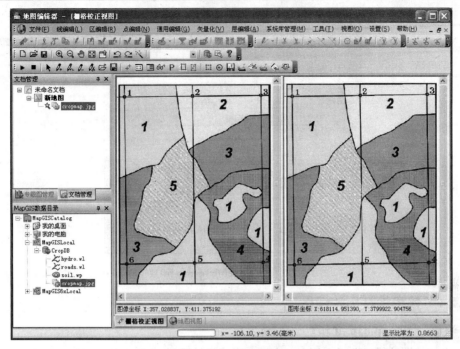

图 11.1-8　校正预览

图 11.1-9　设置校正参数

图 11.1-10　交换参数设置

## 2．导入 rectifcropmap.tif 数据

打开"GDB 企业管理器"模块，展开 CropDB 数据库，右键单击"栅格数据集"，在弹出的快捷菜单中选择"导入→导入影像"菜单命令，导入 E:\Working 目录下的 rectifcropmap.tif 文件，如图 11.1-12 所示，查看结果，增加了一个 rectifcropmap.tif 栅格数据集。

图 11.1-11　新建简单要素类 CropLine

图 11.1-12　导入 rectifcropmap.tif 数据

### 11.1.4　数字化及拓扑造区

**1. 添加 rectifcropmap.tif 和 CropLine 图层**

（1）在"地图编辑器"子系统中，右键单击"新地图"，在弹出的快捷菜单中选择"添加图层"，添加 rectifcropmap.tif 和 CropLine 图层，移动 CropLine 图层使之在 rectifcropmap.tif 图层的下面。

（2）右键单击 CropLine 图层，在弹出的快捷菜单中选择"当前编辑"，设置 CropLine 图层为当前编辑状态。

（3）在"地图视图"中单击右键，在弹出的快捷菜单中选择"复位"，图像就可以显示出来，如图 11.1-13 所示。

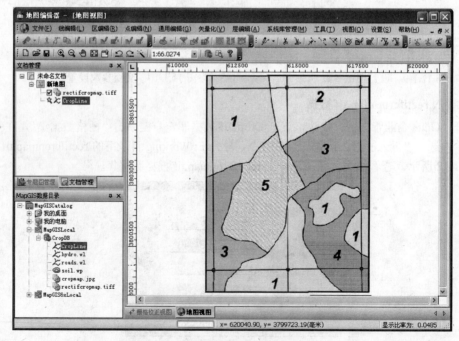

图 11.1-13　添加数字化图层

**2. 进行矢量化**

（1）单击"线编辑工具条"上的 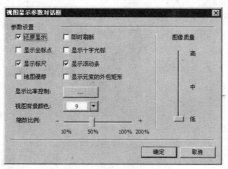（造线）按钮，弹出"输入线"对话框，"输入类型"选择折线。

（2）单击"线参数修改"按钮，将线颜色改为红色（取值为 6），单击"确定"按钮（线的颜色设置为红色，便于与底图区分开）。

（3）"输入线"参数设置完成后，单击"确定"按钮，鼠标变成十字光标，可以对 rectifcropmap 中多边形的边线进行跟踪矢量化。

（4）如果输入了线，刷新之后却没有显示线型，可以使用"还原显示"功能。选择菜单"设置→视窗选项"，弹出"视图显示参数"对话框，如图 11.1-14 所示。勾选"还原显示"，编辑器将按线型显示线。还原显示初始状态为 OFF，每次选择该功能就将该选项状态取反。在 ON 状态下，对点图元，编辑器将按子图来显示点；对线图元，编辑器将按线型来显示线；对区图元，编辑器将显示区的内部填充图案。

图 11.1-14　设置还原显示

（5）使 rectifcropmap.tif 处于当前编辑状态，光栅文件求反，开始矢量化。最终矢量化的结果如图 11.1-15 所示。

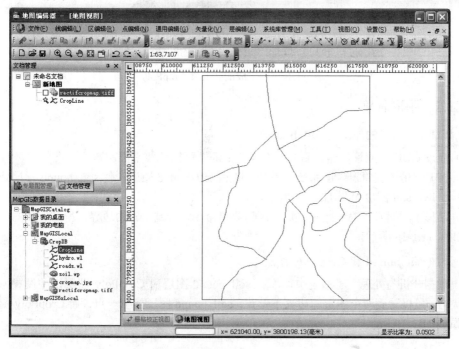

图 11.1-15　矢量化结果

**提示：**

（1）在矢量化的过程中，尽量都生成过头线，便于后续的拓扑处理和造区处理。

（2）在数字化的过程中，如果线输入有误，可以使用 Undo、Redo 功能，也可以使用"删除线"等功能。

（3）线输入完毕，单击鼠标右键以结束。如果要使输入的线闭合，可以按住 Z 键闭合线。如矢量化外围矩形框，可以按住 Z 键闭合线。

**3．拓扑造区**

矢量化完毕，对 CropLine 图层进行拓扑造区，将结果保存在 CropDB.hdf 地理数据库中，区图层命名为 CropPoly，如图 11.1-16 所示。

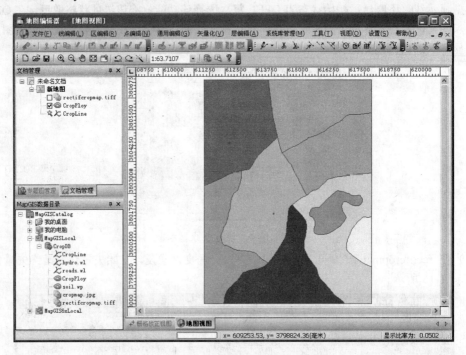

图 11.1-16　生成的区要素 CropPoly

## 11.1.5　图形裁剪

**1．提取 soil 图层的外图框 soil_bound**

（1）启动 GDB 企业管理器，新建一个 soil_bound 区简单要素类。

（2）打开"地图编辑器"子系统，添加 soil 和 soil_bound 图层，使 soil_bound 图层处于"当前编辑"状态，soil 图层如图 11.1-17 所示。

（3）选择"区编辑→输入区→造矩形区"菜单命令，绘制 soil 的边界，得到 soil 的一个矩形区域，如图 11.1-18 所示。

**2．添加 soil_bound 和 CropPoly 图层**

在"数据分析与处理"子系统中，添加 soil_bound 图层和 CropPoly 图层，并设置为"当前编辑"状态。可以看到两个图层的边界不一致，soil_bound 图层偏上一点，而 CropPoly 图层偏下一点，如图 11.1-19 所示。

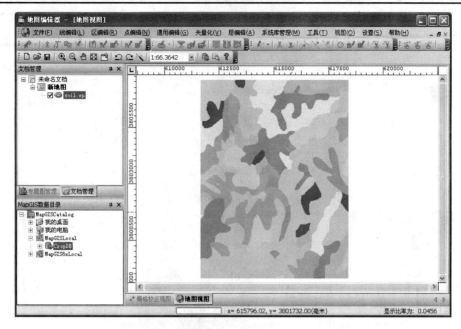

图 11.1-17　soil 图层

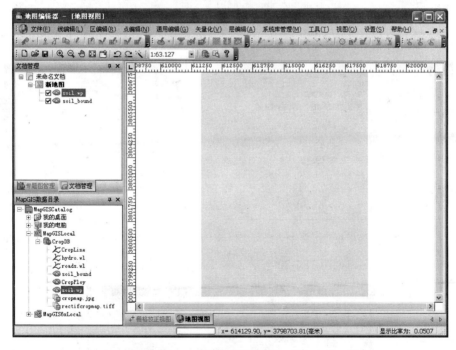

图 11.1-18　soil 图层的外图框 soil_bound

### 3. 设定 CropPoly 图层的边界

以 soils 图层的边界 soil_bound 为裁剪框裁剪 CropPoly 图层的边界。

（1）选择"处理→区文件裁剪"菜单命令，弹出"文件裁剪"向导对话框，选择"裁剪框文件"为 soil_bound，如图 11.1-20 所示。

（2）单击"下一步"按钮，弹出"多边形裁剪"向导对话框，"被裁剪图层"只勾选 CropPoly。单击"保存结果"按钮，弹出"保存结果"对话框，设置好"结果路径"，"目的类名"设置为

CropCov，如图 11.1-21 所示，单击"确定"按钮。

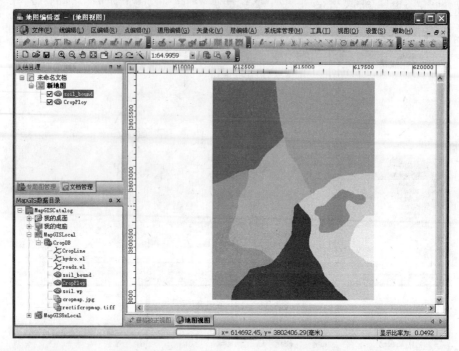

图 11.1-19  添加 soil_bound 和 CropPoly 图层

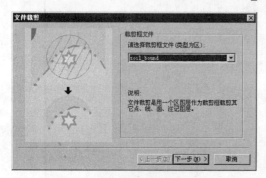

图 11.1-20  选择裁剪框文件

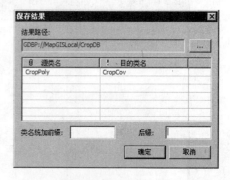

图 11.1-21  保存裁剪结果为 CropCov

（3）参数设置完成后，如图 11.1-22 所示，单击"完成"按钮，执行裁剪操作。

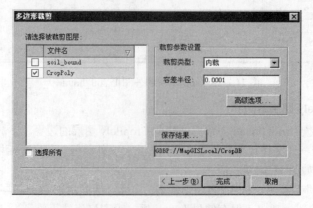

图 11.1-22  图形裁剪参数设置

（4）查看裁剪后的结果 CropCov，如图 11.1-23 所示。

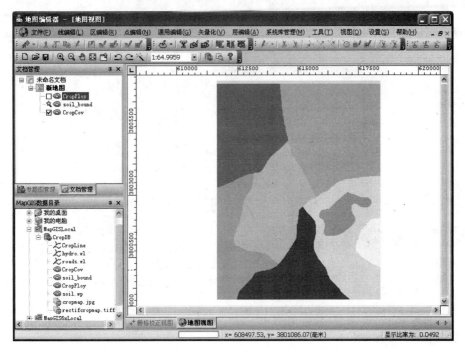

图 11.1-23　裁剪结果 CropCov

（5）查看裁剪后的 CropCov 图层的属性，如图 11.1-24 所示。

| 序号 | OID | mpArea | mpPeri... | mpLayer |
|---|---|---|---|---|
| 1 | 3 | 8076283.... | 12504.60... | 0 |
| 2 | 5 | 6930537.... | 11288.18... | 0 |
| 3 | 6 | 6074965.... | 14455.56... | 0 |
| 4 | 8 | 8444656.... | 22238.57... | 0 |
| 5 | 9 | 6921525.... | 14225.59... | 0 |
| 6 | 12 | 1452459.... | 5073.604672 | 0 |
| 7 | 17 | 9644494.... | 12755.17... | 0 |
| 8 | 18 | 9211955.... | 13041.81... | 0 |
| 9 | 19 | 1896387.... | 6773.850987 | 0 |



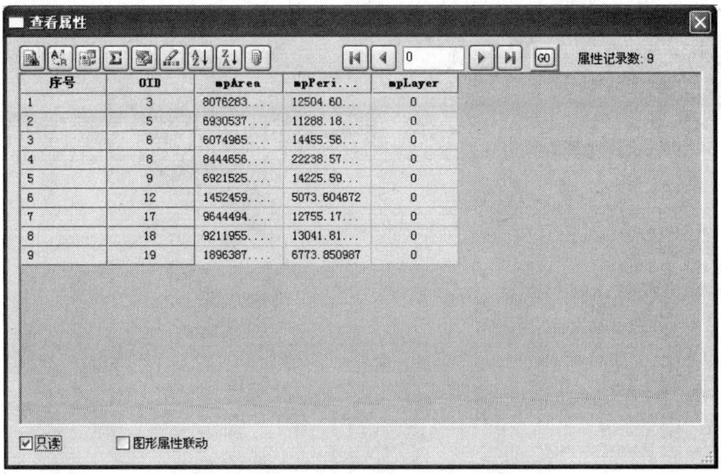

图 11.1-24　CropCov 图层的属性表

## 11.1.6　添加属性字段

按照 cropmap.jpg 图中每个农作物的编号，为 CropCov 图层中的多边形添加编号。

### 1．为 CropCov 添加 TypeID 字段

启动 GDB 企业管理器，展开 CropDB.hdf 地理数据库，右键单击 CropCov，在弹出的快捷菜单中选择“属性结构设置”菜单。弹出“编辑属性结构”对话框，为 CropCov 添加“短整型”的 TypeID 字段，如图 11.1-25 所示。

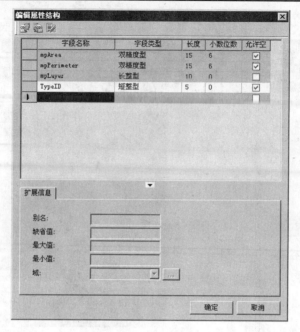

图 11.1-25　添加字段

**2. 为 TypeID 字段赋值**

单击 选项，切换到"属性图形同时显示"视图，在视图内单击右键，在弹出的快捷菜单中选择"图形属性联动"。单击属性表中的 TypeID 的编辑框，图形相对应的部分闪烁，参照 cropmap.jpg 图像中分类码为多边形的 TypeID 赋值，结果如图 11.1-26 所示。

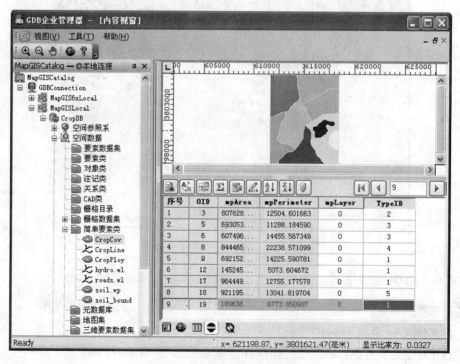

图 11.1-26　TypeID 字段赋值

### 11.1.7　显示 TypeID 注记

#### 1．打开 CropCov 图层

在"地图编辑器"子系统中，右键单击"新地图"，在弹出的快捷菜单中选择"添加图层"，添加 CropCov 图层，如图 11.1-27 所示。

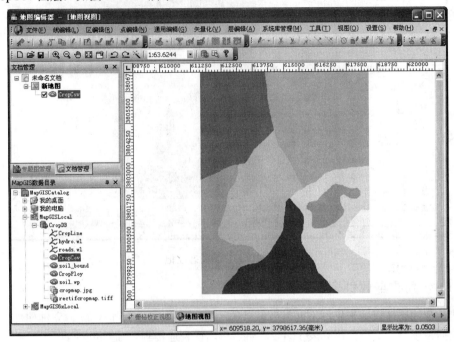

图 11.1-27　显示 CropCov 图层

#### 2．设置动态注记

（1）鼠标右键单击 CropCov 图层，在弹出的快捷菜单中选择"属性"，弹出"CropCov 属性页"对话框，选择"动态注记"页面，勾选"动态注记"，"注记字段"选择 TypeID，还可以根据实际情况设置字体和大小等属性，如图 11.1-28 所示，单击"确定"按钮。

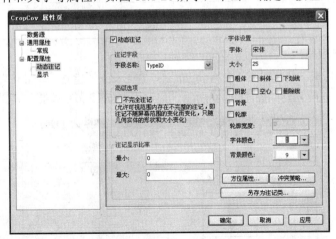

图 11.1-28　设置动态注记

（2）在"地图视图"区域单击右键，在弹出的快捷菜单中选择"更新窗口"，动态注记显示出来，如图 11.1-29 所示。

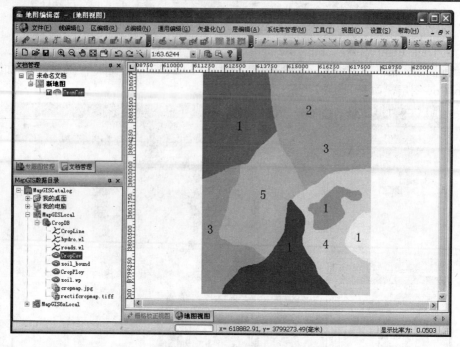

图 11.1-29　显示动态注记

### 11.1.8　新建纯属性表

新建一个纯属性表用来表示不同类型编号的区域所种植的农作物类型。建立纯属性表时仅有前两列数据，没有最后一列，见表 11.1-2，然后将属性表连接到 CropCov 图层。

表 11.1-2　英文农作物类型编号

| MGMTNUM | MGMTNAME | 说　明 |
| --- | --- | --- |
| 1 | Oats | 燕麦 |
| 2 | Canola | 油菜籽 |
| 3 | Barley | 大麦 |
| 4 | Lucerne | 紫花苜蓿 |
| 5 | Wheat | 小麦 |

#### 1. 建立 Excel 表格

在 E:\working\目录下新建 Excel 表格 mgmt.xls，在 Excel 中建立一个.dbf 表格，命名为 mgmt. dbf，数据为表格的前两列，如图 11.1-30 所示，建议用 Excel 2003 创建。

图 11.1-30　在 Excel 中建立属性表

**2．导入 mgmt.dbf 到地理数据库**

（1）启动 GDB 企业管理器，右键单击 CropDB.hdf，在弹出的快捷菜单中选择"导入→表格数据"命令。

（2）弹出"表格数据导入"对话框，单击📂按钮，选择 mgmt.dbf，通过"转换"按钮导入数据。

（3）查看结果，增加了 mgmt.dbf 对象类。

**3．查看 mgmt.dbf 数据**

（1）右键单击 mgmt.dbf 预览，发现 MGMTNUM 字段不再是整数，如图 11.1-31 所示。

| 序号 | OID | MGMTNUM | MGMTNAME |
|------|-----|---------|----------|
| 1 | 1 | 1.000000 | Oats |
| 2 | 2 | 2.000000 | Canola |
| 3 | 3 | 3.000000 | Barley |
| 4 | 4 | 4.000000 | Lucerne |
| 5 | 5 | 5.000000 | Wheat |

图 11.1-31　导入的 mgmt.dbf 对象类

（2）右键单击 mgmt.dbf 查看"属性结构设置"，发现 MGMTNUM 字段类型为"双精度型"，手动将其改为"短整型"，如图 11.1-32 所示。

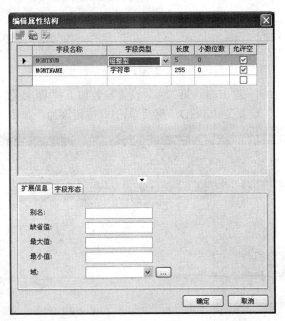

图 11.1-32　修改 MGMTNUM 字段类型

（3）单击"确定"按钮，弹出对话框提示"双精度型"转换成"短整型"会丢失信息，单击"确定"按钮，得到最终的数据。

**提示**：将 MGMTNUM 字段由"双精度型"转换成"短整型"，是为了在后续的"属性连接"中与"短整型"的 TypeID 字段相对应。

## 11.1.9　连接属性

将导入数据库中的 mgmt 属性表连接到 CropCov 图层，使得该图层的属性表中能够显示农作物类型名称。

**1. 打开属性连接向导**

在"地图编辑器"子系统中，选择"工具→属性处理→属性连接"菜单命令，弹出"属性连接"向导。

**2. 连接 mgmt 属性表到 CropCov 的属性表中**

（1）设置参数如下："源类"设置为 mgmt.dbf 对象类，"目的类"设置为 CropCov 简单要素类，如图 11.1-33 所示。

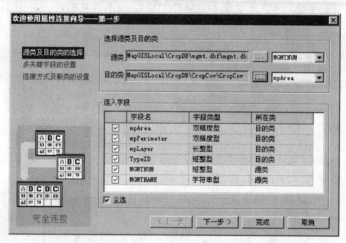

图 11.1-33　欢迎使用属性连接向导——第一步

（2）单击"下一步"按钮，弹出向导第二步，设置参数如下："源类关键字段"设置为 MGMT-NUM，"目的类关键字段"设置为 TypeID，然后单击 **+** 按钮添加，如图 11.1-34 所示。

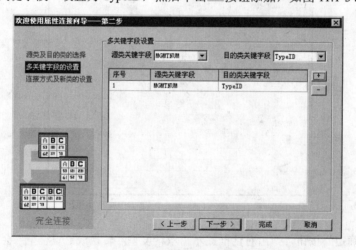

图 11.1-34　欢迎使用属性连接向导——第二步

（3）单击"下一步"按钮，弹出向导第三步，设置参数如下："字段命名"方式设置为"不更改源字段"，其他参数默认，如图 11.1-35 所示。

（4）参数设置完成，单击"完成"按钮，弹出对话框提示"属性连接成功"。

**提示：** 在进行属性连接时，mgmt.dbf 对象类和 CropCov 简单要素类处于关闭状态，不可添加到"地图编辑器"子系统新地图中。

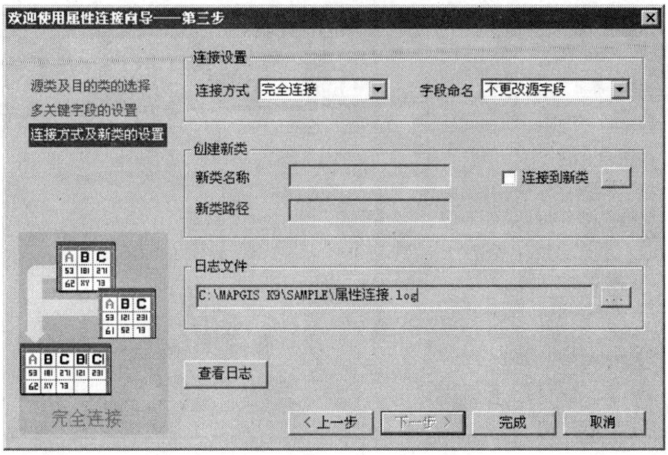


图 11.1-35　欢迎使用属性连接向导——第三步

**3．查看连接后 CropCov 的属性表**

在“地图编辑器”子系统中，添加连接属性表后的 CropCov 图层。单击右键，在弹出的快捷菜单中选择“查看属性表”，弹出属性表如图 11.1-36 所示。连接前后的字段 MGMTNUM 和 MGMTNAMT 都没有变化。

**提示：**也可以在“GDB 企业管理器”中查看连接属性后 CropCov 图层的属性表。

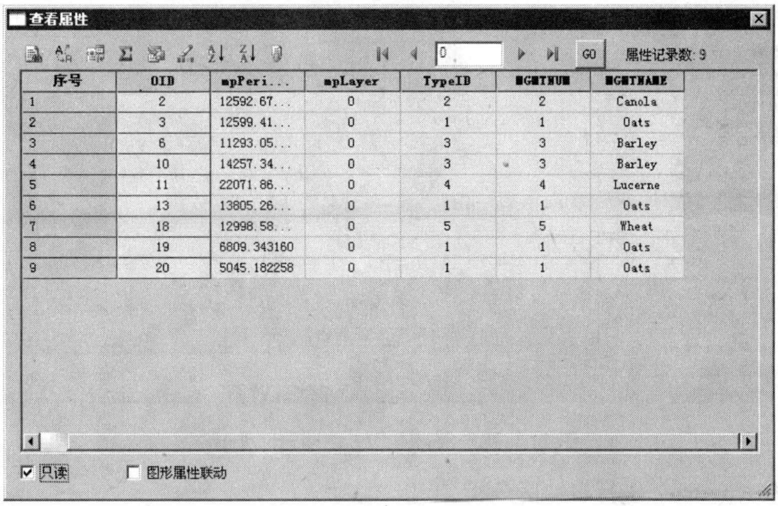


| 序号 | OID | mpPeri... | mpLayer | TypeID | MGMTNUM | MGMTNAME |
|---|---|---|---|---|---|---|
| 1 | 2 | 12592.67... | 0 | 2 | 2 | Canola |
| 2 | 3 | 12599.41... | 0 | 1 | 1 | Oats |
| 3 | 6 | 11293.05... | 0 | 3 | 3 | Barley |
| 4 | 10 | 14257.34... | 0 | 3 | 3 | Barley |
| 5 | 11 | 22071.86... | 0 | 4 | 4 | Lucerne |
| 6 | 13 | 13805.26... | 0 | 1 | 1 | Oats |
| 7 | 18 | 12998.58... | 0 | 5 | 5 | Wheat |
| 8 | 19 | 6809.343160 | 0 | 1 | 1 | Oats |
| 9 | 20 | 5045.182258 | 0 | 1 | 1 | Oats |

图 11.1-36　连接属性后 CropCov 的属性表

## 11.1.10　缓冲区分析

利用缓冲区分析确定道路周围 400 m 的区域和河流周围 100 m 的区域。

**1．对道路（roads）进行缓冲区分析**

（1）打开“数据分析与处理”子系统，添加 roads 图层，并设置为“当前编辑”状态。

（2）选择“分析→缓冲分析”菜单命令，弹出“缓冲区分析”对话框，设置参数如下：缓冲半径设为 400，缓冲结果命名为 roadbuff，保存在 CropDB.hdf 地理数据库中，其他参数默认，如图 11.1-37 所示，单击“确定”按钮，执行缓冲区分析功能。

（3）将 roadbuff 图层放在 roads 图层之上，缓冲结果 roadbuff 如图 11.1-38 所示。

图 11.1-37　roads 缓冲区分析参数设置

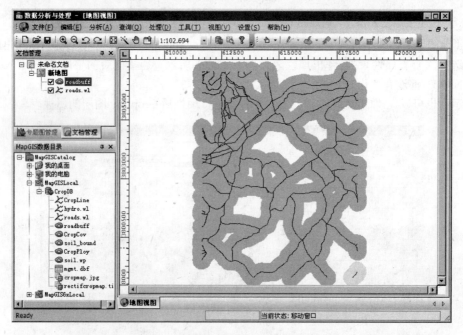

图 11.1-38　缓冲区分析结果 roadbuff

**2. 对水系（hydro）进行缓冲区分析**

（1）打开"数据分析与处理"子系统，添加 hydro 图层，并设置为"当前编辑"状态。

（2）选择"分析→缓冲分析"菜单命令，弹出"缓冲区分析"对话框，设置参数缓冲半径为 100，结果保存为 hydrobuff，保存在 CropDB.hdf 地理数据库中，其他参数默认，执行缓冲区分析功能。

（3）将 hydrobuff 图层放在 hydro 图层之上，缓冲结果 hydrobuff 如图 11.1-39 所示。

### 11.1.11　叠加分析

**1. 求距道路 400 m 以内并且位于河流 100 m 以外的区域。**

（1）打开"数据处理与分析"模块，添加 roadbuff 和 hydrobuff 图层，设置其中的一个图层为"当前编辑"状态，如图 11.1-40 所示。

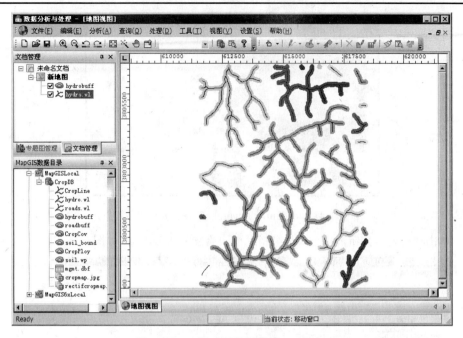

图 11.1-39　缓冲区分析结果 hydrobuff

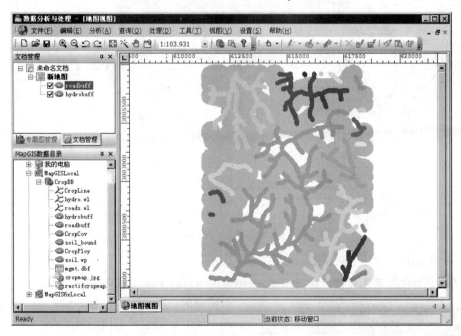

图 11.1-40　roadbuff 和 hydrobuff 叠加显示

（2）选择"分析→叠加分析"菜单命令，设置参数如下："图层一"为 roadbuff，"图层二"为 hydro- buff，"叠加容差"由 0.0001 更改为 0.1，"叠加方式"为"相减运算"，"输出结果"命名为 buffcov，保存在 CropDB.hdf 地理数据库中，如图 11.1-41 所示。

**提示：**"叠加容差"如果使用默认值 0.0001，单击"确定"按钮后，会弹出对话框提示"容差半径不在规定范围之内，是否采用默认值 0.100000 进行操作？"，因此将其更改为 0.1。

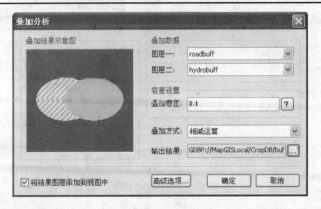

图 11.1-41　roadbuff 和 hydrobuff 叠加分析参数设置

（3）单击"确定"按钮，执行叠加分析功能，叠加结果 buffcov 如图 11.1-42 所示。

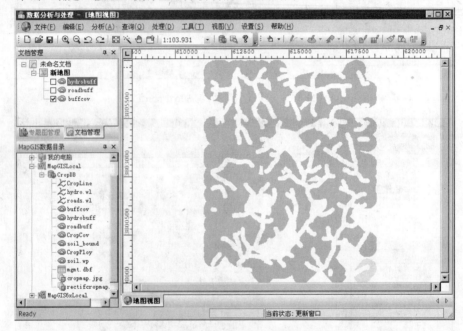

图 11.1-42　叠加结果 buffcov

## 2. 设定 soils 图层的空间范围

因为在选址的过程中我们只对 CropCov 图层范围内的土壤类型感兴趣，所以可以使用叠加分析中的"相交运算"将 soil 图层的范围设定为与 CropCov 图层的范围相同。

（1）添加 CropDB.hdf 地理数据库中的 CropCov 图层和 soil 图层。

（2）选择"分析→叠加分析"菜单命令，设置参数如下："图层一"为 soil，"图层二"为 CropCov，"叠加容差"为 0.1，"叠加方式"为"相交运算"，"输出结果"命名为 cropsoil，保存在 CropDB.hdf 地理数据库中，如图 11.1-43 所示。

图 11.1-43　soil 和 CropCov 叠加分析参数设置

（3）单击"确定"按钮，执行叠加分析功能，叠加结果 cropsoil 如图 11.1-44 所示。

### 3．对 **buffcov** 和 **cropsoil** 图层进行叠加分析

（1）打开"数据处理与分析"模块，添加 buffcov 和 cropsoil 图层，设置其中的一个图层为"当前编辑"状态，如图 11.1-45 所示。

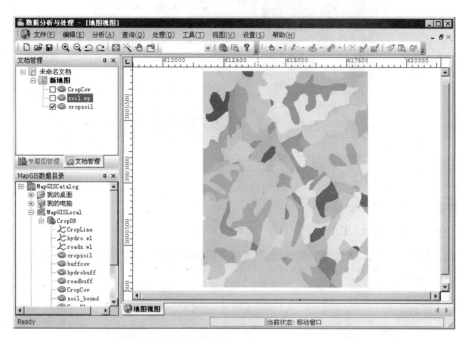

图 11.1-44　叠加结果 cropsoil

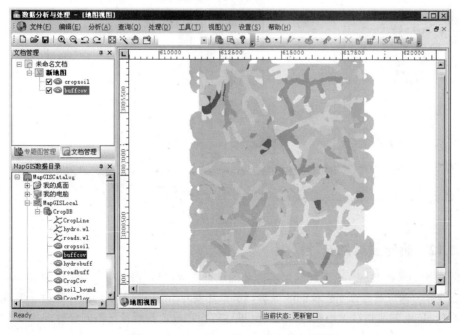

图 11.1-45　buffcov 和 cropsoil 叠加显示

（2）选择"分析→叠加分析"菜单命令，设置参数如下："图层一"为 buffcov，"图层二"

为 cropsoil，"叠加容差"为 0.1，"叠加方式"为"相交运算"，"输出结果"命名为 finalcov，保存在 CropDB.hdf 地理数据库中，如图 11.1-46 所示。

图 11.1-46    buffcov 和 cropsoil 叠加分析参数设置

（3）单击"确定"按钮，执行叠加分析操作。

### 4. 查看叠加结果 finalcov

叠加分析完成，叠加结果 finalcov 如图 11.1-47 所示。

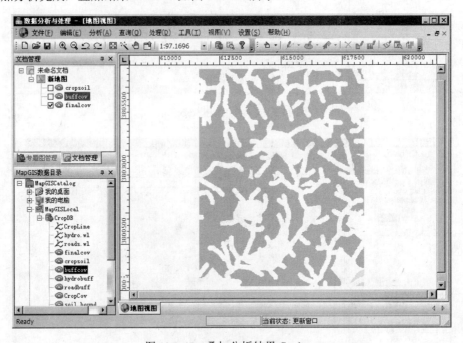

图 11.1-47    叠加分析结果 finalcov

## 11.1.12    确定最后的选址区域

前面的操作结果 finalcov 已经满足了部分的选址标准（3）和（4），由于还要对购买试验田进行价格预算，确定适合燕麦生长的区域等，所以还要对 finalcov 图层的数据进行一些操作。为了不破坏 finalcov 的原始数据，在对 finalcov 进行备份之后，再对备份数据进行操作。

### 1. 备份 finalcov 为 finalmap

打开"GDB 企业管理器"模块，展开 CropDB，右键单击 finalcov，在弹出的快捷菜单中选择"导出→MapGIS GDB 数据"。弹出"数据迁移"对话框,"目标数据"由 finalcov 更改为 finalmap, 如图 11.1-48 所示。单击"转换"按钮,会弹出"操作已完成"对话框提示,单击"完成"按 钮即可。右键单击"简单要素类",在弹出的快捷菜单中选择"刷新"选项,即可看到备份后 的 finalmap。

图 11.1-48 备份 finalcov

**2. 为 finalmap 连接土壤类型属性表**

（1）在 Excel 中新建一个名为 soil.dat 的纯属性表来表示不同土壤类型,见表 11.1-3,然后将 属性表连接到 finalmap 图层,具体步骤同 11.1.9 节和 11.1.10 节,连接关键字段都选 SOILNUM。

表 11.1-3 土壤类型

| SOILNUM | SOIL_CODE | SOILNUM | SOIL_CODE |
|---|---|---|---|
| 1 | A | 7 | LF |
| 2 | BE | 8 | PM |
| 3 | Crb | 9 | Q |
| 4 | Crd | 10 | WA |
| 5 | Cry | 11 | WH |
| 6 |  | 12 | Yn |

（2）在"地图编辑器"子系统中,添加连接属性表后的 finalmap 图层。右键单击 finalmap 图层,在弹出的快捷菜单中选择"查看属性表",弹出属性表如图 11.1-49 所示。

MapGIS K9 SP2 版连接后字段 SOILNUM 变成了 SOILNUM_1,SOILNUM_1 为双精度型, 应改为短整型。

MapGIS K9 SP1 连接后字段 SOILNUM 变成了 SOILNUM_soildat,字段 SOIL_CODE 变成了 SOIL_CODE_soildat。

**提示**：也可以在"GDB 企业管理器"中查看连接属性后 finalmap 图层的属性表。

图 11.1-49　连接属性后 finalmap 的属性表

**3. 确定满足条件（1）和（2）的区域**

前面的 finalmap 已经满足了条件（3）和（4），再确定满足（1）和（2）的区域。条件（1）：要求位置在燕麦（Oats）或紫花苜蓿（Lucerne）的管理区域。条件（2）：土壤类型 SOIL_CODE 为 BE 的适合燕麦种植。同时满足两个条件的 SQL 语句为：（MGMTNAME='Oats' OR MGMTNAME ='Lucerne'）AND SOIL_CODE='BE'。

具体操作如下。

（1）打开"数据分析与处理"子系统，鼠标右键单击"新地图"，在弹出的快捷菜单中选择"添加图层"，添加 finalmap 图层，并设置为"当前编辑"状态。

（2）选择菜单"查询→空间查询"，弹出"空间查询"对话框，如图 11.1-50 所示，单击"…"按钮，在弹出的对话框中输入 SQL 语句：(MGMTNAME='Oats' OR MGMTNAME ='Lucerne') AND SOIL_CODE_soildat='BE'，如图 11.1-51 所示，单击"确定"按钮。

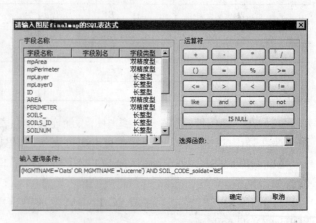

图 11.1-50　空间查询参数设置　　　　　　　　图 11.1-51　输入查询 SQL 语句

**提示**：连接后字段 SOIL_CODE 变成了 SOIL_CODE_soildat，因此 SQL 语句要注意更改。

（3）单击"保存结果"按钮，在弹出来的对话框中设置好保存的路径，"目的类名"设置为 finalresult，如图 11.1-52 所示，单击"确定"按钮。

（4）所有的参数都设置完成以后，单击"确定"按钮，执行空间查询功能。

（5）查看空间查询的结果 finalresult，如图 11.1-53 所示。其属性表有两条记录，面积和周长不一样，如图 11.1-54 所示。

图 11.1-52 保存结果为 finalresult

图 11.1-53 空间查询的结果 finalresult

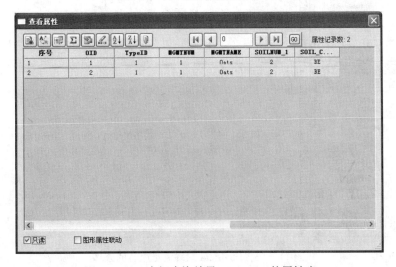

图 11.1-54 空间查询结果 finalresult 的属性表

**4．为 finalfield 添加 4 个字段并赋值**

（1）启动 GDB 企业管理器，右键单击 finalfield，在弹出的快捷菜单中选择"属性结构设置"。弹出"编辑属性结构"对话框，为 finalfield 添加 4 个字段，见表 11.1-4。

**表 11.1-4　finalfield 中添加的 4 个字段**

| 字　段　名 | 类　　型 | 含　义 | 取　　值 | 单　位 |
|---|---|---|---|---|
| Hectares | 浮点型（float） | 面积 | 区域面积（平方米）/10000 | 公顷 |
| Cost_ha | 浮点型（float） | 单价 | 1000 | 元/公顷 |
| Cost | 浮点型（float） | 总价 | 单价*面积 | 元 |
| Suitable | 布尔型（bool） | 适合与否 | 1（适合）；0（不适合） | 无 |

（2）单击 $\boxed{\text{囯}}$ 打开属性表，在属性表中 hectare 上单击右键选择"查找替换"，或在"地图编辑器"子系统中单击右键查看 finalfield 属性，在新增加的属性 hectare 上单击右键选择"查找替换"，弹出对话框后选择"高级替换"，如图 11.1-55 所示，单击 SQL，输入计算表达式 mpArea/10000，选择被替换字段 hectare，单击"全部替换"按钮，即完成 hectare 计算。

图 11.1-55　查找与替换对话框

**5．确定满足所有条件的区域**

前面的 finalresult 已经满足了条件（1）、（2）、（3）和（4），现在只需要满足条件（5）即可确定最终的区域。条件（5）要求选址区域面积要大于 20 公顷，对应的 SQL 语句为 myArea>20，结果文件为 finalfield，查询方法同 11.1.12 节的第 3 条，最终的查询结果 finalfield 满足了所有的条件，如图 11.1-56 所示为燕麦试验田的最佳选址。

图 11.1-56　finalfield 最终满足所有的条件

**6．计算土地价格**

根据表 11.1-4 的说明对 Cost_ha 和 Suitable 字段赋值，并按 "Cost=单价*面积" 计算 Cost 值，如图 11.1-57 所示，从表中可知选址所需预算为 550867 元。

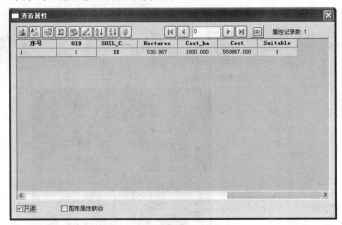

图 11.1-57  finalfield 属性表

# 11.2  度假村选址

## 11.2.1  问题和数据分析

### 1．问题提出

随着经济的发展和人们生活水平的提高，越来越多的人选择在假期出行旅游，为了提供更多的休闲场所，旅游部门计划在某地区选择一块合适的地方建设度假村。为了选择合适的位置建设度假村，需要对这些数据进行一些诸如缓冲区分析、叠加分析等操作。度假村选择的标准为：

① 为了避免对小溪或者河流的污染，必须远离水源至少 200 米；

② 为了保护 Karri 林地，不能选址在 Karri 林地中；

③ 度假村区域地面坡度要小于 3%；

④ 度假村所在区域年平均温度必须高于 16.5 摄氏度；

⑤ 度假村面积在 30～40 公顷。

### 2．数据准备

本分析使用的数据是 Giblett.hdf 地理数据库。针对度假村选址的标准，需要准备以下数据，数据内容和名称见表 11.2-1，数据均为栅格形式的数据。数据存放在 E:\Data\gisdata11.2 文件夹内。

表 11.2-1  度假村选址数据的说明

| 数 据 名 称 | 数 据 内 容 |
| --- | --- |
| hydro | 水系层，包括研究区域的河流、小溪 |
| forest | 森林层，包括研究区域的各森林分布 |
| elev | 高程层，高程分布 |

## 11.2.2  确定以水系为条件的区域

### 1．生成 hydro 缓冲区

为了满足第一个条件，即选址于距离水系至少 200 米的地区，需要对 hydro 图层中的水源做一个缓冲半径为 200 米的缓冲区。

（1）打开"数据处理与分析"子系统，右键单击 MapGISCatalog 下的 MapGISLocal，附加名为 Giblett.hdf 的地理数据库。添加 hydro 图层，如图 11.2-1 所示，矢量化得到线要素数据层，如图 11.2-2 所示。

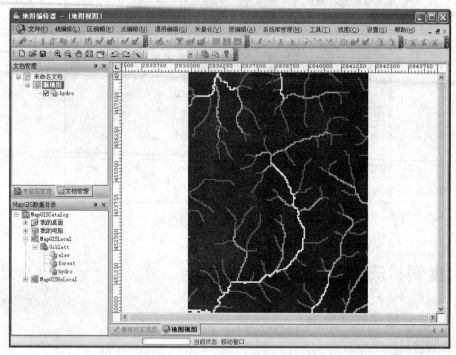

图 11.2-1　添加 hydro 图层

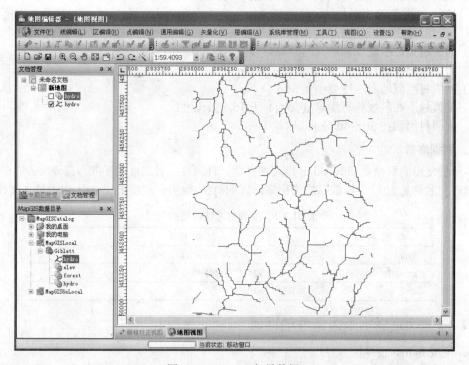

图 11.2-2　hydro 矢量数据

（2）双击激活 hydron.wl 图层（或右键单击选择"当前编辑"），单击"分析→缓冲区分析"菜单命令，弹出如图 11.2-3 所示的"缓冲区分析"对话框，选择保存路径，输入缓冲区半径为200，其余设置均为默认。

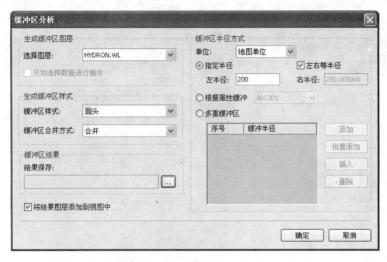

图 11.2-3　缓冲区参数设置

（3）得到 hydrobuf 图层，结果如图 11.2-4 所示。

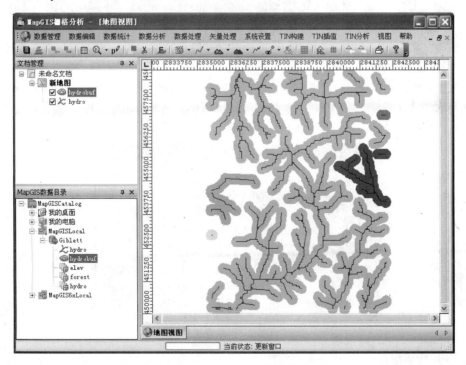

图 11.2-4　hydro 缓冲区

**2．创建 hydro 外框区域**

（1）启动 GDB 企业管理器，新建一个 hydro_bound 区简单要素类。

（2）打开"地图编辑器"子系统，添加 hydro 和 hydro_bound 图层，使 hydro_bound 图层处于"当前编辑"状态。

（3）选择菜单"区编辑→输入区→造矩形区"命令，以 hydro 的外边界为准，造 hydro 的外矩形区域，如图 11.2-5 所示。

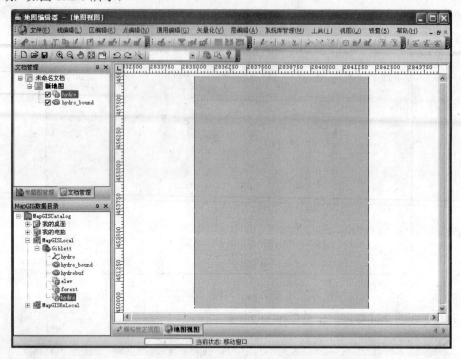

图 11.2-5　hydro 外框区域

### 3．相减叠加分析

选择菜单"分析→叠加分析"命令，设置参数如下："图层一"为 hydro_bound，"图层二"为 hydrobuf，"叠加容差"由 0.0001 更改为 0.1，"叠加方式"为相减运算，"输出结果"命名为 hydrobuf1，如图 11.2-6 所示，按"确定"按钮输出结果如图 11.2-7 所示。

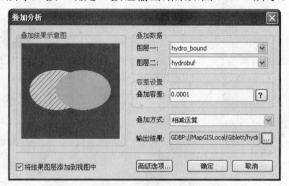

图 11.2-6　相减叠加分析

### 4．矢量转栅格

打开"栅格目录管理器"子系统，选择"栅格数据转换→矢量转栅格"菜单命令，弹出"设置矢栅转换数据"对话框，通过 ⃞ 按钮选择 hydrobuf1 简单要素类，如图 11.2-8 所示，单击"下一步"按钮，弹出"设置矢栅转换范围与步长"对话框，设置网格间距为 50，如图 11.2-9 所示，再单击"下一步"按钮，弹出"设置矢栅转换属性"对话框，选择"输出转换为二值栅格数据"，如图 11.2-10 所示，单击"完成"按钮，得到 hydrobuf1 栅格数据层，如图 11.2-11 所示。

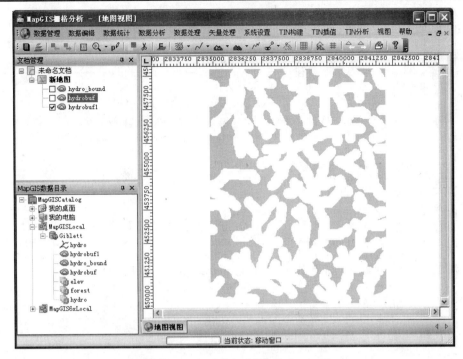

图 11.2-7　相减叠加分析 hydrobuf1 层

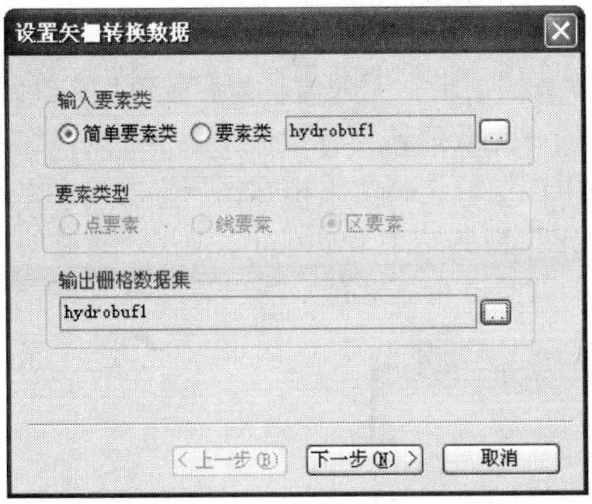

图 11.2-8　设置矢栅转换数据　　　　　　图 11.2-9　设置矢栅转换范围与步长

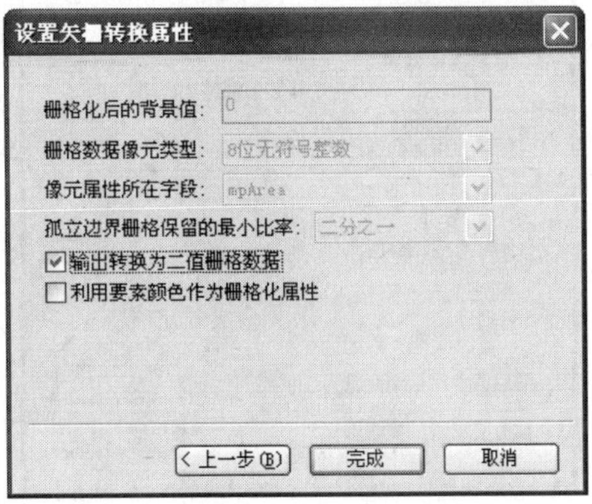

图 11.2-10　设置矢栅转换属性

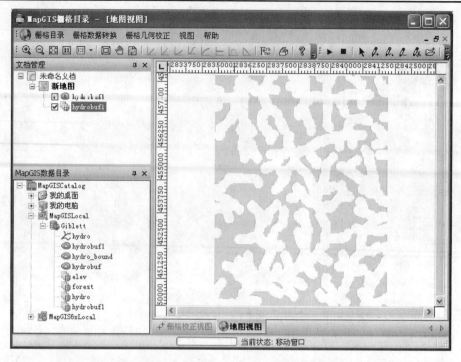

图 11.2-11　hydrobuf1 栅格数据层

**5. 无效值（-99999）转有效值 0**

　　打开 MapGIS K9 SP1 "栅格分析" 子系统，选择 "数据编辑→无效值转为有效值" 菜单命令，或在 SP2 "数字地形分析" 子系统中，选择 "数据编辑→无效值转为有效值" 菜单命令，弹出如图 11.2-12 所示对话框，"输入数据层" 选择 hydrobuf1 图层，选择 "输出数据层" 的保存路径，将结果命名为 hydrobuf2，"替换值" 为 0，单击 "确定" 得到结果 hydrobuf2 图层，查看结果如图 11.2-13 所示。由于原来前景 1 是蓝色，替换过来的背景 0 也是蓝色，所以界线不清。

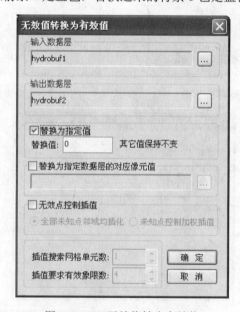

图 11.2-12　无效值转为有效值

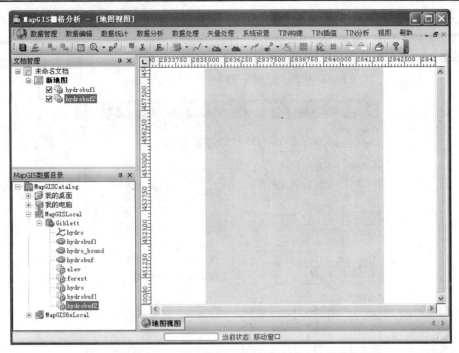

图 11.2-13　hydrobuf2 栅格数据层

### 11.2.3　确定 Kerri 森林以外的区域

（1）在"数据处理与分析"子系统中，在左侧的"文档管理"中添加 forest 图层，如图 11.2-14 所示。forest 图层的地物一共有三种分类：0 为非森林，1 为 Kerri 森林，2 为其他。只需提取出非 Kerri 森林区域以外的林地即可，即分类值为 2 的区域。

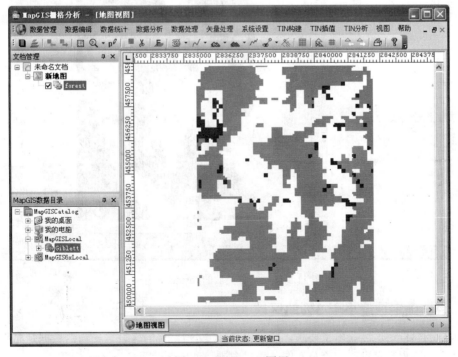

图 11.2-14　forest 图层

（2）将 forest 图层中的要素重新分为两类：Kerri 森林和非 Kerri 森林。选择"分析→DEM 分析→重分类"菜单命令，在弹出的"重分类"对话框中将旧值为 0、1、2 的单元分别赋新值为 1、0、1，并将分类结果命名为 forest1，如图 11.2-15 所示。

（3）查看自动添加的 forest1 图层，结果如图 11.2-16 所示。

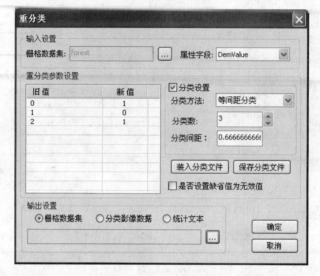

图 11.2-15　重分类设置

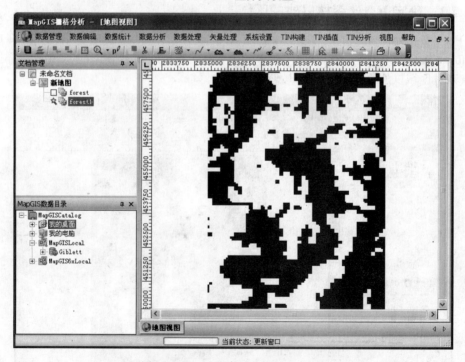

图 11.2-16　重分类后的 forest1 图层

### 11.2.4　确定坡度小于 3%的区域

度假村的建设对坡度提出了要求，要建设在坡度小于 3%的区域，当前的数据是高程数据，因此需要利用高程数据求取坡度分布图，再提取满足坡度条件要求的区域。

（1）在"数据处理与分析"子系统中，单击"分析→DEM 分析→地形因子分析"菜单命令，弹出如图 11.2-17 所示对话框，"计算方式"选择坡度，"输入数据层"选择 elev，选择输出数据路径，将结果命名为 elevslope，单击"确认"按钮，得到的 elevslope 结果如图 11.2-18 所示。

图 11.2-17　坡度地形分析因子

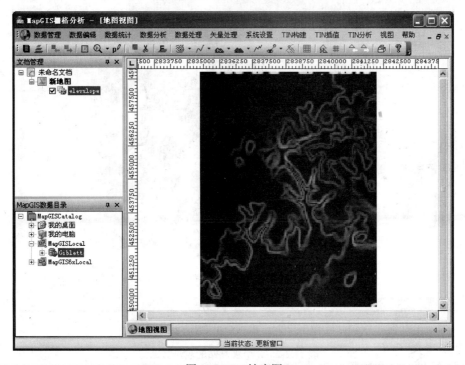

图 11.2-18　坡度图

（2）提取坡度小于 3%的地区。在"栅格分析"子系统中，选择"数据统计→表达式计算"菜单命令，弹出如图 11.2-19 所示对话框，"输入数据层 A"选择 elevslope 图层，"输入数据层 B"不选择，选择"输出数据层 C"的保存路径，将结果命名为 elevslope1，单击"表达式"，输入 C=A<3，如图 11.2-20 所示，单击"确定"，得到结果 elevslope1 图层，查看结果如图 11.2-21 所示。

### 11.2.5　提取年平均温度高于 16.5 ℃的区域

要提取年平均温度高于 16.5 ℃的区域，由于没有整个地区的年平均温度分布数据，因此从记录了高程和年平均温度的当地八个气象站的观测记录，可以推导出高程和年平均温度的关系。而全区的高程数据已有，所以可以根据推导出的关系和全区高程数据内插来得到整个区域的年平均温度数据，8 个观测站的观测数据见表 11.2-2。

图 11.2-19　数学表达式计算

图 11.2-20　表达式生成

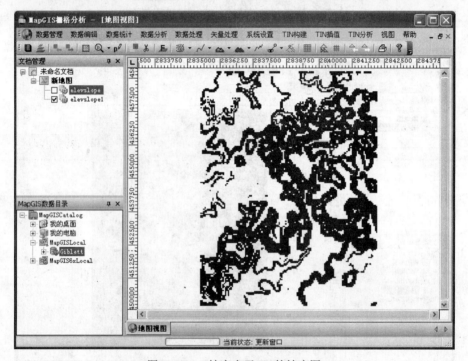

图 11.2-21　坡度小于 3%的坡度图

**表 11.2-2　8 个观测站的观测数据**

| 气象站编号 | 年平均温度（℃） | 高程（m） | 气象站编号 | 年平均温度（℃） | 高程（m） |
|---|---|---|---|---|---|
| 1 | 16.2 | 178 | 5 | 17.1 | 152 |
| 2 | 16.7 | 165 | 6 | 16.2 | 198 |
| 3 | 17.3 | 141 | 7 | 15.9 | 225 |
| 4 | 18.1 | 122 | 8 | 17.6 | 135 |

从以上数据可以直观看出，年平均温度随高程的降低而升高。假设高程与年平均温度之间的关系满足等式 $Y=a+bX$（其中 $Y$ 表示年平均温度，$X$ 表示高程）。通过确定系数 $a$、$b$ 就可以确定高程和年平均温度的关系。利用其他回归分析软件计算求得 $a$、$b$ 的值分别为 20.375、−0.021 2，故可以利用回归方程 $Y=20.375+(−0.212)*X$，根据已有的高程数据计算出整个区域的年平均温度分布。

（1）利用 elev 图层计算出研究区域的年平均温度分布。在"栅格分析"子系统中，选择"数据统计→表达式计算"菜单命令，弹出"数学表达式计算"对话框，"输入数据层 A"选择 elev

图层，选择"输出数据层 C"的保存路径并命名为 temperature，输入表达式 C=20.375−A∗0.0212，单击"确定"按钮得到结果，如图 11.2-22 所示。

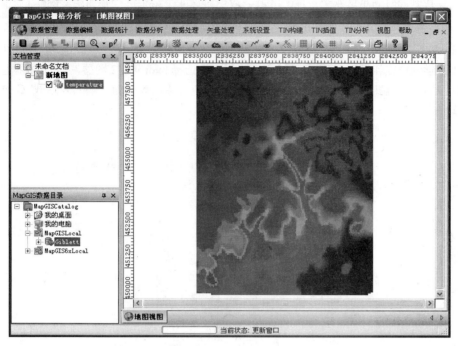

图 11.2-22　年平均温度

（2）提取年平均温度高于 16.5℃的区域。在"栅格分析"子系统中，选择"数据统计→表达式计算"菜单命令，弹出"数学表达式计算"对话框，"输入数据层 A"选择 temperature 图层，选择"输出数据层 C"的保存路径并命名为 temperature1，输入表达式 C=A>16.5，单击"确定"按钮得到结果，如图 11.2-23 所示。

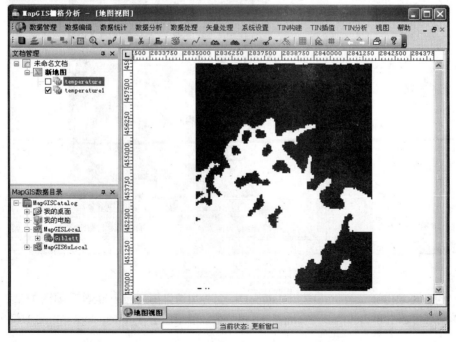

图 11.2-23　提取年平均温度高于 16.5 ℃的区域

### 11.2.6　确定最终的度假村选址

现在要找到同时满足这 4 个条件的区域，应当对这 4 个结果进行叠加相交操作。

**1. 确定满足所有 4 个条件的区域**

（1）hydrobuf2 与 forest1 相交叠加。选择"数据统计→表达式计算"菜单命令，弹出如图 11.2-24 所示的"数学表达式计算"对话框，"输入数据层 A"选择 hydrobuf2 图层，"输入数据层 B"选择 forest1，选择"输出数据层 C"的保存路径并命名为 hydroforest，输入表达式 C=A<3，如图 11.2-24 所示，单击"确定"按钮，得到结果如图 11.2-25 所示。

图 11.2-24　表达式相交叠加

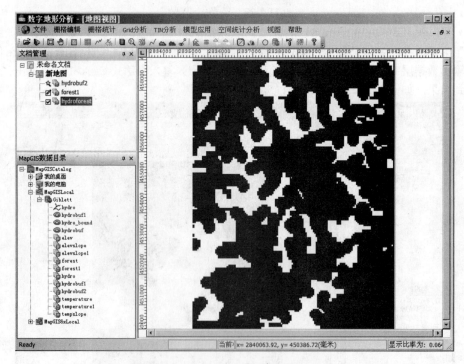

图 11.2-25　hydroforest 叠加图层

（2）同理可求出 temperature1 与 eleslope1 相交叠加结果图层 tempslope，如图 11.2-26 所示。

（3）同理可求出 hydroforest 与 tempslope 相交叠加结果图层 hyfortemslope，如图 11.2-27 所示。

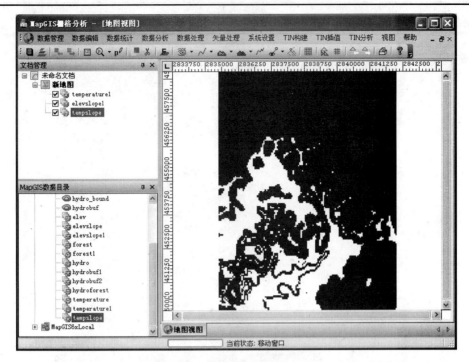

图 11.2-26　tempslope 叠加图层

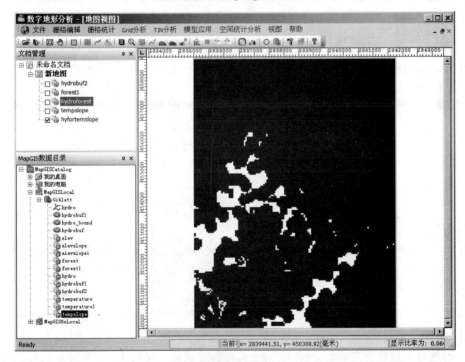

图 11.2-27　提取满足前 4 个选址条件的区域

**2. 浮点型转整型**

方法同 6.1.2 节中介绍，在 MapGIS K9 SP1 "栅格分析" 子系统中，选择 "数据统计→数学变换" 菜单命令，弹出 "数据层数学变换" 对话框，"输入数据层" 选择 hyfortemslope 图层，"输出数据层" 设为 hyfortemslope1，"数学变换方法" 选择浮点型数据⇒整型数据，单击 "确定" 按钮得到结果，如图 11.2-28 所示。

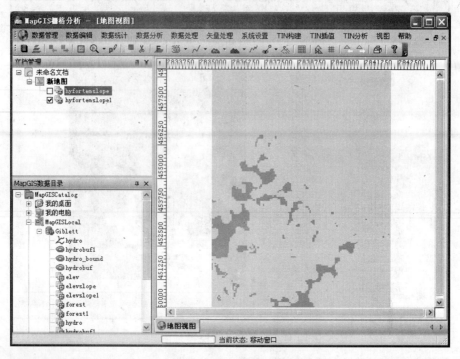

图 11.2-28　整型 hyfortemslope1

### 3.　栅格转矢量

SP1 要求栅格数据为 8 位或 16 位无符号整型数据，而 SP2 包括 32 位整型数据，由于 hyforte-mslope1 栅格数据为 32 位，所以 SP1 无法转换。

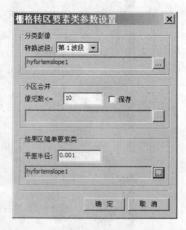

图 11.2-29　栅格转区要素类参数设置

在"栅格目录管理器"子系统中，选择"栅格数据转换→栅格转矢量"菜单命令，弹出"栅格转区要素类参数设置"对话框，通过 … 按钮选择 hyfortemslope1 栅格图层，如图 11.2-29 所示，单击"确定"，得到 hyfortemslope1 矢量图层，而矢量图层多边形全变成同一种颜色，无法识别不同的多边形，在"地图编辑器"子系统中通过修改区参数改变矢量图层多边形颜色，结果如图 11.2-30 所示。

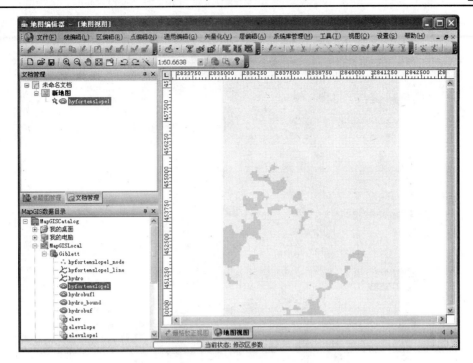

图 11.2-30　hyfortemslope1 矢量图层

**4．确定面积为 30～40 公顷的区域**

（1）计算面积。为 hyfortemslope1 矢量图层的属性表新添加一个 hectares 字段表示多边形的面积，字段类型为双精度型，然后再为该字段按"mpArea/10000"赋值，方法同 11.1.12，赋值完毕后的属性表如图 11.2-31 所示。

| 序号 | OID | mpArea | mpPeri... | ID | hectares |
|---|---|---|---|---|---|
| 1 | 1 | 55398864... | 72084.13... | 0 | 5539.886413 |
| 2 | 2 | 54976.54... | 1499.701473 | 1 | 5.497654 |
| 3 | 3 | 432315.5... | 5099.019126 | 1 | 43.231555 |
| 4 | 4 | 397330.4... | 4599.104419 | 1 | 39.733048 |
| 5 | 5 | 97458.41... | 1599.658826 | 1 | 9.745842 |
| 6 | 6 | 212409.3... | 3899.317653 | 1 | 21.240938 |
| 7 | 7 | 142439.2... | 3299.232359 | 1 | 14.243923 |
| 8 | 8 | 1366916... | 9097.739725 | 1 | 136.691681 |
| 9 | 9 | 87462.68... | 1299.658826 | 0 | 8.746268 |
| 10 | 10 | 172426.4... | 2399.530886 | 1 | 17.242643 |
| 11 | 11 | 87462.68... | 1399.786767 | 1 | 8.746268 |
| 12 | 12 | 37484.00... | 899.786767 | 1 | 3.748401 |
| 13 | 13 | 77466.94... | 1699.658826 | 1 | 7.748695 |
| 14 | 14 | 809654.5... | 11997.91... | 1 | 80.965486 |

图 11.2-31　hyfortemslope1 属性表

（2）查询 30～40 公顷的区域。要求选址区域面积要在 30～40 公顷的区域，对应的 SQL 语句为"hectare>30 AND hectare<40"，结果文件为 finalfield，查询的方法同 11.1.12 的第 3 点，最终的查询结果 hyfortemslope2 满足了所有的条件，如图 11.2-32 所示为度假村的最佳选址。

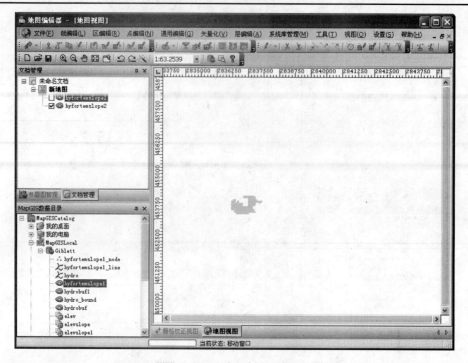

图 11.2-32　度假村最佳选址

# 11.3　退耕还林

## 11.3.1　问题和数据分析

**1. 问题提出**

退耕还林是保护生态环境，治理水土流失的一项重大工程，也是改善生态环境，促进区域经济可持续发展的重要途径。运用 GIS 技术空间分析方法，对土地利用、等高线等数据进行分析，得出退耕还林面积的大小。

根据国务院对退耕还林工程的规定：退耕还林的耕地必须是坡度＞25°的耕地，云南瑞丽市户育地区由于地理位置的特殊性，退耕还林的耕地要求是坡度>15°的耕地，因而可以根据等高线数据生成坡度图，将坡度按一定原则划分为不同等级。把坡度作为区的一个属性字段，然后与地块类型多边形进行矢量数据叠加分析，得到需要退耕的坡度内的地块，通过条件检索筛选出需要退耕的地块类型并计算面积。

**2. 数据准备**

（1）LandDB.hdf 地理数据库包含了地类图斑 parcel.wp、等高线 contour.wl、行政区边界 boundary.wp。数据存放在 E:\Data\gisdata 文件夹中。解决该问题需要用到的地块属性主要有地块类型和类型编号，在属性结构中分别用 DLBM 和 DLMC 表示，见表 11.3-1。

（2）用等高线构造坡度图，并将坡度归为五类，见表 11.3-2。

表 11.3-1　地块属性表

| 地块类型（DLBM） | 耕地 | 园地 | 林地 | 草地 | 住宅用地 | 水域 | 设施农用地 | 裸地 | 采矿用地 |
|---|---|---|---|---|---|---|---|---|---|
| 编号（DLMC） | 01 | 02 | 03 | 04 | 07 | 11 | 122 | 127 | 204 |

表 11.3-2　坡度分类表

| 坡 度 类 型 | 坡 度 范 围 |
|---|---|
| 1 | 0~6 |
| 2 | 6~15 |
| 3 | 15~25 |
| 4 | 25~35 |
| 5 | >35 |

## 11.3.2　坡度图制作

### 1. 建立 GRID 模型

（1）打开"栅格分析"子系统，右键单击 MapGISCatalog 下的 MapGISLocal，附加名为 LandDB.hdf 的数据库，添加等高线图层，如图 11.3-1 所示。

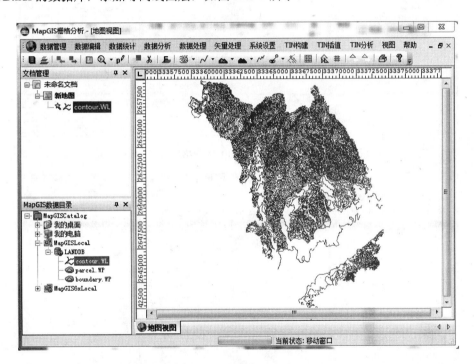

图 11.3-1　添加等高线文件

（2）离散数据网格化。选择菜单"矢量处理→离散数据网格化"命令，弹出"输入设置"对话框，输入文件选择简单要素类 contour.WL，BSGC 属性字段作为高程值，生成 GRID 栅格文件，如图 11.3-2 所示，方法同 9.2.2。

### 2. 生成分类坡度图

（1）选择"数据分析→地形因子分析"菜单命令，弹出"地形因子分析"对话框，"计算方式"选择坡度，"输入数据层"选择栅格文件 GRID，"输出数据层"中设置输出路径和保存文件名为 slope。生成新的坡度图如图 11.3-3 所示。

（2）将生成的坡度栅格文件按行政区范围进行剪裁。添加 boundary.wp 图层，选择"数据编辑→数据集剪裁"菜单命令，设置区域剪裁参数，将剪裁后的栅格数据命名为 slope1，如图 11.3-4

所示。单击"确定"按钮后，用鼠标箭头点一下图上行政区界线框范围内任意位置，行政区将闪烁，系统提示"是否选择该区域"，单击"确定"按钮。剪裁后的坡度图如图 11.3-5 所示。

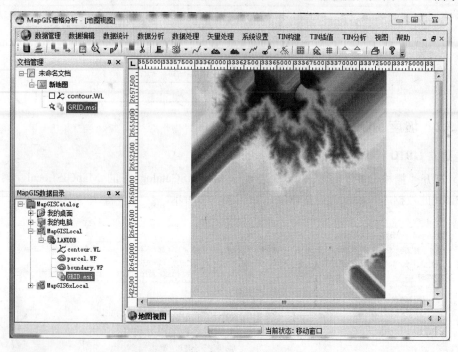

图 11.3-2　生成 GRID 栅格文件

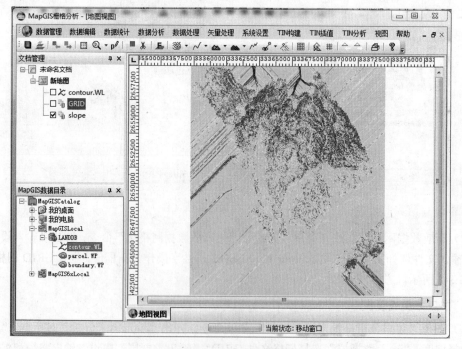

图 11.3-3　坡度栅格图

图 11.3-4　设置剪裁参数

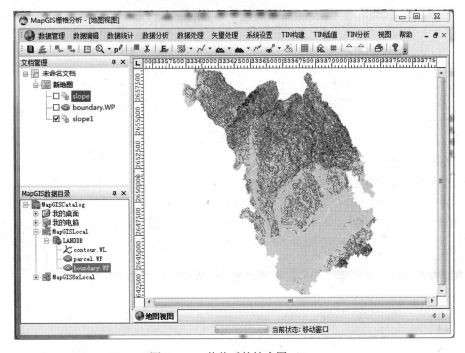

图 11.3-5　剪裁后的坡度图 slope1

（3）按坡度将栅格数据重分类。选择"数据统计→分类区域追踪"菜单命令，将数据分为 5 类，按图 11.3-6 所示设定每类的上下限，分类后输出的栅格文件命名为 slope2。重分类后再次按行政区框进行剪裁的结果如图 11.3-7 所示。

图 11.3-6　编辑分类参数

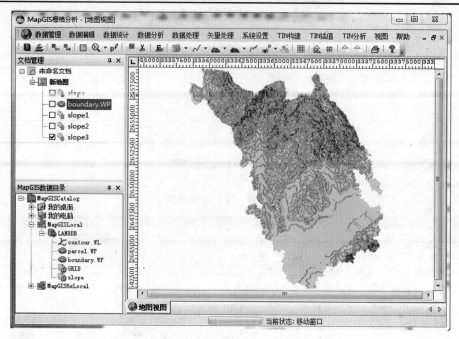

图 11.3-7  重分类并剪裁后的坡度图 slope2

### 3. 栅格转矢量

SP1 要求栅格数据为 8 位或 16 位无符号整型数据，而 SP2 包括 32 位整型数据，由于 slope2 栅格数据为 32 位，所以 SP1 无法转换，可在 SP2 中转换。

打开"栅格目录管理器"子系统，选择"栅格数据转换→栅格转矢量"菜单命令，选择"slope2" 图层，将生成的矢量数据命名为 slope3.wp，方法见 11.2.6。转换后的区要素全为黑色，如图 11.3-8 所示，需要在"地图编辑器"子系统中改变区颜色，区属性"ID"即为重分类的坡度类别编号，以此为依据根据属性修改区颜色参数，修改颜色后的坡度图如图 11.3-9 所示。

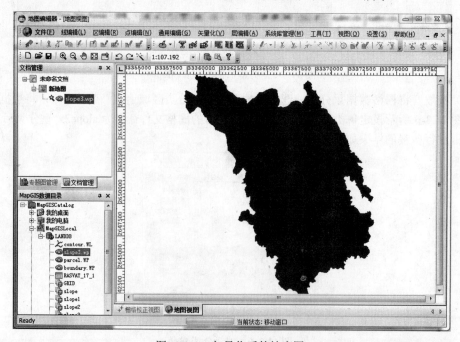

图 11.3-8  矢量化后的坡度图

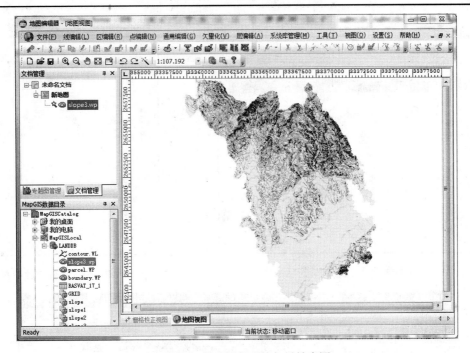

图 11.3-9　修改颜色后的矢量坡度图

### 11.3.3　退耕还林分析

**1. 多边形叠加分析**

在"地图编辑器"子系统中，添加 parcel.wp、slope3，选择"通用编辑→叠加分析"菜单命令，或在"数据分析与处理"子系统中，选择"分析→叠加分析"菜单命令。弹出如图 11.3-10 所示的对话框，设置各项参数，完成地块多边形与坡度多边形叠加，生成的区数据层命名为 landslope，右键单击 landslope，选择"根据属性统改参数"，弹出"属性查询"对话框，输入查询条件，如"DBLM='04'"为草地类，如图 11.3-11 所示，单击确定，弹出"根据属性统改参数"对话框，把区的颜色参数改为"163"，如图 11.3-12 所示。按同样方法修改其他地类，最后得到不同颜色表示的叠加图，如图 11.3-13 所示。

图 11.3-10　"叠加分析"对话框

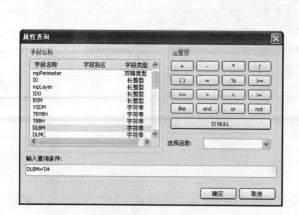

图 11.3-11　"属性查询"对话框

图 11.3-12　根据属性统改参数

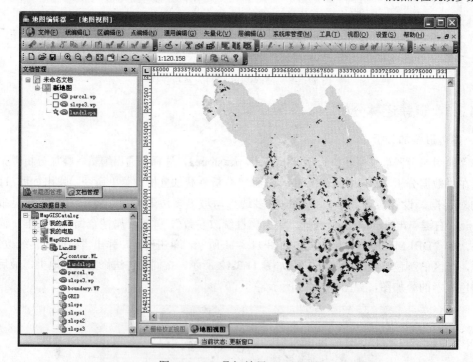

图 11.3-13　叠加结果 landslope

### 2. 确定坡度大于 15°的地块

坡度大于 15°在坡度等级分类图相当于 ID>=3 的记录，包括了 ID=3、ID=4、ID=5 的所有坡度类型。

（1）右键单击 landslope，查看属性表，如图 11.3-14 所示。每个多边形有"mpArea"、"mpPerimeter"、"ID"、"BSM"、"DLBM"等属性。

（2）确定坡度大于 15°的耕地。选择"通用编辑→空间查询"菜单命令，弹出"空间查询"对话框，选择采用查询图层 landslope，设置 SQL 表达式为"ID>=3 AND DLBM='01'"，因为"01"为耕地类编码，输出图层名为 plough，单击确定，得到坡度为 15°以上的耕地，如图 11.3-15 所示，方法同 11.1.12 中第 3 点。

| 序号 | OID | mpArea | mpPerimeter | ID | mpLaver | ID0 | BSM | YSDM | TB... | TBBH | DLBM | DLMC |
|---|---|---|---|---|---|---|---|---|---|---|---|---|
| 1 | 9 | 1844.663452 | 225.472733 | 3 | 0 | 8395 | 269899 | 2001010... | | 4 | 01 | 耕地 |
| 2 | 12 | 11398.999862 | 827.169882 | 2 | 0 | 8395 | 269899 | 2001010... | | 4 | 01 | 耕地 |
| 3 | 8 | 173.476996 | 54.453481 | 2 | 0 | 8395 | 269899 | 2001010... | | 4 | 01 | 耕地 |
| 4 | 31 | 5.133078 | 10.413121 | 2 | 0 | 8395 | 269899 | 2001010... | | 4 | 01 | 耕地 |
| 5 | 39 | 15806.053154 | 1062.909256 | 2 | 0 | 8395 | 269899 | 2001010... | | 4 | 01 | 耕地 |
| 6 | 43 | 684.236346 | 133.686200 | 3 | 0 | 8395 | 269899 | 2001010... | | 4 | 01 | 耕地 |
| 7 | 45 | 25.009642 | 29.389174 | 2 | 0 | 8395 | 269899 | 2001010... | | 4 | 01 | 耕地 |
| 8 | 87 | 1446.875093 | 187.064314 | 1 | 0 | 8395 | 269899 | 2001010... | | 4 | 01 | 耕地 |
| 9 | 93 | 827.553915 | 143.126553 | 2 | 0 | 8395 | 269899 | 2001010... | | 4 | 01 | 耕地 |
| 10 | 101 | 427.138010 | 87.737017 | 3 | 0 | 8395 | 269899 | 2001010... | | 4 | 01 | 耕地 |
| 11 | 44 | 14.809077 | 20.033060 | 2 | 0 | 8395 | 269899 | 2001010... | | 4 | 01 | 耕地 |
| 12 | 54 | 0.051371 | 1.413856 | 1 | 0 | 8395 | 269899 | 2001010... | | 4 | 01 | 耕地 |
| 13 | 135 | 3404.238294 | 413.402997 | 2 | 0 | 8395 | 269899 | 2001010... | | 4 | 01 | 耕地 |
| 14 | 142 | 1969.051427 | 309.177748 | 2 | 0 | 8395 | 269899 | 2001010... | | 4 | 01 | 耕地 |
| 15 | 136 | 26.334891 | 30.915253 | 3 | 0 | 8395 | 269899 | 2001010... | | 4 | 01 | 耕地 |
| 16 | 157 | 1921.033522 | 193.910895 | 3 | 0 | 8395 | 269899 | 2001010... | | 4 | 01 | 耕地 |
| 17 | 169 | 3168.841251 | 364.781581 | 3 | 0 | 8395 | 269899 | 2001010... | | 4 | 01 | 耕地 |

图 11.3-14　landslope 属性表

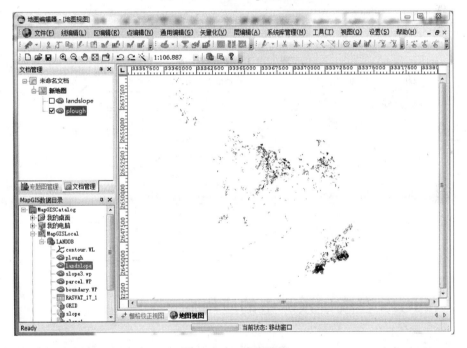

图 11.3-15　查询结果

（3）确定坡度大于 15° 的其他地块。按同样方法得到坡度大于 15° 的园地、林地、草地、住宅用地、水域和设施农用地。

**3．计算坡度大于 15° 的各类土地面积**

（1）打开"数据分析与处理"子系统，选择"分析→属性汇总"菜单命令，弹出属性汇总工具，添加 plough 图层，运算选项选择 Sum，属性字段选择 mpArea，单击"执行"按钮，输出框得出坡度大于 15° 的耕地总面积为 4 780 693.396 020，如图 11.3-16 所示。

（2）按照相同方法计算园地、林地、草地、住宅用地、水域和设施农用地的面积。

**4．分析结论**

计算坡度大于 15° 的每个类型的地块面积，得出分析结论表，见表 11.3-3。需要退耕还林的类型为耕地，因此退耕还林的面积为 4 931 730.889 457。

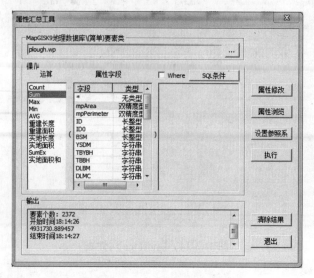

图 11.3-16    统计耕地的总面积

表 11.3-3    分析结论表

| 地 块 类 型 | 坡度大于 15° 的地块面积 |
|---|---|
| 耕地 | 4 931 730.889 457 |
| 园地 | 6 374 275.991 698 |
| 林地 | 28 922 633.175 814 |
| 草地 | 154 576.786 552 |
| 住宅用地 | 454 352.922 622 |
| 水域 | 24 697.346 554 |
| 设施农用地 | 2 219.029 039 |
| 裸地 | 11 538.895 161 |
| 采矿用地 | 0 |

# 11.4    MapGIS 在成矿预测中的应用

地质找矿经过多年的勘探，已经获得了大量的数据与信息，如何有效利用这些数据使之为进一步开发挖掘矿产资源提供参考，为人民服务，这是当今地质行业面临的一个重大问题。把 GIS 引入这个行业，将是解决这个难题的重要途径。这个案例是由中国地质大学（武汉）池顺都教授等完成的，已成功地将 MapGIS 应用于云南某地铜矿预测中，也是吴信才教授等开发的 MapGIS 的经典案例。

## 11.4.1    研究区地质概况

### 1. 地质概况

试验区位于滇中，北起罗（茨）武（定），南至易门，为昆阳群铜矿床产出地段。与铜矿关系密切的地层为昆阳群的一部分，其中包括：因民组（$Pt_1y$），红色碎屑岩，局部夹火山岩；落雪组（$Pt_1l$），含硅质碳酸盐岩；鹅头厂组（$Pt_1e$），泥质岩；绿汁江组（$Pt_1lz$），碳酸盐岩。

滇中地区位于扬子准地台川滇台背斜。远古界昆阳群地层，经多次褶皱变形，宏观的原始层理已不明显。整个褶皱的构造层及其产生的纹理又形成构造线近东西向的背斜、向斜。

区内断裂发育，南北向断裂及东西向断裂，一般规模较大，控制元古界昆阳群沉积盆地并在以后多次活动。北东向断裂及其派生的次级断裂往往控制矿床产出。

**2．地球物理概况**

区域重力场与昆阳群铜矿无直接关系。但在重力相对高值区和重力梯级带明显区往往有铜矿床产出。磁异常区多数是铜矿床产地，这可能与后期基性岩浆活动使东川式铜矿再次富集有关。

**3．地球化学特征**

以铜矿为主的异常直接反映铜矿区（带），Cu 矿异常浓度在 $100 \times 10$ 以上的，几乎都在铜矿区（带）上，很少有例外。Cu 矿异常区内常有银（Ag）矿异常相伴，但单独出现的 Ag 矿异常与 Cu 矿的关系不是很密切。

## 11.4.2 数据准备

本分析使用的数据存储在 explore.hdf 地理数据库中，包括地质数据和化探数据。地质数据有点要素 tong.wt、线要素 fault.wl 和区要素 car.wp。化探数据主要有 cud_90.wp、cud_150.wp 和 cud_240.wp 三个数据层。数据存放在 E:\Data\gisdata11.4 文件夹内。

**1．地质数据**

主要采用 1：20 万区域报告，其中有武定幅和昆明幅。矿产资料采集自相应的矿产图，只有矿产规模大小，缺少有关矿产储量和矿石质量等方面的内容。

（1）点要素：为矿点资料。属性有矿床规模及矿床代码。矿种仅录用铜矿，故在属性中缺少该项；其他属性也省略。矿床规模及矿床代码相对应，即矿点代码为 0001，小型矿床代码为 0100，中型矿床代码为 1000。

（2）线要素：分为岩层分界线和构造线两类。其中岩层界线又分成一般岩层界限和不整合界限两个要素。构造线主要录入了断层线，其余线性构造线缺少。每个线要素一般都分出几个图层，如构造线中有实测断层、推测断层；不整合线可分为实测不整合、推测不整合等图层。

（3）区要素：主要是地层和岩浆岩分布区。区是在线的基础上，经过造区、填充、赋予属性之后等到的。每个区都填充了颜色，与地质图中的相应颜色对应，以便与原图对照。每个区的属性主要有：岩性、代号、形成时代，其他属性未录入。在区编辑中，考虑到本次试验预测的 Cu 矿主要产于下元古界地层，所以对于下元古界的地层进行了细分，以组或与组相对应的地层单位进行录入，而对其他地层则以系为单位进行录入。显示结果如图 11.4-1 所示。

**2．物探数据**

仅录入航磁异常数据。该类数据主要采用"武定至易门地区航磁、重力异常图"，可分为线要素和区要素两类。

（1）线要素：由航磁异常等值线图构成，其属性主要为代表的异常值。

（2）区要素：由航磁异常等值线图造区，并赋予异常值得到。其异常值一般包围该区的两条等值线异常值的平均值。

**3．化探数据**

主要为铜、银化探异常数据，这两类数据均采自相应的化探异常图，分为铜异常图和银异常图。

（1）铜异常图：为铜异常等值线及由铜异常等值线包围的区组成，其属性主要为相应的铜异常值，其他属性未录入。cud_90.wp、cud_150.wp 和 cud_240.wp 分别是铜异常大于 90 ppm、150 ppm、240 ppm 的区要素，将其显示在一起，如图 11.4-2 所示。

图 11.4-1　地质图

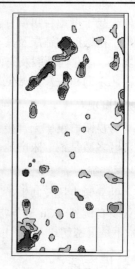

图 11.4-2　铜异常图

（2）银异常图：银异常图与铜异常图类似，也是由银异常等值线及其包围的区组成，其属性主要为异常值。

### 11.4.3　找矿空间分析

这里不以成矿预测学中的分类方法加以叙述，而是根据 MapGIS 分析方法的特点分为点线关系、线区关系、点区关系和区区关系加以分析。

**1.　点线关系分析**

用 MapGIS 的点线关系来分析矿产地与断裂关系。滇中昆阳群铜矿成矿与断裂关系十分密切。

（1）打开"数据分析与处理"子系统，右键单击 MapGISCatalog 下的 MapGISLocal，附加名为 explore.hdf 的地理数据库，添加矿点 Tong.wt 图层和断层 Fault.wl 图层，如图 11.4-3 所示。

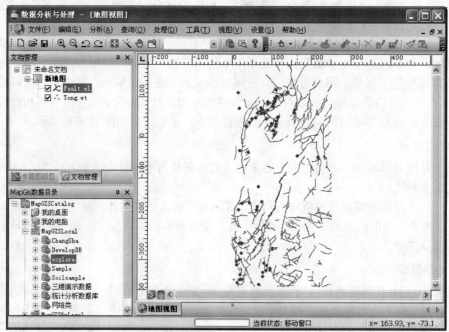

图 11.4-3　断裂-矿点图

（2）选择“分析→叠加分析”菜单命令，弹出“叠加分析”对话框，“图层一”选择 tong.wt，“图层二”选择 fault.wl，叠加容差设为 30，叠加方式为相交运算，分析结果存入到 1.wt 图层中，单击“确定”，此时会提示“容差半径不在规定范围之内，是否采用默认值 0.0001000 进行操作”，单击“是”完成叠加分析，此时 1.wt 图层中既有矿点的属性数据，又有断层线的属性数据，查看 1.wt 图层属性表如图 11.4-4 所示。

| 序号 | OID | ID | 矿床规模 | 规模代码 | LinNo | PntLinDis |
|---|---|---|---|---|---|---|
| 1 | 1 | 1 | 小 | 100 | 61 | 0.74550 |
| 2 | 2 | 2 | 小 | 100 | 907 | 0.41088 |
| 3 | 3 | 3 | 小 | 100 | 42 | 2.36656 |
| 4 | 4 | 4 | 小 | 100 | 70 | 1.57785 |
| 5 | 5 | 5 | 小 | 100 | 862 | 3.01630 |
| 6 | 6 | 6 | 小 | 100 | 883 | 1.14129 |
| 7 | 7 | 7 | 小 | 100 | 195 | 1.28490 |
| 8 | 8 | 8 | 小 | 100 | 195 | 1.84076 |
| 9 | 9 | 9 | 小 | 100 | 196 | 2.01667 |
| 10 | 10 | 10 | 小 | 100 | 206 | 0.44611 |
| 11 | 11 | 11 | 小 | 100 | 200 | 1.04817 |
| 12 | 12 | 12 | 小 | 100 | 200 | 3.45821 |
| 13 | 13 | 13 | 小 | 100 | 85 | 1.42324 |
| 14 | 14 | 14 | 小 | 100 | 86 | 2.35762 |
| 15 | 15 | 15 | 小 | 100 | 934 | 0.60780 |
| 16 | 16 | 16 | 小 | 100 | 95 | 0.60105 |
| 17 | 17 | 17 | 点 | 1 | 199 | 1.69273 |
| 18 | 18 | 18 | 点 | 1 | 65 | 2.49267 |
| 19 | 19 | 19 | 点 | 1 | 184 | 0.16475 |
| 20 | 20 | 20 | 点 | 1 | 880 | 1.21853 |

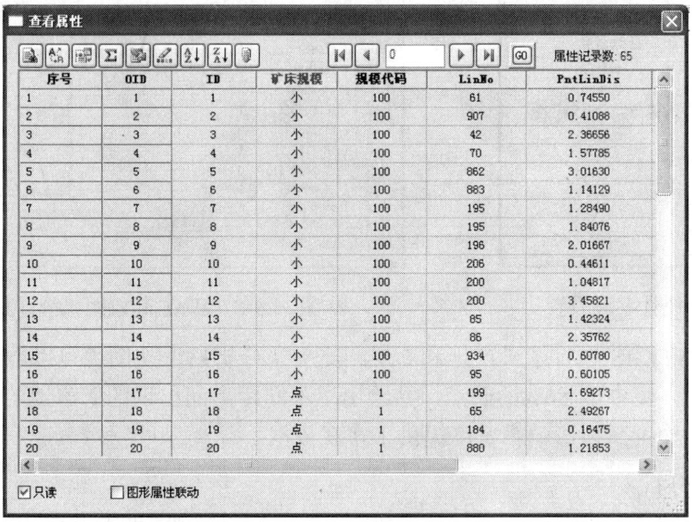

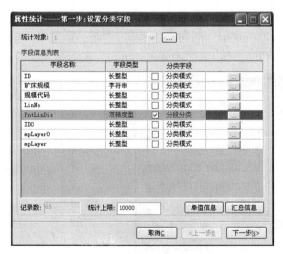

图 11.4-4　1.wt 图层属性表

（3）对 1.wt 图层进行统计分析。添加图层 1.wt，选择“工具→分析→属性统计”菜单命令，弹出“属性统计——第一步：设置分类字段”对话框，统计对象选择 1.wt，在字段信息列表中勾选 PntLinDis 选项，如图 11.4-5 所示，单击分类模式附近的按钮，弹出“分类信息设置”对话框，将默认分段数设为 20 并单击图标，如图 11.4-6 所示，单击“确定”按钮。下一步，进入“属性统计——第二步：设置统计字段”菜单，单击按钮，单击“统计设置”按钮，在“统计字段设置”对话框中选择 PntLinDis，如图 11.4-7 所示，单击“确定”按钮，“统计模式”选择计数，单击“统计”按钮，其结果如图 11.4-8 所示。

图 11.4-5　第一步

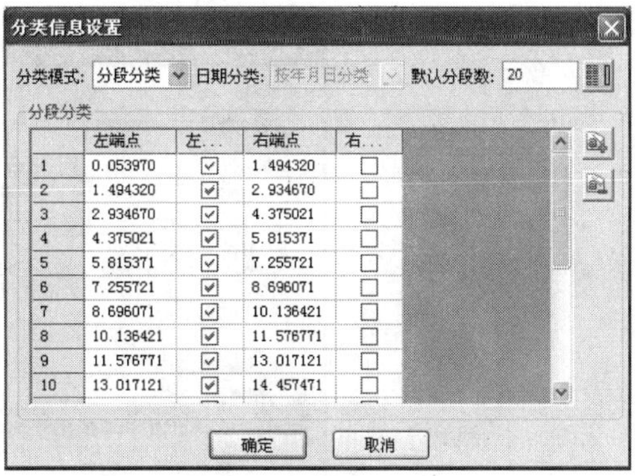

图 11.4-6　设置分段数

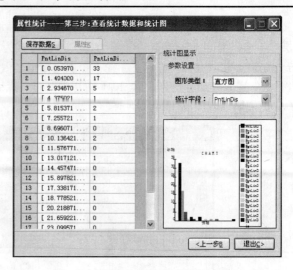

图 11.4-7  统计字段设置　　　　　　图 11.4-8  矿点-断层距离统计直方图

（4）在使用 MapGIS 进行了矿产地和断层距离关系分析后，从图表可以看出，在距断层 4.2 假定单位的范围内，集中了 86%的矿点，并绘出了不同距离间出现的矿产地的频数（或个数）。有了这个分析，为构置断裂影响带宽度提供了客观依据。

**2．线区关系分析**

现在利用 MapGIS K9 的线区关系来分析矿点、断裂和地层关系。

（1）在"数据分析与处理"子系统中添加 lar.wp 图层，显示在屏幕上，图形部分如图 11.4-1 所示。

（2）检索与铜矿关系密切的地层。根据前面概况可知，与铜矿关系密切的地层为昆阳群的一部分，包括：因民组（$Pt_1y$）、落雪组（$Pt_1l$）、鹅头厂组（$Pt_1e$）和绿汁江组（$Pt_1lz$）。首先将图层 lar.wp 设为"当前编辑"状态，单击工具栏上的"查询→空间查询"，弹出"空间查询"菜单，在该菜单的查询选项选择"只查询 B 中符合给定 SQL 查询条件的图元"，在被查询图层 B 中输入如下的条件表达式：

（代号='$Pt_1y$'）OR(代号=' $Pt_1l$')OR(代号=' $Pt_1e$')OR(代号=' $Pt_1lz$')

如图 11.4-9 所示，单击"确定"按钮，保存结果重新命名为 2.wp 图层，单击"确定"按钮，完成检索，添加 2.wp 图层，如图 11.4-10 所示，打开该图层的属性表，勾选"图形属性联动"选项，单击"属性"按钮，相应的区域也跟着联动显示。

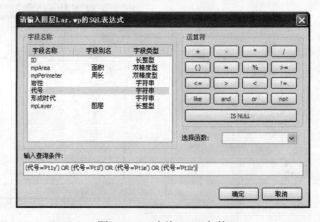

图 11.4-9  查询 SQL 条件

图 11.4-10　2.wp 图层

（3）在"数据分析与处理"子系统中添加矿点图层 tong.wt 和检索结果图层 2.wp，并将其显示在屏幕上，其显示结果如图 11.4-11 所示。从图中可见，昆阳组下段的地层包括了矿产地的大部分。

（4）为了得到定量分析，可将矿点图层 tong.wt 和 2.wp 进一步做统计分析和条件检索。其分析结果见表 11.4-1。在步骤（3）的基础上对矿点图层 tong.wt 和检索结果图层 2.wp 做空间叠加分析，单击工具栏的"分析→叠加分析"菜单命令，将"图层一"设为 tong.wt，"图层二"设为 2.wp，容差设置为默认值，叠加方式为相交，输出结果命名为 2-tong，单击"确定"按钮生成 2-tong.wt 图层。

表 11.4-1　成矿地质条件和找矿标志与矿产地关系统计表

| 统 计 项 目 | 出现矿产地数 | | | | 统计项目总区数 | | 其中有矿的区 | | |
| --- | --- | --- | --- | --- | --- | --- | --- | --- | --- |
| | 总数 | 中型 | 小型 | 矿点 | 数量 | 面积（$S_0$） | 数量 | 面积（$S_m$） | $S_m/S_0$ |
| 昆阳群下段地层 | 0.723 47 | 1.002 | 1.000 19 | 0.591 26 | | | | | |
| ≥90 PPm Cu 异常 | 0.677 44 | 1.002 | 0.895 17 | 0.568 25 | 37 | 16 923 | 12 | 10340 | 0.611 |
| ≥150 PPm Cu 异常 | 0.431 28 | 0.501 | 0.579 11 | 0.364 16 | 25 | 6 516 | 9 | 1379 | 0.212 |
| ≥240 PPm Cu 异常 | 0.231 15 | 0.501 | 0.316 | 0.182 8 | 11 | 2 404 | 7 | 2195 | 0.913 |
| 断裂影响带 | 0.523 34 | 0.501 | 0.842 16 | 0.386 17 | 17 | 20 957 | 7 | 17056 | 0.814 |
| 图中总数 | 65 | 2 | 19 | 44 | | | | | |

（5）添加图层 2-tong.wt，单击工具栏的"分析→属性统计"，弹出"属性统计与分析——第一步：设置分类字段"对话框，"统计对象"选择 2-tong.wt，"字段信息列表"中在矿床规模选项中打勾，单击分类模式附近的按钮，弹出分类信息设置菜单，将分类模式设为一值一类，单击"确定"按钮，如图 11.4-12 所示，单击"下一步"按钮，进入"属性统计与分析——第二步：设置统计字段"菜单，单击按钮，单击"统计设置"按钮，在弹出菜单中选择"矿床规模"，单击"确定"按钮，如图 11.4-13 所示，统计结果如图 11.4-14 所示，从图中可知昆阳群下段的地层包括了矿产地的 72.3%，出现的矿产地总数为 47，中型为 2，小型为 19，矿点为 26。

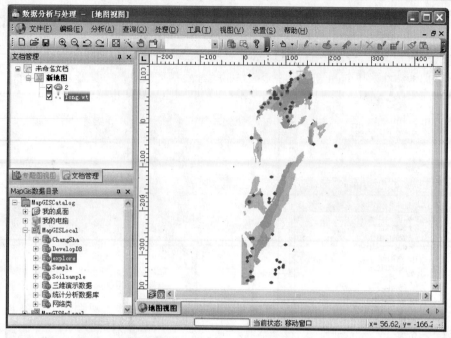

图 11.4-11  矿点-昆阳群叠加合图

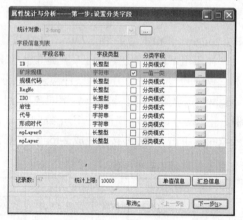

图 11.4-12  第一步

图 11.4-13  第二步

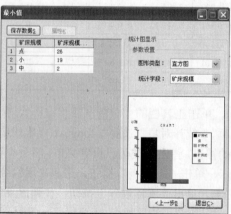

图 11.4-14  统计结果

　　分析结果见表 11.4-1。从表可见，昆阳群下段的地层包括了矿产地的 72.3%，其中已知的中、小型矿床全部在这套地层里。据此可知，只有在昆阳群下段地层中的断裂附近才是找昆阳群铜矿的有利地段。

　　（6）添加断裂线图层 fault.wl，并与昆阳群下段地层图层 2.wp 做空间叠加相交分析，单击工具栏的"分析→叠加分析"菜单命令，将"图层一"设为 fault.wl，"图层二"设为 2.wp，容差设置为默认值，叠加方式为相交，输出结果命名为 2.wl，单击"确定"按钮生成 2.wl 图层，其分析结果如图 11.4-15 所示，从而得到了昆阳群的断裂系统。该断裂系统正好位于昆阳群下段的地层中。

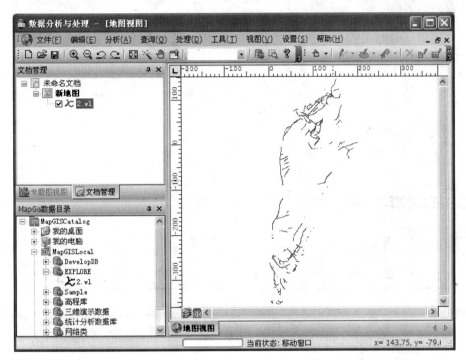

图 11.4-15　昆阳群下段中的断裂图

　　（7）在前面的分析中，在距断层 4.2 假定单位的范围内，集中了 86%的矿点，为此，对于该断裂系统 2.wl，利用 5 假定单位宽度做出断裂影响带，这是寻找昆阳群铜矿的有利地段。将图层 2.wl 设为"当前编辑"状态，单击工具栏的"分析→缓冲区分析"菜单命令，在弹出的对话框中选择图层为 2.wl，"缓冲区半径方式"选择指定半径，并将缓冲区半径设为 5，其他保持默认值，输出结果重新命名为 3.wp，单击"确定"按钮，分析结果如图 11.4-16 所示。这样，通过对地层区域分析和矿点-断层分析，已经大体上确定了铜矿所在的范围，其绝大部分矿点位于如图所示的区域内。下面再通过物探化探数据的分析，就可以预测最有利于成矿的地段了。

**3．点区关系分析**

　　下面利用 MapGIS 的点区关系分析进行预测区的控制矿床产出的地质条件和找矿标志分析。选出的成矿地质条件和找矿标志有：昆阳群下段，包括因民组（$Pt_1y$）、落雪组（$Pt_1l$）、鹅头厂组（$Pt_1e$）、绿汁江组（$Pt_1lz$）。

　　断层与矿产关系密切，一般矿产地都在距断层 5 假定单位之内，因此，构造了距断层 5 假定单位的断裂影响带：化探 Cu 异常分别以 ≥90 ppm、≥150 ppm、≥240 ppm 三种异常强度进行研究。

　　（1）在"数据分析与处理"子系统中，对于 ≥90 ppm 的 Cu 异常图进行分析，添加 Cud_90.wp

图层和矿产地点图层 Tong.wt，如图 11.4-17 所示，然后对其进行"点对区相交分析"，将结果存入 2.wt 图层中。接下来，对 2.wt 图层以"规模代码"进行"属性统计分析"，就可以得出在≥90 ppm 的 Cu 异常情况下出现的矿产地数，如图 11.4-18 所示，中型为 2，小型为 17，矿点为 25，具体方法见 11.4.3 线区关系分析的步骤（5）。同理，可以得出在≥150 ppm、≥240 ppm 的 Cu 异常情况下出现的矿产地数，分别如图 11.4-19 和图 11.4-20 所示。

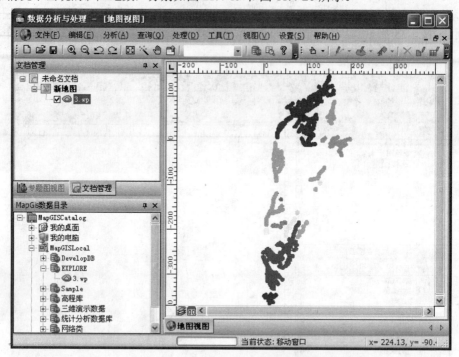

图 11.4-16　昆阳群下段中的断裂影响带

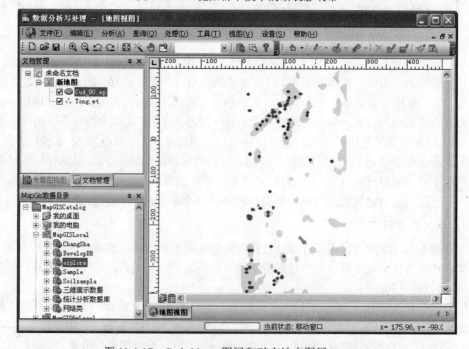

图 11.4-17　Cud_90.wp 图层和矿产地点图层 Tong.wt

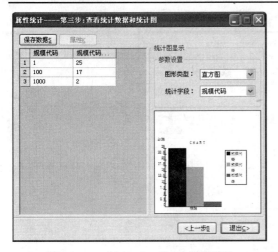

图 11.4-18　≥90 ppm 的 Cu 异常统计　　　　　　　图 11.4-19　≥150 ppm 的 Cu 异常统计

（2）同时对装入的 Cu 异常图与矿点图层进行"区对点相交分析"，可得出各统计项目区的总数量及总面积（$S_0$）及其中有矿点出现的区的数量和面积（$S_m$）。

以≥90 ppm 的 Cu 异常情况为例分析如下。

（1）统计项目的区的总数量及总面积（$S_0$）：添加 Cud_90.wp 图层，然后单击"分析→属性汇总"菜单命令，弹出属性汇总工具，添加 Cud_90.wp 图层，"运算"选项选择 Count，"属性字段"选择 mpArea，单击"执行"按钮，"输出"框得出 37 个数量；然后"运算"选项选择 Sum，"属性字段"选择 mpArea，单击"执行"按钮，"输出"框得出 $S_0$=16 923.981 105 的面积，如图 11.4-21 所示。

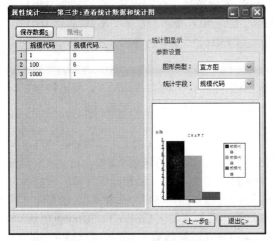
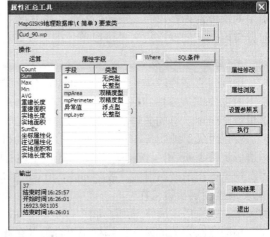

图 11.4-20　≥240 ppm 的 Cu 异常统计　　　　　图 11.4-21　统计项目的区的总数量及总面积（$S_0$）

（2）统计有矿点出现的区的数量和面积（$S_m$）：首先对 Cud_90.wp 图层和 Tong.wt 图层进行区对点相交分析，输出结果重新命名为 90-Tong.wp 的区图层，添加 90-Tong.wp 图层，然后单击"分析→属性汇总"菜单命令，弹出"属性汇总工具"对话框，添加 90-Tong.wp 图层，"运算"选项选择 Count，"属性字段"选择 mpArea，单击"执行"按钮，"输出"框得出 12 个数量；然后"运算"选项选择 Sum，"属性字段"选择 mpArea，单击"执行"按钮，"输出"框得出 $S_m$=10 339.788 088 的面积，如图 11.4-22 所示。

同理可得≥150 ppm、≥240 ppm 的 Cu 异常情况的数量和面积。分析结果见表 11.4-1。为了便于进一步探讨，表中还给出了 $S_m/S_0$，以及各统计项目的矿产地数量与图中总数量的比值，在各栏的分子位置标出。

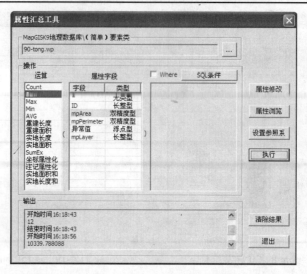

图 11.4-22　有矿点出现的区的数量和面积（$S_m$）

表中面积为假定单位。分式分子为与图中总数的比值，分母为相应的总数。

从上述分析结果，可以得出如下结论。

① 昆阳群下段地层中，包含了全部中小型矿床，是寻找铜矿床的有利层位。

② 断裂影响带是找铜矿的有利构造部位。$S_m/S_0$ 为 0.814，说明在该带内发现矿床的概率很高。

③ 铜异常与铜矿床寻找关系密切。落在用 90 ppm 圈中的铜异常内的矿产地达 44 个，占全部矿产地的 67.7%，其中全部中型矿床及 89.5%的小型矿床均落在异常内。$S_m/S_0$ 为 0.611，共有 37 个异常仅有 12 个见矿，说明发现矿床的概率不太高，不能单独用该标志找矿。落在用 240 ppm 圈中的铜异常内，仅有 15 个矿产地，其中有 1 个中型矿床和 6 个小型矿床。$S_m/S_0$ 高达 0.913，即异常内有矿的概率很大，可以单独用做找矿标志。用 150 ppm 圈定的异常，有矿的概率很小。

**4．区区关系分析**

预测建立在相应类比的基础上，即在分析成矿地质条件和找矿标志的基础上，得出控制矿床产出的主要地质条件和标志，然后根据这些条件和标志预测有有利矿床产出的成矿区（带）。在这里没有引用所有的条件和标志，预测有方法试验的性质。

在前面成矿地质条件分析的基础上，现在利用 MapGIS 对 ≥90 ppm 的 Cu 异常 cud_90.wp 与构造影响带 3.wp 图层做相交操作，得到如图 11.4-23 所示的预测区。再考虑 ≥240 ppm 的 Cu 异常内有铜矿存在的概率很大，故将 cud_240.wp 图层与图 11.4-23 的预测区做和操作（即区区合并分析）。通过图层检索，在空间查询中输入 SQL 表达式 mpArea≥20，将图中面积<20 的假定单位的预测区删除后，最终得到了如图 11.4-24 所示的预测图。预测图的区呈深浅不同的颜色色块。

预测范围内的成矿条件和标志组合为（昆阳群下段）+（断裂影响带）+（≥240 PPm 的 Cu 异常），是最有利成矿的地段，代表 1 级区块；预测范围内的成矿条件和标志组合为（昆阳群下段）+（断裂影响带）+（≥90 PPm 的 Cu 异常），代表 2 级区块；预测范围内的 ≥240 PPm 的 Cu 异常，代表 3 级区块。

同时，还输出了预测区情况一览表，见表 11.4-2。在该表中，规模代码累计栏中给出了预测区内已知的不同规模矿产地的信息，千位数值代表中型矿床个数，百位数值是小型矿床个数，十位和个位的值是矿点个数。

例如，区号 9 的规模代码累计为 1101，表示该区内存在中型矿床 1 个，小型矿床 1 个，矿点 1 个。区号是计算机指定的各个区的编号。表中给出了 2 个异常值，前一异常值是 90，后一异常值是 240，为粉色区；前一异常值 90，后一异常值≠240，为蓝色区；前一异常值≠90，后一异常值是 240，为红色区。

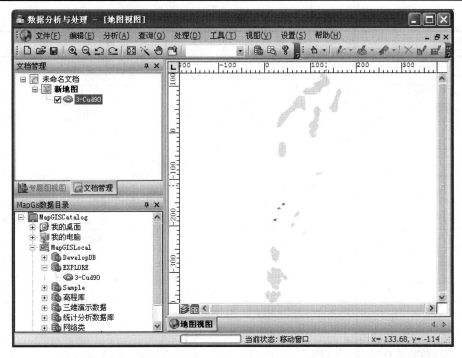

图 11.4-23　昆阳群铜矿预测区图（方案一）

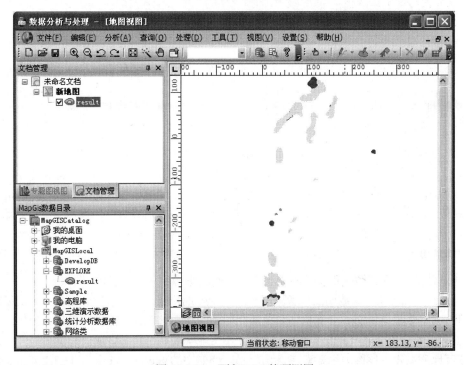

图 11.4-24　面积≥20 的预测图

表 11.4-2　预测区情况一览表

| 规模代码累计 | 区　号 | 规模代码 | 面　积 | 异常值 | 异常值 |
|---|---|---|---|---|---|
| 100 | 13 | 100 | 126.418 | 90.000 0 | 240.000 0 |
| 202 | 5 | 100 | 560.326 | 90.000 0 | 0.000 0 |

（续表）

| 规模代码累计 | 区　号 | 规模代码 | 面　积 | 异 常 值 | 异 常 值 |
|---|---|---|---|---|---|
| 100 | 14 | 100 | 84.103 | 90.000 0 | 240.000 0 |
| 100 | 16 | 100 | 119.058 | 90.000 0 | 240.000 0 |
| 101 | 3 | 100 | 159.468 | 90.000 0 | 0.000 0 |
| 101 | 15 | 100 | 301.312 | 0.000 0 | 240.000 0 |
| 104 | 12 | 100 | 180.889 | 90.000 0 | 240.000 0 |
| 404 | 8 | 100 | 986.292 | 90.000 0 | 0.000 0 |
| 1 | 2 | 1 | 304.403 | 90.000 0 | 0.000 0 |
| 1 | 10 | 1 | 418.997 | 0.000 0 | 240.000 0 |
| 1 101 | 9 | 1 000 | 600.157 | 0.000 0 | 240.000 0 |
| 1 000 | 6 | 1 000 | 126.305 | 0.000 0 | 40.000 0 |
| 200 | 1 | 100 | 879.736 | 90.000 0 | 0.000 0 |
| 1 | 4 | 1 | 67.355 | 90.000 0 | 90.000 0 |
| 1 | 11 | 1 | 94.934 | 0.000 0 | 240.000 0 |
| 1 | 7 | 1 | 132.329 | 90.000 0 | 40.000 0 |

## 11.5　地质专题图制作

### 11.5.1　问题和数据分析

#### 1.　问题提出

地质图件是区域地质调查的重要成果之一。地质制图贯穿于区调工作全过程，传统制图手段和方法，工作烦琐，生产成本高，劳动强度大，成图周期长，印刷工序复杂，也不能适应地质图件生产的需要，为此迫切希望尽早实现区调图幅计算机成图，彻底改变制图的落后面貌。我国在地质领域开展计算机辅助制图工作起步较晚，近年来也取得了突破性的进展，MapGIS 是一套完整、实用的数字制图地理信息系统软件，目前国内以该软件为依托在全国形成数十个数字制图产业。我国 1∶5 万区调图幅逐渐开始利用计算机成图，如四川、福建、河北、湖北等省也都做了试验，在 MAPCAD 支持下完成了"计算机辅助编制 1∶5 万地质图工艺流程的试验研究"，为地质图件自动化制图提供了理论上和技术上的保障，为区调图幅计算机成图提供了示范。这个应用也是 1∶5 万地质图制作的一个案例。

#### 2.　数据准备

数据来源于 1∶5 万数字地质填图成果，地形数据来源于 1∶5 万地形图放大为 1∶2.5 万地形图扫描得到的图像文件，地质图作者原图来源于野外地质填图工作成果，地形数据是秘密级数据，这里不便于提供。此外，计算机辅助地质制图是一项系统工程，提供的工艺流程目的是帮助更好地了解成图的各个环节，但作为教学案例，不可能实现每个环节，现仅提供扫描矢量化并拼缩的 1∶5 万地质图作者原图的线要素，请利用 geolog.hdf 中的 geoline.WL 按照 11.3.1 节 geomap.hdf 的样图，学会用工艺流程中地质线要素完成数字制图。数据存放在 E:\Data\gisdata11.5 文件夹内。

### 11.5.2　计算机辅助制图设计

1∶5 万地质图的精度要求很高，需要建立一定的数学基础，要求图面结构能够正确反映地质事件的空间关系、时间关系、因果关系和前后顺序关系。因此从图幅精度要求、编图资料来源、编图技术规律来说，都要求在编辑准备阶段，编图者应有意识地按照一定规则来选择编图资料，组织图面要素，注意各种线条、符号和注记间的相互关系和相互影响，正确反映一定区域范围内的不同构造组合关系和地质演化历史。编辑准备工作做得充分与否，直接影响到计算机辅助制图的编辑工作能否顺利进行及成图质量的优劣。为便于扫描，原图各要素的清编绘用色不宜过浅，必须保证色调分明、线条清晰、图面干净。编稿原图墨色应浓黑、内容齐全、要素无错漏。为了提高成图质量，减少劳动强度，在数据输入之前必须进行成图工艺流程设计。如图 11.5-1 所示为 MapGIS 支持下 1：5 万地质图计算机辅助制图工艺流程。

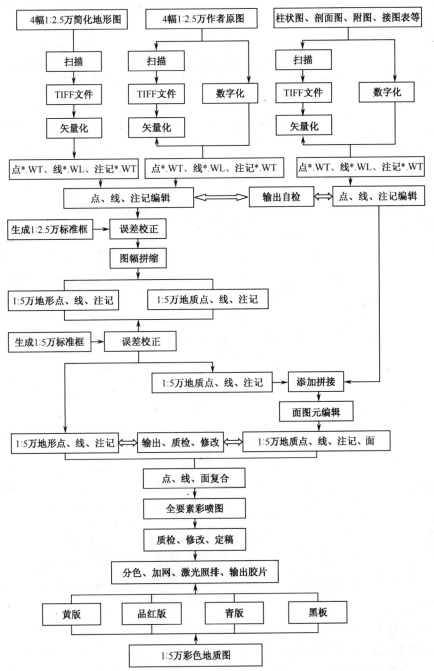

图 11.5-1　MapGIS 支持下 1：5 万地质图计算机辅助制图工艺流程

### 11.5.3　图形数据输入

**1．数据分层**

确定地质图的分层与分幅，将点、线、面等实体按其性质的不同分别归入不同的图层，1:5万地质图的地形部分包括点要素、线要素、面要素和注记，点要素可分为 4 层，线要素可分为 6 层，面要素分为 2 层，注记分为 3 层；地质部分包括点要素、线要素、面要素和注记，点要素可分为 3 层，线要素可分为 4 层，面要素分为 3 层，注记分为 2 层，见表 11.5-1。当然对图形数据库的组织和管理应在充分分析地形地质内容及其制图要求的基础上实施，设层思想贯穿于整个计算机辅助制图过程中。

**表 11.5-1　地形地质图图层划分方案**

| 专题 | 大类 | 要素对象 | 图层 | 内容 |
|---|---|---|---|---|
| 地形地质图 | 地形 | 点要素 | 地形点层 | 地貌特征点 |
| | | | 居民点层 | 居民地符号 |
| | | | 地物点层 | 独立地物符号 |
| | | | 控制点层 | 规矩线、三角点 |
| | | 线要素 | 等高线层 | 首曲线、计曲线 |
| | | | 境界线层 | 国界、省界、县界、行政区划界 |
| | | | 交通线层 | 铁路、公路、其他道路 |
| | | | 水系层 | 单线河、双线河 |
| | | | 控制线层 | 图廓线、经纬网、方厘网 |
| | | 区要素 | 湖泊层 | 湖泊面域 |
| | | | 双线河层 | 双线河面域 |
| | | 注记对象 | 地形注记 | 等高线注记、高程注记 |
| | | | 居民地注记 | 居民地注记 |
| | | | 境界注记 | 境界线注记 |
| | 地质 | 点主题 | 地质符号层 | 产状符号、构造符号、岩石符号、矿物符号 |
| | | | 矿产点层 | 矿产符号 |
| | | | 控制点层 | 规矩线 |
| | | 线主题 | 地质界线层 | 地层界线、岩体界线、岩相界线 |
| | | | 断层线层 | 构造单元边界、断层 |
| | | | 矿产线层 | 矿产异常线、远景区边界 |
| | | | 控制线层 | 内图廓线、经纬网、方厘网 |
| | | 区主题 | 沉积岩层 | 沉积岩 |
| | | | 岩浆岩层 | 岩浆岩 |
| | | | 变质岩层 | 变质岩 |
| | | 注记对象 | 地质代号层 | 地层代号、岩体代号、岩脉代号 |
| | | | 注记层 | 各类注记 |

**2．数据输入**

（1）图形数字化

经过编辑准备后，必须确定数据编码方法和组织结构，借助一定设备将图形资料转换为数字形式，以使计算机能够存储识别和处理。实施图形数字化的方式有两种，即记录图形要素点位坐标的矢量方式和沿 $x$ 及 $y$ 方向对全图逐像素扫描记录的栅格方式。前者是使用手扶或自动跟踪式数字化仪，沿某图形要素的实际轨迹移动，读取 $x$、$y$ 坐标值，而要素特征码可以手控键盘或使用特征码清单法输入。后者则使用光电扫描数据化仪将经过专门处理的图幅转换为二维像元点阵，再通过矢量化处理可获得某类要素的坐标数据。工艺流程图已将这两种方法纳入，提供选择。手扶跟踪数字化虽技术成熟、可靠，但操作速度慢，劳动强度大，也不能适应数据输入的需要，对大数据量的图件进行数字化是不合适的，目前普遍采用扫描输入方式。扫描分三部分进行，即 4 幅 1∶2.5 万简化地形图、4 幅 1∶2.5 万作者原图、图外部分（柱状图、剖面图、图例、接图表等）。

（2）矢量化

MapGIS 提供了全自动矢量化和交互式矢量化两种方式，前者速度快，主要用于图形简单，要素干扰不大，无交叉切割的情况；后者主要用于干扰大，需要人工干预的地图数字化。由于 1∶5 万地质图基础资料要素密集，内容丰富，若选用全自动矢量化，就会导致严重的数据匹配混乱，必然给以后编辑带来很大的困难，因此必须选择交互式矢量化。矢量化时应按文件和图层有顺序地进行，一条线尽可能跟踪到底，否则容易出现断点，造成线条不连续，对于折线或有交叉点的地方，必须利用 F8 功能键逐点追踪，对于一些小型椭圆状线，矢量化时，对线型确定选用椭圆线矢量化，以防止因为线太短而无法闭合连接。详细矢量化过程按 11.2.3 节的步骤进行。

### 11.5.4　线数据预处理

#### 1．理论坐标网的生成

在地质图件制作过程中，图框是必不可少的，而且必须符合国家标准，大部分的地质图件，如 1∶5 万、1∶25 万等都是按国家标准分幅的，为此，根据制订的标准，利用计算机辅助制图功能，可以自动生成标准图框，为新一代区域地质填图提供很好的工具和数学基础。MapGIS 提供自动生成标准图框和交互式绘制投影经纬网两种功能，1∶5 万地质图是按标准来分幅的。

#### 2．误差校正

1∶5 万区域地质图的精度要求较高，一般要求图廓边误差不超过 0.2 mm，对角线误差不超过 0.3 mm，方里网节点、控制点误差不超过 0.2 mm。在整个计算机辅助制图过程中，每个环节或阶段都将产生误差，使图形产生变形，尽管作业的每一个环节其误差都很小，但当这些误差累积后往往会超出限差范围。MapGIS 误差校正子系统可以对每一阶段产生的误差进行校正。通过某些局部的控制点把实际坐标移动到标准的理论坐标，达到全图校正。为了提高 1∶5 万图幅的精度，可进行两次校正，先对 4 幅 1∶2.5 万地形、地质图进行校正，拼缩成 1∶5 万图幅后再进行一次校正。比例尺不一样，但校正的方法是一样的。地形部分与地质部分校正方法也是完全一样，校正过程参考 11.3.2 节。

#### 3．图幅拼缩

1∶5 万地质图是由四幅 1∶2.5 万地形、地质图拼缩而成，数字化时每幅 1∶2.5 万的图幅坐标系均不一样，不能反映出图幅间位置邻接关系，因此必须建立统一的坐标系，将数字化数据通过平移、旋转操作转换到统一的坐标系上，拼接成一幅完整的大图，然后对公共边上的数据作圆滑、移动、删除等匹配处理，最后按比例系数缩小成 1∶5 万地质图，拼图过程参照 11.3.3 节。

#### 4．线图元编辑

矢量化后重要的环节就是线图元编辑。线图元编辑是 MapGIS 数字制图中最重要的不可缺少的阶段，通过编辑可以改善矢量化后的图形精度、更新图形内容、丰富图形表现力、实现图形综合。线编辑主要是线的输入、延长、缩短、删除、连接、剪断、圆滑、移动、编辑线参数、编辑线属性、线上加点、线上移点、线结点平差等。子图参数（子图号、高度、宽度、角度、颜色）、注释参数（高度、宽度、行列间距、角度、字体、字型、颜色、排列方式）、线参数（线型、颜色、宽度、*x* 系数、*y* 系数、辅助线型、辅助线颜色）是根据规范要求来确定的。

### 11.5.5　造区及区编辑

利用作者原图矢量化后的 1：2.5 万地质图线图层拼缩成的 1：5 万地质图线图层进行拓扑造区，造区方法同 3.4。造完区后，给不同区域填色，首先必须选定色层。MapGIS 提供了通过调整 CMYK 的百分含量编辑色标和专色的功能，在色彩库中 0～500 号颜色为固定色，500～800 号颜色可根据需要进行调整。因此完全可以满足地质图件制作的需要。1：5 万的地质图，地层多、岩石类型丰富、岩脉广泛发育，各种类型的地质体所需要的色层多达近百层。由于各类地质体大小相差悬殊、分布特征不尽相同、新老地层露出不匀，因此必将给选色工作带来一定难度。但可以从以下几方面考虑：（1）选色时应遵循地质图用色统一色标设计原则。（2）地层的系和岩浆岩的岩性以不同色相区分，同系中的不同时代和同岩性中的期次均以同色相的不同色调区分。（3）地质体由新到老，色调由浅到深。（4）对于面积较小或呈狭窄长条状分布的地质体，为了提高图面视觉效果，选色应尽可能偏深。（5）对于面积较大的地质体，为了增强美感，选色应尽可能偏淡。（6）地质图需要突出的地质内容，应用暖色，反之用冷色。色层选定后，利用拼缩后完整的 1：5 万地质版线文件，对各地质内容和水域填上相应的颜色和网纹，建立各要素间的拓扑关系。在造区过程中要特别注意图内要素、图例、柱状、剖面、附图等的统一性，做到图内要素与图外要素一一对应。

### 11.5.6　点数据编辑

点编辑主要是输入地质体符号、代号、花纹、注释、注记等。包括输入子图、注释，点删除、点移动、复制点、编辑点参数、编辑点属性等；对于库中没有的子图，首先必须造库。如产状、矿点等子图。注释的字型和颜色选取是非常重要的，一般的水系注记用斜体、蓝颜色，居民地用正体、钢灰色，地质代号用正体、黑颜色。建议把组合型地质代号做成子图的形式放入库中，这样就可随时调出填入需要放的位置。地质图件与其它专题地图间有着明显的差别，除了用颜色来区别不同的地质体外，图面上每个地质体还需标明地质体代号，对于面积较大的地质体要求标明多个相同的代号，地质体代号往往是由多个英文字母、拉丁文字母和阿拉伯数字组成，逐个输入，调整注释的宽、高等参数将花费较长的时间，影响成图周期，因此对于相同代号的输入，可以用点的复制功能来完成。地质代号输入，上角标前加#+，下角标前加#+，复原用#=，如大浦组和黄龙组 $C_2d$–$C_2h$ 的输入方法如图 11.5-2 所示。

图 11.5-2　注释输入

### 11.5.7　图幅校验输出

图幅校验是关系到成图质量好坏的关键，在整个计算机辅助制图过程中应严格按照规范成图，且在成图的任一阶段，随时可用打印机绘图仪输出该阶段内容，以校对检查，随时反馈来的意见在计算机中进行修改直到最后定稿。1：5 万地质图图面内容较为复杂，特别是代号多、附图多。一幅图要经过 5～6 次检查校对，才能确保图面要素无错漏、地质符号及注记正确、地质体设色准确无误和新老关系处理得当。定稿后即可将地质版和地形版各文件汇集在一起，生成工程文件，处理后直接从彩色喷墨绘图仪上输出彩色样图，最后通过激光照排机输出分色挂网胶片，输出胶片后，再按印刷要求对各色胶片逐一检查，如各色版内容是否齐全；各色胶片的套合误差是否在限差之内；胶片套合后各要素的相互避让是否合理；注释有无移位；图名、图号、图例是否有错漏；各分色胶片的网点密度是否符合要求等。如不符合要求应及时修改更正，必要时应重新发片，最后将各色胶片送印刷厂制版、打样、印刷，得到正规出版的地质图。

# 参 考 文 献

[1] 池建，等. 精通 ArcGIS 地理信息系统[M]. 北京：清华大学出版社，2011.

[2] 周成虎，裴韬，等. 地理信息系统空间分析原理[M]. 北京：科学出版社，2011.

[3] 胡祥培，刘伟国，王旭茵. 地理信息系统原理及应用[M]. 北京：电子工业出版社，2011.

[4] 肯尼迪（Michael Kennedy），Michael F.Goodchild，蒋波涛，袁娅娅. ArcGIS 地理信息系统基础与实训[M]. 北京：清华大学出版社，2011.

[5] 郑贵洲，晁怡. 地理信息系统分析与应用[M]. 北京：电子工业出版社，2010.

[6] 邢超，李斌，等. ArcGIS 学习指南：ArcToolbox[M]. 北京：科学出版社，2010.

[7] 欧阳霞辉. ArcGIS 地理信息系统大全[M]. 北京：科学出版社，2010.

[8] 吴信才，等. 面向网络的新一代地理信息系统[M]. 北京：科学出版社，2009. 11.

[9] 石伟. ArcGIS 地理信息系统详解[M]. 北京：科学出版社，2009.

[10] 吴静，李海涛，何必. ArcGIS 9.3 Desktop 地理信息系统应用教程[M]. 北京：清华大学出版社，2011.

[11] 吴信才. 地理信息系统原理与方法（第 2 版）[M]. 北京：电子工业出版社，2009.

[12] 田永中，徐永进，黎明，等. 地理信息系统基础与实验教程[M]. 北京：科学出版社，2010.

[13] 张军海，李仁杰，傅学庆. 地理信息系统原理与实践[M]. 北京：科学出版社，2009.

[14] 黄瑞. 地理信息系统[M]. 北京：测绘出版社，2010.

[15] 郑春燕，邱国锋，张正栋，等. 地理信息系统原理应用与工程（第 2 版）[M]. 武汉：武汉大学出版社，2011.

[16] 张余明. 地理信息系统导论实验指导[M]. 北京：清华大学出版社，2009.

[17] 吴信才，等. 空间数据库[M]. 北京：科学出版社，2009.

[18] 吴信才，等. 地理信息系统设计与实现[M]. 北京：电子工业出版社，2008.

[19] 崔铁军. 地理空间数据库原理[M]. 北京：科学出版社，2007.

[20] 汤国安，杨昕，等. ArcGIS 地理信息系统空间分析实验教程[M]. 北京：科学出版社，2006.

[21] 王亚民，赵捧未. 地理信息系统及其应用[M]. 西安：西安电子科技大学出版社，2006.

[22] 袁博，邵进达. 地理信息系统基础与实践[M]. 北京：国防工业出版社，2006.

[23] 刘湘南，黄方，王平，等. GIS 空间分析原理与方法[M]. 北京：科学出版社，2005.

[24] 张书亮，闾国年，李秀梅，等. 网络地理信息系统[M]. 北京：科学出版社，2005.

[25] 张新长，马林兵. 地理信息系统数据库[M]. 北京：科学出版社，2005.

[26] 吴信才. MAPGIS 地理信息系统. 北京：电子工业出版社，2004.

[27] 宋小冬，钮心毅. 地理信息系统实践教程[M]. 北京：科学出版社，2004.

[28] 刘光. 地理信息系统二次开发教程[M]. 北京：清华大学出版社，2003.

[29] 党安荣，等. ArcGIS 8 Desktop 地理信息系统应用指南[M]. 北京：清华大学出版社，2003.

[30] 关泽群，秦昆. ArcInfo 基础教程[M]. 北京：测绘出版社，2002.

[31] 汤国安，等. ArcView 地理信息系统空间分析方法[M]. 北京：科学出版社，2002.

[32] 吴信才，等. 地理信息系统原理与方法[M]. 北京：电子工业出版社，2002.

[33] 邬伦，等. 地理信息系统——原理、方法和应用. 北京：科学出版社，2001.

[34] 龚健雅. 地理信息系统基础[M]. 北京：科学出版社，2001.

[35] 刘良明. ArcView 基础教程[M]. 北京：测绘出版社，2001.

[36] 徐祖舰. GIS 入门与提高[M]. 重庆：重庆大学出版社，2001.

[37] 秦其明，五丰，陈杉. ArcView 地理信息系统实用教程[M]. 北京：北京大学出版社，2001.

[38] 姚娜，等. GIS、Mapinfo 与 MapBasic 学习教程[M]. 北京：北京大学出版社，2000.

[39] 房佩君，等. 地理信息系统（ARC/INFO）及其应用[M]. 上海：同济大学出版社，2000.

[40] 张超. 地理信息系统实习教程[M]. 北京：高等教育出版社，2000.

[41] 王长伟. 地理信息系统控件（Active X）—— Map Object 培训教程[M]. 北京：科学出版社，2000.

[42] 陈俊，宫鹏. 实用地理信息系统——成功地理信息系统的建设与管理[M]. 北京：科学出版社，1998.

[43] 郑贵洲，莫阑. GIS 图层在空间数据处理、管理与分析中的作用[J]. 测绘科学，2003，（3）：71-73.

[44] 郑贵洲，谢帮华. 基于 MAPGIS 西藏羌塘地区地质构造图数字制图技术[J]. 地球科学，2002，27（3）：341-348.

[45] 吴信才，郑贵洲. 基于 MAPGIS 地图数字化与地图接边[J]. 测绘学院学报，2001，18（4）：307-309.

[46] 郑贵洲，等. MAPGIS 图层在地图数据处理和管理中的作用. 测绘学院学报，2000，17（3）：216-219.

[47] 池顺都，赵鹏大. 应用 GIS 圈定找矿可行地段和有利地段——以云南元江地区大红山群铜矿床预测为例[J]. 地球科学-中国地质大学学报，1998，23（2）：125-128.

[48] 池顺都，吴新林. 云南元江地区铜矿 GIS 预测时的找矿有利度和空间相关性分析[J]. 地球科学-中国地质大学学报，1998，23（1）：75-78.

[49] 池顺都，周顺平，吴新林. GIS 支持下的地质异常分析及金属矿产经验预测[J]. 地球科学-中国地质大学学报，1997，22（1）：99-103.

[50] 郑贵洲，王琪. 地质图件机助制图相关的几个问题[J]. 地质科技情报，1997，1（2）：92-96.

# 反侵权盗版声明

电子工业出版社依法对本作品享有专有出版权。任何未经权利人书面许可，复制、销售或通过信息网络传播本作品的行为；歪曲、篡改、剽窃本作品的行为，均违反《中华人民共和国著作权法》，其行为人应承担相应的民事责任和行政责任，构成犯罪的，将被依法追究刑事责任。

为了维护市场秩序，保护权利人的合法权益，我社将依法查处和打击侵权盗版的单位和个人。欢迎社会各界人士积极举报侵权盗版行为，本社将奖励举报有功人员，并保证举报人的信息不被泄露。

举报电话：（010）88254396；（010）88258888

传　　真：（010）88254397

E-mail:　　dbqq@phei.com.cn

通信地址：北京市万寿路 173 信箱

　　　　　电子工业出版社总编办公室

邮　　编：100036